T0166168

Domaine étranger

collection dirigée
par
Jean-Claude Zylberstein

ELMER GANTRY
LE CHARLATAN

SINCLAIR LEWIS

ELMER
GANTRY
LE CHARLATAN

Traduit de l'américain
par Régis M<small>ICHAUD</small>

Postface
par Francis L<small>ACASSIN</small>

Paris
Les Belles Lettres
2015

Titre original :

Elmer Gantry

© 1927, Harcourt Brace Jovanovitch, Inc.

© (Renewed) 1957, Michael Lewis

www.lesbelleslettres.com

Retrouvez Les Belles Lettres sur Facebook et Twitter.

© 2015, pour la présente édition,
Société d'édition Les Belles Lettres,
95 bd Raspail, 75006 Paris.

ISBN : 978-2-251-21020-9

NOTE
de Jean-Pierre Sicre

L'Amérique quasi tout entière, en 1930, hurla au scandale, quand elle apprit par les journaux que l'Académie royale de Stockholm venait de décerner le prix Nobel de littérature au plus cabochard de ses romanciers, Sinclair Lewis, qui avait publié quelques mois plus tôt Elmer Gantry (1927), un roman d'une violence antireligieuse inouïe — que la moitié de la presse avait démoli… mais à propos duquel le terrible critique H.L. Mencken écrivait : « Je le recommande comme le meilleur tableau de la vie américaine qui ait jamais été projeté sur du papier, un tableau affreux, mais vrai. »

Les États-Unis s'installaient dans la crise mais avaient le plus grand mal à remettre en cause les valeurs puritaines qui avaient jusqu'ici gouverné leur société… et qui venaient peut-être de la conduire au bord du gouffre. Dieu était supposé protéger tous ceux qui cherchaient à s'enrichir, mais réservait ses foudres à ceux qui osaient boire en cachette l'alcool du péché (Prohibition oblige) ou qui risquaient de faire du grabuge au sein du troupeau (voir le sort réservé quelques années plus tôt aux militants Sacco et Vanzetti). Résultat de ce vertueux système : la Bourse venait de connaître un krach dont elle mettrait dix ans à se remettre, et les amis d'Al Capone tenaient partout le haut du pavé — avec l'hypocrite bénédiction des diverses Églises.

Sinclair Lewis, formé à l'école de la bohème universitaire puis du journalisme, était, il faut le dire, passé maître dans l'art de mettre les pieds dans le plat. Après quelques romans peu remarqués, il avait donné, coup sur coup ou presque, trois livres qui ne lui avaient pas fait que des amis, mais que la critique « underground » s'était arrangée pour transformer en autant de succès de scandale… et qui avec le recul nous paraissent aujourd'hui ses moins contestables réussites : Main Street (1920), où la bourgeoisie « pensante » en prenait pour son grade ; Babbitt (1922) qui taillait en pièces le mythe naissant du businessman ; et Elmer Gantry enfin, par quoi l'auteur osait s'attaquer aux sacro-saintes Églises protestantes qui depuis toujours manipulent politiciens et députés du Congrès.

H.L. Mencken considérait Elmer Gantry comme le meilleur roman de Sinclair Lewis : le mieux écrit, le mieux composé… mais surtout celui qui frappait le plus fort à l'endroit où ça fait mal. Lewis devait ensuite s'assagir. Il ne retrouva jamais, jusqu'à sa mort en 1951, la verve iconoclaste de ses fracassants débuts. Au moins peut-on relire ses trois chefs-d'œuvre, en constatant que notre fin de siècle, en ses conformismes divers, leur redonne un bizarre regain d'actualité : Elmer Gantry (introuvable dans les librairies de langue française depuis des années) s'adresse à nous comme s'il avait été écrit hier. Dans la catégorie « Jeu de massacre », on n'a sans doute jamais fait mieux.

Le livre n'aurait que cette vertu, ce serait déjà bien ; il n'est pas sûr pourtant qu'elle aurait suffi à lui permettre de braver le temps. Or il semble bien que, des trois grands romans de Lewis, Elmer Gantry soit celui qui s'est le mieux affranchi des modes de l'époque. C'est que le romancier a réussi à faire de son héros une sorte de picaro moderne, et par là même de son livre un roman qui s'envole loin au-delà de la simple dénonciation politique, morale ou sociale. L'un de ces romans troubles où le « gueux » que nous sommes invités à suivre, non content de commettre sous nos yeux le pire, en vient à nous faire entendre qu'entre le pire et le meilleur l'écart n'est pas toujours facile à apprécier. Les récits picaresques de la bonne espèce se reconnaissent à ceci : qu'ils induisent non aux grandes certitudes mais à l'intranquillité et au doute. Récits d'autant mieux dérangeants qu'ils nous conduisent, quelque réticence que nous ayons à cela (mais la réticence en question ne tient pas longtemps), à approuver la canaillerie en action sous le seul prétexte que l'action, justement, est son domaine (et sans action, point de roman, point d'existence même), tandis que ses victimes se recrutent dans le parti majoritaire des imbéciles, passifs eux, occupés seulement à garder ce qu'ils ont, à rester ce qu'ils sont — et à se faire rouler par plus malin qu'eux.

Elmer, donc, boit sec, a tous les culots, ne croit au ciel que quand ça l'arrange et ne peut s'empêcher d'avoir la main baladeuse ; mais il sait chanter (son répertoire de base est à peu près celui du corps de garde : il l'enrichira en cours de route de quelques cantiques) et sa chaude voix de baryton baratineur vous embobine en moins de deux les consciences les mieux récalcitrantes. Impossible de lire cette histoire aujourd'hui sans se le représenter sous les traits de Burt Lancaster (son plus beau rôle peut-être) dans le film que tira du livre, en 1959, Richard Brooks (son meilleur film aussi). Toute la ruse du romancier tient en effet à nous laisser nous identifier à ce beau salaud au sourire assassin, qui a, comme on dit, le cœur sur la main.

Car Elmer est sincère… à sa façon. Dieu le voit et le juge, mais au nom des intérêts supérieurs de l'Église pour laquelle le brave garçon se bat avec l'énergie d'un champion de base-ball, il lui conseille de cacher sa mauvaise conduite… on verra plus tard. Ce genre d'arrangement avec le ciel va comme un gant à Elmer. Dans les premières années de son ministère, il commet bien quelques imprudences, mais il se reprend vite. L'Éternel, bon bougre, consent à mettre sur sa route la divine Sharon Falconer, prédicatrice à grand spectacle qui l'initie à la manipulation des foules (Jean Simmons, sublime dans le film de Brooks) : tunique de lin blanc devant la foule assemblée des fidèles, tailleur moulant le soir, à l'heure de compter les dollars recueillis au profit des œuvres de charité.

Elmer comprend vite. Sharon est à sa taille : elle n'aime pas les petits vices. Il ne tardera pas à la dépasser, remuant bientôt des milliers de « fans » déchaînés. Il a désormais les moyens de s'adonner à ses plaisirs sans qu'on vienne l'embêter.

Jamais l'industrie céleste n'a si bien marché. Les mécréants d'hier sont convertis à tour de bras, les hommes politiques applaudissent… On se dit que Dieu, cette fois, est mort pour de bon, mais ce n'est pas grave. On peut se passer de Lui : du moment que les coffres sont pleins et que l'ordre règne. Que le fanatisme « spirituel » donne lieu aux pires excès de matérialisme mercantile n'est qu'un détail. Il suffit à l'Église — à toutes les Églises — d'être puissante pour être dans le vrai.

Notons au passage que la mégalomanie native d'Elmer (on n'est pas américain pour rien) est en parfait accord avec ce projet conquérant. Notons surtout que cette propension à plaquer d'or le temple de l'Esprit ou prétendu tel — ledit Esprit recommandât-il à ses ouailles oubli de soi et humilité — est une constante des religions dites « révélées » ; les réactions à cela, « franciscaines » pourrait-on dire, ayant toujours été minoritaires, et servant au mieux de cache-misère à une cléricature entêtée dans ces fourvoiements, excellant à jeter la sainte poudre aux yeux. Simplement notre siècle ici comme partout en a rajouté quelques couches et, l'Amérique montrant vertueusement l'exemple — ici comme ailleurs —, l'on est arrivé à confondre l'idéal sectaire avec l'idéal religieux tout court. Confusion fondée sur un argument imparable par les temps qui courent : Venez à nous, pauvres âmes égarées, pauvres âmes souffrantes, Dieu vous l'ordonne, qui a pour Lui la toute-puissance… celle en tout cas de garnir comme il faut la caisse de ses saints pasteurs.

Avouons qu'à la fin un sale frisson nous parcourt l'échine ; même s'il nous est arrivé de rire aux tours éhontés du charlatan. Puis un doute nous frôle : de quelle époque, au juste, nous parle Elmer Gantry ?

ELMER GANTRY
LE CHARLATAN

I

1

Elmer Gantry était ivre, éloquemment, amoureusement, agressivement ivre. Adossé au comptoir du Old Home Sample Room, le plus cossu, le plus select des *saloons* de Caton, Missouri, il enjoignait au barman de chanter avec lui « Le bon vieux temps d'été », la valse du jour.

Soufflant sur un verre pour le polir, et regardant Elmer à travers la rotondité de ce verre, le barman lui faisait remarquer qu'il ne s'entendait guère en chansons. Mais il ne put s'empêcher de sourire. C'était bien pour un barman tout ce qu'il y avait à faire, en face d'Elmer, d'Elmer exalté, brave et toujours prêt à défier le diable et lever le coude avec un bon sourire bestial irrésistible.

— Ça va ! vieille chaussette, acquiesça Elmer. Eh bien, moi et mon copain, on va te montrer comment on s'y prend pour chanter ! Présente mon copain. Jim Lefferts. Le plus épatant copain du monde. Sinon, je n'habiterais pas avec lui ! Le meilleur trois-quarts du Middle West. Présente mon copain.

Le barman se laissa présenter une fois de plus Mr. Jim Lefferts, avec des protestations de plaisir, d'honneur…

Puis, Elmer et Jim se retirèrent à une table pour y entonner les longs, riches et sombres accords d'une complainte d'ivrognes. Ils chantaient fort bien. Jim avait une belle voix de ténor ; quant à Elmer Gantry, encore plus que sa taille massive, ses épais cheveux bruns, ses yeux noirs et hardis, sa voix prenante de baryton vous restait dans l'esprit. Il était né pour faire un sénateur. Il ne disait jamais rien d'important, mais il le disait d'une voix sonore. Un « bonjour » sur ses lèvres prenait une profondeur kantienne ; il était accueillant comme un éclat de fanfare, exaltant comme un orgue de cathédrale. Sa voix était un violoncelle ; elle enchantait et vous faisait oublier son argot, ses vantardises, ses grivoiseries, et les violences qu'à cette époque il faisait subir aux singuliers et aux pluriels.

Avec gourmandise, comme un voyageur qui déguste de la bière fraîche, ils caressaient les phrases suavement enchaînées :

En flânant sous les allées ombreuses avec toi, mon chou... Elmer pleurait et bafouillait : « Faut aller nous frotter à quelqu'un. T'es une bête, Jim ! Trouve quelqu'un pour t'attraper et j'arrive pour lui casser la gueule. Je leur ferai voir ! » Sa voix grondait. Il enrageait du tort qu'il allait souffrir. Il tendait ses griffes, impatient de sauter à la gorge du ruffian imaginaire. « Nom de Dieu, je vais leur faire cracher le goudron ! Qu'on y touche à mon copain ! Vous me connaissez ? Elmer Gantry ! Allez-y ! Ah, on va voir ! »

Le barman avançait vers eux d'un pas traînant, aimablement décidé à l'homicide.

— Ferme ça, Chacal ! Ce qu'il te faut, c'est un autre verre.

Une consommation, plaida Jim, et Elmer se répandit en larmes, pleurant sur les malheurs révolus de quelqu'un qu'il se rappelait être Jim Lefferts.

Soudain, comme par magie, deux verres se trouvèrent devant lui. Il en porta un à ses lèvres et murmura stupidement : « Pardon, excuse ! » C'était de l'eau ! Ah, mais, on ne se jouerait pas de lui ! Le whisky se trouvait certainement dans cet autre petit verre de cristal. Il s'y trouvait. Il avait raison, comme toujours. Avec un sourire plein de suffisance, il avala le whisky pur. Ça lui gratta le gosier, lui fit sentir sa puissance ; il était en paix avec tous sauf un seul, ce type — il ne pouvait se rappeler lequel, à qui il allait bientôt régler son compte, pour se replonger ensuite dans un Paradis de bonté.

Le bar était délicieusement apaisant. L'aigre et chaude odeur de la bière le réconfortait. Le comptoir était une merveille — avec son acajou resplendissant, ses jolis balustres de marbre, l'éclat des verres, les bouteilles de liqueur inconnues aux formes bizarres disposées avec une adresse qui le rendait heureux. L'éclairage était tamisé, reposant, filtré à travers de fantastiques vitraux comme on en trouve dans les églises, les cabarets, les bijouteries et autres refuges contre la réalité. Sur les murs de plâtre jaunis, s'exhibaient de sveltes nudités féminines.

Il détourna la tête, vide à présent de tout désir luxurieux.

— Sacrée Juanita ! Veut tirer d' vous l' maximum. V'là tout, grommela-t-il.

Mais là, près de lui, il aperçut quelque chose d'intéressant : un morceau de journal envolé qui gisait sur le plancher. Ça, c'était drôle, et il éclata de rire.

Il lui semblait percevoir une voix qu'il avait entendue durant des siècles, qui lui venait d'un point lumineux et étincelant par les corridors sans cesse élargis du rêve.

— On va nous mettre à la porte, Chacal. Amène-toi !

Il lui sembla qu'il flottait. C'était exquis. Ses jambes remuaient d'elles-mêmes sans effort. Il y eut un incident comique, elles s'embrouillèrent et la jambe droite sauta devant la gauche alors que, autant qu'il pouvait s'en rendre compte, elle aurait dû rester en arrière. Il se mit à rire et se cramponna au bras de quelqu'un, un bras qui ne tenait à aucun corps, et qui était sorti de l'éternité pour lui porter secours.

Puis des rues, des rues inconnues, invisibles, des milles et des milles de rues ; sa tête lui revenait et il annonça gravement à un Jim Lefferts qui soudain sembla être avec lui :

— Il faut que je rosse ce type.

— Ça va, ça va. Tu n'as qu'à chercher une bonne petite bataille ; ça t'éclaircira les idées !

Elmer était surpris ; il était peiné. Sa bouche restait grande ouverte et il bavait de chagrin. Mais quoi ! il pourrait donner à quelqu'un une belle frottée ; et il se sentait revivre, tandis qu'il avançait en titubant.

Ah, qu'il était content ! En voilà une balade ! Pour la première fois, en bien des semaines, il oubliait l'ennuyeuse université de Terwillinger.

2

Elmer Gantry, mieux connu de ses camarades sous le sobriquet de Chacal, avait été, cet automne de 1902, capitaine de football à la tête de la meilleure équipe que l'université de Terwillinger eût alignée depuis dix ans. Ils avaient remporté le championnat de la compétition du Centre-Est du Kansas, comprenant dix collèges de fondation ecclésiastique, tous avec de vastes bâtiments, des recteurs, des services à la chapelle, des hourras, des couleurs et un niveau d'études égal, disons, à celui des meilleurs lycées. Mais, depuis la dernière soirée de la saison de football et le superbe feu de joie dans lequel les jeunes gentlemen avaient brûlé neuf barils de goudron, l'enseigne du tailleur juif et le chat favori du recteur, Elmer avait été torturé par l'ennui.

Il considérait le basket-ball et autres exercices de gymnase comme frivoles pour un gladiateur de football. Quand il était entré à l'Université, il avait pensé choisir des études d'utilité pratique, pour se faire avocat, docteur ou agent d'assurances — il ne savait lequel devenir, et dans sa dernière année (il allait avoir vingt-deux ans en novembre), il restait encore indécis. Mais ses espoirs étaient déçus. A quoi lui servirait, dans un tribunal ou un amphithéâtre de dissection, de savoir la trigonométrie, ou (il se souvenait de les avoir sues le printemps dernier, au moment de son examen en Histoire de l'Europe) les dates du règne de Charlemagne ? Qu'est-ce que ça lui rapporterait, tout ça ? — Ah oui, voyons ça — toutes ces bêtises sur « Le monde est trop près de nous, tôt et tard », de ce vieil imbécile de Wordsworth ?

Une vaste blague, rien de plus ! Les affaires valaient bien mieux. Pourtant, puisque sa mère l'assurait que son métier de modiste marchait bien et qu'elle tenait à le voir obtenir ses diplômes, il irait jusqu'au bout. C'était plus facile après tout que d'entasser du foin ou de charrier des madriers.

Malgré sa voix merveilleuse, Elmer ne s'était pas mêlé aux débats oratoires, à cause de l'ennuyeux travail de recherche mené à la bibliothèque. La prière et la morale à l'YMCA ne lui disaient rien non plus, car dans toute la force de sa simple et vaillante nature, il avait horreur de la dévotion et admirait l'ivresse, les joies impies.

Une ou deux fois, au cours d'éloquence, après avoir répété les splendides paroles d'autres grands penseurs, tels que Daniel Webster, Henry Ward Beacher et Chauncey Depew, il avait connu l'exaltation de tenir avec sa voix l'auditoire comme dans le creux de sa main, de le secouer, le bouleverser, l'élever. L'équipe des débats oratoires le pressait de se joindre à elle, mais c'étaient des jouvenceaux au museau de lapin et à lunettes, et l'idée d'aller déterrer des statistiques sur l'immigration et les produits de Saint-Domingue, dans les livres poussiéreux de la poussiéreuse bibliothèque, lui répugnait.

S'il ne fut pas recalé, c'est que Jim Lefferts le força à se remettre au travail.

Jim ressentait moins l'ennui universitaire. Il humait avec délectation les fumets du savoir. Il aimait à se pencher sur la vie de gens disparus il y a mille ans et accomplir, pendant les cours de chimie, des miracles avec ses pipettes. Elmer n'en revenait pas de voir un ivrogne aussi notoire, un type si expert dans l'art d'enjôler les femmes et de les faire marcher, trouver de l'amusement dans les chars romains et l'insipide sexualité des pois de senteur. Quant à lui, il achèverait son droit et n'ouvrirait plus un livre — il amuserait les jurés et paierait quelque vieux scribe pour lui tenir ses écritures.

Pour ne pas s'écrouler tout à fait sous le poids des cours qu'ânonnaient les professeurs, il lui restait la joie de pouvoir flâner avec Jim et de fumer clandestinement. Puis, il y avait des recherches à faire du côté des gentilles collègues et de la fille du boulanger ; quelle joie de s'enivrer et de battre l'estrade ! Mais l'alcool était cher et les petites étudiantes n'étaient ni si jolies, ni si faciles que cela.

Ah, quelle pitié de voir ce beau et grand jeune homme, qui aurait été si heureux sur le ring, dans la halle aux poissons ou à la Bourse, errer dans les corridors pleins de toiles d'araignées de Terwillinger !

3

L'université de Terwillinger, fondée et soutenue par ce qu'il y avait de plus zélé parmi les baptistes, est située dans la banlieue de Gritzmacher Springs, Kansas. (Il y a longtemps que les sources sont taries et que les Gritzmacher sont partis pour Los Angeles vendre des villas et de la charcuterie.) Elle est perdue dans la prairie, balayée en hiver par les ouragans et, en été, rôtie et envahie par la poussière, charmante au printemps seulement, quand l'herbe frissonne, ou dans la torpeur de l'automne.

On n'est empêché de prendre l'université de Terwillinger pour un asile de vieillards que par le bloc de pierre où sont peints, dans le préau, les numéros des promotions. La plupart des professeurs sont d'anciens ministres protestants.

Il y a un dortoir pour les hommes, mais Elmer Gantry et Jim Lefferts habitaient ensemble en ville, dans une maison qui fut jadis l'orgueil des Gritzmacher en personne, un cube de brique avec une coupole blanche. Le mobilier de leur chambre n'avait pas changé depuis Auguste Gritzmacher, premier du nom ; elle était encombrée d'un vaste lit de noyer noir sculpté aux épais et poussiéreux rideaux de brocart, et de chaises du même bois ornées de carrés auxquels pendaient des pompons dorés. Les fenêtres étaient dures à ouvrir. On y sentait la décence morte et toutes les espérances défuntes d'une boutique de meubles d'occasion.

Dans ce musée, Jim conservait une surprenante et vigoureuse jeunesse. On observait chez Elmer des signes précurseurs de l'embonpoint, mais rien de tel chez Jim Lefferts. Il était svelte, avec six pouces de moins qu'Elmer, mais dur comme l'ivoire, et mince. Bien qu'originaire d'un village de la prairie, Jim était difficile, et il avait une élégance naturelle. Tous les articles de sa garde-robe, son complet de tous les jours luisant aux coudes, son maillot numéro 1 brun foncé, étaient achetés tout faits avec des boutons mal cousus et des coutures mal dissimulées, mais ils lui allaient bien. On sentait qu'il était chez lui dans n'importe quel monde, et il aimait la société. Il y avait quelque chose de romantique dans sa façon de relever le col de son pardessus ; le fond raccommodé de ses pantalons ne trahissait pas la pauvreté, mais plutôt l'insouciance. Quant à ses cravates très quelconques, elles faisaient penser au club ou au régiment.

Il y avait de la résolution dans son mince visage. C'en était la fraîche jeunesse qui frappait d'abord, mais, derrière cette innocence, on percevait quelque chose de dur et de déterminé avec, dans ses yeux bruns, une sorte de mépris bon enfant.

Jim Lefferts était l'unique ami d'Elmer, le seul ami véritable qu'il eût jamais eu.

Bien qu'Elmer fût l'athlète idolâtré du collège, bien que sa sensualité cachée, sa rude bonne mine, fissent battre les cœurs des jeunes étudiantes, bien que son rire viril fût aussi séduisant que ses discours sonores, Elmer n'avait jamais été réellement aimé. Il semblait être le plus populaire des étudiants de l'université, tout le monde le croyait la mascotte de tous, mais personne ne tenait à frayer avec lui. Il inspirait un peu la crainte, suscitait l'embarras, éveillait chez les autres un vague sentiment de l'offense.

Cela ne tenait pas tant à ses éclats de voix, à ses tapes dans le dos, à ce qu'il y avait d'irrésistible dans sa vigueur

— autant de choses qui excluaient toute intimité avec lui — qu'à ses exigences. Excepté pour sa bonne veuve de mère, pour laquelle il nourrissait un vague culte et pour Jim Lefferts, Elmer se considérait comme le centre de l'univers et le reste du monde n'avait de valeur à ses yeux qu'autant qu'il lui procurait aide et plaisir. Il voulait tout avoir.

Dans sa première année, étant le seul nouveau qui fît partie de l'équipe de football du collège, avec cette stature et ce sourire qui prophétisaient un favori, on l'avait élu président, fonction où il ne s'était guère rendu populaire. Aux réunions de sa classe, il interrompait brusquement les orateurs, ne donnait la parole qu'aux jolies filles ou aux gars qui lui faisaient des courbettes. Au plus fort des débats il se mettait à rugir : « Assez, assez ergoté, au fait ! » Il levait les fonds dans sa classe sous forme de cotisations aussi arbitraires que les redevances dont un prêtre catholique frappe ses paroissiens pour la construction d'une église.

— Plus de présidence pour lui, s'il ne tient qu'à moi ! avait bougonné un certain Eddie Fislinger, lequel, avec ses dents proéminentes, sa maigreur, ses cheveux roux et son rire nerveux, s'était rendu influent dans sa promotion, par son assiduité à toutes les occasions et l'ardeur de ses prières à l'YMCA.

La coutume voulait que le président du club d'athlétisme ne fît pas partie des équipes. Dès sa première année, Elmer se fit élire directeur au chantage, menaçant de ne plus toucher au football s'il n'était pas nommé. Il désigna Jim Lefferts président du comité des billets et, à eux deux, par un léger truquage des comptes, ils se firent une quarantaine de dollars, qu'ils dépensèrent à bon escient.

Au début de sa deuxième année, Elmer fit savoir qu'il désirait être de nouveau président. Élire quelqu'un deux fois président de sa promotion était interdit. L'ardent Eddie Fislinger, maintenant président de l'YMCA., et qui se préparait à consacrer ses rares talents au pastorat baptiste, déclara, après avoir tenu dans ses appartements un édifiant conciliabule, qu'il allait trouver Elmer et lui interdire de se présenter.

— Hou ! Tu n'oseras pas ! fit remarquer un Judas qui, trois minutes plus tôt, s'était colleté avec Dieu sous la direction d'Eddie.

— Je n'oserai pas, hein ? On va voir ! Tout le monde le déteste, ce salaud ! gloussa Eddie.

En se dissimulant d'arbre en arbre, il parvint à joindre Elmer sur le campus. Il fit halte, parla football, chimie quantitative, toucha un mot de la vieille demoiselle d'Arkansas qui enseignait l'allemand.

Elmer grogna.

Désespéré, d'une voix vibrant du désir de convertir le monde, Eddie balbutia :

— Dis donc, Chacal, tu n'aurais pas dû te représenter à la présidence. Personne ne peut être président deux fois !

— J'en connais un qui le sera.

— Voyons, Elmer, ne te présente pas. Allons, voyons. Bien sûr, tous les types sont fous de toi. Mais jamais personne n'a été deux fois président. Ils voteront contre toi.

— Que je les y prenne !

— Que feras-tu contre eux ? Franchement Elm — Chacal — je te parle pour ton bien. Le vote est secret. Impossible de savoir...

— Ah, bah ! La nomination n'est pas secrète. Va rouler ton cerceau, mon vieux Fissy, et dis bien à tous ces sales coyotes que le premier qui nommera quelqu'un d'autre que l'Oncle Chacal recevra mon pied quelque part. Compris ? Et

si j'apprends qu'ils n'ont pas été avertis, je te ferai chanter
« Vive l'Amérique ». Compris ? Si je ne tiens pas un vote
unanime, je te garantis que tu ne prieras plus le bon Dieu
de toute l'année !

Eddie se rappela comment, pour apprendre à vivre à un
nouveau, Elmer et Jim l'avaient dépouillé de ses vêtements
et laissé tout nu à huit milles de la ville.

Elmer fut élu président de la classe — à l'unanimité.

Il ne savait pas qu'il était impopulaire. Il se disait que
les gens qui lui battaient froid étaient jaloux ou avaient
peur, et cela lui inspirait le sentiment de sa grandeur. Et
voilà pourquoi il n'avait pas d'amis, excepté Jim Lefferts.

Jim seul avait assez de volonté pour le contraindre à
une admiration déférente. Elmer avalait les idées en bloc ;
c'était un maelström de préjugés ; mais Jim examinait
soigneusement chaque notion qui se présentait à lui. Jim
était égoïste, mais de l'égoïsme d'un homme qui pense, et
qui ne se laisse pas intimider, quelle que soit la voie que
lui ouvrent ses pensées. Le petit bonhomme traitait Elmer
comme un grand chien mouillé ; Elmer lui léchait les bottes
et le suivait.

Il savait aussi que Jim, comme trois-quarts, plaquait
beaucoup mieux que lui ; c'était le capitaine et l'âme de
l'équipe.

Il était énorme, cet Elmer Gantry ; six pieds et un pouce,
épais, large, de grosses mains, un large visage, beau comme
est beau un grand chien danois, avec ses longs cheveux
noirs emmêlés. Ses yeux avaient une expression cordiale —
cordial, il l'était toujours ; seulement il restait ébahi quand
vous ne sentiez pas son importance ou ne lui concédiez pas
tout ce qu'il souhaitait. C'était un baryton qui avait pris du
ventre, un gladiateur riant des contorsions comiques de son

adversaire blessé. Il ne pouvait comprendre les hommes à qui le sang faisait peur, ceux qui aimaient la poésie et les roses, et qui ne s'efforçaient pas, à l'occasion, de séduire toutes les femmes qui pouvaient l'être. Dans leurs controverses tapageuses, il déclarait à Jim que « ces types qui bûchaient tout le temps étaient des poseurs qui voulaient épater ces sales profs qui n'ont dans les veines que de la limonade ».

4

Le principal ornement de leur chambre était le secrétaire de Gritzmacher Ier, qui contenait leur bibliothèque. Elmer possédait deux volumes de Conan Doyle, un de E. P. Roe et un précieux exemplaire de *Rien qu'un garçon*. Jim, lui, avait mis son argent dans une encyclopédie qui expliquait tous les sujets possibles en dix lignes et dans *Mr. Pickwick* ; il avait aussi acquis, de source inconnue, un Swinburne complet dans lequel on ne sache pas qu'il eût jamais mis le nez.

Mais, son orgueil, c'était de posséder *Les Erreurs de Moïse* par Ingersoll et *L'Age de la raison* de Paine. Car Jim Lefferts était le libre penseur de l'université, le seul qui à Terwillinger doutât que la femme de Loth eût été transformée en statue de sel pour s'être retournée vers la ville où, avec d'autres jeunes ménages, elle s'était bien amusée, le seul qui doutât que Mathusalem eût vécu neuf cent soixante-neuf ans.

Jim faisait chuchoter tous les pieux repaires de Terwillinger. Elmer lui-même avait peur. Après bien des instants consacrés aux arcanes théologiques, Elmer avait conclu qu'il devait bien y avoir quelque chose dans toutes ces histoires de religion pour que tous ces vieux oiseaux y crussent ; il fallait bien se ranger, un jour ou l'autre, et renoncer à l'impiété. Probablement Jim aurait été mis à la porte par ses révérends professeurs, n'avait été la façon obséquieuse avec laquelle il leur posait des colles, quand ils essayaient de confondre son impiété, et, de guerre lasse, ils le tenaient quitte.

Au président lui-même, le révérend docteur Willoughby Quarles, jadis pasteur de l'Église baptiste du Roc des Ages à Moline, Illinois, et à qui l'on devait des traités innombrables sur le baptême par immersion, homme en toutes matières incomparable, au docteur Quarles lui-même, quand il entreprenait Jim et lui demandait : « Tirez-vous le meilleur parti possible de vos études, jeune homme ? Croyez-vous bien, avec nous, à la vérité révélée et littérale, mais littérale de la Bible, seule règle divine de foi et d'action ? » Jim, prenant un air docile, répondait mielleusement :

— Certes, oui, docteur. Il n'y a qu'une ou deux petites choses qui me tourmentent, docteur. Je les ai soumises au Seigneur dans la prière, mais Il ne semble guère m'assister. Je suis certain que vous le pouvez. Pourquoi donc Josué fit-il arrêter le soleil ? Bien sûr, le fait est certain, puisque l'Écriture le dit. Mais à quoi bon, puisque le Seigneur secourait les juifs et que Josué faisait crouler d'énormes murailles rien qu'en faisant clamer ses gens et en leur faisant jouer de la trompette ? Et si les diables sont la cause de tant de maladies et qu'il faille les chasser, pourquoi les docteurs baptistes d'aujourd'hui ne constatent-ils pas la possession diabolique au lieu de la tuberculose et autres choses pareilles ? Les gens sont-ils réellement possédés par les démons ?

— Jeune homme, je vais vous donner une règle infaillible. Il ne faut jamais mettre en doute les voies du Seigneur !

— Mais, pourquoi les médecins ne parlent-ils plus de la possession diabolique ?

— Je n'ai pas de temps pour ces discussions inutiles et stériles ! Si vous pensiez un peu moins à vos merveilleuses facultés de raisonnement, si vous approchiez humblement Dieu dans la prière, et vous en remettiez à Lui, vous comprendriez le vrai sens spirituel de tout cela.

— Mais où Caïn prit-il sa femme ?

Cela, Jim l'avait dit avec le plus profond respect ; mais le docteur Quarles (barbiche au menton et plastron empesé) lui faussa compagnie sur cette brève remarque :

— Je n'ai plus de temps à perdre, jeune homme ! Je vous ai dit ce qu'il faut faire. Bonjour !

Ce soir-là, Mrs. Quarles soupira :

— Oh, Willoughby, vous êtes-vous occupé de cet abominable étudiant, ce Lefferts, qui essaye de semer le doute ? L'avez-vous mis à la porte ?

— Non, fit le président Quarles épanoui. Certes, non ! Cela n'est pas nécessaire. Je lui ai conseillé de s'adresser au divin guide. Est-ce que ce nouveau est venu tondre la pelouse ? Quinze cents l'heure ! Quel toupet !

Jim était ainsi suspendu par un cheveu au-dessus du gouffre de l'enfer, et il n'avait guère l'air de s'en inquiéter ; son impiété fascinait et terrifiait Elmer Gantry.

5

Ce jour de novembre 1902, novembre de leur quatrième année, le ciel était visqueux et la boue salissait les trottoirs en bois de Gritzmacher Springs. Rien à faire en ville et, dans leur chambre, la puanteur du poêle, que l'on venait d'allumer pour la première fois depuis le printemps, donnait le vertige.

Jim travaillait à son allemand et prenait ses aises, renversé dans sa chaise, les pieds sur le bureau. Elmer était étendu au travers du lit pour voir si le sang lui monterait à la tête quand il la pencherait par-dessus le rebord. Il constata que oui.

— Sortons, au nom du ciel et faisons quelque chose ! grogna-t-il.

— Rien à faire. Inutile, répondit Jim.

— Allons à Caton voir les poules et nous soûler.

Comme le Kansas était sec, de par les lois de l'État, le havre le plus proche était Caton, dans le Missouri, à vingt-cinq milles de là.

Jim se gratta la tête avec le coin de son livre et approuva :

— Chic ! T'as de la galette ?

— Le vingt-huit du mois ? Où diable veux-tu que je trouve de l'argent avant le premier ?

— Chacal, tu possèdes une des plus profondes intelligences que je connaisse. Tu seras une des gloires du barreau. N'était le fait que ni l'un ni l'autre nous n'avons d'argent et que j'ai une colle de boche demain, ton idée est splendide.

— Eh bien… soupira le gros Elmer, d'une voix aussi douce que celle d'un chat malade, prostré et retournant dans sa tête le redoutable problème.

C'est Jim qui les sauva de l'ennui vaseux dans lequel ils s'enfonçaient. Il était retourné à son livre, qu'il replaça soigneusement et doucement sur le bureau, avant de se lever.

— Je voudrais voir Nellie, soupira-t-il. Ah, mon vieux, comme je la ferais danser ! Ah, le petit démon ! Le diable emporte ces étudiantes ! Les rares qui se laisseraient faire vous courent après sur le campus pour vous obliger à les épouser.

— Et moi, je veux voir Juanita, grogna Elmer. Assez causé, n'est-ce pas ? Mon cœur palpite rien qu'à penser à Juanny !

— Chacal, j'y suis ! Va-t'en emprunter dix dollars au nouveau répétiteur de chimie et de physique. Il me reste un dollar soixante-quatre et c'est tout.

— Mais je ne le connais pas.

— Naturellement, imbécile. Et c'est pour cela que je te l'ai suggéré ! Joue-lui le truc du chèque qui n'est pas arrivé. Je fais encore une heure de boche, pendant que tu lui soutires les dix dollars…

— Tu ne devrais pas parler ainsi, fit lugubrement Elmer.

— Si tu fais le coup, comme je suis sûr que tu vas le faire, nous attrapons le train de cinq heures seize pour Caton.

Ils l'attrapèrent.

Le train était composé d'une voiture de voyageurs, d'un fumoir, d'un wagon mixte pour fumeurs et marchandises, et d'une vieille locomotive rouillée et son tender. Le roulis était tel sur les aspérités de la voie, dans le soir qui tombait, qu'Elmer et Jim entrèrent en collision et durent s'agripper au dossier de leur siège. La voiture tanguait comme un cargo dans la tempête. D'énormes et rudes fermiers faisaient perpétuellement la navette pour aller boire un coup et, en passant, ils tombaient sur eux, ou bien se cramponnaient à l'épaule de Jim pour se retenir.

De toute part, dans ses vitres sales, ses ferrures rouillées, ses paillassons boueux, l'antique fumoir suait l'odeur aigre et écœurante du tabac à bon marché ; la poussière volait, l'empreinte des mains se gravait dans la peluche. Le wagon était bondé. Les voyageurs venaient s'installer sur l'appui de leur siège pour héler des amis installés de l'autre côté.

Indifférents à la saleté, à l'odeur et à la foule, Elmer et Jim restaient là silencieux, excités, haletants, la bouche ouverte, les yeux voilés, rêvant à Juanita et à Nellie.

Juanita Klauzel et Nellie Benton, loin d'être des filles en cartes, étaient, l'une, caissière au self-service de Caton, l'autre, apprentie couturière. C'étaient de bonnes filles, mais aimant le plaisir et qui ne dédaignaient pas un petit extra pour s'acheter des souliers rouges ou du chocolat à la noisette.

— Juanita — ah, la mignonne — comme elle comprend bien vos ennuis, fit Elmer, en descendant les marchepieds boueux, à la lugubre gare en pierre de taille de Caton. Elmer n'était encore qu'un bleu, frais émoulu des salles de billard et du lycée de Paris, Kansas. C'était alors un grand garçon maladroit et intimidé par la présence des femmes de vie légère. Il se cognait aux tables, gueulait très haut, pour que le monde sache combien il était brave dans le vice. Bruyant, il l'était encore, et fier de ses vices, quand il se trouvait sous l'influence de la boisson. Mais, après trois ans et trois mois d'université, il avait appris à se faire aimer des femmes. Confiant, parfaitement à l'aise, gardant même le silence, il savait les regarder dans les yeux avec une ardeur amusée.

Juanita et Nellie, avec la tante de cette dernière — veuve vertueuse qui savait être discrète —, habitaient un trois pièces au-dessus de l'épicerie du coin. Elles venaient de revenir de leur travail quand Elmer et Jim grimpèrent l'escalier extérieur de bois branlant. Juanita était allongée sur une ottomane que son tapis oriental rouge et jaune, avec son vizir barbu fumant le narghilé, ses trois almées en pantalons de gaze, et une mosquée à peine plus grande que le vizir, ne suffisaient pas à faire ressembler à un lit. Repliée sur elle-même, serrant sa cheville dans sa main lasse et nerveuse, elle était plongée dans la lecture d'un chapitre émoustillant de Laura Jean Libbey. Son corsage bâillait à la gorge et ses bas montraient des mailles filées. Comme elle ressemblait peu à son nom de Juanita — avec ses cheveux d'un blond cendré, pâle et suave, un éclair de passion mal caché dans ses yeux bleus !

Nellie, robuste et gaie, brune comme une Juive, était vêtue d'une vilaine robe de chambre. Elle était en train de faire du café et se répandait en plaintes contre sa patronne, la pieuse couturière, plaintes auxquelles Juanita ne prêtait aucune attention.

Les jeunes gens se faufilèrent dans la chambre sans frapper.

— Oh, les vilains — de nous surprendre comme cela, nous qui ne sommes pas habillées ! glapit Nellie.

Jim se glissa vers elle, lui ôta la main de l'anse de la cafetière, et fit en riant :

— Mais n'êtes-vous pas heureuses de nous voir ?

— Je ne sais pas si je suis heureuse ! Allons, laissez-moi ! Un peu de tenue, je vous en prie !

Bien que ne possédant pas l'habileté de Jim Lefferts, Elmer se savait à présent un pouvoir sur les femmes — sur certaines femmes. Silencieux, plein du désir de Juanita, sur laquelle il concentrait la puissance de son regard, il se laissa tomber sur ce qui était toujours, pour l'instant, un divan oriental, effleura sa main pâle du bout des doigts et murmura :

— Pauvre petite, comme vous avez l'air fatiguée !

— Je le suis et vous n'auriez pas dû venir cet après-midi. La tante de Nellie s'est mise dans tous ses états la dernière fois.

— Bravo, la tante ! Mais n'êtes-vous pas contente, vous, de me voir ?

Pas de réponse.

Des yeux hardis se fixent sur les siens qui se détournent gênés, reviennent, puis cherchent refuge au plafond.

— Pas contente ?

Silence.

— Juanita ! Et moi qui ai tant soupiré pour vous depuis que je vous ai vue ! (Il lui toucha la gorge du doigt, mais doucement.) Ne l'êtes-vous pas un peu, heureuse ?

Tournant la tête, elle le regarda un instant, et c'était là un aveu inexprimé. Elle murmura vivement : « Allons, assez ! » comme il lui prenait la main, mais elle se rapprocha de lui et s'appuya sur son épaule.

— Vous êtes si grand, si fort, soupira-t-elle.

— Ah, non, vous ne savez pas comme je tiens à vous ! Le président, le père Quarles — *Querelle* lui irait mieux, ah ! ah ! — vous vous rappelez, je vous ai parlé de lui ? — il m'en veut parce qu'il croit que c'est moi et Jim qui avons lâché les chauves-souris dans la chapelle. Et j'en ai tellement soupé de cet énorme cours de bible hebdomadaire — et de tous ces sacrés vieux farceurs. Et puis, je pense à vous. Ah, si vous étiez là, de l'autre côté du poêle dans ma chambre, avec vos mignonnes petites pantoufles rouges, perchée là sur la tringle de nickel, ce que je serais heureux ! Vous ne me prenez pas tout à fait pour un imbécile, dites ?

Jim et Nellie, tout en préparant le café, en étaient maintenant à se pincer, à se dire des obscénités, des « Hé, là ! bas les pattes ! »

— Allons, mes enfants, changez de frusques et sortons, nous vous payons à dîner et peut-être aussi à danser, proclama Jim.

— Impossible, dit Nellie. Tante est furieuse parce que nous sommes revenues tard du bal avant-hier soir. Nous ne pouvons pas sortir et il faut vous sauver avant qu'elle revienne.

— Ah, non, pas de ça !

— Im-pos-si-ble !

— Ah, c'est joli de rester là à tricoter ! Dites que vous attendez des types et que vous voulez vous débarrasser de nous. C'est bien ça, n'est-ce pas !

— Non, ce n'est pas ça, monsieur Jim Lefferts, et si c'était ça, ça ne vous regarderait pas !

Pendant que Jim et Nellie se querellaient, Elmer avait glissé la main derrière l'épaule de Juanita et la pressait lentement contre lui. Il était convaincu, terriblement convaincu, qu'elle était belle, qu'elle était superbe, qu'elle était la vie. Il y avait le ciel dans le doux contour de son épaule et sa chair pâle était comme de la soie vivante.

— Passons dans l'autre chambre, supplia-t-il.

— Oh, non ! pas maintenant.

Il lui saisit le bras.

— Eh bien — n'entrez pas pendant une minute, jeta-t-elle. Et, tout haut, aux autres : je vais m'arranger les cheveux. Je suis affreuse !

Elle fila dans sa chambre. Le sang-froid d'Elmer avait disparu. Il ressemblait maintenant à un gros bébé joufflu et peureux. Pour cacher son émotion, il se mit à rôder dans la chambre et à épousseter un vase rose et or avec son grand mouchoir tout chiffonné. Il était près de la porte de la chambre.

Il jeta un rapide coup d'œil sur Jim et Nellie. Ils se tenaient les mains pendant que le café bouillait joyeusement. Le cœur d'Elmer battait. Il se glissa dans l'entrebâillement de la porte, qu'il referma, et murmura, comme pris de terreur :

— Oh, Juanita !

II

1

Pendant des années, le péché dans lequel se vautraient Elmer Gantry et Jim Lefferts avait empli de désespoir les cœurs chrétiens à Terwillinger College. Tous les racontars les visaient de leurs flèches acérées, qui pourtant manquaient leur cible. Avait-on prié une seule fois à l'YMCA sans déplorer leurs extravagances ?

On avait vu Elmer flancher quand, à la chapelle, le Recteur, le révérend Dr. Willoughby Quarles, s'était montré particulièrement inspiré dans ses exhortations, mais Jim avait entraîné Elmer dans son incrédulité ardente.

Dans tout Gritzmacher Springs, dans le cabinet des professeurs affiliés au saint ministère, dans les chambres d'étudiants, dans la petite salle de prière derrière l'auditorium, de saintes âmes conspiraient avec le Seigneur contre l'impiété sereine et zélée d'Elmer. Partout, à travers la tourmente de neige, vous auriez pu entendre murmurer : « Il y aura plus de réjouissance pour un pécheur qui se repent… »

Ceux-là même des étudiants qui n'étaient pas particulièrement réputés pour leur piété, qu'on soupçonnait de jouer aux cartes et de fumer en secret, ceux-là même tombaient en extase — si toutefois ils ne blaguaient pas. L'avant-centre de l'équipe de football, camarade d'Elmer et de Jim avant sa conversion, et maintenant fiancé à une forte et sainte étudiante suédoise, se leva de lui-même à l'YMCA et fit la promesse à Dieu de l'aider à se concilier les faveurs d'Elmer.

Mais c'est en Eddie Fislinger surtout que brûlait le feu sacré, maintenant qu'Eddie était reconnu comme un prophète en herbe, voué à courber un jour sous son inspiration une des plus grandes Églises baptistes de Wichita ou même de Kansas City.

Eddie organisa toute une journée et toute une nuit de prière pour le salut d'Elmer à laquelle tout ce qu'il y avait de dévot assista, au risque d'être porté absent en classe et d'essuyer les remarques désobligeantes des professeurs. Sur le plancher nu de la chambre d'Eddie, au-dessus du magasin de couleurs de Knute Halvrosted, de trois à seize jeunes gens s'agenouillèrent ensemble et il n'y avait pas eu dans l'histoire d'exemple de combat livré à Satan aussi complètement couronné de succès que celui-là. En fait, un des assistants, soupçonné de sympathie pour la secte des Holy Rollers[1], s'arrangea pour être pris de convulsions. L'assistance trouva bien que c'était pousser les choses un peu plus loin que le Seigneur et l'Église baptiste ne le désiraient. Mais, quand on prie à trois heures du matin, et qu'on est déjà soûlé de café et d'éloquence, ce n'est là qu'un stimulant de plus.

Au matin, ils sentirent qu'ils avaient décidé l'Éternel à prendre Elmer sous son sein et, bien qu'Elmer lui-même eût

---

1. Secte de fanatiques qui se roulent sur le sol en extase.

passé toute la nuit dans le sommeil du juste, sans se douter de toutes ces prières destinées à attirer sur lui la miséricorde divine, ce n'était là sans doute qu'un exemple de la longanimité où peut atteindre Dieu. Le Seigneur intervint pourtant très bientôt.

Au grand dam d'Elmer — Jim, lui, se confinait dans une rage silencieuse — l'intimité de leur chambre se vit violée par des hordes de gens mal peignés, les cheveux dans les yeux, l'extase sur le visage, et une bible sous le bras. Impossible de se réfugier nulle part. A peine s'était-il débarrassé d'un disciple, à l'aide d'un de ces arguments audacieux et blasphématoires que lui avait patiemment appris Jim, qu'un autre sortait de derrière un arbre et lui tombait dessus.

A sa pension — chez la mère Metzger, là-bas dans Beech Sreet — un derviche de l'YMCA croassa en passant le pain à Elmer :

— Avez-vous jamais étudié un grain de blé ? C'est merveilleux ! Et vous croyez qu'une chose comme cela s'est créée *elle-même* ? Non, il a fallu que quelqu'un la créât. Et qui ? Dieu ! Quiconque ne reconnaît pas Dieu dans la Nature — et ne le reconnaît avec contrition — est un sot. Un sot !

Les professeurs qui, jusque-là, avaient regardé d'un œil rageur les retards d'Elmer aux cours lui souriaient niaisement et accueillaient avec indulgence les excuses qu'il leur présentait au sujet de ses pensums. Le recteur lui-même l'arrêta dans la rue et l'appela « mon enfant ». Il lui serra la main avec une affection qu'Elmer — il s'en accusait lui-même — n'avait rien fait pour mériter.

Il assurait Jim qu'il n'y avait rien à craindre, mais Jim avait pris l'alarme, et Elmer plus encore quand, à toute heure, il s'entendait saluer d'un : « Nous avons besoin de toi, mon vieux — le monde a besoin de toi ! »

Et Jim avait raison d'avoir peur. Elmer s'était toujours montré prêt à sacrifier ses plaisirs favoris, ou, plus exactement, à se morfondre en voyant des étudiantes qui, les cheveux ramenés en arrière sur un front ovoïde, priaient en public avec un air farouche. Pareilles sirènes de la morale pouvaient fort bien prendre au piège un adorateur du beau sexe, bon enfant et inflammable comme Elmer.

Il y avait là une terrible jeune femme originaire de Mexico, Missouri, qui taquinait toujours Jim, en le suppliant de lui dire de ces choses si drôles sur la religion. Sur quoi elle gloussait d'un rire pieux : « Ah, le malin ! Vous ne croyez pas un mot de ce que vous dites. Tout ça, c'est du bluff ! » Elle avait un long et singulier regard en coin, un regard qui promettait beaucoup, si au préalable on voulait bien passer par l'autel. Sans les grands efforts déployés par Jim, peut-être bien qu'Elmer se fût fiancé à elle.

L'Église et l'école du dimanche dans le village de Paris (Kansas), une bourgade de neuf cents habitants originaires d'Allemagne et du Vermont et appartenant au culte évangélique, avaient développé en Elmer la crainte de l'appareil religieux. Cette crainte, il n'arrivait pas à s'en défaire et c'est elle qui l'empêchait d'accomplir des actes raisonnables comme celui de tordre le cou à Eddie Fislinger. Ce petit temple baptiste d'un blanc farineux avait été le centre de toutes ses émotions, le théâtre de ses farces d'écoliers, le lieu où il avait connu la faim, le sommeil et l'amour. Dans la Maison du Seigneur, on glissait des punaises dans les coussins des stalles, on faisait des soupers de Mission avec du pâté, du poulet, on écoutait des sermons soporifiques et l'on côtoyait de souples fillettes en mousseline blanche. Tout ce qui touchait aux arts, aux sentiments — voire à la sentimentalité — tout cela était pour Elmer inséparable de l'Église.

Sauf la musique de cirque, les parades du 4 juillet, le chant de « Columbia, perle de l'océan » et « Cloches, tintez ! » qu'il avait entendus à l'école, toute la musique qu'Elmer avait connue dans son enfance était de la musique d'Église.

Les hymnes ! La voix d'Elmer était faite pour les hymnes. Sa voix les roulait comme celle d'un nègre. Le tonnerre des orgues au credo de Nicée :

Saint, saint, saint ! tous les saints t'adorent,
En jetant leur couronne d'or dans la mer scintillante…

Les pique-niques de l'école du dimanche ! La limonade, les courses à quatre pattes, le voyage dans la charrette à foin en chantant « Ramenons Nellie chez elle ».

La veillée de Noël à l'école du dimanche ! La joie de veiller, au su de tous, jusqu'à neuf heures trente ! L'arbre de Noël, prodigieux de hauteur, étincelant de lumières, brasillant de guirlandes et d'étoiles d'argent, parsemé de flocons de neige en coton. Les deux poêles chauffés au rouge. Des lumières, des lumières, encore des lumières. De pleins seaux de bonbons et, pour chaque enfant, un cadeau — traditionnellement un livre, un bel album d'images, plein d'agneaux et de volcans. Et saint Nicolas ! — n'était-ce pas Lorenzo Nickerson, le peintre en bâtiment, affublé d'une barbe, arborant de belles joues rouges, et si spirituel quand il bonimentait en offrant leurs cadeaux aux enfants qui s'avançaient pour les recevoir. Et l'enchantement, la pure magie, du Quatuor de Dames chantant le miracle, les bergers qui gardaient leurs troupeaux dans la nuit, sur les sommets bruns et mystérieux des collines baignées par le scintillement des étoiles.

L'Église, l'école du dimanche lui avaient tout enseigné, sauf, peut-être, le goût de la loyauté, de la bonté et de la raison.

2

Même si Elmer n'avait pas connu l'Église par habitude acquise, il y aurait été amené par sa mère. Hormis son amitié pour Jim Lefferts, la seule affection véritable d'Elmer allait à sa mère, et sa mère appartenait à l'Église.

C'était une petite femme énergique, chicanière, mais bonne, passant sans transition des caresses passionnées à des prières non moins ferventes. Elle était douée d'un courage peu commun. Laissée veuve de bonne heure par Logan Gantry, marchand de fourrage, de farine, de bois et d'instruments agricoles, gros homme jovial enclin aux dettes et au whisky, elle avait subvenu à ses besoins et à ceux d'Elmer en pratiquant divers petits métiers : fabriquer des chapeaux, cuire le pain et vendre le lait. Elle tenait un magasin, *Chapeaux et Modes*, étroit et obscur mais fièrement campé en pleine grand-rue, et elle assurait à Elmer ses trois cents dollars par an, lesquels, avec ce qu'il gagnait l'été à la moisson et sur les chantiers de bois, suffisaient à le faire vivre — à Terwillinger du moins, en l'an de grâce 1902.

Son ambition avait toujours été de voir Elmer prédicateur. Femme d'un tempérament jovial, mais lucide et fort scrupuleuse quand on lui rendait la monnaie, seule pouvait l'égarer, la ravir, la vue d'un prédicateur debout en redingote sur une estrade.

Depuis l'âge de seize ans, Elmer faisait honorablement partie de l'Église baptiste. Malgré sa corpulence, il avait été dûment immergé dans les eaux de la Kayooskae par un robuste évangéliste. Dans son enthousiasme sacré, celui-ci ne s'était pas contenté de le tremper dans la rivière, mais lui avait plongé la tête sous l'eau, de sorte que le pauvre Elmer en était sorti avec des hoquets, en état de grâce et couvert de vase. En outre, il avait été sauvé à plusieurs reprises et, une fois entre autres qu'il avait la pneumonie, le pasteur et les dames patronnesses qui lui avaient fait visite estimèrent qu'il avançait rapidement dans la grâce.

Il n'en avait pas moins résisté au désir qu'avait sa mère de le voir ministre. Il lui aurait fallu renoncer à ses vices et, d'année en année, il en découvrait de nouveaux, avec une complaisance béate. Et puis, il se sentait gauche et honteux quand il lui fallait comparaître devant la troupe joyeuse des farceurs de Paris et poser au dévot.

Résister à sa mère lui fut difficile même à l'université. Elle ne lui venait qu'aux épaules, mais telle était sa bouillante vigueur, l'agilité malicieuse de sa langue, son attachement vigilant à lui, qu'il avait peur d'elle autant que des sarcasmes de Jim Lefferts. Il n'osa jamais lui avouer son incrédulité et se contentait de murmurer entre ses dents : « Ah, mère, je ne sais pas. L'ennui, c'est que les prédicateurs ne font guère fortune. Rien ne presse, voyons. On aura toujours le temps de se décider. »

Elmer était en passe de devenir avocat. Ma foi, cela n'était pas si mal, pensait-elle. Qui sait, il irait peut-être un jour au Congrès pour réformer la nation tout entière sur le modèle de son bien-aimé Kansas. Et pourtant, s'il avait pu participer des mystères qui planent sur la table de communion…

Elle avait discuté de tout cela avec Eddie Fislinger. Eddie était originaire d'une ville située à douze milles de Paris. Il fallait encore bien des années pour qu'il fût ordonné ministre, mais les gens de sa paroisse lui avaient accordé une licence de prédicateur dès sa deuxième année à Terwillinger. Pendant un mois, certain été, tandis qu'Elmer faisait la moisson, nageait dans les étangs ou dévalisait les vergers, Eddie avait bel et bien assuré l'intérim de la chaire baptiste de Paris.

Quand Mrs. Gantry le consulta, Eddie prodigua ses conseils avec la dignité qui convenait à ses dix-neuf ans.

Ah, oui, c'était un beau jeune homme que frère Elmer, si fort ! — tous l'admiraient ; un peu trop séduit par les vains appâts de ce monde, mais il était jeune ; sans aucun doute, Elmer se rangerait un jour et serait un bon mari chrétien, un bon père, un habile homme d'affaires. Quant au ministère, ah, non ! Mrs. Gantry devait se garder de s'immiscer dans ces mystères, laisser faire la vocation, attendre la mystérieuse et irrésistible révélation, telle qu'Eddie lui-même l'avait connue un soir, transporté d'extase, dans un champ planté de choux. Non, il ne fallait pas penser à ça. Il s'agissait seulement, pour le moment, de faire descendre la grâce sur Elmer, ce qui, Eddie ne le lui cachait pas, ne serait pas une mince affaire.

Sans doute, expliquait Eddie, quand Elmer avait reçu le baptême, à seize ans, s'était-il senti une conviction, avait-il reçu l'invite, allégé soudain du fardeau de ses péchés. Mais Eddie se demandait s'il avait bien fait la véritable expérience du salut. Non, il n'était pas véritablement en état de grâce. Il n'avait pas été ce qu'on appelle *régénéré*.

Eddie analysa le cas par le menu, termes pathologiques à l'appui. Quelles que fussent les difficultés dans lesquelles il se débattait en philosophie, en latin et en mathématiques, jamais depuis l'âge de douze ans Eddie Fislinger n'avait éprouvé de difficulté à comprendre les desseins du Tout-Puissant, son omnipotence dans l'histoire.

— Loin de moi l'idée de condamner les sports, disait Eddie. Il faut des corps robustes pour souffrir et peiner en portant au monde l'Évangile. Pourtant, il me semble que le football détourne de la religion. Elmer, du moins pour l'instant, je le crains, n'est pas en état de grâce. N'importe, ma sœur, ne nous inquiétons pas ! Faisons confiance au Seigneur ! J'irai trouver Elmer moi-même et je verrai ce que je peux faire.

Ce dut être approximativement à cette époque — ce fut en tout cas sûrement au cours des vacances entre leur deuxième et leur troisième année — qu'Eddie s'en fut trouver Elmer à la ferme où il travaillait, le considéra : énorme, couvert de foin, les bras nus dans son tricot, parla prudemment de la couleur du temps et s'en retourna Gros-Jean comme devant.

Quand Elmer était au logis, il essayait affectueusement de mettre le programme de sa mère en pratique. Il allait se coucher à neuf heures trente sans trop grogner, passait à la chaux le poulailler et accompagnait sa mère à l'église. Pourtant Mrs. Gantry ne pouvait s'empêcher de le soupçonner de boire de la bière et de mettre en doute l'histoire de Jonas et de la baleine. Elmer, troublé, l'entendait sangloter quand elle s'agenouillait devant son grand lit d'autrefois à courtines blanches.

3

De son côté, le zèle de Jim Lefferts s'était alarmé et il avait fait tous ses efforts pour qu'Elmer restât fidèle à ses principes.

A tout prendre, Jim était encore plus empressé, plus importun qu'Eddie.

Le soir, quand Elmer mourait d'envie de dormir, Jim argumentait ; le matin, quand Elmer aurait dû préparer sa leçon d'histoire, Jim lui faisait la lecture d'Ingersoll et de Thomas Paine.

— Comment m'expliques-tu donc ça, voyons, comment l'expliques-tu ? suppliait Jim. D'après le Deutéronome, Dieu a fait tourner les youtres pendant quarante ans dans le désert sans que s'usent leurs souliers. C'est bien cela que dit la Bible. Et tu crois ça ? Et tu crois que Samson perdit sa force parce qu'une femme lui coupa les cheveux ? Dis donc ! Tu crois que ses cheveux avaient quelque chose à voir avec sa force ?

Jim allait et venait dans la chambre étouffante, donnait des coups de pied aux chaises, menaçait du doigt, ses bons yeux soudain enfiévrés, pendant qu'Elmer restait là, ballant sur le rebord du lit, le front dans ses mains, plutôt content de voir Jim se battre pour son âme.

Pour prouver qu'il était resté un libre penseur robuste et sain, Elmer entraîna un soir Jim et, ensemble, non sans peine, ils démantelèrent un petit cabanon en planches qu'ils remontèrent sur les escaliers du bâtiment de l'administration.

Elmer oublia presque de se faire de la bile après ce qui advint à Eddie avec le docteur Lefferts.

Le père de Jim exerçait la médecine dans un village voisin. Replet, barbu, d'un tempérament débonnaire, il était grand liseur et affichait fièrement son athéisme. C'est lui qui avait appris à Jim à croire et à boire. S'il avait envoyé Jim dans cette pieuse université, c'est qu'elle ne coûtait pas cher, et puis cela l'amusait de voir son fils troubler l'inquiète confiance des bigots. Il survint et trouva Elmer et Jim très agités dans l'attente de l'arrivée d'Eddie.

— Eddie a dit, gémit Elmer, il a dit qu'il venait me voir pour me sortir encore des preuves comme quoi j'irai tout droit en enfer. Docteur, je ne sais pas trop ce que j'ai. Vous feriez mieux de m'examiner. Je dois être anémique ou je ne sais quoi. Ma foi, jadis, si Eddie Fislinger avait souri de moi — ah ! l'animal, lui, sourire de moi ! — s'il m'avait dit qu'il venait dans ma chambre, je lui aurais dit : « Le diable, si tu y viens ! », et je lui aurais frotté les côtes.

Le docteur Lefferts ronronna dans sa barbe. Ses yeux brillaient.

— Votre ami Fislinger en aura pour son argent. Au nom sans importance du ciel inexistant, Jim, tâche de ne pas avoir l'air surpris si tu vois ton respectable père se donner des airs pieux.

Quand Eddie arriva, on le présenta à un docteur Lefferts tout onction et cordialité, qui lui serra la main avec l'aménité, la vigueur des politiciens, des représentants de commerce ou des dévots. Le docteur était épanoui :

— Frère Fislinger, mon fils que voici et Elmer me disent que vous avez essayé de leur révéler la véritable religion selon la Bible.

— Du moins, ai-je tâché.

— Cela me réchauffe le cœur de vous l'entendre dire, frère Fislinger ! Vous ne sauriez croire quelle douleur c'est pour un vieillard qui approche de la tombe, pour quelqu'un dont la prière et la Bible sont la seule consolation — le docteur Lefferts avait veillé jusqu'à quatre heures du matin, trois jours auparavant, en jouant au poker et en parlant biologie avec ses copains, le juge et l'éleveur anglais — quelle douleur, dis-je, c'est pour lui de voir que son fils unique, James Blaine Lefferts, est un incrédule. Mais peut-être réussirez-vous où j'ai échoué, frère Fislinger. On me prend pour un vieux radoteur fanatique. Voyons — vous croyez vraiment à la Bible ?

— Oh oui ! fit Eddie en jetant un regard de triomphe sur Jim, appuyé à la table, les mains dans ses poches et sans plus d'expression qu'un morceau de bois.

Elmer, lui, était drôlement pelotonné dans le fauteuil Morris, les mains sur la bouche.

Le docteur déclara d'un ton approbateur :

— C'est splendide. Vous croyez en chaque mot, j'espère, et d'un bout à l'autre ?

— Oui. Ce que je dis toujours, c'est que mieux vaut prendre la Bible en bloc que pleine de trous.

— Mais c'est une idée frappante que cela, frère Fislinger. Il faut que je la grave dans ma mémoire pour la redire à tous ces soi-disant esprits forts, si j'en rencontre ! « La Bible en bloc, plutôt que pleine de trous. » C'est bien pensé et c'est bien dit. C'est de vous ?

— Oh, pas précisément.

— Je vois, je vois. C'est splendide.

Une sorte de camaraderie féconde en épanchements semblait s'être établie entre Eddie et le docteur. Ils considéraient avec pitié la mine embarrassée des deux hérétiques exclus de cette ardeur communicative. Le docteur Lefferts fourragea dans sa barbe et murmura :

— Et naturellement, frère Fislinger, vous croyez à la damnation des enfants.

Eddie expliqua :

— Non, cette doctrine n'est pas celle des baptistes.

— Vous, vous…

Le bon docteur étouffait, il tira sur son col, haleta et gémit :

— Pas celle des baptistes ? Vous ne croyez pas à la damnation des enfants ?

— Mais, non…

— Alors, que Dieu assiste l'Église baptiste et la doctrine baptiste ! Que Dieu nous assiste tous, dans ces jours d'impiété ; qu'Il écarte de nous le fléau de l'infidélité ! — Eddie était en nage, pendant que le docteur lui tapotait ses mains rondelettes en disant avec douleur : Faites attention, mon frère ! C'est bien simple. Ne sommes-nous pas sauvés en nous baignant dans le sang de l'Agneau et par cela seul, uniquement par son sacrifice saint ?

— Heu… oui, mais…

— Alors, ou bien nous sommes lavés et sauvés, ou bien nous ne sommes ni l'un ni l'autre ! C'est la vérité simple et vraie, et tous les détours, les oh ! et les ah ! touchant cette claire et belle vérité, sont des artifices de Satan, mon frère ! Et à quel moment un être humain, fatalement voué au péché, est-il digne du baptême et du salut ? A deux mois ? A neuf ans ? A seize ? A quarante-sept ? A quatre-vingt-dix-neuf ? Non ! Au moment de sa naissance ! S'il n'est pas baptisé alors, il brûlera éternellement en enfer. Que dit-elle, l'Écriture ? Il n'est pas sous le ciel d'autre nom par qui nous puissions être sauvés. Ça peut paraître un peu dur de la part de Dieu de rôtir de beaux petits bébés en enfer, mais pensez aux belles femmes qu'il aime à y faire griller à la grande édification des saints ! Mon frère, mon frère, je comprends maintenant pourquoi notre Jim et ce pauvre Elmer ont perdu la foi ! C'est parce que des chrétiens pratiquants comme vous leur présentent une religion émasculée ! Mais oui, ce sont les gens comme vous qui détruisent la vraie foi et laissent libre cours à la haute critique, au sabellianisme, à la nymphomanie, à l'agnosticisme, à l'hérésie, au catholicisme, à l'Église adventiste du septième jour et à toutes ces horribles inventions germaniques ! Une fois que vous doutez, le mal est fait ! Oh, Jim et vous, Elmer, je vous ai dit de prêter l'oreille à notre ami ici présent, mais maintenant, je le trouve bel et bien un libre penseur.

Le docteur se traîna jusqu'à une chaise. Eddie restait là tout pantois.

C'était la première fois de sa vie que quelqu'un l'accusait de faiblesse ou de relâchement dans la foi... Il s'était accoutumé à se voir reprocher d'être trop vigoureux et en tirait vanité. Vitupérer l'ivrognerie lui procurait un plaisir semblable à celui que les étudiants éprouvaient à boire. Il tenait de ses maîtres, quand il ne les tirait pas de son propre cerveau, toutes sortes de réponses prêtes, quand ses camarades le trouvaient vieux jeu parce qu'il s'en prenait violemment au jeu de dominos, à la communion publique, à la valse, au port de la robe en chaire, à la promenade dominicale, aux romans, à la transsubstantiation, et à cette nouvelle embûche du démon qui s'appelle le cinéma. Il était capable d'effrayer toute espèce de mécréant. Mais, être accusé lui-même de tiédeur, s'entendre appeler hérétique et tire-au-flanc — à ces inconcevables attaques il ne savait que répondre.

Il voyait l'air douloureux du docteur, il regardait Jim et Elmer qui semblaient désolés de le voir faillir à sa mission spirituelle, et il se réfugia en secret dans la prière.

Les vacances de Noël arrivèrent...

Quelqu'un, probablement Eddie, avait informé la mère d'Elmer du retour de son fils à la foi. Il avait eu soin lui-même de ne souffler mot de ces rumeurs compromettantes dans les lettres hebdomadaires qu'il lui écrivait. Mais, durant toutes les vacances, il sentit que sa mère s'était rapprochée de lui et qu'elle était prête à donner l'assaut à son âme au premier signe de faiblesse. Leur pasteur — le révérend Mr. Aker, connu à Paris sous le nom du révérend Aker — lui serra la main à la porte de l'église avec un empressement aussi lourd de menaces que celui de ses professeurs de Terwillinger.

Privé de l'appui de Jim, sachant qu'à n'importe quel moment Eddie pouvait accourir de la ville voisine pour prêter main-forte à Mrs. Gantry, Elmer passa des vacances plutôt inquiètes. Pour se remonter le moral, il concentra son attention sur la bouteille et sur la fille d'un fermier voisin. Mais il avait bien peur que ses vacances ne sonnassent le glas de son indépendance.

Eddie était dans le train qui le ramenait à l'université et cela même lui parut une menace. Il y était en compagnie d'un autre défenseur de la foi. Il ne dit rien à Elmer des délices de l'enfer, mais lui et son compagnon semblaient réprimer leur envie de rire avec une audace plus que déconcertante.

Jim Lefferts ne retrouva plus sur le visage d'Elmer cette probité et cette constance qu'il attendait.

III

1

A l'université, le début de janvier était pour l'YMCA une semaine de prière. C'était un véritable événement qui, à Terwillinger, avait cette année-là d'autant plus d'importance que l'université avait l'honneur d'héberger pour trois jours un personnage de marque : Judson Roberts, secrétaire de l'Association pour tout l'État, grand personnage à la fois du point de vue individuel et officiel.

Il était jeune, ce Mr. Roberts, trente-quatre ans seulement et déjà célèbre dans tout le pays, ce qu'à vrai dire il avait toujours été ; il avait joué dans une équipe de football fameuse à l'université de Chicago, avait fait partie de celle de base-ball, avait été chef du groupe des débats oratoires, et il avait également pris la direction de l'YMCA. On lui avait donné le surnom de trois-quarts de la prière. Il continuait à s'occuper de sport — on disait même qu'il avait boxé contre Jim Jeffries dans l'intimité ; quant à la prière, il s'y adonnait de plus en plus. Comme chef il était aimable, serviable. D'un bout à l'autre du Kansas, des centaines d'étudiants l'appelaient familièrement « ce vieux Jud ».

Entre deux prières à Terwillinger, Judson Roberts tenait ses assises dans la salle de conférence d'histoire biblique, à une longue table, sous une carte de la Terre Sainte d'un jaune bilieux. C'est là qu'il recevait les étudiants en audience privée. On n'a pas idée du nombre de ceux qui venaient là en cachette, tremblant, les yeux détournés, pour lui demander conseil touchant certaines habitudes secrètes. Le vieux Jud témoignait d'une extraordinaire adresse à deviner le mal avant même qu'on le lui eût confié.

Il prenait cela si virilement, si gentiment :

— Allons, mon vieux, je vais te dire. Eh oui, c'est terrible, mais tu n'es pas seul dans ton cas ; allons, allons, il faut se secouer et se confier au Seigneur dans la prière. Souviens-toi que tout lui est possible pour nous secourir. D'abord, tu dois te débarrasser de… J'ai bien peur que tu ne possèdes quelques vilaines images, qui sait ? quelque livre scabreux dissimulé quelque part, hein ? C'est ça, mon vieux ?

Comment ce diable de Jud avait-il deviné ? Ça, c'était épatant !

— Bon, bon. J'ai un plan merveilleux, mon vieux. Étudie les missions et demande-toi quelle propreté, quelle pureté et quelle énergie il faut avoir pour porter les joies de la religion à tous ces vieux bouzous qui croupissent dans le bouddhisme et le paganisme. N'aimerais-tu pas les regarder dans le blanc des yeux pour leur faire honte ? Ensuite, il te faut beaucoup d'exercice. Sors et cours comme le diable ! Puis, des bains froids. Diablement froids. Et voilà !

Il se levait enfin et vous serrait la main énergiquement :

— Allons, file, et n'oublie pas ce que je t'ai dit, ajoutait-il avec un sourire qui désarmait ; allons, file et cours vite !

Jim et Elmer allèrent entendre Jud à la chapelle. Il était étonnant. Il leur raconta une anecdote gaillarde au sujet d'un homme qui avait embrassé une jolie fille, ce qui ne l'empêcha pas d'atteindre à des hauteurs vertigineuses pour décrire la joie de la prière, de la prière sans réserve qui élève l'homme et le rend pareil aux petits enfants. Il les attendrit jusqu'aux larmes par l'émotion avec laquelle il évoqua le Christ enfant, orphelin, puis, un moment après, les remplit d'admiration. Faisant saillir ses grosses omoplates musclées, il assura qu'il casserait la gueule à la première canaille qui viendrait lui ricaner à la face et débiter des mensonges dans ses réunions, au premier qui viendrait entraver la marche de la grande entreprise par de méprisables arguties de sceptique, d'athée ou de poseur ! A la grande joie des jeunes gens, ravis de voir qu'ils avaient affaire à un type qui avait du sang dans les veines, Jud avait employé, oui, ils avaient bien entendu, l'expression de « casser la gueule » et autres du même acabit.

Jim relevait de la grippe. Impossible de pondre même un sarcasme. Il restait là, replié sur lui-même, le menton touchant les genoux. Elmer pouvait se gorger d'héroïsme ! Ah, oui ! Il se croyait des muscles, mais ce type-là, Judson Roberts, en voilà un qui pouvait faire coucher Elmer, et sept fois sur cinq ! Il avait dû être un fameux joueur de football !

Il essaya bien, quand ils furent rentrés dans leur chambre, de faire partager à Jim son admiration pour son héros, mais Jim éternua et se mit au lit.

Elmer déclamait devant les banquettes vides et ce lui fut une vraie joie quand Eddie Fislinger gratta à la porte et entra.

— J'veux pas vous déranger, les amis, mais j'ai remarqué que vous assistiez à la réunion du vieux Jud cet après-midi. Il faut que vous reveniez l'entendre demain soir. C'est la grande réunion de la semaine. Là, sincèrement, Chacal, ne trouves-tu pas que Jud est un véritable type ?

— Accordé, c'est un chic type.

— Ah, comment ! Un chic type, un type comme il y en a peu !

— Un as, pour un calotin !

— Allons, allons, Chacal, pas d'insultes ! Avoue-le, c'est un vrai requin du football.

— Il en a l'air et j'aurais bien voulu faire une partie avec lui.

— N'aimerais-tu pas faire sa connaissance ?

— Ma foi…

A cet instant critique, Jim, pour protester, leva sa tête douloureuse :

— C'est un briseur de grèves de la foi ! Un de ces rudes gaillards qui veulent vous faire croire que c'est le jeûne et la prière qui les ont faits ce qu'ils sont naturellement. Je ne donnerais pas deux sous de la peau d'un pauvre soûlaud qui s'aventurerait en présence du vieux Jud ! Ah, là, là, ce coup dans le ventre ! Espèce de gringalets de cinquante kilos, essayez voir de faire un chrétien et un homme comme moi !

Eddie et Elmer protestèrent contre cette caricature de leur héros et Eddie avoua qu'il avait pris sur lui de faire l'éloge de son ami au vieux Jud. Il ajouta que ce dernier en avait été ravi, et que, plus que probablement — telle était la bonté du grand homme — il viendrait voir Elmer dans l'après-midi.

Avant qu'Elmer ait eu le temps de décider si la nouvelle lui faisait plaisir ou l'indignait, avant que Jim, atteint dans ses forces vives, ait pu le faire à sa place, la porte céda sous un poing puissant et héroïque et livra passage à Judson Roberts, grand comme un ours, aimable comme un épagneul et reluisant comme dix soleils.

Il entreprit sans plus tarder le siège d'Elmer, car il fallait qu'avant six heures il ait bâclé l'affaire d'une demi-douzaine de sceptiques ou d'adeptes clandestins du tabac. C'était un beau jeune homme, un géant aux cheveux bouclés encadrant un visage souriant, qui, quand la stratégie l'exigeait, savait élever une voix d'ailleurs pareille à celle des taureaux du Rassan. Avec les sœurs égarées, à moins que l'égarement fût extrême, Jud savait être aussi doux que les violettes des bois qui tremblent sous la brise parfumée.

— Hello, le Chacal ! claironna-t-il. Votre main !

Elmer avait la plaisante habitude de serrer la main des gens jusqu'à la faire craquer. Pour la première fois de sa vie, ce fut la sienne qu'il sentit inerte et endolorie. Il se la frotta d'un air innocent.

— Beaucoup entendu parler de vous, Chacal, et de vous, Jim. Au lit ? Voulez-vous que je trotte chercher un docteur ?

Le vieux Jud s'était installé sans façon sur le rebord du lit de Jim, et, à la clarté de son sourire, Jim Lefferts lui-même dut tempérer l'aigreur et l'ironie de son : « Non, merci ! »

Roberts se retourna vers Elmer :

— Eh bien, mon fils, on m'a raconté un tas de choses sur ton compte. Sapristi, ça a dû être splendide, ce match avec l'université de Thorvilsen ! Il paraît que la ligne que tu as attaquée a cédé comme une éponge, et que le grand Suédois que tu as plaqué s'est écroulé comme frappé par la foudre.

— Oui, oui, un bon match.

— Bien entendu, j'ai lu les journaux à ce moment-là.

— Sans blague ?

— Et, naturellement, je voulais en savoir plus long et faire ta connaissance, Chacal. Alors j'ai demandé de tes nouvelles aux copains et, dis donc, ils ont l'air de te gober ! J'aurais bien voulu t'avoir dans mon équipe à l'université de Chicago, il nous aurait fallu un plaqueur comme toi.

Elmer rayonnait.

— Oui, monsieur, les amis m'ont tous raconté quel type épatant tu fais, quel athlète de premier ordre, et quel gentleman numéro un. D'après eux, il n'y a qu'un point qui cloche, l'ami Elmer.

— Hein ?

— On dit que tu es un lâche.

— Quoi ? Qui dit cela ?

Judson Roberts fit deux pas et mit la main sur l'épaule d'Elmer.

— Tout le monde, Chacal ! Vois-tu, il faut qu'un type soit solide pour admettre qu'il est battu quand il ose s'attaquer à Dieu ! Il faut avoir du cœur au ventre pour pouvoir s'agenouiller et reconnaître son néant quand tout le monde se moque de Lui ! Et ce courage-là, tu ne l'as pas, mon ami Elmer. Oh, oui ! tu te crois tellement grand…

Le vieux Jud le fit virer et, de la main, lui broya l'épaule.

— Tu te crois trop fort, trop bon, pour te joindre à ces pauvres rien-du-tout d'évangélistes, hein ! Il n'y en a pas un que tu ne puisses mettre *knock-out* ! Hein ? Eh bien, j'en suis un, moi. Veux-tu me mettre *knock-out* ?

D'un geste prompt, Roberts avait enlevé sa veste et, sous une chemise de soie rayée, il révélait son torse qui bombait.

— Parions, Chacal ! Je me bats avec toi pour la gloire de Dieu ! Dieu a besoin de toi ! Peux-tu imaginer quelque chose de plus beau pour un costaud comme toi que de passer sa vie à sauver les pauvres, les faibles, les malades et les lâches ? Ne vois-tu pas, espèce d'empoté, que tous ces misérables gringalets, tous ces gosses te suivraient, te loueraient et t'admireraient ? Suis-je, oui ou non, un rat d'église malingre ? Peux me rosser ? Veux-tu essayer ?

— Pour ça, non ! Mr. Roberts.

— Judson, espèce de fromage mou, appelle-moi vieux Jud !

— Ah, non ! Judson, je crois que vous m'avez eu ! Je peux en mettre une bonne, mais je ne m'y frotterais pas avec vous !

— Parfait, vieux frère. Et tu crois encore que les gens de religion sont des moules ?

— Non.

— Des femmelettes ?

— Non.

— Des menteurs ?

— Oh, non !

— Parfait, vieux. Alors on peut faire une paire d'amis, si ça ne te déplaît pas.

— Sûr.

— Alors, je ne te demande qu'une faveur. Viendras-tu à notre grande réunion, demain soir ? Tu n'auras absolument rien à faire. Si tu nous crois des bluffeurs, libre à toi. Au moins, viens, et ne nous condamne pas à l'avance. Fais donc un peu usage de cette bonne caboche que Dieu t'a donnée et vois-nous tels que nous sommes. Tu viendras ?

— Ah mais ! et comment !

— Très bien, vieux frère. Je suis fier que tu me permettes de venir te relancer comme ça, sans façon. Rappelle-toi. Si tu as franchement l'impression que j'abuse de mon influence sur les camarades, tu viendras me dire mon fait et tu verras que j'encaisserai ! Salut, mon vieil Elmer ! Salut, Jim. Dieu vous bénisse !

— Salut, Jud.

Il était parti, en coup de vent, emportant comme un fétu l'imperceptible Eddie Fislinger.

Jim Lefferts se sentit plus libre.

Pendant un instant, après la prestation de Judson Roberts, Elmer, ravi, savoura les louanges qu'il lui avait prodiguées, mais, sentant peser sur lui les yeux de Jim, il se détourna avec défiance vers le lit.

Après s'être dévisagés comme s'ils allaient se battre, Elmer commença sur un ton furieux :

— Eh bien ! alors, pourquoi n'as-tu rien dit pendant qu'il était là ?

— A qui ? Parler à un loup pendant qu'il flaire la viande ? Et puis, il est intelligent, le frère !

— Ah ! je suis content de te l'entendre dire, parce que, eh bien ! vois-tu, je vais t'expliquer ce que je sens.

— Oh non ! mon mignon ! Tu n'en es pas encore à faire des miracles. Sûr qu'il est intelligent. De ma vie je n'ai jamais entendu pareil prêchi-prêcha. Sûr ! Tout ce qu'il demande, c'est que tu viennes lui frotter les oreilles et lui dire que tu as décidé de lui refuser ta créance.

— Ma quoi ?

— Ta croyance en son bluff, et sûr qu'il va démissionner pour se refaire maçon. Sûr. Mais oui, il a lu ton nom célèbre, lu tous les détails du grand match avec Thorvilsen. Il a fait venir de New York la *Revue des Revues* pour en savoir davantage. Eddie Fislinger ne lui en a jamais soufflé mot. C'est dans le *Times* de Londres qu'il a lu l'histoire de ton plaquage. Mais bien sûr. Ne l'a-t-il pas dit ? Et c'est un saint qui ne saurait mentir. Devenir ton ami, mais c'est chez lui un besoin irrépressible. Il n'y a pas plus de deux mille étudiants à qui il puisse faire gober ça ! Si j' crois au bon vieux Dieu barbu des juifs, et comment ! Il n'y a que lui qui ait pu créer ce tas d'idiots qui existent dans le monde !

— Allons, Jim, voyons, tu ne comprends pas Jud.

— Non, je ne comprends pas. Et dire qu'il pouvait faire un superbe boxeur, au lieu de s'acoquiner avec des asticots comme Eddie Fislinger !

Cela dura ainsi jusqu'à minuit, en dépit de la fièvre qui secouait Jim.

Elmer n'en fut pas moins présent à la réunion présidée par Judson Roberts, le lendemain soir, mais sans la protection de Jim, qui était resté au logis et avait été d'une humeur si massacrante qu'Elmer avait envoyé chercher le docteur et s'était éclipsé tout l'après-midi.

2

C'est sans doute Eddie qui avait écrit ou télégraphié à Mrs. Gantry pour lui conseiller d'assister au meeting. Paris n'était qu'à soixante milles de Gritzmacher Springs.

Elle était donc venue, heureuse d'entendre un « bon et vrai prédicateur », comme elle disait, et d'assister à la belle réunion.

3

Celle-ci eut lieu, non pas à l'Association des jeunes chrétiens, mais dans le plus vaste auditorium de la ville, car les fidèles de l'Église baptiste et des centaines de citoyens s'étaient joints aux étudiants.

L'église était un massif bâtiment de pierre brune à arceaux mauresques, avec une immense fenêtre en forme d'étoile, encore privée de ses vitraux.

Elmer espérait être assez en retard pour entrer inaperçu, mais, pendant qu'avec sa mère il s'avançait vers le porche roman, des étudiants bavardaient dehors. Ils murmurèrent, il en était sûr :

— Tiens, le voilà, le Chacal, Gantry. Dites donc, c'est vrai qu'il a fait amende honorable ? Je croyais qu'il détestait l'Église plus que n'importe qui à l'université.

Si humble qu'Elmer se fût montré devant les conseils de Jim, les menaces d'Eddie et les objurgations de sa mère, l'humilité ne lui était pas naturelle, et il jeta sur ces mauvaises langues un regard de défi :

« Je leur ferai voir ! Ils croient que je vais donner dans le panneau… »

Il s'aventura jusque dans les stalles du premier rang, à la joie de sa mère, qui avait eu peur de le voir, comme d'habitude, se glisser dans le fond, tout près de la porte, pour éviter de se faire prendre à parti par le prédicateur.

Ayant reçu les donations d'un ancien élève plein de zèle, qui avait fait fortune dans les hôtels, en Alaska, au moment de la ruée vers l'or, l'église était richement décorée ; des colonnes égyptiennes à chapiteaux dorés s'élevaient vers la voûte, où scintillaient des étoiles et voletaient des nuages plus laineux que la laine ; les murs étaient gaiement bariolés en trois couleurs superposées, vert, outremer et kaki. Immense et résonnant d'échos, ce soir-là elle était comble ; dans les travées on voyait des professeurs aux moustaches effilées qui avaient apporté leur vieille bible écornée, des étudiants en tricot ou en chemise de flanelle, des étudiantes studieuses en simple mousseline parée de modestes rubans, des vieilles filles de la ville au sourire exagéré, de vénérables patriarches de la campagne dont la barbe dissimulait mal l'absence de cravate à leur col, des

vieilles aux épaules cassées, de jeunes couples qui, embar-
rassés d'une marmaille rampante et vagissante, dévisageaient
des célibataires soudain gênés.

Arrivé cinq minutes plus tard, Elmer n'aurait pu trouver
de siège au premier rang. Maintenant, impossible de
s'échapper. Il était coincé entre sa mère et un gros homme
poussif ; sur le bas côté de la travée, se tenaient debout de
pieux tailleurs et des maîtres d'école dévots.

L'assemblée entonna « Quand on fait appel au
Très-Haut » et Elmer renonça au brûlant mais vain désir
de s'évader. Sa mère se blottissait béatement contre lui et
sa main lui touchait orgueilleusement la manche. L'allure
guerrière de l'hymne le fit vibrer :

> *Quand retentira la trompette du Seigneur,*
> *Quand le temps ne sera plus,*
> *Et que brillant et beau l'éternel matin luira...*

Tous se levèrent pour chanter « Nous réunirons-nous
auprès du fleuve ? ». Obscurément, Elmer commençait à
sentir les liens qui l'unissaient à ces humbles pleins de
ferveur — ses compatriotes de la prairie ; ce menuisier
gauche, un brave type, toujours confondu en salutations
aimables ; cette fermière si courageuse, toute ridée par le
labeur des pionniers ; ce camarade de cours, admirable
joueur de basket-ball et maintenant absorbé dans le chant
de l'hymne, la tête renversée, les yeux clos, la voix sonore.
Oui, c'était bien son peuple. Comment le trahir, comment
résister à ce courant unanime de foi et d'espérance ?

> *Oui, nous nous rassemblerons auprès du fleuve,*
> *Le fleuve si beau, si beau,*
> *Nous nous réunirons avec les saints au fleuve*
> *Qui coule auprès du trône de Dieu.*

Comment rester loin d'eux, dans le vide glacé des raisonnements de Jim, en ce jour où ils devaient se réjouir au chaud soleil du matin, près du fleuve qui roule vers le Trône impérissable ?

Et sa voix — il n'avait fait que balbutier les paroles du premier hymne — s'éleva dès lors sans réserve :

Bientôt finira notre pèlerinage,
Bientôt dans la mélodie de la paix,
Palpiteront nos cœurs heureux.

Sa mère lui donna un petit coup sur la manche. Il se souvint de lui avoir entendu dire qu'il était le meilleur chanteur qu'elle eût jamais entendu et Jim Lefferts avait acquiescé en disant :

— Ma foi, à l'entendre chanter, on dirait que ces hymnes absurdes veulent dire quelque chose.

Il remarquait que ses voisins le regardaient avec plaisir quand le gros bourdon de sa voix dominait leur carillon fêlé.

Tout cela n'était que préliminaires destinés à chauffer l'auditoire de Judson Roberts. Le vieux Jud était bien en forme. Il riait, criait, s'agenouillait, essuyait de véritables larmes ; il aimait tout le monde, parcourait l'auditoire, donnait des tapes sur l'épaule et, en cet instant, chacun sentait en lui un ami plus proche que tous les proches.

« Réjouis-toi comme un homme fort qui va courir une course », ainsi avait-il intitulé son sermon.

Roberts était bien un véritable athlète, et, doué par ailleurs d'un réel talent oratoire, il savait donner vie à ses propos. Il décrivit le grand match entre Chicago et Michigan. Elmer ne faisait plus qu'un avec lui ; il revivait avec lui les phases de la lutte, la longue course avec le ballon, la foule qui se levait dans les gradins pour l'acclamer.

Puis la voix de Roberts s'adoucit. Maintenant il plaidait. Il ne s'adressait pas, disait-il, à des faiblards qu'il faut enjôler pour les faire entrer dans le Royaume, mais à des forts, à des hommes valides, à des hommes armés pour le juste combat. Il existait une course, déclara-t-il, plus passionnante encore que tous les matches, une course dont le but n'était pas l'affichage d'un certain nombre de points sur un tableau, mais la création d'un monde nouveau, une course dont aucun journal ne parlait, mais qui aboutissait à la gloire éternelle ; course dangereuse, réservée aux hommes forts, course extatique, débordante d'émotions ! Il parla d'une équipe qui avait élu le Christ pour capitaine ! Le Jésus qu'il prêchait n'était pas un Jésus timide, mais l'aventurier dont la joie était de s'associer avec les gens du commun, les pêcheurs téméraires, les capitaines, les gouvernants ; celui qui avait osé faire face aux soldats dans le jardin, qui avait affronté les myrmidons de Rome et la mort elle-même ! Allons, voyons ! Qui donc se sentait valeureux ? Qui donc avait du cran ? Qui voulait vivre avec plénitude ? Allons, que ceux-là paraissent !

Il était là parmi eux, Judson Roberts, les bras tendus, la voix claironnante. Des jeunes gens sanglotaient et s'agenouillaient ; une femme poussait des cris ; des gens écartaient du coude ceux qui se tenaient dans les bas-côtés et se pressaient aux premiers rangs, pour s'agenouiller dans un paroxysme de bonheur et, tout à coup, ils poussèrent en avant Elmer Gantry, un Elmer ahuri, qui se laissait aller jusqu'à souhaiter ne faire plus qu'un avec ce Judson Roberts.

Sa mère lui secouait la main, le suppliait :

— Oh, ne viens-tu pas ? Ne veux-tu pas rendre ta vieille maman heureuse ? Apprends à connaître la joie de te rendre à Jésus !

De ses vieux yeux plissés coulaient des larmes qui rappelaient à Elmer les matins d'hiver où cette bonne mère lui permettait de rester au lit et lui apportait sa bouillie sur le plancher glacial, les soirs d'hiver où il s'éveillait pour la trouver encore penchée sur sa couture, et cette heure confuse et intimidante, dans l'abîme de ses premiers souvenirs, où il l'avait vue sanglotant près d'un cercueil qui contenait quelque chose de monstrueux et de froid qui était son père.

Le joueur de basket-ball lui donnait des petites tapes suppliantes sur l'autre bras.

— Cher vieux Chacal qui n'as jamais voulu être heureux, qui as été si seul ! Allons, partage notre bonheur ! Tu sais bien que je ne suis pas une nouille. Pourquoi ne pas connaître avec nous la joie du salut ?

Un vieillard mince, digne, un homme aux yeux secrets, qui avait connu des batailles et les gorges des montagnes, tendait les mains vers Elmer, l'implorant avec une humilité déconcertante :

— Oh, venez, venez avec nous, ne restez pas là à faire languir Jésus, ne laissez pas le Christ, qui est mort pour nous, attendre dehors, par ce froid, à vous supplier !

Et soudain, fonçant comme un éclair à travers la foule, voici que Judson Roberts se lançait sur Elmer, le distinguant entre tous, faisant appel à son amitié — Judson Roberts le magnifique, qui l'implorait :

— Vas-tu me faire de la peine, Elmer ? Voyons, vieux, vas-tu me laisser partir misérable et battu ? Vas-tu me trahir comme Judas, quand je t'ai offert mon Jésus comme le présent le plus précieux que je pouvais t'apporter ? Vas-tu me souffleter, m'humilier, me blesser ? Viens ! Pense à la joie de te débarrasser de tous ces vilains petits péchés dont tu as une telle honte ! Ne veux-tu pas te mettre à genoux avec moi, ne veux-tu pas ?

Sa mère poussait des cris :

— Ne veux-tu pas, Elmer ? Avec lui et avec moi ? Ne veux-tu pas nous rendre heureux ? Ne veux-tu pas te montrer grand et oublier la peur ? Regarde comme nous t'appelons, comme nous prions pour toi !

— Oui ! murmurait-on autour de lui. Aide-moi à te suivre, mon frère, j'irai si tu le veux !

C'était comme un réseau inextricable de voix blanches comme la colombe, et noires, effroyablement noires, comme le deuil, des voix qui tonnaient comme l'éclair, qui s'enlaçaient autour de lui, l'enchaînaient — les appels de sa mère, l'hommage de Judson Roberts.

Un instant il vit Jim Lefferts, il l'entendit, péremptoire :

— Mais oui, bien sûr, ils le croient. Ils s'hypnotisent eux-mêmes. Mais ne te laisse pas hypnotiser par eux !

Il vit les yeux de Jim, qui pour lui seul voilaient leur dur éclat, des yeux tristes qui imploraient son amitié. Il luttait, confus, balbutiant, comme un enfant à qui ses aînés en imposent, effrayé, accablé. Ah ! qu'il voulait être honnête, fidèle à Jim, fidèle à lui-même, à ses braves péchés et au châtiment qu'il pouvait encourir ! Mais les voix écartaient ces visions, ces voix qui le cernaient, comme la vague le nageur épuisé. Sans volonté, étonné de se voir tel un géant enchaîné, il se sentait poussé, par sa mère d'un côté, par Judson de l'autre, au milieu de cette foule qui l'entourait en exultant.

Ébahi, misérable, traître à Jim.

Arrivé au premier rang et à genoux devant les stalles, une pensée lui vint qui arrangea tout. Mais oui ! Les deux choses étaient possibles ! Il pouvait garder Judson et sa mère et conserver le respect de Jim. Il n'avait qu'à amener son ami à Jésus, et ils entreraient ensemble dans la béatitude !

Rassuré par cette idée, il s'agenouilla et, soudain, sa voix s'épancha en confessions, tandis que les clameurs de l'auditoire, les éjaculations de Judson et de sa mère, excitaient en lui une sorte de satisfaction fervente. Ah que c'était beau et bon de céder à la ferveur mystique !

A peine savait-il ce qu'il disait. C'était la foule qui voulait pour lui. Les paroles qu'il prononçait n'étaient pas de lui. Il répétait les mots des prêcheurs inspirés, des fidèles hystériques qu'il avait entendus depuis son enfance :

— Mon Dieu, j'ai péché ! Mes péchés m'accablent ! Je suis indigne de votre charité ! Ô Jésus, intercédez pour moi ! Ah, que le sang répandu pour moi soit mon salut ! Mon Dieu, je me repens vraiment de mes péchés et je soupire après la paix éternelle en votre sein !

Non, jamais plus il ne s'enivrerait, jamais plus il ne suivrait les filles imbues de leur corps, jamais plus il ne blasphémerait. Oui, il connaissait désormais les ravissements de la rédemption, ainsi que la joie d'être le centre d'intérêt de toute une foule.

C'était lui le plus grand des convertis, aussi grand par la taille que Judson Roberts, c'était Elmer que tous les étudiants et la plupart des gens de la ville trouvaient important, et de cette importance, Elmer avait pleinement conscience.

Sa mère pleurait.

— Oh, mon chéri, c'est l'heure la plus heureuse de ma vie ! Cela fait tout oublier ! Je suis si fière. Je n'ai jamais vu personne lutter avec le Seigneur comme tu as fait. Oh ! mon petit Elmer, n'est-ce pas que tu vas persévérer ? Tu as rendu ta vieille mère si heureuse ! Toute ma vie, j'ai

souffert, j'ai attendu, j'ai prié, mais c'est fini maintenant !
Oh, oui, n'est-ce pas que tu vas persévérer ?

Ah, lui donner une telle joie !

Tenant enfermée dans la sienne la main d'Elmer, Judson
s'exclama :

— J'aurais été ravi de t'avoir dans mon équipe à Chicago,
mais combien plus ravi je suis de t'avoir avec moi dans
l'équipe du Christ ! Si tu savais comme je suis fier de toi !

Être lié à Judson pour toujours !

La gêne d'Elmer se mua peu à peu en une robuste
autosatisfaction.

Tous l'entouraient à présent, lui serraient la main,
le félicitaient ; l'avant-centre de l'équipe de football,
le professeur de latin, l'épicier de la ville lui donnaient
l'accolade ; la barbiche tremblotante, sa lèvre glabre secouée
d'un tic nerveux, le président Quarles n'en finissait plus :

— Venez, frère Elmer, montez sur l'estrade et dites-
nous quelques mots, il le faut, nous en avons besoin, votre
splendide exemple nous a bouleversés !

Elmer ne savait trop comment il était parvenu jusqu'aux
gradins de l'estrade, à travers le flot des convertis. Il
soupçonna plus tard que Judson Roberts avait enrôlé des
connaissances expertes dans l'art de cogner.

Il baissa les yeux, et voilà que sa frayeur revint. Mais tous
pleuraient de tendresse pour lui. L'Elmer Gantry qui, pendant
des années, avait semblé prendre plaisir à défier le collège était
le même Elmer qui, en même temps, avait soupiré après la
popularité. Il en jouissait maintenant : la popularité, presque
l'amour, presque le respect, lui étaient offerts, et il vivait dans
toute sa plénitude son rôle de beau jeune premier.

Il se lança alors dans une confession plus flamboyante
encore :

— Oh ! c'est la première fois que je connais la paix de Dieu ! Je n'ai rien fait de bien, parce que ce que j'ai fait ne menait pas à la vérité ! Je croyais être un honnête membre de l'Église, mais je n'avais jamais vu la vraie lumière. Je refusais de plier les genoux et d'avouer que je n'étais qu'un misérable pécheur. Je les plie désormais. Oh, que l'humilité est douce !

A vrai dire nullement agenouillé, Elmer se dressait de toute sa massive hauteur et agitait les mains ; il éprouvait peut-être de l'humilité, mais il l'exprimait à la manière d'un homme annonçant qu'il est prêt à rosser quiconque, dans n'importe quel cabaret. D'ardents alléluias lui répondirent. Couvert de sueur, ses propres déclamations l'avaient plongé dans l'extase.

Soudain, un miracle se produisit : dix minutes après sa propre aventure, Elmer opérait sa première conversion.

Longtemps connu pour être un pilier des salles de billard où l'on met à la poule, un adolescent scrofuleux bondit, son visage huileux contracté, et cria : « Mon Dieu, pardonnez-moi ! » Il se jeta furieusement dans la foule, courut au banc des pénitents et s'étendit à terre, la bouche écumante et convulsionnée.

Alors, les alléluias s'élevèrent et finirent par noyer les appels accélérés d'Elmer, qu'entourait de son bras Judson Roberts. Sa mère se tenait à genoux, le visage illuminé d'une céleste clarté. On termina en clamant hystériquement :

Attirez-moi plus près, ô Seigneur !
A vos côtés précieux et saignants.

Elmer était triomphant, il était roi, il était un juste.

L'exaltation retombée, il put aller se promener seul dans la nuit froide et réelle, le long d'une rue bordée non point de brillantes colonnades, mais de cottages tassés tristement dans la neige et l'air hostile, sous des étoiles sans aménité.

Il voulait sauver Jim ! Mais voici qu'au Jim de ses rêves, à un Jim au regard empreint de dévotion et brûlant d'extase, faisait place un Jim chagrin et courroucé. L'orgueil d'Elmer ne survécut pas à l'éclipse de ce rêve.

« Est-ce que, se demanda-t-il, est-ce que je n'aurais pas été un pur imbécile ? Jim m'avait dit qu'ils m'auraient si je perdais la tête. Et voilà que je ne peux même plus fumer sans être promis à l'enfer. »

Fumer, il voulait fumer, tout de suite !

Il alluma une cigarette.

C'est en vain que, pour se remonter, il se murmura :

« Non, je n'ai pas été un hypocrite ! Je me suis réellement repenti de tous mes péchés imbéciles. Et même le tabac, il faut que j'y renonce. Oui, je l'ai bien senti… La paix de Dieu…

« Mais pourrai-je persévérer ? Ah, mon Dieu, impossible ! Ne plus boire, ne plus…

« Je me demande si le Saint-Esprit était bien descendu sur moi ? Changé, oui, je me suis senti changé ! Ou bien était-ce à cause de maman, de Judson et de tous ces dévots avec leur raffut ?

« C'est Jud Roberts qui m'a mis dedans. Avec toutes ses histoires de grand frère. C'est probablement comme ça qu'il s'y prend partout. Jim va dire… Au diable, Jim ! J'ai bien le droit d'agir à ma guise ! Est-ce que ça le regarde si je me range ? Ah, ça s'est passé épatamment ! Et ce type qui se lève et se convertit ! Il n'y en a pas beaucoup de gars qui convertissent les autres, à peine convertis eux-mêmes, comme j'ai fait, moi ! Ça, c'est du Moddy[1] ! Ça bat tous

---

1. Missionnaire américain célèbre pour son prosélytisme.

les records ! Oui, monsieur, peut-être qu'ils ont raison. Peut-être que le Seigneur veut faire avec moi de grandes choses, même si je n'ai pas toujours été ce que j'aurais dû, par ci, par là, mais c'était sans malice, gentiment, pour la rigolade.

« Jim ? mais quel droit a-t-il de se mêler de mes affaires ? L'embêtant avec lui c'est qu'il croit tout savoir. Je crois que tous ces vieux types si calés qui ont écrit tous ces bouquins sur la Bible, je crois que ceux-là en bavent plus long que ce petit poseur sceptique du Kansas !

« Oui, monsieur ! Toute la bande ! Et venant à moi comme si j'étais le grand prédicateur d'Amérique !

« Ça ne serait pas si mal d'être un prêcheur avec une grande Église et c'est diablement plus facile que de potasser des livres de droit, de plaider devant un jury et de tomber sur un confrère qui en sait plus long que vous.

« Une fois qu'on est en chaire, les gens sont obligés d'avaler ce qu'on leur dit, impossible de répondre, pas de questions contradictoires ! »

Il grimaça rapidement un petit sourire ironique, puis :

« Pas gentil de parler comme ça. Même si un type ne se conduit pas bien lui-même, il est inexcusable de se moquer des gens de bien comme les prêcheurs… C'est là que Jim se trompe.

« Pas digne d'être un prêcheur. Mais si Jim Lefferts se figure une seule seconde que j'ai peur de me faire prêcheur et que je crains son bagout… Est-ce que je ne sais pas ce que j'ai senti quand j'étais là sur l'estrade, avec tous ces gens qui gueulaient et poussaient des cris de joie ? Ah, mais, je le sais bien, moi, si j'ai fait ou non l'expérience du salut ! Et je n'ai pas besoin d'un James Blaine Lefferts pour me l'apprendre ! »

Il monologua ainsi pendant une heure de promenade frileuse. Le doute, plus que le vent de la prairie, faisait frissonner Elmer. Par moments lui revenait l'exaltation de sa mystique aventure, mais il savait qu'il lui faudrait bien se confesser à l'inexorable Jim.

4

Il était plus d'une heure du matin. Sûrement Jim dormait et, le lendemain, il pourrait se produire un miracle. Le matin promet toujours des miracles.

Il ouvrit doucement la porte, en la maintenant avec la main. Il y avait de la lumière sur le lavabo près du lit de Jim, une petite lampe à essence dont on avait baissé la mèche. Il s'avança sur la pointe des pieds en faisant crier le plancher sous son poids énorme.

Soudain, Jim fut sur son séant et remonta la lampe. Il avait le nez et les yeux rouges, il toussait. Il ouvrait de grands yeux que rencontrèrent ceux d'Elmer immobile près de la table.

Jim lui jeta à brûle-pourpoint :

— Alors… Ça y est ! T'es sauvé ! Tu t'es laissé ordonner docteur en sorcellerie baptiste ! Fini ! Tu peux aller au paradis !

— Allons, voyons, Jim !

— Suffit ! Plus rien à dire ! Et maintenant écoute ! fit Jim, qui, plusieurs minutes durant, parla sans s'arrêter.

La nuit presque entière se passa à livrer combat pour délivrer l'âme d'Elmer. S'il ne perdait pas, Jim ne gagnait pas non plus. Tandis que, lors du meeting évangéliste, le visage de Jim était venu flotter entre Elmer et Judson, masquant la vision de la croix, c'était maintenant le groupe de sa mère et de Judson qui flottait triste et confus devant lui, étendant un voile sur les exhortations de Jim.

Elmer prit quatre heures de sommeil et sortit, chancelant de fatigue, pour aller chercher des gâteaux à la cannelle, un hot-dog et un pot de café pour le déjeuner de Jim. Ils reprenaient la discussion, Jim un peu plus pressant, Elmer de plus en plus irritable, quand le président, le révérend docteur Willoughby Quarles en personne, avec ses favoris, son plastron glacial, son gilet bulbeux et tout le, tremblement, fit son entrée sous l'aile molle et grasse de la logeuse.

Le président serra à plusieurs reprises les mains de ses hôtes, expulsa la logeuse d'un regard acéré et lâcha le tonnerre de sa voix gutturale de prédicateur, une voix caverneuse et lugubre de ventriloque qui roulait les R et les L, la voix très sainte qui convenait au temple qu'il créait rien que par sa présence. Ah, quel soufflet donné aux impudences, aux sarcasmes et au scepticisme enfantin des Jim Lefferts, cet organe sonnant tantôt comme le braiment matinal d'un âne !

— Oh, frère Elmer, quelle chose vaillante vous avez faite ! Je n'en ai jamais vu de plus courageuse ! Un homme grand et fort comme vous, un véritable gladiateur, n'avoir pas peur de s'humilier ! Votre exemple va faire un très, trrrrrrès grand bien ! Et il ne faut pas manquer l'occasion. Vous parlerez ce soir, à l'YMCA, lors de cette réunion que nous organisons pour renforcer les résultats de notre merveilleuse semaine de prière.

— Mais, monsieur le président, impossible ! grogna Elmer.

— Si, si, mon frère, il le faut. Il le faut ! C'est déjà annoncé. Si vous sortez dans une heure, vous aurez la joie de voir les affiches dans toute la ville !

— Mais je ne sais pas faire de discours !

— Le Seigneur vous donnera les mots si vous vous en remettez à Lui ! Je passerai vous prendre à sept heures moins le quart. Que Dieu vous bénisse ! conclut-il avant de partir.

Elmer connut une frousse terrible ; abasourdi, il était cependant gonflé de joie en pensant qu'après s'être longtemps laissé humilier et traîner dans la boue par Jim, il venait de connaître la chance d'être embrassé comme un confrère en apostolat par le président de Terwillinger.

Pendant qu'Elmer était à la recherche d'une décision déjà prise, Jim s'était remis au lit en adressant au Seigneur des propos plutôt venimeux.

Elmer sortit pour voir les affiches. Son nom s'y étalait fort agréablement en lettres énormes

Dans la soirée, après les différents cours où tout le monde avait jeté sur lui des regards de considération, Elmer consacra une heure à la préparation du discours qu'il prononcerait devant les membres de l'YMCA et les dames patronnesses. Jim dormait avec un ronflement pareil au grognement d'un léopard.

Il fallait se mettre immédiatement à la besogne !

Elmer prit à deux mains le rebord de son bureau. La table fit entendre un craquement. Sa force lui fit plaisir. Il ôta son méchant tricot rouge, caressa de la main ses énormes biceps, et s'attela à sa tâche apostolique.

Voyons, les types de l'YMCA s'attendaient à ce qu'il leur dise :

— C'est vrai ! Nous ne sommes rien, rien, sauf… ah, oui ! sauf ce que les impénétrables desseins de la Providence veulent que nous soyons.

Et voilà notre Elmer griffonnant fébrilement dans un cahier de dix cents consacré jusque-là à l'allemand. Il se leva d'un bond, prit un air savant, s'entoura de ses livres : sa bible, cadeau de sa mère, ses manuels d'histoire de l'Église, un des quatorze volumes des *Illustres Sermons* que, dans un accès de bibliomanie consécutive à l'alcool, il s'était procuré à Caton pour la somme de dix-sept cents. Il les empila, les rempila, les tapota avec son stylo.

L'élan initial avait fait long feu.

Soit, il aurait recours à la Bible. La Bible était révélée, oui, littéralement révélée, quoi qu'en puissent dire les railleurs de l'espèce de Jim. Il prendrait le premier texte qui lui viendrait et parlerait là-dessus.

Il l'ouvrit sur ces mots : « Et c'est pourquoi, vous, Tatnaï, qui gouvernez par-delà le fleuve Setarboznaï et vos compagnons, les Apharsachites, qui êtes au-delà du fleuve, éloignez-vous de là ! »

Ça, c'était catégorique, mais ça n'allait guère

Elmer se remit à tirailler sa crinière luxuriante, à se gratter la tête. Diable, il fallait bien trouver quelque chose. Découragé, il effaça les griffonnages qu'il avait faits dans son cahier.

Une irritation lui vint en sentant que Jim s'était éveillé et qu'il se moquait de lui :

— Ça gaze, hein, le Chacal, pour devenir un saint et un savant ? Pourquoi ne chipes-tu pas ton sermon aux païens ? Tu ne serais pas le premier messie à le faire !

Jim lui jeta un petit livre et se replongea dans le sommeil de l'infidélité. Elmer ramassa le livre. C'étaient des extraits d'Ingersoll.

Elmer était furieux.

Comment, emprunter son discours à Ingersoll, cet abominable athée qui critiquait la Bible, qui critiquait tout ? Un type qui ne croyait pas aux Écritures devrait au moins ne pas troubler la foi des autres, ce qui est bien le comble de la vilenie ! Il en avait du toupet, Jim, de lui conseiller de se servir d'Ingersoll ! Il jetterait le livre au feu !

Oui, mais… Tout plutôt que de se torturer les méninges. Et, pour se détendre un peu, il se mit à parcourir le livre au hasard. Déclamation, sarcasme, Elmer s'endormait sur les pages d'Ingersoll. Tout à coup il se dressa, jeta un regard méfiant à Jim qui ne disait mot, et commença de copier rapidement dans son cahier d'allemand cet extrait d'Ingersoll :

> *L'amour est l'unique arc-en-ciel dans le ciel obscur de la vie. Il est l'Étoile du matin et l'Étoile du soir. Il brille sur le berceau de l'enfant et projette ses rayons sur la tombe paisible. Il est le père de l'Art, l'inspiration du poète, du patriote et du philosophe. Il est l'air et la lumière des cœurs, le fondateur du foyer, dont il allume les feux. Il fut le premier à rêver de l'immortalité. Il emplit le monde de mélodie, car la musique est la voix de l'Amour. L'Amour est le magicien, l'enchanteur qui change en joie les choses triviales et qui de l'argile commune fait des reines et des rois. Il est le parfum de la fleur merveilleuse — le cœur — et, sans cette passion sacrée, cette divine défaillance, nous sommes moins que des bêtes ; avec lui, la terre est un Éden et nous sommes des dieux.*

Pendant qu'il recopiait, Elmer eut un moment de doute, mais :

— Zut ! Il est probable que, parmi ceux qui viendront m'entendre ce soir, personne n'aura jamais lu Ingersoll. D'ailleurs j'arrangerai un peu ça.

Quand le président Quarles arriva, Elmer avait achevé le plan de son homélie. Il avait endossé son beau complet croisé de serge bleue et s'était soigneusement brossé les cheveux.

Quand il se leva pour partir, Jim rappela Elmer et lui murmura à voix basse :

— Dis donc, Chacal, tu n'oublieras pas de rendre hommage à Ingersoll et à moi-même pour le tuyau ?

— Va-t'en à tous les diables, répliqua Elmer.

Il y avait à l'YMCA un auditoire considérable et plein de curiosité. Toute la journée on avait discuté sur le campus la question de savoir si le Chacal avait bien opéré son salut et s'il allait mettre fin à ses incartades.

Toutes ses connaissances étaient là, des points d'interrogation dessinés sur la bouche, railleurs ou sceptiques. Leur goguenardise le démonta et il eut un mouvement de colère quand Eddie Fislinger, président de l'YMCA, le présenta.

Son début fut froid et hésitant. Mais Ingersoll lui avait fourni son exorde et il prit feu au son de sa belle voix. Il apercevait son auditoire dans l'hémicycle de l'YMCA à travers une buée lumineuse. Peu à peu il prit confiance. Il ajouta à son topo des idées frappantes qui étaient bien de son cru, à moins qu'il ne les eût cueillies dans quelque trente ou quarante sermons.

En somme, ce n'était pas mal. Cela valait, en tout cas, la moyenne des rhapsodies mystiques débitées en chaire.

Pas un auditeur n'aurait eu l'idée de trouver quoi que ce fût de comique dans le spectacle de ce robuste gaillard qui semblait destiné par la Providence à charger des sacs de charbon et qui pérorait à présent péniblement sur l'amour et sur l'âme. Ils étaient là, les jeunes répétiteurs à peine échappés à la ferme, les vieux professeurs pâlis à force d'avoir sommeillé dans des cabinets de travail mal aérés ; ils étaient là, les yeux respectueusement fixés sur Elmer qui leur jetait d'une voix pleine de trémolos :

— Ah, c'est rudement plus dur pour un type qui a plus l'habitude du plaquage au football que de prendre la parole en public, de faire entendre ce qu'il veut dire. Mais il y a des fois, n'est-ce pas, où on pense un tas de choses sans pouvoir les exprimer comme on voudrait. Ce que je veux vous dire, c'est que, quand un type regarde au fond des choses, et qu'il est en règle avec Dieu, qu'il le laisse remplir son cœur de hautes aspirations, il voit que… eh bien, il voit que l'Amour est la seule chose capable d'éclairer tous les petits nuages sombres de l'existence.

» Oui, messieurs, l'Amour seul ! Il est l'étoile du matin et du soir. Il est même dans le tombeau tranquille, je veux dire qu'il berce aussi ceux qui sont autour du tombeau tranquille. Qu'est-ce donc qui inspire les grands hommes, les poètes, les patriotes, les philosophes ? L'Amour, n'est-ce pas ? D'où sont venues au monde les premières splendeurs de l'immortalité ? De l'Amour ! Il remplit le monde de mélodie, car qu'est la musique ? La musique, qu'est-elle ? La musique ! La Musique est la voix de l'Amour !

Le grand président Quarles se renversa légèrement et chaussa ses lunettes, ce qui donnait à sa figure encadrée de favoris un air savant, sinon celui d'un banquier de chef-lieu en 1850. Il était, sur l'estrade de l'YMCA, méchante plate-forme sous un dôme de plâtre, le centre d'un petit groupe d'une douzaine d'initiés. Le mur derrière eux était couvert de diagrammes ressemblant plutôt à des planches d'anatomie et qui montraient le rachat des âmes en Égypte, le tableau comparatif des sommes dépensées aux États-Unis en missels et en whisky, le voyage d'un pèlerin partant de « Gros mots » pour se diriger, à travers « Tabac », « Cigarettes » et « Cabaret », vers une scène tout à fait réjouissante où il battait sa femme qui ne semblait guère y prendre plaisir. Au-dessus flottait une grande et explicite devise : « Ne te laisse pas vaincre par le mal, mais vainc le mal par le bien. »

Toute la salle exhalait cette odeur de paille humide qui caractérise les lieux de culte, mais le président Quarles n'en avait pas l'air incommodé. Il avait passé sa vie dans les tabernacles et les salles d'étude bien fournies en minces revues ecclésiastiques et en épais volumes de sermons. Il respirait difficilement du nez, mais il semblait habitué à vivre sans air. Il rayonnait, se frottait les mains et jetait des regards satisfaits sur le verso solide de la personne d'Elmer qui commençait à aller de l'avant, de plus en plus sûr de lui. Il tonnait devant son auditoire, le malmenant, prévenant la riposte, faisant toucher les choses du doigt :

— Qu'est-ce qui nous distingue des animaux, sinon l'Amour ! Sans lui, nous sommes — en fait nous ne sommes rien ; avec lui la terre est un paradis, avec lui nous devenons un peu semblables à Dieu lui-même ! Voilà ce que j'avais à dire sur l'Amour, et en voici maintenant les applications. Probablement y en a-t-il beaucoup parmi vous qui pensent comme je pensais autrefois — oui, c'est vrai, je n'ai pas l'intention de me ménager — : je m'imaginais trop bon, trop grand, trop savant pour l'amour divin du Sauveur !

Dites-moi, avez-vous songé à l'audace qui est la vôtre quand vous vous figurez pouvoir vous passer de l'intercession divine ? Voyons ! Il faut croire alors que vous êtes plus grands que Moïse, plus grands que saint Paul, plus grands que Pasteur, ce grand savant !

L'auditoire se répandit en applaudissements quand Elmer se mit à marteler sa conclusion :

— Et vous, mes camarades de première année, vous gagnerez beaucoup de ce temps que j'ai gaspillé si vous convenez maintenant que tant que l'on ne connaît pas Dieu, on ne connaît… rien !

On applaudissait, on lui souriait. Eddie Fislinger gagna Elmer en soupirant :

— Vieux, tu m'as battu à mon jeu comme tu m'avais battu au tien !

On n'en finissait pas de se serrer la main et personne ne la serra avec plus d'ardeur que son ennemi de naguère, le professeur de latin qui soupira :

— Mais où donc avez-vous pris toutes ces belles idées et ces belles métaphores sur l'Amour divin, Gantry ?

— Oh, fit Elmer modestement, à peine sont-elles de moi, professeur. Je crois que je les ai trouvées dans la prière.

7

Judson Roberts, ex-star de football, secrétaire de l'YMCA pour l'État, était dans le train qui l'emportait vers Concordia, Kansas. Dans le couloir il tira quelques bouffées d'une cigarette illégale qu'il jeta ensuite.

— Ma foi, ça n'est pas une mauvaise affaire pour cet Elmer (comment s'appelle-t-il ?) que de s'être converti.

Admettons que ce soit pour la frime. Ça ne lui fera pas de mal en tout cas de se défaire pour quelque temps de certaines mauvaises habitudes. Et puis, qu'en savons-nous ? Peut-être bien que le Saint-Esprit descend véritablement. Ça n'est pas plus impossible que l'électricité. Je souhaite de pouvoir me défaire de ces doutes ! Je les oublie quand je chauffe les gens à blanc dans un meeting évangéliste, mais quand je vois un grand boucher de son calibre, avec ce damné sourire d'idiot répandu sur sa face, j'ai bien envie de me faire agent immobilier. Dieu de Dieu de Dieu, que je voudrais avoir une bonne petite situation d'agent immobilier !

8

Elmer retourna chez lui d'un pied ferme.

« Et de quel droit Mr. James B. Lefferts m'interdirait-il de mettre à profit mon talent pour faire marcher les gens ? Ah mais, c'est qu'ils marchaient ! N'aurais jamais cru pouvoir les remuer comme ça. Aussi facile que le football ! »

Fermement, l'air un peu renfrogné, il entra dans la chambre et jeta son chapeau sur la table.

Jim se réveilla.

— Comment ça a-t-il marché ? Ça a bien pris, l'évangile ?

— Si ça a pris ! trompeta Elmer. Ça a pris, comme tu dis, épatamment. Tu as des objections ?

Tournant le dos à son ami, il alluma la grosse lampe et monta la mèche.

Pas de réponse. Quand il se retourna, Jim avait l'air de dormir.

Le lendemain, à sept heures, il demanda, très conciliant et avec un petit air de protection :

— Je sors jusqu'à dix heures, je t'apporterai à déjeuner ?

Jim lui répondit : « Non, merci », et c'est tout ce qu'il put en tirer ce matin-là.

Quand Elmer revint à dix heures trente, Jim était parti avec tout ce qui lui appartenait, qui était bien mince : trois valises d'effets, une brassée de livres. Il y avait un mot sur la table :

Je m'en vais habiter au Inn Collège pour le reste de l'année. Tu pourras probablement prendre Eddie Fislinger avec toi. Ça te fera plaisir. Il y avait quelque chose de réjouissant à te voir devenir une belle brute, mais ce serait trop d'allégresse que de te voir devenir un directeur spirituel.

J. B. L.

Toute la rage d'Elmer ne rendit pas la solitude de la chambre moins profonde.

IV

1

Le printemps, en son apogée, verdit la prairie. Les lilas masquent la brique et le stuc des bâtiments universitaires, la spirée construit son mur éclatant, et des champs du Kansas parvient le chant des alouettes.

Les étudiants s'accoudent aux fenêtres en interpellant leurs amis, s'ébattent sous le préau, vont tête nue et pondent force vers ; l'équipe de base-ball de Terwillinger a battu celle de Fogelquist College.

Et Elmer n'a pas encore entendu l'appel de Dieu qui décidera de sa vocation et de son avenir.

Pendant le jour il joue aux quatre coins, fait des cabrioles, taquine ses camarades ou bien, assis sur une barrière toute pareille, à ce qu'on dit, à la fameuse barrière de l'université de Yale, il chante : « Les jours les plus heureux qui jamais furent, nous les avons connus à Terwillinger » ; parfois, il s'en va seul dans la petite forêt de cotonniers et de saules au bord de la crique de Tunker, l'année rompt ses chaînes et Elmer fait comme elle, il savoure le bonheur.

Mais ses nuits sont un vrai enfer.

Se sentant coupable de ne pas entendre Dieu, il alla, vers le milieu du mois de mai, trouver le président.

Le docteur Quarles, pensif, lui déclara :

— Frère Elmer, par respect pour l'esprit du ministère, rien ne me répugnerait autant que de créer l'illusion d'un appel là où il n'y en a pas. Ce serait imiter les hallucinations païennes que le catholicisme romain provoque chez ses infortunés fidèles. Avant tout, un prédicateur baptiste se doit d'être délivré de tout leurre ; il lui incombe de fonder son œuvre sur des faits scientifiques solides, confirmés par la Bible et les souffrances du Christ et que, concrètement, nous savons être vrais étant donné les effets qu'ils produisent. Non, non ! Mais je sais aussi que Dieu vous parle, pour peu que vous vouliez l'écouter, et je veux vous aider à écarter le voile profane qui, sans doute, vous obstrue l'ouïe intérieure. Voulez-vous venir chez moi demain soir ? Nous porterons l'affaire devant le Seigneur dans la prière.

Il y avait plutôt là de quoi faire peur.

C'était un délicieux soir printanier, une brise fraîche agitait les branches des sycomores. Le président Quarles avait fermé les fenêtres et tiré les volets de son salon orné des portraits au crayon de notabilités baptistes, équipé de fauteuils de peluche rouge, de petites bibliothèques vitrées renfermant les écrits profanes de clergymen connus pour être par ailleurs poétiques. Le président avait réuni, pour l'assister dans ses prières, les anciens ministres les plus âgés et les plus orthodoxes de la Faculté, ainsi que les chefs les plus suaves et les plus éloquents de l'YMCA conduits par Eddie Fislinger.

Quand Elmer entra, ils étaient à genoux, les bras appuyés sur le dossier de leur chaise, la tête inclinée, occupés à prier ensemble à haute voix. Ils l'observèrent comme des douairières examinant une mariée. Il aurait bien voulu se sauver. Mais le président le retint, le fit s'agenouiller, contrit et mal à l'aise, se demandant quel pourrait bien être le thème de sa prière.

L'un après l'autre, tous se tournèrent vers Dieu pour le supplier d'intervenir en faveur de ce frère qui le cherchait avec tant d'ardeur et de foi.

— Voyons, voulez-vous élever votre voix dans la prière, frère Elmer ? Laissez-vous aller. Rappelez-vous que nous sommes tous avec vous, que nous vous aimons et vous voulons du bien, fit le président.

Ils se pressèrent autour de lui. Le président passa son vieux bras sec autour de l'épaule d'Elmer. On aurait dit un tibia et le président sentait la benzine. Eddie poussait de l'autre côté et se blottissait contre lui. Les autres rampaient tout autour, lui donnant des tapes amicales. Il faisait une chaleur horrible dans la salle, on était entassé. Elmer se sentait comme piégé dans une salle d'hôpital. Il leva les yeux et aperçut la longue figure allongée et rasée d'un ministre aux lèvres minces et serrées, qu'il lui fallait maintenant imiter.

Il tressaillit d'horreur mais essaya de prier. Il geignait :

— Ô Seigneur, aidez-moi, aidez-moi à…

Puis il eut une idée mirifique. Il se releva d'un bond et cria :

— Dites, je crois que l'esprit commence à agir et, peut-être que, si j'allais faire un petit bout de promenade pour prier seul, pendant que vous restez là à intercéder pour moi, cela pourrait m'être utile.

— Je ne le crois pas, commença le président, mais le plus âgé des professeurs suggéra : Peut-être est-ce la volonté du Seigneur. Nous ne devrions pas nous opposer à elle, frère Quarles.

— Soit, soit, fit le président. Eh bien ! faites votre promenade, frère Elmer, et priez avec ardeur. Nous resterons ici à assiéger pour vous le trône du Seigneur.

Et Elmer s'en fut en titubant boire l'air pur et frais.

Quoi qu'il advînt, il ne reviendrait pas ! Ah ! qu'il détestait leurs mains molles et humides comme des pattes de crabe !

Il songea à prendre le dernier train pour Caton et tout oublier dans l'ivresse. Non. Il y perdrait son diplôme ; il n'y avait plus qu'un mois, et cela lui ferait du tort plus tard, quand il faudrait se montrer un vrai avocat, un avocat de grande classe nanti d'un brillant cursus universitaire.

Eh bien, soit ! il le perdrait ! Tout plutôt que de retomber entre leurs pinces et sentir à son oreille l'haleine rance de ces vieux…

Il trouverait quelqu'un, il dirait qu'il était malade, il le ferait annoncer au président et il se ficherait au plumard. Facile ! Tant pis, il n'entendrait pas l'appel, il s'en passerait, ma foi, il ne serait pas ministre.

Mais, perdre la chance de comparaître devant des milliers de gens et de les remuer en leur parlant de l'amour divin et de l'étoile du matin et du soir ! Au moins, s'il pouvait tenir le coup jusqu'à ce qu'il ait fini son séminaire et qu'il se soit mis à la tâche. Alors, si quelque Eddie Fislinger entrait dans son cabinet pour lui respirer dans le cou — alors, ma foi, il serait temps de le mettre à la porte, et comment !

Tout à coup il lui sembla qu'il était appuyé contre un arbre, qu'il arrachait des branches et que, sous le réverbère, Jim Lefferts était là qui le regardait.

— Tu as l'air malade, Chacal, dit Jim.

Elmer fit un effort sur lui-même puis il eut un gémissement :

— Ah, oui, je le suis ! Que diable suis-je allé chercher dans cette galère de religion ?

— Qu'est-ce qu'ils t'ont fait ? Mais n'importe ; ne dis rien. Tu as besoin de boire un coup.

— Ah, bon Dieu, oui !

— J'ai un litre d'eau-de-vie épatante que j'ai déniché à la campagne chez un clair de lune[1], et ma chambre est tout près. Allons, amène-toi.

Un verre avait suffi pour calmer Elmer qui restait là tout ébaubi en s'appuyant vaguement sur Jim, ce Jim qui serait son guide et le tirerait de ce cauchemar.

Mais il avait perdu l'habitude de boire et le whisky eut vite raison de lui. Au milieu du second verre il vantait son talent de prédicateur ; il tenait à apprendre à Jim que jamais, dans les annales de Terwillinger, on n'avait vu orateur pareil à lui. Comment ! mais, au moment même où il parlait, toute l'université priait pour lui, le président et toute la boutique !

— Mais, fit-il avec un léger retour de modestie, tu penses sans doute que je ferais mieux de ne pas y retourner.

Debout près de la fenêtre, Jim répondit lentement :

— Non, je crois que maintenant… tu ferais mieux d'y retourner. J'ai des pastilles de menthe. On ne sentira rien, ou presque. Adieu, Chacal !

Il s'était gagné jusqu'à ce vieux Jim !

Il était maître du monde et ivre seulement un tantinet.

Il s'en alla redressé et heureux. Tout lui paraissait beau. Que les arbres étaient donc grands ! Quelle merveilleuse devanture de pharmacie avec tous ces magazines aux couvertures brillantes ! Et ce piano au loin, quel enchantement ! Ces étudiantes, quelles exquises jeunes filles ! Ces étudiants, quels charmants et rudes gaillards ! Il était en paix avec

---

1. Distillateur clandestin.

toute chose. Et lui, quel bon type il faisait ! Il n'était plus le même. Ah, qu'il allait être gentil pour ce pauvre pécheur solitaire, Jim Lefferts ! A d'autres de désespérer de l'âme de Jim — lui, jamais !

Pauvre vieux Jim ! Que sa chambre était donc vilaine — cette petite chambre avec un lit de rien du tout, tout en désordre, avec la paire de souliers et la pipe en maïs, sur une pile de livres. Pauvre Jim ! Il lui pardonnerait. Il irait nettoyer sa chambre, ce qu'il n'avait jamais songé à faire auparavant, quand ils cohabitaient.

Merveilleuse nuit printanière ! Qu'ils étaient donc chic ces types, le président et les autres, qui sacrifiaient une soirée pour prier pour lui !

D'où lui venait cette allégresse ? Bien entendu, c'était l'appel ! Dieu l'avait visité, spirituellement, sinon corporellement, autant qu'il s'en souvenait. Il était venu ! Maintenant il pouvait partir à la conquête du monde !

Il se précipita chez le président et, du seuil de la porte, tandis qu'agenouillés tous le regardaient avec anxiété, de toute sa hauteur, il cria :

— Il est venu ! Je Le sens partout ! Dieu m'a ouvert les yeux et m'a fait sentir la beauté de ce vieux monde. Il me semble que j'entends Sa voix qui me dit : « Ne veux-tu pas les aimer tous et les aider à être heureux ? Veux-tu vivre dans l'égoïsme, ou bien te sens-tu le désir de leur venir en aide à tous ? »

Il s'arrêta. Ils l'avaient écouté en silence, avec de sourds murmures d'approbation : « Ainsi soit-il, frère ! »

— Oui, que c'était donc exaltant ! Je ne sais comment, je me sens infiniment mieux que tout à l'heure. C'est l'appel, le vrai, j'en suis convaincu. Ne le pensez-vous pas, monsieur le président ?

— Oh, certainement ! déclara le président qui se releva à la hâte en se frottant les genoux.

— Je sens que tout est en règle avec notre frère, il vient d'entendre, en un moment sacré, la voix de Dieu, sous les yeux de qui il accède au plus sublime des ministères, fit remarquer le président au doyen. Ne le sentez-vous pas comme moi ?

— Le Seigneur soit loué, fit le doyen en regardant sa montre.

2

Sur le chemin du retour, une fois seuls, le plus âgé des universitaires dit au doyen :

— Oui, cela fait du bien. Et, hum, c'est légèrement surprenant. Je n'aurais pas cru que le jeune Gantry pût faire longtemps son bonheur des joies modérées du salut. Hum ! Curieuse odeur de menthe qui émanait de lui !

— Il a dû s'arrêter à la pharmacie, au cours de sa promenade, et absorber quelque boisson inoffensive. Voyez-vous, frère, fit le doyen, je n'approuve guère tous ces sirops. Ils sont innocents en eux-mêmes, mais on ne sait jamais où ils peuvent vous mener. Celui qui boit du gingembre, comment lui mettre dans l'esprit le danger terrible qu'il y a à boire de la vraie bière ?

— Oui, oui, fit l'autre, qui avait soixante-huit ans, au jeune doyen qui n'en avait que soixante. Dites donc, que dites-vous du jeune Gantry et de son entrée dans le ministère ? Je connais vos succès de prédicateur avant votre arrivée parmi nous, et ma foi, je ne m'en suis pas trop mal tiré moi-même, mais, franchement, si vous pouviez avoir encore une fois vingt et un ou vingt-deux ans, vous referiez-vous prédicateur, au train où vont les choses ?

— Comment, mon frère ! gémit le doyen. Mais certainement ! Quelle question ! Et que deviendrait notre apostolat à Terwillinger, toutes les idées que nous opposons à ces grandes universités païennes, si le ministère n'était pas le plus haut idéal ?

— Je sais, je sais. Je me demande parfois… Toutes ces vocations nouvelles. La médecine. La publicité. Le monde marche ! Je vous le dis, monsieur le doyen, encore quarante ans et, vers 1943, les hommes s'enlèveront dans l'air avec des machines à voler qui feront peut-être du cent à l'heure !

— Mon cher ami, si le Seigneur avait voulu voir les hommes voler, Il leur aurait donné des ailes.

— Mais il y a des prophéties dans la Bible…

— Elles se rapportent uniquement au vol spirituel et symbolique. Non, non ! On ne gagne rien à s'opposer au sens évident de l'Écriture, et je me fais fort de vous trouver des centaines de textes mettant hors de doute les intentions du Seigneur, qui sont que nous restions sur terre jusqu'à notre ascension corporelle vers Lui.

— Hum ! hum ! Peut-être. Ah, me voici chez moi. Bonne nuit, frère, conclut le doyen, avant de pénétrer dans son modeste logis.

— Comment cela a-t-il marché ? demanda sa femme.

— Splendidement. Le jeune Gantry a semble-t-il entendu un appel indubitable, quelque chose qui l'a pris et l'a élevé au-dessus de lui. Il a la vocation. Seulement…

Le doyen, soudain renfrogné, s'assit dans un rocking-chair à fond cannelé, fit sauter ses souliers, grogna et passa ses pantoufles.

— Seulement, ah, voilà. Je n'arrive pas à… Dites-moi, Emma : si j'avais son âge aujourd'hui, croyez-vous que j'entrerais dans le ministère, au train où vont les choses ?

— Henry ! Comment pouvez-vous parler ainsi ? Mais naturellement ! Autrement, pourquoi aurions-nous vécu, nos sacrifices, et tout le reste ?

— Oh ! je sais ! Ce n'est qu'une idée. Je me demande parfois si nous avons fait tant de sacrifices que ça. Cela ne fait pas de mal à un pasteur de s'examiner bien en face ! Après tout, ces deux années que j'ai passées dans le commerce des tapis avant mon entrée au séminaire n'ont pas été très heureuses. Peut-être que je n'aurais pas été plus riche aujourd'hui. Mais si je pouvais… Croyez-vous que j'aurais pu devenir un grand chimiste ? Est-ce que cela — remarquez que je ne fais là qu'une hypothèse d'homme qui a étudié la psychologie — est-ce que cela n'aurait pas valu mieux que toutes ces années d'études avec leurs sempiternels problèmes — toujours si content de moi et bouffi d'importance ! — et toutes ces années de prédication, avec la certitude que vos paroissiens ne se rappelleront pas sept minutes tout ce que vous venez de leur raconter ?

— Mais voyons, Henri, qu'est-ce qui vous prend ? Vous feriez mieux, je crois, de faire un petit bout de prière, au lieu de vous acharner sur ce pauvre jeune Gantry ! Non, non, nous n'aurions jamais été heureux, vous et moi, hors de l'Église baptiste, de l'université baptiste, véritablement baptiste.

La doyenne acheva de raccommoder ses essuie-mains et alla souhaiter le bonsoir à ses parents.

Ils vivaient avec eux depuis que son père avait pris, à soixante-quinze ans, sa retraite de pasteur. Il avait été missionnaire dans le Missouri avant la guerre de Sécession.

Ses lèvres tremblaient et ses sourcils s'agitaient, tandis qu'elle achevait son raccommodage, et ils étaient encore barrés d'un pli quand elle entra dans la chambre en criant à son père qui était sourd :

— C'est l'heure d'aller te coucher, papa. Toi aussi, maman.

Les deux vieux dodelinaient de la tête, installés de chaque côté d'un radiateur qui n'avait pas chauffé depuis des mois.

— Bien, bien, Emma, fit le vieillard.

— A propos, papa, dis-moi ; il m'est venu une pensée : si tu étais encore jeune, entrerais-tu dans le ministère ?

— Bien sûr ! Quelle idée ! C'est la plus belle des vocations ! Quelle idée ! Bonne nuit, Emma !

Mais tandis qu'elle enlevait pudiquement son corset, la vieille épouse soupira :

— Ah ! je ne sais pas, je ne sais pas ! Si j'étais ta femme — ce qui serait d'ailleurs peu probable une seconde fois — et si j'avais mon mot à dire…

— Sûr, voyons, mais oui ! Allons, allons ! Mais bien sûr !

— Je ne sais pas. Cinquante ans de cette existence ! Ah ! que de fois ai-je été en colère, quand ces dames de l'église venaient mettre leur nez partout, et me faisaient des scènes pour la moindre petite parure que je mettais sur les fauteuils ; et elles en disaient de terribles, si je m'habillais tant soit peu convenablement avec un chapeau et un châle. Ça ne faisait pas bien pour la femme d'un ministre ! prétendaient-elles. Ah ! les… Et moi qui aimais tant les couleurs voyantes à mes chapeaux. Oh ! j'y ai pensé bien des fois. Oh ! oui, toi, toi tu es un grand ministre, mais c'est comme je te l'ai dit.

— Tu m'as dit !

— Ah oui ! là-haut, en chaire, tu pénétrais les mystères les plus sublimes et les plus sacrés, mais, à la maison, tu ne savais même pas trouver le marteau, tu étais incapable de cuire une galette de maïs, de réussir une addition en double, ou de trouver Oberammergau sur la carte de l'Autriche ! Tu en étais incapable et je n'ai jamais compris pourquoi.

— La carte d'Autriche ! Tu veux dire d'Allemagne ! Ah ! que j'ai donc sommeil !

— Et toutes ces années où nous nous sommes donné des airs de vertu, alors que nous sommes comme tout le monde ! N'es-tu donc pas content d'être comme tout le monde… en des moments comme celui-ci ?

— C'est reposant. Cela ne veut d'ailleurs pas dire que je ne recommencerais pas la même vie si j'avais à le faire.

Le vieillard rumina un moment.

— Oui, je recommencerais ! En tout cas, à quoi bon décourager les jeunes qui entrent dans le ministère ? Il faut bien que quelqu'un prêche l'évangile, n'est ce pas ?

— Peut-être bien. Oh là là ! Mariée depuis cinquante ans à un prêcheur ! Et si encore je pouvais croire avec certitude au dogme de l'Immaculée Conception ! Allons, allons, pas d'explication ! L'as-tu assez expliquée ! Oui, je sais, c'est dans la Bible. Au moins, si je pouvais y croire ! Mais j'aurais tant voulu que tu te lances dans la politique. Si j'avais pu, ne fût-ce qu'une fois, aller chez un sénateur, à un banquet ou quelque part, rien qu'une fois, avec une belle robe rouge et de mignons souliers d'or. J'aurais consenti à revenir m'habiller d'alpaga, frotter le plancher, t'écouter répéter tes sermons, là-bas, dans l'écurie, à la vieille jument que nous avons gardée si longtemps — ah ! qu'il y a longtemps qu'elle est morte ! Il y a, il y a… vingt-sept ans…

» Pourquoi faut-il que ce soit seulement dans la religion que tout ce qu'on croit s'oppose à l'expérience ?

» Oui, oui, suffit, inutile de me citer le : « Je crois parce que c'est absurde ! » Croire parce que c'est absurde ! Ah ! voilà bien un ministre !

» Mon Dieu, j'espère ne pas vivre assez longtemps pour perdre la foi. Il me semble que plus je vieillis, moins je me laisse prendre à tous ces boniments sur l'enfer que personne n'a jamais vu.

» Vingt-sept ans ! Et autant avant. Ah ! ce qu'elle pouvait ruer, la jument ! Elle avait cassé la voiture…

Les vieux époux s'endormirent enfin.

V

1

C'est dans l'État de Winnemac, qui s'étend entre Pittsburgh et Chicago, qu'à cent milles peut-être au sud de Zenith se trouve Babylone, localité qui rappelle plutôt la Nouvelle-Angleterre que le Middle West. De grands ormes l'ombragent et, alentour, règne une sérénité inconnue aux prairies balayées par les vents.

La ville abrite le séminaire de théologie de Mizpah, appartenant aux baptistes du Nord, secte émérite qui se divise en convention du Nord et en convention du Sud, et cela parce que, avant la guerre de Sécession, les baptistes du Nord arguaient de façon irréfutable que la Bible condamnait l'esclavage, tandis que les baptistes du Sud prouvaient, de façon non moins irréfutable, par la Bible, que l'esclavage était la volonté de Dieu.

Les trois bâtiments du séminaire étaient fort attrayants : en briques avec des coupoles blanches, des volets verts et de larges fenêtres à petits carreaux. Exceptés les portraits de missionnaires accrochés aux murs de plâtre maculés de traces de mains, et les bibliothèques renfermant des volumes avachis de sermons, l'ameublement était fort dépouillé.

Le plus important des trois bâtiments est le dortoir, connu sous le nom de *Elizabeth J. Schmutz Hall*, ou, plus irrévérencieusement, Smut Hall.

C'est là qu'habitait Elmer Gantry, maintenant ordonné, mais complétant sa dernière année d'études, en vue du diplôme de bachelier en théologie, article de valeur quand le moment serait venu de traiter avec les Églises d'importance.

D'une classe de trente-cinq, il n'y avait que seize rescapés. Les autres avaient abandonné, soit pour la prédication dans les campagnes, soit pour les compagnies d'assurances, soit pour un retour mélancolique à la charrue. Il n'y avait personne avec qui il tînt à cohabiter, et il s'était retiré à l'écart dans une chambre avec un petit lit, une bible, un portrait de sa mère et un exemplaire de l'indispensable *Manuel de savoir-vivre à l'usage du jeune homme* caché dans une de ses chemises empesées de prédicateur.

La plupart des étudiants de sa classe lui inspiraient de l'antipathie. Ils étaient trop incultes ou trop pieux, trop curieux de savoir les détails de ses fugues mensuelles à la ville de Monarque ou, tout simplement, trop insignifiants. Elmer aimait la compagnie de ceux qu'il considérait comme des intellectuels. Non qu'il comprît ce qu'ils disaient, mais parce qu'en les écoutant, il avait le sentiment de sa propre supériorité.

Le groupe qu'il fréquentait le plus souvent se réunissait dans la chambre de Frank Shallard et de Don Pickens, la grande chambre d'angle au second étage de Smut Hall.

L'appartement n'avait rien d'artistique. Bien que Frank Shallard eût une tendance à admirer les tableaux, la grande musique, les jolis meubles, on lui avait appris à considérer tout cela comme des vanités et à se contenter de l'art qui délivrait un message. S'il admirait *Les Misérables*, c'est parce qu'il s'y trouvait un évêque humain. Si *La Lettre rouge* était un méchant livre c'est qu'elle avait pour héroïne une pécheresse, et que l'auteur n'avait pas l'air de s'en formaliser.

Les murs étaient de vieux plâtre, craquelé et d'un gris funèbre, tachés du sang des moustiques et des punaises immolés jadis en de formidables batailles par des théologiens partis depuis, pour répandre à travers un monde matérialiste leurs nobles visions. Le lit était une carcasse de barreaux de fer rouillés, avec un trou au centre, et une couverture d'une propreté douteuse. Dans les coins de la chambre, des malles, et, en guise de garde-robe, une rangée de patères derrière un rideau de calicot. Le tapis végétal s'effilochait en bandes distinctes et, sous le bureau, laissait voir le mauvais plancher de sapin.

En fait de tableaux, Frank ne possédait guère qu'un portrait de Roger Williams, une copie encadrée et peinte en violet de *Pippa Passe*, et, œuvre favorite de Don Pickens, une ravissante aquarelle représentant une église de campagne baignée par le clair de lune et recouverte d'une neige étincelante. Les seuls auteurs profanes admis étaient les poètes préférés de Frank : Wordsworth, Longfellow, Tennyson, Browning, dont il possédait les œuvres complètes dans une édition assez commune aux caractères petits et plutôt laids ; à ces ouvrages, venait s'ajouter le dangereux brûlot papiste qui suscitait des disputes hebdomadaires : *L'Imitation de Jésus-Christ*.

C'est dans cette chambre que, perchés tant bien que mal sur des chaises, des malles et le lit, un soir de novembre 1919, se trouvaient cinq jeunes gens, sans compter Elmer et Eddie Fislinger. Ce dernier ne faisait pas partie du groupe, mais il s'obstinait à suivre Elmer, comme s'il avait le vague sentiment que quelque chose laissait encore à désirer chez le frère.

— Il faut qu'un prêcheur soit aussi d'attaque, aussi en forme et aussi adroit qu'un boxeur… Il faut qu'il soit capable de mettre à la porte n'importe quelle brute qui essaye d'interrompre ses meetings, et plus encore. La force, c'est ça qui fait impression sur les dames de la paroisse — impression dans le bon sens du mot, s'entend — déclarait Wallace Umstead.

Wallace, étudiant-formateur, dirigeait le petit gymnase du séminaire et la culture physique. C'était un jeune homme à moustache militaire et fort adroit à la barre fixe. Il avait obtenu son bachot à l'université d'État et possédait le diplôme d'une école d'éducation physique. Quand il aurait le diplôme de théologie, il comptait entrer à l'YMCA ; il aimait dire : « Ah ! vous savez, je suis toujours un copain, bien que je sois professeur. »

— C'est très juste, admit Elmer Gantry. Moi, je tenais un meeting à Grauten, Kansas, l'été dernier, et il y avait un grand voyou qui ne faisait que m'interrompre. Je saute à bas de l'estrade, je vais vers lui et il me sort : « Dites donc, pasteur, voulez-vous bien nous dire comment le Tout-Puissant veut que nous prenions la prohibition, Lui qui a dit à saint Paul de prendre du vin pour se refaire l'estomac ? — Ça, je ne sais pas trop, que je réponds, mais il faut vous rappeler qu'il a aussi commandé de chasser les démons ! » Et, vlan ! je tire le type de sa place et l'attrape sur l'oreille, et, ma foi, toute la bande… oh ! il n'y en avait peut-être pas tant que cela, mais je vous assure qu'on lui en a fait voir ! Ah ! mais oui ! Avoir du poil aux mains, ça frappe la paroisse, les hommes aussi bien que les femmes. Je parie qu'il y a plus d'un prêcheur fameux qui a obtenu sa chaire en faisant sentir aux diacres qu'il savait donner une raclée. Sans doute, la prière et tout ce qui s'ensuit, c'est très bien, mais il faut être pratique ! Nous sommes là pour faire le bien, mais il faut d'abord dénicher un endroit où le faire.

— Ça, c'est du commerce ! protesta Eddie Fislinger.

Et Frank Shallard ajouta :

— Mais dis donc, Gantry, est-ce que c'est là tout ce que la religion signifie pour toi ?

— En outre, fit remarquer Horace Carpe, tu te trompes. Ce n'est pas la force brutale qui plaît aux femmes, aux paroissiennes. C'est une belle voix. Je ne t'envie pas ta carrure, Elmer, tu deviendras obèse.

— Obèse ! Je m'en fous !

— … Mais qu'est-ce que je ne ferais pas avec une voix comme la tienne ! Ah ! je les ferais tous pleurer ! Moi, je leur lirais de la poésie en chaire !

Horace Carp représentait la Haute-Église[1] au séminaire. C'était un jeune homme qui ressemblait à un épagneul. Il cachait dans sa chambre des images de saints, de l'encens et un long morceau de brocart écarlate ; il portait un veston d'intérieur en velours violet. Il était furieux parce que son père, un pieux marchand en gros d'installations hygiéniques, avait menacé de le mettre à la porte s'il entrait dans un séminaire épiscopal au lieu d'une forteresse baptiste.

— Sûr, que tu leur liras de la poésie ! fit Elmer. Et voilà où je vous y prends, vous autres, les idéalistes ! Vous pensez attraper les gens avec de la poésie et des bêtises. Ce qui les attrape, les tient et les amène à leur stalle tous les dimanches, c'est tout bonnement l'évangile, et ça ne leur

1. Ritualisme anglican.

fait pas de mal de les effrayer et de les exciter à la vertu avec ce bon vieil enfer !

— Sûr, pourvu que vous les encouragiez aussi à garder leur corps bien en forme, accorda Wallace Umstead. Non, je ne veux pas parler comme professeur — après tout, je suis heureux de rester encore un copain — mais allez donc mettre de l'allant dans vos prières, si vous n'avez pas bien dormi de la nuit. Ouste, moi, je vais me glisser gentiment dans mes toiles ! Bonsoir !

Quand la porte fut refermée, Harry Zenz, l'iconoclaste du séminaire, bâilla :

— Wallace est probablement le plus beau couillon que j'aie vu dans ma vaste expérience cléricale. Dieu merci, il est parti ! On peut maintenant se déboutonner et dire des saloperies !

— Et pourtant, se lamenta Frank Shallard, c'est vous qui le faites rester pour vous parler de ses méthodes favorites d'exercice ! Tu ne dis donc jamais la vérité, Harry ?

— Jamais sans prudence. Voyons, imbécile, ce que je veux, c'est faire tourner Wallace en bourrique pour que le doyen sache que je suis un bon travailleur dans la vigne du Seigneur. Frank, tu n'es qu'un pauvre innocent. Parions que tu gobes tout ce qu'ils débitent ici. Pourtant tu as de la lecture. Tu es le seul avec moi, à Mizpah, capable d'apprécier une page de Huxley. Bon Dieu, que je te plains quand tu entreras dans le ministère ! Naturellement, Fislinger n'est qu'un garçon épicier, Elmer un politicien de quartier, Horace un maître à danser…

Sur quoi il fut submergé par un déluge de protestations aussi plaisantes qu'amicales.

Harry Zenz était plus âgé que les autres — trente-deux ans au moins. Il était gras, presque chauve, aimait le calme, et sa mine reflétait parfois une profonde stupidité. Ses connaissances étaient confuses, mais surprenantes et, à l'église qui se trouvait à dix milles de Mizpah, où il avait exercé une suppléance ininterrompue pendant deux ans, on le considérait comme un homme d'un savoir austère et d'une rigide piété. C'était un athée radical et optimiste, mais d'un athéisme qu'il n'avouait qu'à Elmer Gantry et à Horace Carp. Elmer le regardait comme une sorte de Jim Lefferts, mais il était aussi différent de Jim que le saindoux peut l'être du cristal. Tandis que Jim affichait le sien, lui dissimulait son jovial athéisme ; il méprisait les femmes, et Jim avait un attachement sans illusion pour toutes les Juanita Klausel ; Zenz avait de l'intelligence, Jim uniquement des vues sceptiques.

Zenz interrompit leurs protestations :

— Allons, soit, vous êtes tous des Érasme ! Sachez le donc. Non, c'est entendu, il n'y a pas d'hypocrisie dans nos doctrines et nos sermons ! Nous sommes un groupe choisi de Parsifals charmant la vue et l'ouïe, et, pas plus tard que vendredi dernier à 9 h 16 exactement, nous avons eu la faveur des paroles que Dieu à confiées au Saint-Esprit en petit comité. Rien ne nous tarde plus que d'aller prêcher la précieuse doctrine baptiste qui dit : « Sois plongé dans l'eau ou plonges-y les autres ! » Nous sommes des merveilles. Nous l'admettons. Comment ! Il y a même des gens qui viennent nous écouter sans crever de rire ! Je suppose que c'est notre culot qui leur en impose ! Et il faut en avoir du culot, autrement nous n'oserions jamais remonter en chaire. Nous démissionnerions, en priant Dieu de nous pardonner de jamais y être montés sous prétexte que nous Le représentions et que nous savions expliquer des mystères inexplicables. Mais, je le soutiens encore, il y a des prêcheurs moins saints que nous. Comment se fait-il que le clergé soit à ce point adonné aux crimes sexuels ?

— Ça, c'est pas vrai ! fit Eddie Fislinger.

— Ne parle pas comme ça ! supplia Don Pickens.

Don était le compagnon de chambre de Frank : un jeune homme mince, doux, affectueux, si mince, si doux, si affectueux que le doyen Trosper lui-même, ce lion enflammé de zèle pour la vertu, avait pour lui de l'indulgence.

Harry Zenz lui donna une tape sur le bras :

— Oh ! toi, Don, tu seras toujours un moine. Mais, si tu ne le crois pas, Fislinger, regarde les statistiques : environ cinq mille crimes commis par des clergymen — ceux du moins qu'on a pincés — cinq mille crimes depuis 1880, et remarque le pourcentage des attentats aux mœurs : le rapt, l'inceste, la bigamie, la séduction des jeunes filles — un beau record !

Elmer bâilla :

— Dieu sait si j'en ai soupé, les amis, de vous entendre critiquer, argumenter, ergoter ! Tout est très simple… Il se peut que nous ne soyons pas parfaits et nous ne prétendons pas l'être, mais nous faisons pas mal de bien.

— Parfaitement, fit Eddie. Mais il est vrai peut-être que… Les pièges de la luxure sont terribles, même pour des ministres, si terribles que même des ministres de l'évangile peuvent s'y laisser prendre. Le remède le plus simple, c'est la continence, la prière et l'exercice physique intense.

— Bien sûr, tu as raison, Eddie, tu vas rendre de grands services aux jeunes gens de ton Église, ronronna Harry Zenz.

Frank Shallard méditait tristement :

— Après tout, pourquoi diable vouloir être ministre ? Et pourquoi te fais-tu prêcheur, Harry, si tu nous prends tous pour des menteurs ?

— Menteurs, non, Frank... vous êtes simplement pratiques, comme l'a dit Elmer. Pour moi, je m'en moque. Je ne suis pas ambitieux. Je ne tiens pas assez à l'argent pour me donner du mal en son honneur. Ce que j'aime, c'est une chaise et un livre, l'acrobatie intellectuelle et pas de travail. Tout ça, on le trouve dans le ministère, quand on n'est pas un de ces types qui montent de grandes machines et qui se tuent pour faire parler d'eux.

— Voilà une vue tout à fait élevée ! grogna Elmer.

— Vraiment ? Mais que te proposes-tu donc de si haut en devenant un homme de Dieu, frère Gantry ?

— Je... moi... zut ! c'est clair comme de l'eau de roche. Un prêcheur peut faire beaucoup de bien... se rendre utile... et expliquer la religion.

— Explique-la-moi donc ! Je tiendrais particulièrement à savoir dans quelle mesure les symboles chrétiens dérivent des symboles barbares indécents.

— Ah ! tu m'ennuies !

Horace Carp jeta :

— Naturellement, il n'en est pas un parmi vous, beaux parleurs consacrés que vous êtes, qui se doute que la seule raison d'être de l'Église, c'est de mettre de la beauté dans l'existence désolée du pauvre peuple !

— Hi, hi ! Ce que le pauvre peuple doit se sentir pauvre quand il entend frère Gantry pérorer sur le *Laps et relaps* !

— Mais je ne prêche jamais sur une idiotie pareille ! protesta Elmer. Je me contente de leur donner un brave sermon pratique, assaisonné de quelques bons mots qui le rendent intéressant et de quelques petites digressions sur le théâtre ou un autre sujet, qui les émoustillent un peu et les aident à mener un peu mieux et plus utilement leur vie de tous les jours.

— Ah ! ça, c'est mignon, fit Zenz. J' te demande pardon. J' pensais que tu leur donnais de bons tuyaux sur l'innascibilité et la *res sacramenti*. Voyons, Frank, pourquoi t'es tu fait théologastre ?

— J' peux pas répondre quand on se fout de moi. J' crois qu'y a des expériences mystiques qu'on ne poursuit que quand on s'y sent appelé.

— Moi, j' sais bien pourquoi j' suis venu, fit Don Pickens. C'est mon papa qui m'a envoyé !

— Et le mien aussi ! se lamenta Horace Carp. Mais ce que je comprends, c'est ceci : Pourquoi sommes-nous là dans cette vieille boîte baptiste ? Secte horrible ! Des hangars vermoulus pour églises, des gens qui toussent des hymnes pour illettrés, des bavards de ministres qui vous dénichent des idées neuves dans le genre : « Tout ce dont le monde a besoin pour résoudre ses difficultés, c'est de revenir à l'évangile de Jésus-Christ. » La seule Église, c'est l'Église épiscopale ! De la musique ! Des ornements ! Des prières imposantes ! Une architecture agréable ! De la dignité ! De l'autorité ! Croyez-moi, dès que je pourrai filer, je passerai aux Épiscopaliens. J'aurai enfin un rang et je pourrai épouser une fille riche et gentille.

— Non, tu te trompes, fit Zenz. L'Église baptiste est la seule secte d'importance, à l'exception possible du méthodisme.

— Ce que tu dis là me fait plaisir, remarqua Eddie.

— Mais oui, tous les imbéciles sont chez les baptistes et les méthodistes, à l'exception de ceux qui appartiennent à l'Église catholique et à d'autres poulaillers, et voilà pourquoi, même toi, Horace, tu peux te dispenser d'être prophète. Il y a des gens intelligents — quelques-uns dans l'Église épiscopale et congrégationaliste, quelques-uns chez les campbellistes, et ces gens-là savent de quoi il retourne. Tous les presbytériens, il va sans dire, sont des imbéciles, mais ils ont une doctrine et ils peuvent vous accuser d'hérésie. Les baptistes et les méthodistes, oh là là ! Ça, c'est pour les philosophes comme moi et les vieux hiboux comme toi, Eddie ! Avec les baptistes et les méthodistes, tout ce qui est requis, comme le révérend père Carp le suggère, c'est...

— Si vous êtes d'accord avec moi sur quoi que ce soit, je rétracte, fit Horace.

— Tout ce qui est requis, poursuivit Zenz, c'est de dénicher quelque bonne petite doctrine insipide et d'y insister. Pas de danger d'embêter les laïcs. Tout ce qu'ils détestent, c'est la nouveauté, parce que cela leur fait travailler le cerveau. Oh non ! Père Carp, aux acteurs indignes du théâtre la chaire épiscopalienne, mais pour des réalistes, le bon vieux baptisme !

— Je me demande parfois, musa Frank Shallard, si nous ne sommes pas plutôt des impies, nous baptistes, qui nous érigeons en gardiens des portes de Dieu et prétendons décider qui est digne ou indigne de communier.

— Mais il n'y a rien d'autre à faire, expliqua Eddie. L'Église baptiste étant la seule Église selon l'Écriture, est la seule et réelle Église de Dieu ; nous ne nous érigeons pas, nous ne faisons que suivre les divines ordonnances.

Harry Zenz raisonnait à haute voix :

— A mon avis, tout cela n'est pas très scientifique. Entendu, je suis au service du baptisme ; entendu, les grands chefs baptistes coupent des cheveux en quatre, torturent les textes, quêtent les applaudissements, cherchent des places ; ce sont des médiocres dont l'esprit date du moyen âge, mais, de conclure de tout cela que l'Église baptiste est la pire des Églises, cela n'est pas scientifique. Je ne la crois pas pire que la presbytérienne, la congrégationaliste, la luthérienne, etc. Mais… Dis-moi un peu, Fislinger, ne t'es-tu jamais rendu compte du danger qu'il y avait à adorer la Bible ? Toi et moi, nous pourrions bien avoir à abandonner la prédication pour nous remettre au boulot. Voyons, tu dis à tous ces idiots que la Bible, n'est-ce pas, contient absolument tout ce qui est nécessaire au salut ?

— Sans doute.

— Alors, à quoi bon avoir des gens qui prêchent ou des églises ? Les gens n'ont qu'à rester chez eux et à lire la Bible !

— Il est dit… il est dit…

La porte s'ouvrit toute grande, et frère Karkis entra.

Frère Karkis n'était plus jeune. Il avait quarante-trois ans, de grosses mains, de gros pieds, et sa voix ressemblait à celle d'un grand chien danois. Né pour la ferme, il avait été ordonné prêcheur baptiste il y avait vingt ans de cela, et, d'un bout à l'autre du Dakota, du Nebraska, de l'Arkansas, son organe avait tonné dans les églises les plus reculées.

En fait d'éducation, il n'avait reçu que celle des écoles rurales ; à l'exception de la Bible, des hymnes de conversion, d'un choix de thèmes pour sermons et d'un manuel d'élevage de la volaille, il ne connaissait rien. Jamais il n'avait rencontré une femme du monde, jamais il n'avait bu de vin, jamais il n'avait entendu une mesure de véritable musique ; sur son cou il portait encore la poussière des champs de maïs.

Mais ç'aurait été de la pitié perdue que de plaindre frère Karkis comme un pauvre étudiant assoiffé de savoir. Il n'éprouvait aucunement le désir de s'instruire, certain qu'il était d'en savoir suffisamment. Il méprisait ses professeurs comme des mécréants perdus par les livres ; en prière, en sainteté et en salut, il se chargeait de leur damer le pion à tous. S'il convoitait le diplôme de Mizpah, c'était uniquement pour obtenir un meilleur salaire, ou, comme il disait, recourant à un langage désuet mais pour lui toujours de mise, « pour pouvoir étendre le champ des services qu'il pouvait rendre ».

— Dites donc, les amis, c'est tout ce que vous savez faire ? Vous asseoir, ergoter, discuter à en attraper la colique ? cria-t-il. Cré nom ! on vous entend du fond du couloir ! Vous feriez mieux, les enfants, d'oublier vos belles discussions pour passer vos soirées à genoux dans la prière ! Vous êtes un tas de types très chic, très bien, mais vous verrez où ça vous mènera, quand il faudra disputer à ce vieux Satan les âmes qui n'ont pas été rachetées ! Voyons, de quoi s'agit-il ?

— Harry prétend, vagit Eddie Fislinger, qu'il n'y a rien dans la Bible qui dise que les chrétiens doivent avoir des églises et des prêcheurs.

— Ah ! Il se croit si calé ! passez-moi une bible !

Elle était entre les mains d'Elmer, qui lisait son livre favori, le Cantique des Cantiques.

— Eh bien ! frère Gantry, j' suis heureux de voir qu'il y a ici un type assez intelligent pour s' cramponner au vieux bouquin et se mettre en bons termes avec Dieu au lieu de déblatérer comme un pseudo baptiste. Voyons un peu, maintenant, frère Zenz. Il est dit ici, dans l'Épître aux Hébreux : « N'oubliez pas de vous réunir tous ensemble. » Eh bien ! vous voilà fixé !

— Mon cher frère dans le Seigneur, fit Harry, tout ce que suggère ce passage, c'est une assemblée dans le genre de celles des frères de Plymouth, sans ministres salariés. Comme je l'expliquais à frère Fislinger, je suis personnellement un si ardent admirateur de la Bible, que je songe à fonder une secte dans laquelle on se contentera de chanter un hymne tous ensemble, de lire la Bible tout le jour sans qu'aucun prêcheur ne vienne s'interposer entre nous et le Verbe de Dieu qui suffit à tout. J'espère, frère Karkis, que vous vous joindrez à nous, à moins que vous n'apparteniez à cette clique de critiques qui veulent démolir la Bible.

— Oh ! vous m'assommez, fit Eddie.

— Et vous m'assommez moi aussi, à toujours dénaturer les commandements les plus clairs de l'Écriture, fit frère Karkis, qui les quitta en claquant la porte.

— Vous m'assommez tous. Ah ! les beaux raisonneurs que vous faites ! fit Elmer en mâchant un cigare de Pittsburgh.

La chambre était pleine de fumée. Bien qu'au séminaire de Mizpah fumer fût mal vu et pratiquement interdit, toute la sainte assemblée, sauf Eddie Fislinger, violait la règle.

Il leur dit, l'air rageur :

— Ah non ! l'air est affreux ici ! Comment pouvez-vous toucher à cette ignoble plante ? Les vers et les hommes sont les seuls animaux qui goûtent au tabac ! Il faut que je sorte d'ici !

Personne ne protesta.

Débarrassés d'Eddie, les autres revinrent à leur sujet de conversation favori, à ce qu'ils nommaient « le sexe ».

Frank Shallard et Don Pickens étaient vierges, timides, fascinés, respectueux et pressants. Horace Carp n'avait eu qu'une toute petite expérience anodine et tous les trois écoutaient, avec une curiosité exaltée, ce que leur racontaient Elmer et Harry Zenz. Ce soir-là, Elmer était plein de son sujet, et lui qui, jusque-là, au cours de la discussion théologique, était resté presque silencieux, ne tarissait plus. Ses jeunes amis béaient d'admiration pendant qu'il faisait le récit de ses rendez-vous avec une choriste facile, l'été précédent.

— Dis-moi, dis-moi, faisait Don très agité. Est-ce que les jeunes filles... les jeunes filles bien... est-ce que, vraiment... euh... elles marchent avec un prêcheur ? Et n'a-t-on pas honte ensuite de les rencontrer à l'église ?

— Euh ! fit Zenz.

— Honte ? Elles vous adorent tout simplement ! déclara Elmer. Elles s'attachent à vous comme ne le ferait jamais une femme, du moins aussi longtemps que ça les tient. Moi, cette fille... Ah ! nous avons chanté quelque chose de bien joli.

Il se perdit en de vagues réminiscences, puis, tout à coup fatigué de profaner les mystères du sexe avec ces imbéciles, il se leva.

— Tu pars ? fit Frank.

Elmer s'arrêta à la porte, ricanant, les mains sur les hanches.

— Oh non ! pas du tout.

Il regarda sa montre, une montre qui allait si bien avec le personnage, grosse, épaisse, massive, luisante, en plaqué.

— Oh non ! mais j'ai un rendez-vous avec une jeune fille, voilà tout.

Il mentait, mais ces histoires l'avaient allumé et il aurait bien donné une année de sa vie pour que sa vantardise fût vraie. Il retourna tout fiévreux dans sa chambre solitaire. « Ah ! si au moins Juanita était là, ou Agathe, ou même cette petite femme de chambre de Salomon Junction, comment diable s'appelait-elle ? »

Assis immobile au bord de son lit, il serrait les poings, gémissait, cognait sur ses genoux. Il eut un sursaut, se promena à grands pas dans la chambre et revint s'asseoir triste et rêveur.

— Ah ! cela devient insupportable ! se lamenta-t-il.

Il se sentait horriblement seul.

Il n'avait pas d'amis. Il n'avait pas eu d'ami depuis Jim Lefferts. Harry Zenz n'aimait pas ses idées ; Frank Shallard n'aimait pas ses manières, et tous les autres, c'est lui qui les méprisait. Les radotages des professeurs pendant la journée, les discussions puériles du soir, tout cela l'assommait. Quant aux prières, aux réunions à la chapelle, aux actions de grâces particulières, c'étaient toujours les mêmes élans d'enthousiasme, accompagnés des mêmes éjaculations bibliques.

— Oui, oui, je me ferai prêcheur. Les affaires, l'agriculture, impossible ! Il y a les hymnes et je peux entraîner les gens. Mais je n'en peux plus… Je suis si seul… Ah ! si Juanita était là !

VI

1

Le révérend Jacob Trosper, docteur en théologie, philosophie et lettres, directeur du séminaire théologique de Mizpah, professeur de théologie pratique et d'homélitique, était un homme actif, au visage dur, avec une grosse voix qui lui ressemblait. Ses joues étaient creusées de deux rides profondes, ses sourcils, broussailleux, et ses cheveux, maintenant gris et hérissés, avaient dû être jadis roussâtres comme ceux d'Eddie Fislinger. Il aurait fait un excellent adjudant. Il avait la surveillance des étudiants et savait leur faire sentir qu'il connaissait leurs péchés, les commis aussi bien que les omis, avant même qu'ils se soient confessés.

Elmer le craignait. Quand on le convoqua dans le bureau du doyen, le matin qui suivit la conférence spirituelle dans la chambre de Frank Shallard, il était mal à son aise.

Il trouva Frank avec le doyen.

« Aïe ! Frank a bavardé sur mes relations féminines ! »

— Frère Gantry, fit le doyen.

— Oui, monsieur.

— J'ai un poste capable de vous donner de l'expérience et de vous rapporter un peu d'argent. C'est une église rurale à Schoenheim, à onze milles d'ici, sur un embranchement de la ligne Ontario-Omaha-Pittsburgh. Vous serez chargé du service dominical et de l'école du dimanche et, si vous pouvez y ajouter un service de l'après-midi ou du soir, avec la prière, tant mieux. Les honoraires sont de dix dollars par dimanche. S'il y avait du travail en sus, c'est affaire entre vous et vos ouailles. Je suggère que vous vous y rendiez par le wagonnet à bras. Comme c'est pour le service du Seigneur, je suis sûr que vous persuaderez au contremaître du secteur de vous en prêter un, et, d'ailleurs, le frère du contremaître fait pas mal de jardinage ici. J'enverrai avec vous Shallard pour diriger l'école du dimanche et acquérir ainsi de la pratique. Il a de très sérieuses dispositions, que vous feriez bien d'imiter, Gantry, mais il éprouve une certaine timidité au contact de pécheurs endurcis.

» Et maintenant, mes enfants, ce n'est là qu'une petite église, mais n'oubliez pas que je vous confie des âmes d'un prix infini. Qui sait si vous n'y allumerez pas un feu capable un jour d'illuminer le monde, à la condition, Gantry, que vous abandonniez les soucis profanes dans lesquels je vous soupçonne de vous complaire !

Elmer était ravi. C'était son premier poste.

Dans les jours encore vierges de 1905, les équipes allaient au travail en empruntant la voie ferrée, sur des wagonnets que l'on manœuvrait à la main ; il s'agissait de simples plates-formes équipées d'une paire de leviers horizontaux que l'on manœuvrait comme une pompe.

C'est donc sur un semblable véhicule qu'Elmer et Frank Shallard s'embarquèrent pour gagner le premier poste qu'on leur confiait. Avec leurs gestes de scieurs de long, ils n'avaient guère l'air de deux clergymen. Par cette fraîche matinée dominicale, ils portaient de méchants pardessus.

Elmer avait tiré une vieille casquette de velours sur ses oreilles, et Frank avait rabattu les oreillettes d'un ridicule melon. Tous deux s'étaient fait prêter par les employés de l'équipe des mitaines en flanelle rouge.

La matinée était claire et glaciale. Les pommiers brillaient sous la gelée et, dans les chaumes qui crissaient, le long des barrières, on entendait carcailler les cailles.

Actionnant les leviers du wagonnet, Elmer sentait ses poumons délivrés de la poussière des bibliothèques. Carrant les épaules, il prenait plaisir à transpirer et sentait que sa mission parmi les hommes, sa vraie vie commençaient. Le pâle Frank lui inspirait une certaine pitié, et Elmer n'en pompait que plus fort, l'obligeant à suivre ses mouvements de haut en bas, de bas en haut. Dans les montées, là où les rails luisants serpentaient péniblement parmi les talus pierreux, il éprouvait une véritable et cuisante douleur au creux du dos et dans les épaules, mais, dans les descentes, lancés dans les prairies couvertes de gel où l'on entendait dans le clair soleil du matin la clarine des vaches, Elmer poussait un cri de joie et entonnait un vigoureux

Il y a force, force, merveilleuse force
Dans le sang
De l'Agneau...

L'église de Schoenheim était une sorte de vilaine caisse brune surmontée d'un clocher ridicule. L'église, la gare, la boutique d'un maréchal ferrant, deux magasins et une demi-douzaine de maisons, c'était là tout le village. Mais il y avait bien une trentaine de carrioles groupées dans la rue pleine d'ornières ou dans les remises qui se trouvaient derrière l'église. Une soixantaine de personnes, venues examiner le nouveau pasteur, formaient des groupes ébahis, badauds dont les yeux brillaient entre les cache-nez humides de gelée et la visière des bonnets de fourrure.

— Je crève de peur ! murmura Frank, tandis qu'ils remontaient la rue de la gare.

Elmer, au contraire, se sentait dispos, fier et expansif. Son église était petite, mais différente des chapelles de campagne ordinaires, avec un joli clocher, rien de commun en somme avec ces baraques sans flèche ! Et l'idée de tous ces gens, qui l'attendaient et dont la curiosité le gagnait, le gonflait…

Il ouvrit son pardessus, le maintint d'une main impérialement campée sur sa hanche gauche, pour leur permettre de voir non seulement le beau complet de drap noir acheté l'an passé pour son ordination, mais quelque chose de chic qu'il lui avait ajouté depuis, et qui mettait une jolie note blanche à l'entrebâillement du gilet.

Un gaillard moustachu et à la face rougeaude s'avança gauchement pour les saluer.

— Frère Gantry ? Et frère Shallard ? Je suis Barney Bains, diacre. Très heureux de vous rencontrer. Que le Seigneur donne force à votre message. Il y a longtemps que nous n'avons pas eu de prêcheurs ici et je crois que nous avons tous faim de nourriture spirituelle et du véritable évangile. Comme vous êtes de Mizpah, je crois qu'il n'y a pas de danger pour que vous croyiez à la communion publique.

Frank avait commencé à s'inquiéter :

— Ma foi, mon idée, c'est…

Mais Elmer l'interrompit d'un douloureux coup de coude dans les côtes et clama avec une sainte ferveur :

— Très heureux de vous rencontrer, frère Bains. Frère Shallard et moi nous possédons l'absolue certitude au sujet de l'immersion et de la communion privée. Nous espérons que vous prierez pour nous, frère, afin que l'Esprit Saint nous assiste dans notre tâche et que tous nos frères puissent bénéficier d'un grand renouveau de ferveur et d'une abondante moisson !

Tout en parcourant l'église à la tête de son troupeau, il haletait :

« J' les tiens déjà ! Je me charge de réveiller tous ces idiots, moi, tandis que ces songe-creux de Frank et de Carp ne savent que des rengaines. Comment se fait-il que je me sois senti si découragé, si charnel, la semaine dernière ? Oust ! en chaire ! »

Ils étaient tous là devant lui, dans leurs stalles rigides, avec leurs têtes mal équarries se détachant contre les murs bruns et les portes à double battant qu'on avait peintes en chêne. C'était plaisir de les voir remplir l'édifice au fond duquel se pressaient des jeunes gens au menton mal rasé et à la cravate bleu pâle.

Il sentit l'ascendant qu'il prenait sur eux pendant qu'il entonnait « L'Église dans les grands bois ».

Il prit son texte dans les Proverbes : « La haine nourrit la dissension, mais l'amour couvre tous les péchés ».

Tenant dans ses deux fortes mains les bords de la chaire, dardant l'œil sur ses paroissiens, résolu à se montrer bienveillant, il commença :

— Dans le tumulte et le tourbillon de la vie quotidienne, je me demande combien il en est parmi nous qui s'arrêtent pour réfléchir qu'en tout ce qu'il y a de plus haut et de meilleur ce ne sont pas nos efforts, si vaillants soient-ils, qui nous gouvernent, mais l'Amour. Et l'Amour qu'est-ce ? ce divin Amour dont le… le grand poète nous parle dans les Proverbes ? C'est l'arc-en-ciel qui vient après le noir nuage. C'est l'étoile du matin, et c'est aussi l'étoile du soir, qui sont, comme vous le savez si bien, les plus brillantes des étoiles. Il brille sur le berceau des tout-petits et quand, hélas ! la vie nous quitte pour ne plus revenir, vous le trouvez encore autour de la paisible tombe. Qu'est-ce qui inspire tous les grands hommes — qu'ils soient prédicateurs, patriotes ou hommes d'affaires ? Qu'est-ce, mes frères, sinon l'Amour ? Ah ! il remplit le monde de musique, cette sainte musique à laquelle nous nous sommes livrés ensemble, car qu'est-ce que la musique ? Oui, mes amis, qu'est-ce que la musique ? Ah ! qu'est-elle, sinon la voix de l'Amour ?

Il expliqua la vilenie de la haine.

Cependant, pour faire plaisir aux diacres plus obtus et fanatiques du premier rang, il leur permit de haïr les catholiques, tous ceux qui ne croyaient ni à l'enfer ni à l'immersion, tous les riches détenteurs d'hypothèques débauchés par les sourires pervers des femmes perdues, couvertes de soie qui, de leur main constellée de bijoux, leur tendent un perfide verre de vin rouge.

Il termina d'une voix basse, pareille à un murmure maternel, en racontant l'histoire, inventée de toutes pièces mais des plus édifiantes, d'un vieux pécheur qui, sur son lit de douleur, avait admis, exhorté par Elmer, la nécessité d'un repentir immédiat, mais qui différa trop longtemps, mourut au milieu de ses filles vertueuses et désolées, et, selon toute vraisemblance, s'en alla droit au diable.

Quand Elmer se précipita vers la porte pour serrer la main de ceux qui ne restaient pas pour l'école du dimanche, il y eut quinze ou seize auditeurs qui lui dirent :

— Frère, vous nous avez offert un excellent et très beau sermon.

Sur quoi il leur serra les mains avec une gratitude juvénile qu'il faisait beau de voir.

Le diacre lui donna de petites tapes sur l'épaule.

— Je n'ai jamais entendu prédicateur aussi jeune et d'aussi bon conseil, frère. Laissez-moi vous présenter ma fille Lulu.

Elle était là, celle qu'il avait cherchée depuis son arrivée à Mizpah.

Lulu Bains était une petite chatte toute vêtue de gris et de blanc, parée d'un ruban rose. Elle s'était tenue au fond de l'église, derrière le poêle, et il ne l'avait pas aperçue. Il lui jeta un regard goulu. L'émotion causée par les applaudissements qui avaient suivi son sermon n'était rien en comparaison de celle qui l'étreignit à la pensée que, parmi les labeurs de sa cléricature, Lulu allait être là près de lui. Ah, que la vie lui semblait belle et pleine de promesses, pendant qu'il lui tenait la main, essayant de ne pas trahir son trouble.

— Je suis si heureux de vous rencontrer, sœur Lulu.

Lulu pouvait bien avoir dix-neuf ou vingt ans. Elle faisait la petite classe de garçons de douze ans à l'école du dimanche. Elmer avait l'intention de s'échapper pendant l'école en en laissant la responsabilité à Frank Shallard et de trouver un coin où fumer tranquillement son cigare. Mais sous le coup de cette nouvelle révélation spirituelle, il demeura rayonnant d'approbation onctueuse, apaisé ; il souriait aux anges et se montrait tour à tour fraternel et autoritaire avec les enfants de la classe de Lulu.

— Si vous voulez devenir de grands et gros garçons, de vrais gaillards, écoutez bien ce que miss Bains va vous dire sur la construction de ce bon vieux temple de Salomon, leur susurra-t-il.

Les enfants remuaient et riaient timidement, mais Lulu lui souriait, comme une petite chatte grise et blanche avec des petits yeux si doux et en ronronnant gentiment :

— Oh, frère Gantry, j'ai si peur, que j'ose à peine faire la classe…

Ah ! ces grands yeux qui l'attiraient dans leur profondeur ! cette voix zézayante, angélique, évoquant le chant des alouettes, le concert des flûtes !

Non, il ne pouvait pas la laisser partir à la fin de la classe. Il fallait qu'il la retînt…

— Oh, sœur Lulu, venez voir le wagonnet à bras qui nous a amenés, Frank et moi, je veux dire frère Shallard et moi, le plus drôle des wagonnets, de quoi vous faire pâmer de rire !

Les équipes de la voie traversaient Schoenheim au moins dix fois par semaine et les wagonnets ne pouvaient avoir rien de bien nouveau pour Lulu. Cela ne l'empêcha pas de suivre Elmer en trottinant, d'ouvrir de grands yeux fort jolis et de s'exclamer de sa voix chantante :

— C'est vrai ? Vous êtes venus là-dessus ? C'est inouï !

Elle leur serra joyeusement la main à tous les deux. La voyant se montrer aussi cordiale envers Frank qu'envers lui-même, Elmer fut jaloux.

« Il ferait bien de prendre garde et de ne pas s'amuser avec ma belle ! » pensa Elmer, tandis qu'ils revenaient vers Babylone en pompant hardiment.

Il se garda bien de féliciter Frank pour avoir surmonté la peur que lui inspiraient ces rudes auditoires de campagne — Frank n'avait jamais habité que la ville — et fait du temple de Salomon aux tristes cubes de pierre un vrai sanctuaire habité par un dieu vivant et terrifiant.

Voilà deux semaines qu'Elmer tentait, le dimanche, de s'imposer à Lulu non seulement comme un jeune prophète de talent, mais comme un homme désirable. Il y avait toujours trop de monde autour de lui. Une fois seulement il réussit à la trouver seule. Ils firent une promenade d'un mille ou deux pour rendre visite à une vieille femme malade. En chemin, Lulu, petite chatte grise et blanche qu'Elmer eût tant voulu caresser, n'avait pas été avare de câlineries.

— Je présume que mes sermons vous assomment, lança-t-il, comme une amorce.

— Mais non, je les trouve merveilleux !

— Bien vrai ?

— Bien vrai !

Il regarda son visage enfantin les yeux dans les yeux et ajouta d'un air badin :

— Comme le vent fait rougir ces petites joues et ces lèvres mignonnes ! A moins que quelqu'un ne les ait baisées avant d'aller à l'église !

— Oh, non…

Elle avait l'air gêné, presque effrayé.

« Eh là ! songea-t-il, mauvais départ ! Elle n'a pas l'air d'aimer rire autant que je le pensais. Plutôt innocente. Pauvre petite, ce n'est pas bien de l'exciter ainsi. Ah, zut ! cela ne lui fera pas de mal d'apprendre un peu ce que c'est que l'amour ! »

Il se hâta d'écarter tout soupçon susceptible de compromettre sa réputation :

— Oh, je plaisantais. Je voulais dire que ce serait bien regrettable qu'une jolie fille comme vous n'eût pas un fiancé. Je suppose que vous en avez un, naturellement ?

— Non. Il y a un garçon d'ici que j'aime beaucoup, mais il est allé travailler à Cleveland et je crois bien qu'il m'a oubliée.

— Ah, le méchant !

Rien ne pouvait être plus fort, plus rassurant, plus réconfortant que la façon dont, du bout des doigts, il lui pressa le bras. Elle sembla lui en être reconnaissante et quand, dans la chambre de la malade, elle entendit frère Gantry prier longuement, avec ferveur, trouver sur la mort les mots qu'il fallait, des mots sans importance, des mots qui se faisaient inoffensifs (la vieille femme avait un cancer), Lulu prit à son tour un air solennel.

Au retour il fit une dernière tentative :

— Mais, même si vous n'êtes pas fiancée, sœur Lulu, je parie qu'il y a un tas de jeunes gens par ici qui sont amoureux fous de vous.

— Non, vraiment. Oh, je sors quelquefois avec un cousin éloigné, Floyd Naylor, mais il est si gauche et si ennuyeux !

Le révérend Gantry résolut de remédier à cet ennui.

3

Elmer et Frank, un samedi après-midi, étaient descendus décorer l'église pour Thanksgivings. Pour éviter un aller-retour inutile entre Mizpah et Babylone, il était convenu qu'ils passeraient la nuit du samedi dans la grande ferme du diacre Bains ; Lulu Bains et sa cousine vieille fille, miss Baldwin, les aidaient dans leur travail — c'est à dire que Lulu se débrouillait seule. Ils tressaient, dans le vestibule, des guirlandes de branches de pin, et disposaient devant la chaire une moisson de citrouilles, de maïs doré et de rameaux délicats de sumac[1].

Tandis que Frank et la cousine des Bains discutaient de la valeur artistique des citrouilles, Elmer suggéra à Lulu :

— Je voudrais avoir votre opinion, Lulu, sœur Lulu. Ne trouvez-vous pas que, dans mon sermon, demain, il pourrait être utile que j'explique…

Ils se tenaient côte à côte. Que ses petites épaules étaient donc douces et douces ses jolies joues de chatte ! Il fallait qu'il les embrassât ! Il le fallait ! Et il se dirigea vers elle. Au diable Frank et la demoiselle Baldwin ! Pourquoi diable ne sortaient-ils pas ?

— … que j'explique que toutes ces richesses de la moisson, si précieuses qu'elles soient en elles-mêmes et comme nourriture sur la table du festin, sont au fond les symboles et les signes de — asseyez-vous, Lulu, vous semblez un peu lasse — les symboles des bienfaits spirituels plus profonds que Dieu répand sur nous en dehors du temps de la moisson, et ce point est très important…

La main de Lulu pendait inerte contre son genou, blanche, si blanche, sur le fond gris de la stalle. Elle avait des seins jeunes et vierges sous son corsage à carreaux. Il toucherait sa main. Ses doigts se glissèrent vers elle, la touchèrent par accident, par accident bien sûr, tandis qu'elle prenait un air pieux et qu'il entonnait d'un air inspiré :

— … point très important en vérité. Tout au long de l'année, nous les recevons, ces bénédictions intérieures, et c'est pour elles, plus que pour tous les biens matériels que nous devrions entonner des actions de grâces. Ne

1. Arbuste américain à baies rouges.

trouvez-vous pas qu'il pourrait y avoir profit pour tous dans ces pensées ?

— Oh oui ! C'est une pensée charmante !

Les bras lui démangeaient. Il fallait les glisser autour de sa taille.

Frank et miss Baldwin s'étaient assis et avaient engagé une interminable discussion pour savoir ce qu'il fallait faire de ce terrible petit Cutler, qui déclarait qu'il ne croyait pas que les corbeaux avaient apporté du pain et de la viande à Élie, parce qu'il connaissait trop bien ces fichus oiseaux ! Frank expliquait qu'il n'aimait pas réfuter des doutes sincères, mais quand ce garçon se mêlait de l'interrompre régulièrement pour poser des questions absurdes…

— Lulu ! pressa Elmer. Filez donc une seconde avec moi dans l'autre salle. Il y a quelque chose que je veux vous demander sur le service de l'Église et je ne veux pas qu'on nous entende.

L'église de Schoenheim était ainsi compartimentée : l'auditorium et, recevant à peine le jour par une fenêtre couverte de poussière, un vaste cabinet où l'on remisait les missels, les plumeaux, les balais, les pliants et les coupes pour la communion.

— Sœur Bains et moi allons examiner les leçons de l'école du dimanche, fit Elmer d'une voix haute et ferme.

Le fait qu'elle n'eût pas dit non les liait déjà en secret. Tandis qu'il s'asseyait sur un seau renversé, elle se percha sur un escabeau. Il lui fut doux de se faire petit devant elle et de lever les yeux pour la voir.

Quel était ce renseignement sur le service de l'Église qu'il allait lui demander, il n'en avait aucune idée, mais Elmer n'était jamais à court quand il s'agissait de parler aux jeunes femmes. Il commença :

— J'ai besoin de votre avis. Je n'ai jamais trouvé personne qui réunît comme vous le bon sens et la compréhension des choses spirituelles.

— Oh, vous me flattez, frère Gantry !

— Non, sincèrement ! Vous ne vous rendez pas justice à vous-même, et cela parce que vous n'êtes jamais sortie de ce petit bourg. Si vous habitiez Chicago ou un endroit semblable, croyez-moi, on apprécierait ce, hum, ce sens merveilleux des valeurs spirituelles, ainsi que vos autres qualités.

— Oh, Chicago ! Mais j'y mourrais de peur !

— Il faut que je vous y mène un jour ou l'autre et vous montre la ville ! C'est alors que les gens en raconteraient sur leur vieux pécheur de prêcheur !

Et tous deux de rire de bon cœur.

— Sérieusement, Lulu, je veux que vous sachiez que, euh... que... Ah oui ! Ce que je voulais vous demander c'est ceci : pensez-vous que je doive venir ici, le mercredi, pour officier ?

— Je crois que ce serait très gentil à vous.

— Mais, voyez-vous, il faudrait que je vienne dans ce vieux wagonnet à bras...

— Ah oui.

— Et vous ne savez pas combien il faut que je bûche tous les soirs au séminaire.

— Oh, oui, je l'imagine !

Tous deux soupirèrent de concert, il mit sa main sur la sienne — nouveau soupir — et la retira prestement d'un air prude.

— Naturellement, je veux payer de ma personne. C'est le privilège d'un pasteur de se dépenser pour ses ouailles. D'autre part, avec les routes que nous avons, surtout en hiver, et avec des paroissiens disséminés dans les fermes, il n'est pas facile de se réunir, n'est-ce pas ?

— C'est vrai. Les routes sont mauvaises. Vous avez raison, frère Gantry.

— Oh, Lulu ! Bon, voilà la première fois que je vous appelle par votre nom ! Je vais avoir de terribles remords si vous ne m'appelez pas Elmer !

— Mais, vous êtes prêcheur et moi je ne suis rien !

— Que si, que si !

— Mais non, mais non !

— Écoutez-moi, Lulu, écoutez-moi, mon petit chou. Souvenez-vous que je ne suis encore qu'un gosse, tout juste vingt-cinq ans ce mois-ci, à peine cinq ou six ans de plus que vous. Allons, appelez-moi Elmer pour voir l'effet que cela produit.

— Ah mais, je n'oserai jamais !

— Essayez !

— C'est impossible. Songez donc !

— Le petit chat a peur !

— Mais non.

— Si, si !

— Non !

— Eh bien, voyons !

— Eh bien, Elmer, voilà ! C'est fait !

Ils partirent d'un petit rire complice et, dans leur accès de gaieté, il lui prit la main, la serra, la frotta contre son bras, puis, sans la lâcher, susurra tout en la pressant amicalement, doucement :

— Vous n'avez vraiment pas peur de ce pauvre vieil Elmer ?

— Oh si, juste un tout petit peu !

— Mais pourquoi ?

— Oh vous êtes si grand, si fort, si digne, vous semblez tellement plus âgé, et vous avez une si grosse voix, une voix qui fait boumboum… Ah, que j'aime l'écouter, mais comme elle me fait peur… C'est comme si vous alliez me gronder et me dire : « Vous, méchante petite fille », et comme si j'allais tout avouer. Et puis vous êtes si terriblement instruit, vous savez de si grands mots et vous pouvez expliquer toutes ces choses sur la Bible, que je ne peux jamais comprendre. Enfin, naturellement, vous êtes un clergyman baptiste, qui a reçu l'ordination.

— Heu, hum… mais cela m'empêche-t-il d'être un homme ?

— Oui, d'une certaine façon !

Il cessa aussitôt de plaisanter et mit dans sa voix quelque chose de sardonique et de pressant :

— Alors vous ne pouvez pas imaginer que je vous embrasse ? Regardez-moi ! Regardez-moi, vous dis-je ! Là ! Non, ne détournez pas vos yeux. Vous rougissez. Ma chère, ma pauvre petite gosse chérie ! Vous pouvez ?

— Je ne devrais pas !

— Honte ?

— Oui !

— Écoutez, chérie. Vous me voyez comme un homme terrible ; naturellement il faut que je fasse impression sur tous ces gens quand je suis en chaire, mais ne voyez-vous pas que je ne suis qu'un grand gosse timide et que j'ai tant besoin de vous ? Savez-vous, chère enfant, que vous me rappelez ma mère ?

Frank Shallard tomba sur Elmer dans leur chambre pendant qu'il faisait sa toilette avant d'aller souper, c'était leur premier moment de solitude, depuis que Lulu et miss Baldwin les avaient conduits en voiture à la ferme des Bains où ils devaient passer la nuit, avant le service pour Thanksgivings.

— Dis donc, Gantry, je ne trouve pas très bon genre la manière dont tu as emmené miss Bains dans la petite salle, à l'église, et dont tu l'y as retenue près d'une heure, quand je suis entré vous avez sursauté tous les deux avec un air coupable.

— Hou, hou… le petit ami Frank qui fait la vieille cafarde !

La chambre où ils devaient passer la nuit formait une sorte de vaste et sombre caverne sous les toits. Le pot à eau sur le lavabo de noyer noir était tout grené d'or et constellé de bourgeons de fleurs inconnues. Elmer, les yeux terribles, ses gros bras nus et ruisselants, égoutta ses doigts sur le tapis avant d'attraper l'essuie-mains.

— Je ne suis pas un mouchard, et tu le sais, Gantry. Mais tu es le prêcheur ici et c'est notre devoir, à cause de l'effet produit sur les autres, d'éviter jusqu'à l'apparence du mal.

— Le mal est pour celui qui pense à mal. Cela aussi, peut-être, tu l'entends dire.

— Oui, Elmer, cela aussi peut-être.

— Un puritain soupçonneux à l'esprit pourri, voilà ce qu'il faut être pour voir du mal où il n'y en a pas l'ombre.

— Les gens détestent les puritains non pas parce que leurs soupçons sont injustes, mais parce qu'ils sont au contraire fondés. Voyons, Elmer, je ne veux pas me montrer désagréable…

— Tu l'es !

— Miss Bains a tous les airs d'une enjôleuse, d'une aguicheuse, mais je suis sûr qu'elle est droite au fond, et je ne vais pas rester à te regarder lui faire la cour.

— Eh bien, supposez, monsieur, que je veuille l'épouser ?

— Vraiment ?

— Toi qui es si fort, tu ne devrais pas avoir besoin de le demander !

— Est-ce vrai ?

— Je n'ai pas dit non.

— Ta rhétorique est trop compliquée pour moi. Je me fie donc à tes intentions. Très bien ! Je vais annoncer tes intentions au diacre Bains.

— Je t'en défie bien ! Maintenant, attention, Shallard ! Je ne supporterai pas que tu mettes ton nez dans mes affaires, un point c'est tout ! Compris ?

— Parfait !

— Pense ce qui te plaira et va-t'en au diable ! Surtout, n'oublie pas d'aller tout rapporter au papa Trosper et au reste de la Faculté !

— Voilà un beau repentir, Gantry ! Il se peut en effet que je le fasse. Mais, ce soir, je me contenterai de vous surveiller, Lulu — je veux dire miss Bains — et toi. Pauvre innocente ! De si jolis yeux !

— Eh, là ! mon ami Shallard, on dirait que vous avez flairé le gâteau, vous aussi !

— Bon Dieu, Gantry, quel phénomène tu fais !

Le diacre Bains et son épouse — lui, bougon, généreux, énergique, face chevaline pourvue d'une grosse moustache noire, elle grassouillette — s'arrangèrent pour traiter Frank et Elmer comme des professeurs en mystères sacrés en même temps que comme deux gars affamés qui avaient jeûné à Mizpah et devaient se rattraper ce soir-là. Poulet rôti, émincé de bœuf à la crème, saucisse de ménage, pickles, tarte à la viande et aux raisins dans laquelle Elmer flaira avec gratitude la présence d'un whisky point trop chrétien, ce n'était là qu'une partie du solide festin servi à nos prophètes en herbe. Mr. Bains criait toutes les trois minutes, de sa grosse voix, à Frank qui s'empiffrait et n'en pouvait plus :

— Voyons, voyons, quelles bêtises, frère ! Vous n'en êtes qu'au commencement ! Qu'est-ce qu'il y a ? Allons, passez-moi votre assiette !

Étaient présents, la vieille miss Baldwin, deux autres diacres et leurs épouses, un jeune fermier du voisinage, un certain Floyd Naylor, qui tous attendaient de voir les hommes d'église mêler l'utile à l'agréable. On dit que les clergymen n'aiment parler que théologie ou Église et que, toutefois, tout cela ne nuit en rien à l'art compliqué de bien dormir, de conduire sa carriole, de manger et d'aller au paradis.

Lulu était à l'autre bout de la table et Elmer se trouva soulagé. Il n'avait que du mépris pour Frank qui était un faible, mais, comme avec Eddie Fislinger, il n'était pas très sûr de ce que pourrait dire ou faire Frank, aussi se montrait-il prudent. Une fois ou deux, il jeta un regard furtif à Lulu, mais il réserva ses discours, dans lesquels, pour éblouir la jeune fille, il mêlait la force virile à la science, pour Mr. Bains et les autres diacres.

« Cette fois, réfléchissait-il, cet imbécile de Shallard verra bien que je ne veux pas détourner la gosse… Si par hasard il fait la moindre allusion à mes intentions, je jouerai l'étonnement et le mettrai en mauvaise posture, lui avec ses sales soupçons. Il faut absolument que je l'aie ! »

Un tourbillon d'instincts fumeux s'agitait dans les parties inférieures de son esprit et il les regardait avec une vague appréhension :

« Gare ! Attention ! Le doyen Trosper te ferait sauter ! Le père Bains prendrait son flingot ! Attention ! Patience ! »

Ce ne fut qu'une heure après le souper, quand tout le monde fut aux prises avec le plat de maïs, qu'il eut l'occasion de murmurer à Lulu :

— Méfiez-vous de Shallard ! Il fait semblant d'être mon ami… mais je ne lui confierais pas une pièce de cinq cents trouée ! Il faut que je vous dise un mot sur son compte. Il le faut ! Écoutez ! Échappez-vous, quand les autres iront se coucher, je serai en bas. Il le faut !

— Oh, impossible, la cousine Adeline Baldwin couche avec moi !

— Eh bien, faites semblant de vouloir vous coucher, arrangez vos cheveux ou autre chose, et descendez pour voir si le feu va bien. Voulez-vous ?

— Peut être.

— Il le faut ! Je vous en prie, ma chérie !

— Peut-être, mais je ne pourrai rester qu'une seconde.

A quoi il répondit vertueusement et religieusement :

— Oh, bien entendu !

Après souper, on se réunit au salon. Les Bains étaient si fiers de tenir un rang, qu'ils ne passaient pas leurs soirées dans la cuisine, laquelle servait aussi de salle à manger ; du moins, pas toujours. Le salon offrait le charme rustique d'une ferme de la Nouvelle-Angleterre avec son tapis de sparterie bigarré, son rocking-chair étrange orné de boutons à l'antique et de pieds de dragon en cuivre, ses agrandissements de gravures au crayon, sa table qui pliait sous le faix de *La Ferme et le foyer*, *La Priscille moderne* et un album de vues de l'Exposition de Chicago. Il n'y avait pas de cheminée mais un poêle monstrueux tout étincelant de nickel et de mica, surmonté d'une superbe couronne de cuivre doré et autour de la panse étincelante duquel courait un chapelet de saphirs, d'émeraudes et de rubis en verroterie.

Près de ce merveilleux foyer de joie, Elmer ouvrit le robinet spirituel et se mit en frais d'amabilité.

— Et maintenant, mes amis, que personne d'entre vous ne s'avise de dire un seul mot sur les questions d'Église, ce soir ! Je ne serai plus prédicateur, mais un simple gosse qui, après ce charmant souper, voudrait qu'on obéît à ses caprices. Ma foi, si je ne savais pas quelle stricte mère en Sion est maman Bains, je crois que je la ferais valser. Je parie qu'elle sait lever les talons aussi bien que n'importe quelle danseuse de cabaret !

Encerclant sa taille molle et onduleuse, il la fit tourner trois fois tandis qu'elle rougissait et riait :

— Ah, par exemple, en voilà une idée !

Les autres, de leurs grosses mains que la charrue avait rendues rugueuses, applaudissaient généreusement à fendre les timides oreilles de Frank Shallard.

Frank avait toujours passé pour un jeune homme extrêmement aimable, mais ce soir-là il était amer comme l'aloès.

C'est Elmer qui raconta des histoires du Kansas au temps des pionniers, des histoires qu'il connaissait pour les avoir lues dans les livres. C'est lui qui donna l'idée de griller du maïs sur le poêle du salon, bien qu'on se fût senti d'abord mal à l'aise en présence des hommes de Dieu. Pendant la fête, tandis que le plus digne des diacres lui-même étouffait de rire et criait à Mr. Bains : « Hé, qui poussez-vous là, Borney ? », Elmer put détourner l'attention et prendre rendez-vous avec Lulu.

Plus en train que jamais, la bouche encore luisante de maïs beurré, il les fit s'assembler autour de l'harmonium que Lulu faisait marcher avec une joie dont l'innocence n'avait d'égale que l'ignorance. Pour faire honneur à leur habit, il fallut bien commencer par chanter « Sécurité bénie », mais, bientôt, il leur fit entonner à leur grande joie « En ramenant Nellie chez elle » et « Le vieux Black Joe ».

Pendant tout ce temps-là, l'espoir de la douce aventure qui l'attendait le faisait frémir.

Surcroît de ravissement : le jeune fermier du voisinage, Floyd Naylor, un parent des Bains, un grand jouvenceau gauche, faisait à Lulu une cour langoureuse et timide.

Ils psalmodièrent « Le pays de Beulah », que Lulu accompagna de sa voix tendre, touchante et tendre :

Ô pays de Beulah, doux pays de Beulah,
　　(Ah, ma petite chérie !)
Debout sur la plus haute cime,
　　(Me dorloterait-elle si j'avais l'air triste ?)
Je regarde au loin par-delà la mer,
　　(Non, je serai sage, je n'irai pas trop loin.)
Là où des demeures se sont préparées,
　　(Ses poignets pendant qu'elle joue, que je
voudrais les baiser !)
Et je vois l'éclat du glorieux rivage,
　　(Je le ferai, tonnerre ! Et dès ce soir !)
Mon ciel, ma demeure pour toujours.
　　(Descendra-t-elle en peignoir ?)

— Je voudrais bien savoir à quoi vous pensiez pendant que nous chantions, frère Gantry ? fit l'épouse d'un des diacres, dame vivace et sentimentale.

— Moi ? Je pensais combien nous serions heureux quand nous serions purifiés et tranquilles au pays de Beulah.

— Ah, je savais bien que c'était quelque chose de religieux. Vous chantiez avec une sorte de béatitude inspirée. Mais il est temps de partir. Nous avons passé une charmante soirée, sœur Bains. Nous ne savons comment vous remercier, vous, frère Bains et frère Gantry, pour nous être tant amusés. Frère Shallard aussi, naturellement. Allons viens, Charley.

Charley et les autres diacres avaient disparu dans la cuisine à la suite de frère Bains. On entendit le bruit sourd d'une bonbonne qui se vide, que les dames et le clergé tentèrent de couvrir de leurs voix en prenant un air indulgent. Les hommes reparurent à la porte en s'essuyant la bouche du dos velu de leurs pattes.

6

Après les adieux solennels, Elmer suggéra à son hôte qui bâillait :

— Si cela ne vous fait rien, à vous et à sœur Bains, je vais rester ici près du feu quelques minutes et finir mes notes pour le sermon de demain. Je ne voudrais pas tenir frère Shallard éveillé.

— Très bien, très bien, bâilla-t-il, excusez-moi, je tombe de sommeil. La maison est à vous, mon enfant, mon frère. Bonne nuit.

— Bonsoir ! Bonsoir, frère Bains ! Bonsoir, sœur Bains ! Bonsoir, sœur Lulu ! Bonsoir, Frank !

La chambre, une fois qu'il y fut seul, retentissait plus encore. Elle vibrait sous les clameurs. Elmer marchait de long en large en se donnant des coups de poing nerveux dans la paume de la main gauche, s'arrêtant brusquement pour écouter... Le temps passait... Elle ne viendrait pas...

Il perçut le couinement d'une souris dans les escaliers et, dans les vestibule, les pas de quelqu'un qui marche craintivement sur la pointe des pieds.

Le désir lui bombait le torse. Il rejeta ses bras en arrière, les poings aux côtés, le menton haut, comme la statue de Nathan Hale. Quand elle entra, il avait pris la pose du pasteur tendre et bourru, le coude sur l'angle de l'harmonium, deux doigts jouant avec sa lourde chaîne de montre, l'air bienveillant et amusé.

Non, elle n'était pas en robe de chambre ; elle avait gardé sa robe bleue, mais avait défait ses cheveux, qui couvrait la pâleur soyeuse de sa gorge. Elle le regardait d'un air implorant.

Aussitôt, il changea d'attitude et courut à elle avec un petit cri d'enfant :

— Oh, Lu ! Je ne saurais vous dire combien Frank m'a blessé !

— Comment, comment ?

Tout naturellement, avec une familiarité spontanée, il lui passa le bras autour de l'épaule et promena le bout de ses doigts dans ses cheveux.

— C'est terrible ! Frank devrait me connaître, mais savez-vous ce qu'il a dit ? Oh, il ne l'a pas dit comme cela à brûle-pourpoint — pas à moi ! — mais il a prétendu et insinué que vous et moi nous nous sommes mal conduits dans l'église quand nous nous sommes isolés pour bavarder. Vous vous souvenez pourtant que nous parlions... que nous parlions de ma mère ! Nous disions combien elle était bonne et belle et combien vous lui ressembliez ! Ne trouvez-vous pas que c'est dégoûtant de sa part ?

— Oh, oui ! Je crois que c'est horrible ! Il ne me plaît pas du tout !

La compassion lui avait fait oublier de se dégager.

— Venez vous asseoir à côté de moi sur le divan, chère enfant.

— Oh non, il ne faut pas !

Et, venant à lui :

— Il faut que je remonte tout de suite. Cousine Adeline est soupçonneuse.

— Nous allons monter tous les deux tout de suite. Mais, tout cela m'a tellement bouleversé ! Vous n'auriez pas cru qu'un gros maladroit comme moi pût être aussi sensible, n'est-ce pas ?

Il l'attira contre sa poitrine, elle s'y blottit sans résistance et soupira :

— Oh, je comprends, Elmer, et je trouve ça très bien, c'est très joli, je veux dire, qu'un homme grand et fort comme vous soit aussi raffiné dans ses sentiments. Mais, vrai, il faut que je parte.

— Il faut que je parte, *cher*.

— Non !

— Si ! Je ne vous laisserai pas partir si vous ne le dites pas.

— Il faut que je parte, *cher*.

Elle s'était levée, mais il lui prit la main, lui baisa le bout des doigts et la regarda avec une affection plaintive.

— Pauvre petit ! Tout est-il bien maintenant ?

Elle lui retira sa main, lui donna un rapide baiser sur la tempe et s'enfuit. Comme un fou, il arpentait le plancher, tantôt triomphant, tantôt amer.

7

Sur le chemin du retour au séminaire dans le wagonnet, Elmer et Frank n'eurent pas grand-chose à se dire.

— Ne sois pas si grognon. Franchement, je ne cherche pas à m'amuser avec la petite Lulu, grommela Elmer, essoufflé de manœuvrer les leviers et grotesque avec sa casquette et son cache-nez.

— Très bien. N'en parlons plus, fit Frank.

Elmer patienta jusqu'au mercredi. Pendant deux jours il se creusa la cervelle à échafauder des plans pour séduire Lulu. Ils devinrent enfin si nets qu'il semblait les réaliser, tandis qu'il s'affalait au bord de son lit, les poings fermés, les yeux absents... Dans son rêve, il gaspillait deux bons dollars et demi pour trouver une voiture de louage ce soir-là, et il courait à Schoenheim. Il l'attachait au gros chêne à six cents mètres de la ferme des Bains. Au clair de lune, il pouvait voir le moignon arrondi et crevassé du chêne dont on avait amputé une branche. Il se glissait vers la ferme et se cachait dans la grange à maïs, transi, mais hors de lui. Elle venait à la porte avec une casserole pleine d'eau, et se tenait là de profil dans la lumière, sa robe de percale moulant ses formes de l'épaule jusqu'au sein. Il sifflait, elle tressaillait, venait vers lui en hésitant et pleurait de joie après l'avoir reconnu.

Elle ne pouvait pas rester avec lui avant d'avoir fini son travail, mais elle lui demandait de l'attendre à l'étable. Les vaches y faisaient une bonne chaleur et y mêlaient leur douce odeur à celle du foin. Il s'asseyait au bord d'une mangeoire dans l'obscurité, ravi mais plein d'une ardeur qui le faisait trembler. La porte du hangar laissait pénétrer la lueur du clair de lune ; elle venait vers lui, hésitante mais fascinée. Il ne bougeait pas, tandis qu'extasiée elle se jetait dans ses bras ; exaltés par la passion, silencieux, ils s'asseyaient ensemble sur un tas de foin et, de la main, il lui caressait le pied.

Puis, dans son rêve, c'est à l'église qu'elle lui cédait ; pour un motif inexpliqué, il se trouvait là sans Frank, un soir de semaine, et elle s'asseyait avec lui dans une stalle. Il s'entendait la rassurer, la supplier d'avoir confiance en lui, lui assurer que leur amour était sacré, divin, accompagnant ses propos de caresses.

Mais qu'arriverait-il si c'était le diacre Bains qui répondait à son coup de sifflet et qui le surprenait caché dans la cour ? Et si Lulu refusait de faire du sentiment dans l'étable ? Quelle excuse trouver pour passer avec elle toute une soirée dans l'église ?

Et si… Assis sur son lit à moitié assoupi, les mains convulsées de désespoir sur ses couvertures, il vivait ses rêves, dont l'un chassait l'autre, jusqu'à en souffrir.

Ce ne fut que le mercredi matin qu'il vint à l'esprit du révérend Gantry que la clandestinité, la dissimulation n'étaient pas nécessaires, bien qu'il y eût excellé par le passé. Rien ne s'opposait en effet à ce qu'il lui rendît des visites officielles.

Il put également économiser les deux dollars et demi de voiture. Malgré ses grands airs, il était très pauvre. Il alla donc à pied à Schoenheim, non plus en rêve cette fois. Il partit à cinq heures de l'après-midi emportant un sandwich pour son dîner ; il suivit la voie ferrée dont les traverses durcies par le froid faisaient écho sous ses pas lourds.

Il arriva à huit heures. Il était sûr qu'à cette heure tardive les parents de Lulu ne resteraient pas plus d'une heure à l'ennuyer. Il était probable qu'ils lui demanderaient de passer la nuit, et il n'y aurait pas de cousine Adeline pour les épier.

Mr. Bains vint lui ouvrir.

— Eh bien, eh bien, frère Gantry ! Qu'est-ce qui vous amène si tard dans ces parages ? Entrez ! Entrez !

— Oh, j'avais besoin de faire une longue promenade. J'avais trop étudié, et je me suis risqué à venir vous demander l'hospitalité pour me réchauffer.

— Ah ! mais c'est que j'aurais été furieux comme une poule qui a pris un bain si vous n'étiez pas entré. Vous êtes chez vous ici, et votre couvert est toujours mis. Oui, monsieur ! Vous avez soupé ? Un sandwich ? Ça vous suffit ? Allons donc ! Les femmes vont vous faire quelque chose en un tournemain. La maman et Lulu sont encore à la cuisine. Lulu !

— Oh, non, je ne peux pas rester, c'est si loin, il est si tard… je n'aurais pas dû faire une si longue course.

— Ah, mais, vous ne mettrez pas le pied hors d'ici de la nuit, frère ! Vous restez !

Quand Lulu l'aperçut, une lueur de joie passa dans ses yeux, une joie qui disait :

— Et vous avez fait tout ce trajet pour moi ?

Il y avait en elle quelque chose de tendre qui la rendait encore plus désirable qu'il n'avait pensé.

Bien au chaud, gavé d'œufs frits et d'admiration, il resta avec eux dans le salon, à raconter les incidents plus ou moins authentiques de ses campagnes vertueuses dans le Kansas. Puis Mr. Bains se mit à bâiller.

— Fichtre ! neuf heures dix ! Comment peut-il être si tard ? Je crois qu'il est temps d'aller se coucher.

Elmer lança alors bravement :

— Eh bien, allez vous coucher, mais nous, la jeunesse, nous allons veiller encore un peu et bavarder en nous appelant par nos petits noms ! Les jours de semaine je ne suis plus prédicateur mais simple étudiant, ah ! ah !

— Un jour de la semaine, dites-vous ? C'est plutôt nuit de semaine qu'il faut dire, frère !

Et tous de rire.

Lulu était dans ses bras, sur le divan, avant même que son père eût fini de bâiller et de tousser dans l'escalier ; elle y était encore, molle, étourdie, à minuit. Après un long silence dans la salle froide, elle se dressa tout à coup ; il était deux heures et elle arrangea ses cheveux défaits.

— Oh, j'ai peur ! murmura-t-elle.

Il essaya de la réconforter par de petites caresses amicales, mais lui non plus ne se sentait pas très d'attaque.

— Cela ne fait rien. Quand nous marions-nous ? jeta-t-elle.

Soudain le cœur lui manqua, la peur l'envahit.

Une ou deux fois, au cours de ses rêves, l'idée qu'il courait le danger de l'épouser lui était venue. Il avait décidé qu'un mariage, à ce moment-là, ne ferait qu'entraver sa carrière ecclésiastique et que, en tout cas, il n'allait pas épouser cette pauvre écervelée qui ne l'aiderait guère à faire impression sur des paroissiens comme il faut. L'émotion lui avait fait oublier la prudence et la question de Lulu fut une vraie surprise, un abominable choc. Ses idées tourbillonnaient dans sa tête ; il bégaya.

— Ma foi... ma foi... Difficile de décider encore. Il faut me laisser me retourner finir mes études et trouver un bon pastorat.

— Oui, peut-être bien, dit-elle humblement à cet homme, son homme, le meilleur, le plus savant, le plus fort et, sûrement, le plus intéressant des hommes qu'elle eût rencontrés.

— Voici pourquoi il ne faut rien dire à personne, Lu, surtout pas à vos parents. Ils pourraient ne pas comprendre, comme vous, la difficulté qu'il y a pour un prêcheur à trouver un premier poste, un bon poste.

— Oui, chéri. Oh, un baiser !

Et il fallut qu'il lui donnât des baisers, encore des baisers, dans cette salle froide et lugubre, avant de pouvoir filer dans sa chambre.

Il s'assit sur son lit ; pris de nausée, il se lamenta :

« Diable, je n'aurais pas dû aller si loin ! Je croyais qu'elle opposerait plus de résistance. Ah, ah ! Ça ne valait pas le risque. Ah ah ! Elle est bête comme un veau. Pauvre petite ! »

Puis, sa charité lui inspira de la condescendance.

« Je le regrette pour elle. Mais, bon Dieu, elle est si sotte ! C'est vraiment sa faute… Ah, ah ! Quel imbécile je fais ! Eh bien, il faut savoir regarder ses fautes en face. C'est ce que je fais. Je ne me cherche pas d'excuse. Je ne crains pas de reconnaître mes péchés et de m'en repentir. »

Béat d'admiration devant sa vertu, il se coucha et pardonna presque à Lulu.

VII

1

Les ardeurs de Lulu, l'orgueil d'avoir son église à Schoenheim, le plaisir de regarder Frank Shallard s'essouffler à manœuvrer le wagonnet, tout cela n'atténuait pas l'ennui dans lequel les cours du séminaire plongeaient Elmer du lundi au vendredi, cet ennui dont tous les prêcheurs, sauf quelques pasteurs sportifs de la campagne, quelques directeurs de grandes églises industrialisées, doivent souffrir toute leur vie.

Il lui venait souvent l'idée de démissionner pour entrer dans les affaires. Comme les belles phrases et les façons imposantes étaient dans les affaires aussi utiles que dans l'église, le cours auquel il s'appliqua le plus était celui de Mr. Ben T. Bohnsock, professeur d'éloquence et de littérature, instructeur de « culture vocale ». Sous sa direction, Elmer avait pris le véritable vernis du prédicateur, ce qui ne lui enlevait pas le nerf. Il avait appris à ne pas couper en deux les infinitifs, et que des allusions à Dickens, Victor Hugo, James Whitcomb Riley, Josh Billings et Michel-Ange donnent à un sermon un piquant tout à fait digne de Chicago.

L'éloquence d'Elmer s'enflait comme une citrouille au mois d'août. Il allait s'exercer dans les bois. Un jour, un gamin rejoignit Elmer debout sur une souche dans la clairière et, quand il s'entendit saluer d'un « Je dénonce les abominations de vos lascives et voluptueuses… heu… abominations », il se sauva en criant et perdit de ce jour-là la sainte insouciance de la jeunesse.

Ministre baptiste, le père de Frank Shallard était un homme doux, érudit, modérément libéral et heureux dans sa carrière. Sa mère appartenait à une grande famille sur le déclin. Lui-même était né à Harrisburg et avait été élevé à Pittsburg, toujours à l'ombre des clochers, ombre propice et sereine, malgré les interminables prières en famille et les soins que mettait son père à prémunir ses enfants contre les impuretés du monde : la danse, le théâtre et les romans libidineux de Balzac.

Il avait été question d'envoyer Frank à l'université Brown ou à celle de Pennsylvanie, mais, quand il approcha de ses quinze ans, son père se vit appelé à un poste important à Cleveland et ce fut à la faculté d'Oberlin, dans l'Ohio, que Frank apprit à distinguer dans Plaute et dans Homère les prémices du christianisme, c'est là qu'on lui enseigna le calcul et l'histoire de la révolution française et qu'il se perfectionna dans le basket-ball.

Il y avait en lui une sorte de poésie naturelle et, chose qui n'est pas rare chez les poètes, il possédait le don du raisonnement et un esprit scientifique. Mais l'imagination et la raison s'étaient vues submergées par une religion pour laquelle le doute était non seulement un péché, mais, pis encore, du mauvais goût. Les instincts qui auraient pu le porter vers la joie, les roses, les chansons, les drapeaux, les fanfares, la pitié pour les opprimés, s'étaient laissé absorber par la majesté terrible de Yahvé, la miséricorde toujours vigilante de notre Seigneur, les récits de sa naissance — mages chargés de bijoux, feux de bivouac des bergers, étoile annonciatrice, l'enfant dans la crèche, mythes brillants comme des émaux. Il s'était laissé prendre aux mystères de la révélation, cette *Alice aux Pays des Merveilles* qui porte un masque de dragon.

Non seulement Frank avait été fourré dans la théologie dès le maillot, mais, au lieu de l'expérience des hommes, il n'avait connu que celle des livres. A l'université, il avait été un solitaire, bon mais susceptible, que blessaient les éructations et les éclats de rire de ses camarades.

Sa raison avait été mise sens dessus dessous ; il devait oublier que les hommes étaient des mammifères et se désoler désormais de ce que les âmes pécheresses mettaient si peu d'ardeur à chercher refuge dans les processus mystiques, tels que l'attrition, le repentir, le salut qui étaient un sûr remède à tous les maux ; c'est du moins ce qu'affirmaient les esprits les plus grands et les plus cultivés de sa connaissance. Sur ce point, il ne pouvait guère invoquer le témoignage de sa propre expérience. Même après les extases de sa conversion, il avait éprouvé des accès de fureur devant les familiarités des nigauds et il avait continué à jeter à la dérobée des regards sur le corps aux belles courbes des jeunes filles. Mais tout cela, se disait-il à lui-même, prouvait simplement qu'il n'était pas encore arrivé à la perfection.

Qu'il dût être ministre, il n'en avait jamais douté. La vocation précise et extasiée d'Elmer Gantry n'avait pas été la sienne, mais il sentait qu'il était fait pour passer sa vie à éclaircir le mystère de l'Eucharistie et à servir de guide aux mortels sur ces hauts plateaux inexplorés qu'on nomme Vertu, Idéalisme, Honnêteté, Sacrifice, Beauté et Salut.

Des cheveux frisés couleur de lin, une peau claire, un joli nez, des yeux de chien setter, un dos droit, Frank, âgé de vingt-trois ans, élève de quatrième année au séminaire de Mizpah, était un beau jeune homme.

Il était le favori du doyen Trosper et du professeur d'exégèse du Nouveau Testament. Il avait d'excellentes notes, d'excellentes manières et il ne manquait jamais les cours. Son maître entre tous était Bruno Zechlin, amateur barbu de grammaire hébraïque et victime supposée de la bière et du rationalisme allemands. Frank était le seul étudiant de sa génération que le docteur Zechlin eût choisi comme confident.

Pendant la première année de séminaire, Zechlin et Frank ne se témoignèrent guère que de la politesse. Ils s'observaient, se respectaient, mais gardaient les distances. Frank montrait de la défiance pour le savoir de Zechlin et ce fut Zechlin qui, finalement, fit le premier pas. Il se sentait seul. Il était célibataire et méprisait tous ceux de ses collègues qui ne lui faisaient pas peur. Ce qu'il détestait le plus, c'était de s'entendre appeler « frère Zechlin » par ces grands dadais de prêcheurs campagnards.

Frank venait souvent chez Zechlin. Ils se promenaient et flânaient ensemble sous les pommiers, indifférents même à l'été de la Saint-Martin qui étincelait sur les pâtis, absorbés qu'ils étaient par le problème de la destinée de l'homme aux prises avec les dieux.

Il fallut trois mois à Zechlin pour avouer qu'il était agnostique et un autre mois pour admettre que le mot d'athée lui conviendrait peut-être encore mieux.

Avant même de passer son doctorat en théologie, Zechlin avait trouvé aussi impossible de prendre à la lettre les mythes du christianisme que ceux du bouddhisme. Mais, pendant bon nombre d'années, il avait raisonné ses hérésies. Il se consolait en pensant que ces mythes étaient des symboles personnifiant la gloire de Dieu et le génie du Christ comme conducteur d'hommes. Il avait inventé une parabole rassurante. Les gens qui prennent tout à la lettre, se disait-il, affirment qu'un drapeau est quelque chose de sacré, une chose pour laquelle cela vaut la peine de mourir, non point symboliquement mais réellement. L'incroyant, à l'autre bout de l'échelle, maintient que le drapeau n'est qu'un morceau de laine, de soie ou de coton, chargé d'inscriptions qui n'ont rien d'artistique et infiniment moins encore d'utile, de romantique et de sacré, que, disons, une chemise ou un couvre-pieds. Lui, penseur libre de préjugés, n'y voyait qu'un symbole, sacré seulement par suggestion, mais sacré tout de même.

Vingt ans avaient passé et il sentait qu'il s'était dupé lui-même. Il n'admirait plus Jésus comme le chef unique. Les enseignements de Jésus étaient contradictoires et empruntés aux rabbins qui étaient venus avant lui. Si les leçons du christianisme pouvaient servir de drapeau, de symbole et de philosophie à la plupart des aboyeurs de sermons qu'il voyait autour de lui et détestait, il fallait donc que ce drapeau et ce symbole fussent celui de l'ennemi.

Cependant, resté prêcheur baptiste, il continuait à former des pasteurs en herbe.

Il essaya de s'en expliquer à Frank Shallard sans montrer trop de honte.

D'abord, il était difficile, surtout pour un sexagénaire, de renier une philosophie qu'il avait enseignée toute sa vie. C'était toute une existence perdue et pitoyable.

Puis, il aimait se perdre dans le labyrinthe théologique.

Il craignait, comme il l'avoua à Frank, au retour d'une de leurs promenades par un crépuscule d'hiver, de perdre sa situation s'il disait la vérité.

Il était homme de science, mais trop pitoyable prédicateur pour plaire à une association religieuse libérale et il manquait trop de facilité pour entrer dans le journalisme. En dehors du parasitisme religieux (pour employer ses propres mots), il ne voyait pas comment gagner sa vie. Si on le renvoyait de Mizpah, il mourrait de faim.

— Et voilà ! fit-il sardoniquement. Ah, je vous souhaite de ne pas passer par tout cela, Frank !

— Mais, mais… Que faut-il que je fasse, docteur Zechlin ? Pensez-vous que je doive quitter l'Église ? Maintenant qu'il est encore temps ?

— L'Église a été votre vie. Elle vous manquerait probablement. Peut-être feriez-vous mieux d'y rester, pour la détruire !

— Mais vous ne tenez pas à la voir détruire. Même s'il y a des dogmes faux, même s'ils le sont tous… songez quelle consolation sont la religion et l'Église pour la pauvre humanité !

— Le sont-elles ? je me le demande ! Est-ce que les joyeux agnostiques qui, une fois morts, le sont pour de bon, ne sont pas moins inquiets que ces bons baptistes toujours tourmentés à la pensée que leur fils, cousins ou bien-aimées ratent le ciel baptiste ; qui, pis encore, se demandent s'ils ne se sont pas trompés, si Dieu, au lieu d'être un Dieu baptiste, n'est pas un Dieu catholique, qui sait ? un Dieu mormon ou adventiste du septième jour, auquel cas ce seraient eux qui iraient en enfer ! Une consolation ? Non ! Mais… Restez dans l'Église, jusqu'à ce que vous sentiez le besoin d'en sortir.

Et Frank était resté.

Frank avait toujours détesté le côté épais, obtus, huileux, crapuleux d'Elmer, son inaptitude à comprendre la plus élémentaire abstraction. Mais Frank ne savait pas haïr et, quand ils partaient ensemble garder le troupeau de Schoenheim, il aimait presque Elmer avec ses élans de vigueur, sa belle et saine robustesse d'athlète.

Frank considérait Lulu comme une poupée de porcelaine, et il l'aurait chérie comme n'importe lequel des enfants de dix ans qui venaient à l'école du dimanche. Il voyait Elmer se raidir en observant Lulu, et lui, Frank, n'y pouvait rien.

Il craignait que s'il parlait à Mr. Bains ou même à Lulu, Elmer ne dût l'épouser pour faire face au scandale, et Frank, qui avait toujours été partisan de la sainte institution du mariage, sentit que pour une pouliche comme Lulu, mieux valait cent fois ruer des quatre pieds en toute liberté que de se voir atteler à la charrue bourbeuse d'Elmer.

Comme ses parents étaient allés en Californie pour Noël, Frank passa les vacances avec le docteur Zechlin. Ils célébrèrent la veillée de Noël ensemble, et ce fut un merveilleux, un délicieux *Weinnachtsabend* très allemand. Zechlin avait trouvé et réussi à faire rôtir par la femme de l'ostéopathe une oie bourrée de saucisses et flanquée de crêpes aux airelles. Zechlin confectionna un punch qui n'avait rien de baptiste, un punch mousseux qui répandait une odeur divine et fit tourner la tête de Frank.

Ils avaient pris place sur de vieux sièges autour du poêle et ils brandissaient gaiement leur verre en chantant :

Stille Nacht, heilige Nacht,
Alles schlaft, einsam wacht

Nur das traute hochheilige Paar.
Holder Knabe im lockigen Haar
Schlaf ! in himmlischer Ruh
Schlaf ! in himmlischer Ruh[1].

— Ah, oui, déclara le vieillard, ça, c'est le Christ auquel je songe encore, l'Enfant aux cheveux d'or, le cher Christ allemand de conte de fée, et votre doyen Trosper fait de Jésus un monstre qui hait la jeunesse et la joie. *Wein, Weib und Gesang. Der Arme[2]* !

» Quelle malchance que le Christ n'ait pas eu le bon Trosper avec lui aux noces de Cana pour lui expliquer qu'il ne devait pas changer l'eau en vin. Ah, ah ! Je me demande si je suis vraiment trop vieux pour acheter une petite ferme, avec un grand vignoble et une demi-douzaine de bouquins ?

3

Elmer Gantry ne cessait de faire de l'esprit sur le compte du docteur Zechlin. Parfois, il l'appelait « Vieux youpin ». D'autres fois il disait : « Ce vieil idiot était fait pour enseigner l'hébreu… on dirait qu'il est écrit en yiddish ». Pareils sarcasmes, Elmer n'était pas embarrassé pour en trouver. Les applaudissements d'Eddie Fislinger, qui colportait dans tous les corridors et les lavabos que Zechlin manquait de spiritualité, encouragèrent Elmer à produire son chef-d'œuvre.

1. Calme Nuit, Sainte Nuit / Tout dort, seul veille / Le pieux et très saint couple, / Enfant aux cheveux bouclés, / Dors en ton céleste repos, / Dors en ton céleste repos…
2. Vin, femme et chansons. Le pauvre !

Avant la classe d'exégèse il afficha au tableau noir, d'une écriture contrefaite :

Je suis le youpin Zechlin, le type qui en sait plus long que Dieu. Si Jacquot Trosper se doutait de ce que je pense de l'inspiration des Écritures, il me tordrait mon sale cou d'Allemand et me foutrait dehors.

Les étudiants s'esclaffèrent, y compris le Calvin du village, l'obtus frère Karkis.

Le docteur Zechlin entra vivement dans la classe en souriant. Il vit l'inscription au tableau, eut l'air de ne pas y croire puis, effrayé, regarda sa classe comme un vieux chien lapidé par des chenapans. Il fit demi-tour et sortit, à la grande joie des frères Gantry et Karkis.

L'histoire ne dit pas comment l'incident parvint aux oreilles du doyen Trosper.

Il fit venir Elmer.

— Je vous soupçonne d'avoir écrit l'inscription au tableau.

Elmer songea à mentir, puis il bafouilla :

— Oui, c'est moi, monsieur le doyen. C'est honteux, je l'avoue… Je ne prétends pas avoir atteint à l'état de perfection chrétienne, mais je m'y applique fort et je pense que c'est une honte qu'un professeur essaye de nous enlever la foi par ses sous-entendus et ses railleries, voilà tout !

Le doyen Trosper fut cassant :

— Je crois, frère Gantry, que vous n'avez besoin de personne pour vous inspirer des idées de péché. Mais il y a du vrai dans ce que vous dites. Allez et ne péchez plus. J'espère bien qu'un jour ou l'autre vous parviendrez à faire de votre excès de vitalité un instrument de grâce pour beaucoup, y compris pour vous-même peut-être. Suffit.

A Pâques, le docteur Bruno Zechlin reçut brusquement son congé. Il alla vivre chez sa nièce. Elle était pauvre, aimait le bridge et ne tenait guère à lui. Il gagnait quelques sous avec des traductions de l'allemand. Il mourut deux ans après.

Elmer Gantry ne sut jamais qui lui avait envoyé trente deniers enveloppés dans un petit tract sur la sainteté, ni pourquoi. Mais il trouva les sentiments exprimés dans le tract utiles pour ses sermons et, avec les trente deniers, il acheta des photographies piquantes représentant des dames de music-hall.

VIII

1

Vers Noël, les rapports entre frère Gantry et frère Shallard commencèrent de s'envenimer, malgré l'intimité du wagonnet.

Un jour qu'ils peinaient sur les rails, après le service à Schoenheim, Frank fit d'une voix de reproche :

— Gantry, il faut prendre un parti. Je désapprouve votre conduite, à vous deux, à Lulu et à toi. Je vous ai surpris à vous faire de l'œil et je te soupçonne d'avoir dénoncé au doyen le docteur Zechlin. J'ai peur de devoir aller trouver le doyen moi-même. Tu n'es pas digne d'obtenir un pastorat.

Elmer cessa de pomper, ses yeux étincelèrent, il se frotta les mains sur les cuisses et dit d'un ton ferme :

— J'attendais ça ! Je suis impulsif... c'est vrai ; je commets des bourdes... comme tous ceux qui ont du vrai sang rouge dans les veines. Mais toi ? Je ne sais pas où tu en es de tes satanés doutes, mais j'ai prêté l'oreille à tes subterfuges quand tu réponds aux questions, à l'école du dimanche, et je sais que tu commences à vaciller. Bientôt, tu seras un franc libéral. Non ! Comploter pour affaiblir la religion chrétienne, voler aux pauvres âmes qui cherchent leur seul espoir de salut ! Le pire criminel sur terre n'est pas aussi criminel que toi !

— Ça, c'est faux ! Je mourrais plutôt que d'ébranler la foi de personne !

— Alors, tu n'es même pas assez intelligent pour te rendre compte de ta conduite et il n'y a pas de place pour toi dans une chaire chrétienne ! C'est moi qui devrais aller me plaindre au doyen Trosper ! Pas plus tard qu'aujourd'hui, quand cette fille est venue te confier ses inquiétudes au sujet de son père qui a cessé de dire la prière en famille, tu as eu l'air de dire que cela ne tirait guère à conséquence. Qui sait si tu n'as pas mis la pauvre jeune dame sur la route pavée de doutes qui conduit à l'enfer éternel ?

Et, tout le long du voyage jusqu'à Mizpah, Frank s'était tourmenté et avait tenté de se justifier.

A Mizpah, Elmer l'incita généreusement à démissionner du poste de Schoenheim, lui conseilla de se repentir et de consulter le Saint-Esprit avant de chercher un autre pastorat.

Revenu dans sa chambre, Elmer s'abandonna à la joie de son pieux triomphe, et cela si sincèrement que, sur le moment, il oublia que désormais Frank ne ferait plus d'obstacle à ses rapports avec Lulu Bains.

2

Une vingtaine de fois avant le mois de mars, chez elle, dans une grange abandonnée ou à l'église, Elmer s'arrangea pour avoir des rendez-vous avec Lulu. Mais son bavardage amoureux commençait à le lasser, et l'irritait la redondante admiration qu'elle lui témoignait. De plus, elle n'avait aucune imagination en amour. C'étaient toujours des baisers, des baisers uniformes. Dès avant mars il en avait assez. Elle s'attachait si fort à lui qu'il se demandait s'il ne ferait pas mieux de renoncer à Schoenheim pour se débarrasser d'elle. Il était ulcéré.

Personne ne pouvait dire qu'il fût méchant pour les filles, ou qu'il les méprisât, comme le faisait Jim Lefferts. Lulu avait beaucoup appris à son école ; elle avait perdu ses préjugés rustiques ; il lui avait enseigné qu'on peut être croyant sans renoncer au plaisir ; il suffisait de voir les choses avec bon sens, on pouvait prêcher l'idéal le plus noble sans lui être fidèle tous les jours. Surtout quand on était jeune. Et ne lui avait-il pas fait cadeau d'un bracelet qui lui avait coûté cinq dollars ?

Mais elle était si sotte ! Elle ne comprenait pas que, parvenu à un certain point, l'homme se fatigue de l'amour et qu'il lui faut se mettre à son sermon du dimanche ou bûcher ce maudit grec. Là-dessus, il lui en voulait et elle l'avait déçu. Il avait cru qu'elle n'était qu'une gentille petite femme sans émotions, qu'il serait amusant de lutiner, et qui lui laisserait la paix quand viendraient les affaires sérieuses : et voilà qu'elle était passionnée ! Il lui fallait des baisers, encore des baisers, alors que lui en avait la nausée. Ses lèvres étaient toujours à courir sur ses mains, sur sa joue, quand il avait envie de causer.

Elle lui envoyait à Mizpah de petits billets geignards. Si l'on venait à les découvrir ! Elle lui disait qu'elle ne vivait que dans l'attente de leur prochain rendez-vous, cela pour l'ennuyer et distraire son attention quand il avait tant d'autres choses à faire. Pendant qu'il prêchait, elle était là à le dévorer de ses grands yeux fous tout humides de tendresse… Elle lui gâtait son style. Elle l'assommait et il fallait qu'il s'en débarrassât.

C'était dur. Il avait toujours été gentil avec les femmes. Mais c'était dans son intérêt à elle autant que dans le sien propre…

Il fallait se résoudre à être méchant, à la faire souffrir.

3

Ils étaient seuls dans l'église de Schoenheim après le service du matin. Elle lui avait murmuré à la porte :

— J'ai quelque chose à vous dire.

Il eut peur et grommela :

— Il ne faudrait pas se donner si souvent en spectacle, revenez quand les autres seront sortis.

Il était assis dans la stalle de devant dans l'église déserte, lisant des hymnes, faute de mieux, quand elle se glissa derrière lui et lui donna un baiser sur l'oreille. Il sursauta.

— Bon Dieu, on n'effraye pas les gens comme ça ! fit-il rageusement. Eh bien, qu'avez-vous donc tant à me dire ?

Elle hésitait, prête à éclater en sanglots.

— Je croyais que ça vous ferait plaisir ! Je voulais seulement vous surprendre et vous dire que je vous aimais !

— Mais, bon sang, ne prenez pas pour autant ces airs de femme enceinte !

— Elmer !

Il venait de la blesser trop gravement dans sa joyeuse affection et de la choquer trop vivement dans son sens rustique des convenances pour qu'elle pût répondre.

— Mais oui, c'est exactement ce que vous avez fait ! Me faire attendre ici, alors qu'il faut que je retourne en ville… conférence importante… et ce wagonnet à manœuvrer tout seul ! Pourquoi toujours vous conduire comme une gamine de dix ans ?

— Elmer !

— Oh, Elmer, Elmer, Elmer ! Tout cela est très bien. J'aime à m'amuser et à faire comme tout le monde, mais tout ça, tout ça… tout le temps !

Elle fit vivement le tour de la stalle, vint s'agenouiller à côté de lui, posa sa main enfantine sur ses genoux et babilla comme une enfant :

— Oh, le méçant vieux ouss ! Le mêçant vieux ouss ! Si fâssé avec la tite Lulu !

— Au diable, tite Lulu ! s'exclama Elmer, que ces manières rendaient furieux.

Elmer Gantry, professeur de l'école du dimanche, se sentait blessé. Elle s'accroupit sur ses genoux.

— Tite Lulu ! De tout ce bavardage idiot de nourrice, ça c'est le bouquet ! Ça dépasse tout ! Eh, ne vous accroupissez donc pas comme ça ! Si quelqu'un entrait ! Avez-vous vraiment décidé ma perte ? Tite Lulu !

Elle se leva, les poings serrés.

— Qu'ai-je donc fait ? Je ne voulais pas vous blesser ! Je vous le jure, très cher ! S'il vous plaît, pardonnez-moi ! Je venais seulement vous faire une petite surprise !

— Ouf ! La surprise est faite !

— Chéri ! Je vous en supplie ! Je le regrette ! Mais c'est vous-même qui m'avez appelé tite Lulu !

— Jamais de la vie !

Elle se taisait.

— Et si je l'ai fait, c'était pour rire !

Patiente, conciliante, elle se blottit contre lui et supplia :

— Je ne sais pas ce que j'ai fait. Je ne sais pas. Ne voulez-vous pas m'expliquer… je vous en prie, et me permettre de réparer ?

— Au diable !

Il se leva brusquement, prit son chapeau et son manteau.

— Si vous n'êtes pas capable de comprendre, je n'ai pas de temps à perdre en explications ! déclara-t-il avant de partir, soulagé mais peu fier.

Cela ne l'empêcha pas, quand vint le mardi, de se sentir plein d'admiration pour sa fermeté. Le soir même, arriva un mot d'excuse, une lettre qui n'avait rien de bien brillant, avec des taches d'encre, des fautes d'orthographe et, comme la pauvre Lulu n'avait pas la moindre idée de la faute qu'elle avait commise, sans grande clarté.

Il ne répondit pas.

Pendant son sermon, le dimanche suivant, elle ne cessa de l'observer, épiant un sourire, mais il fit en sorte d'éviter son regard.

Tandis qu'il discourait sans fin sur le crime de Nadab et d'Abihu qui avaient mis du feu étranger dans leurs encen-soirs, il pensait, gonflé d'orgueil : « Pauvre petite chose. Je suis triste pour elle. En vérité. »

Il la vit qui restait derrière ses parents à la porte, après le service, mais, après avoir jeté au diacre Bains un : « Il faut que je me sauve ! », il courut vers la voie ferrée, privant de poignées de mains et de confessions ses paroissiens.

« Ah, mais si c'est comme cela que vous voulez agir et si vous tenez à me persécuter, rageait-il, il faudra que j'aie avec vous un brin de causette, ma charmante demoiselle ! »

Ce mardi-là, il attendit un nouveau mot d'excuse. Il n'en vint pas. Le jeudi, il alla tranquillement prendre un lait frappé à la vanille chez Bombery l'herboriste, près du séminaire. Il était toute affabilité, toute douceur, il se sentait un homme.

Il avait fini sa composition sur les missions, et il avait deux beaux cigares à cinq sous dans sa poche. Tout à coup, il aperçut Lulu qui l'épiait du dehors.

Il s'alarma. Elle n'avait pas l'air d'être dans son assiette.

— Pourvu qu'elle n'ait rien dit à son père ! grogna-t-il.

Il la haïssait.

Il se dirigea vers elle bravement et joua, avec grandiloquence, à celui qui était ravi de la rencontrer en ville.

— Ah, par exemple, Lulu, quelle agréable surprise ! Et où est papa ?

— Papa et maman sont chez le docteur, pour les bourdonnements d'oreille de maman. Je leur ai dit que je les retrouverais au bazar de Boston. Elmer !

Sa voix vibrante évoquait un fil sur le point de rompre.

— Il faut que je vous parle ! Il le faut… Descendez la rue avec moi.

Il vit qu'elle avait essayé de se mettre du rouge sur les lèvres. Cela ne se faisait guère dans les campagnes du Middle-West en 1906. Le maquillage était raté.

Le printemps était précoce. Ce début de mars était plein de tendres bourgeons et, si Lulu n'avait pas été si collante, il aurait pu s'éprendre d'elle, pensait Elmer en soupirant, tout en se dirigeant vers les pelouses du palais de justice et la statue du général Sherman.

A l'école, Lulu avait pris de l'audace, en même temps qu'elle avait enrichi son vocabulaire. Une courte hésitation, un regard furtif, une légère tentative de placer ses doigts à son bras qu'il dégagea d'un geste brusque, et elle lâcha la nouvelle :

— Il faut faire quelque chose, car je crois que je vais avoir un bébé.

— Ah, Seigneur ! Ah, diable ! fit le révérend Elmer Gantry. Je suppose que vous avez tout raconté au vieux et à la vieille.

— Non, je n'ai rien raconté.

Elle était calme, digne… aussi digne que pouvait l'être une pauvre petite chatte grise toute crottée.

— Cela va bien. Eh oui, je crois qu'il faut faire quelque chose. Zut ! Dieu me damne !

Il réfléchit rapidement. Les petites femmes de sa connaissance à Monarch pourraient lui donner des conseils… Mais…

— Non, non, siffla-t-il, ce n'est pas possible !

Il était là en face d'elle, contre le mur de briques de la cour du tribunal ; au-dessus de lui, une Justice rouillée étendait ses ailes de fonte.

— Voyons, où voulez-vous en venir ? Dieu sait que je compte certainement faire tout pour vous venir en aide. Mais je n'ai l'intention de me laisser rouler par personne ! Qu'est-ce qui vous fait penser que vous êtes enceinte ?

— Je vous en prie, cher ! N'employez pas ce mot-là !

— Ah, c'est du joli ! Allons, parlez. Qu'est-ce qui vous le fait penser ?

Elle n'osait pas le regarder ; elle baissa les yeux et il laissa éclater son indignation pendant qu'elle essayait de lui dire ses raisons. On n'avait jamais appris beaucoup de physiologie à Lulu Bains, mais il était évident qu'elle inventait ce qu'elle considérait comme de vrais symptômes. Tout ce qu'elle pouvait faire, c'était balbutier, tandis que les larmes lui barbouillaient son pauvre rouge et qu'elle portait à son menton ses doigts tremblants.

— C'est que… je me sens si mal… je vous en prie, chéri, ne me forcez pas à expliquer.

Il en avait assez. Il la prit rudement par les épaules.

— Lulu, vous mentez ! Vous avez un cœur bas, un cœur de menteuse et de fourbe ! Je me demandais justement ce qui me retenait de vous demander en mariage. Maintenant, je sais ! Grâce à Dieu, j'ai trouvé à temps ! Vous mentez !

— Oh, chéri, non. Oh, je vous en prie !

— Eh bien, je vais vous mener chez un docteur. Tout de suite. Nous saurons la vérité.

— Oh, non, non, non ! Je vous en supplie, non ! Je ne peux pas !

— Pourquoi non ?

— Oh, je vous en prie !

— Fi ! Et c'est tout ce que vous avez à dire en votre faveur ? Venez ici ; regardez-moi !

Il dut lui faire mal en lui enfonçant ses gros doigts dans les épaules, mais il se sentait sûr de son droit, il se voyait comme un de ces prophètes de l'Ancien Testament tant admirés par sa secte. Il avait trouvé une vraie querelle à lui faire.

Elle ne le regardait pas, quoiqu'il la pinçât. Elle se contentait de pleurer, de verser des larmes désespérées.

— Alors vous mentez ?

— Oh, oui, oui, je mentais ! Oh, mon chéri, comment pouvez-vous me faire si mal ?

Il relâcha son étreinte, se fit courtois.

— Ce n'est pas mon épaule que je veux dire. Cela n'est rien. Mais c'est à moi que vous faites du mal ! Vous êtes si froid ! Et je pensais que, peut-être, si nous allions nous marier… Je ferais tout pour vous rendre heureux. J'irais où vous voudriez. Ça ne me ferait rien si nous n'avions qu'une toute petite maison…

— Comment ! Vous croyez qu'un ministre de l'évangile va partager une maison, sa maison, avec une menteuse ! Vipère que vous êtes ! Au diable, je ne veux plus parler en prédicateur. Oui, peut-être, n'ai-je pas tout à fait bien agi. Ce qui n'empêche que ça vous faisait plaisir de venir à mes rendez-vous ! Mais quand une femme, une chrétienne

144

ment et tente de duper un homme dans ce qu'il éprouve de plus profond... Cela dépasse la mesure, quelle qu'ait été ma conduite ! Ne vous aventurez plus jamais à me dire un mot ! Et si vous parlez à votre père pour me forcer au mariage, je... je... je me tuerai !

— Non, non, je ne dirai rien, je vous le jure !

— Je vais expier ma faute dans les larmes, d'amères larmes, et pour vous, jeune femme... allez ! et ne péchez plus !

Il fit demi-tour et s'en fut, dédaignant ses sanglots. Dans son désespoir, elle essaya de lui emboîter un instant le pas, son pas de géant, puis elle s'appuya contre le tronc d'un sycomore, et un petit épicier qui passait eut un sourire d'ironie.

Elle ne parut pas à l'église le dimanche suivant. Elmer fut ravi au point qu'il songea à arranger un autre rendez-vous.

4

Le diacre Bains et sa femme avaient remarqué la pâleur et les distractions de leur fille, d'habitude si gaie.

— On dirait qu'elle est amoureuse de ce nouveau prêcheur. Ma foi, ne nous en mêlons pas. Ce serait un joli parti pour elle. Je n'ai jamais connu un jeune prêcheur de cette force. Il parle comme on crie au feu, nom d'un chien ! fit le diacre en bâillant et s'étirant dans le vieux et immense lit de plumes.

C'est alors que Floyd Naylor vint trouver le diacre ; il était hors de lui.

Floyd était ce parent, grand diable de vingt-cinq ans, terriblement fort, plutôt stupide, fermier pauvre et très loyal.

Pendant des années il avait tourné autour de Lulu. Il serait trop romantique de soutenir qu'il se soit rongé le cœur dans sa passion secrète. Mais il avait toujours considéré Lulu comme la plus belle, la plus vive, la plus merveilleuse fille au monde. Lulu voyait en lui un imbécile, et quant au diacre Bains, il réprouvait ses idées sur la culture de l'alfa. C'était un familier de la maison, quelque chose comme le chien du voisin.

Floyd trouva le diacre Bains dans le hangar de la cour de la ferme en train d'arranger un palonnier et grogna :

— Dites donc, cousin Barney, je me tourmente au sujet de Lulu.

— Oh, je suppose qu'elle est amoureuse de ce nouveau prêcheur. J' sais pas ; ils feraient un beau couple.

— Soit, mais est-ce que frère Gantry est amoureux d'elle ? Je ne peux pas digérer cet individu.

— Oh, c'est que tu ne rends pas justice aux prêcheurs. Tu n'as jamais été en état de grâce. Tu n'es jamais ressuscité comme il convient, dans l'Esprit.

— Que le diable m'emporte si je ne suis pas aussi bien ressuscité que vous. Mais ce Gantry… à propos, pas plus tard qu'il y a deux mois, je l'ai vu avec Lulu descendre la route de la vieille école, et ils se serraient et ils se baisaient en veux-tu en voilà, et il l'appelait son « doux cœur ».

— Tu es sûr que c'étaient eux ?

— Tout ce qu'il y a de plus sûr. Je… le fait est qu'une autre fille et moi…

— Qui était-elle ?

— Peu importe. En tout cas, nous étions assis juste sous le gros érable de ce côté de l'école, dans l'obscurité, mais il faisait un beau clair de lune et Lulu et le prêcheur sont venus tout près, aussi près que je suis de vous. Bien, que je me dis, paraît qu'ils vont se fiancer. Puis j'ai flâné autour de l'église, une ou deux fois après le culte, et, une fois, j'ai mis mon œil comme ça à la fenêtre et je les ai vus, là, dans la première stalle, à se serrer de telle façon qu'ils devraient sûrement se marier quoi qu'il en soit. Maintenant, tout ça ne me regarde pas, Barney, mais vous savez que j'ai toujours eu du goût pour Lulu et il me semble que nous devrions savoir si oui ou non ce marchand de bibles lui veut du bien.

— T'as pt'-être raison. J' veillerai à lui en causer.

Bains n'avait jamais beaucoup surveillé sa fille, mais Floyd Naylor n'était pas un menteur et ce fut avec de petits yeux perçants que le diacre entra chez lui et la trouva près de la baratte, les bras pendant inertes le long du corps.

— Dis-moi, heu, Lu, où en sont les choses avec toi et frère Gantry ?

— Que voulez-vous dire ?

— Fiancés tous les deux ? Près d'être fiancés ? Il va t'épouser ?

— Bien sûr que non.

— Il t'a fait la cour, hein ?

— Oh, jamais !

— Il t'a jamais serrée, embrassée ?

— Jamais !

— Jusqu'où qu'il a été ?

— Oh, il n'a pas été du tout.

— Pourquoi avais-tu l'air si ennuyée, ces temps-ci ?

— Oh, ça ne va pas très bien. Oh, si ça va très bien. C'est le printemps qui vient, faut croire.

Et elle s'écroula sur le plancher, la tête contre la baratte, ses doigts minces tambourinant hystériquement sur le plancher, étranglée de sanglots.

— Là, là, Lu ! Ton papa va s'occuper de ça.

Floyd attendait dans la basse-cour.

En ce temps-là les mariages conclus sous la menace du revolver n'étaient pas rares dans ces parages.

5

Le révérend Elmer Gantry était en train de feuilleter un illustré à couverture rose, consacré aux boxeurs et aux danseuses, dans sa chambre de Schmutz Hall, assez tard dans l'après-midi, quand deux hommes d'une imposante carrure entrèrent chez lui sans frapper.

— Eh bonsoir, frère Bains… frère Naylor ! Quelle agréable surprise ! Je… Avez-vous jamais vu cette abominable feuille sur les actrices ? Une vraie invention du diable. Je songeais à la dénoncer dimanche en chaire. J'espère que vous ne l'avez jamais lue… Voulez-vous bien vous asseoir, Messieurs ? Prenez cette chaise… J'espère que vous ne l'avez pas lue, frère Naylor, car les pas de…

— Gantry, tonna le diacre Bains, il faut que vous veniez immédiatement chez moi ! Vous vous êtes amusé avec ma fille et maintenant, ou bien vous allez l'épouser, ou bien, Floyd et moi, nous aurons votre peau. De l'humeur où je suis, peu m'importe…

— Vous voulez dire que Lulu a prétendu…

— Non, Lulu n'a rien dit. Nom d'un chien, je me demande si je devrais laisser ma fille épouser un individu comme vous. Mais je dois protéger sa réputation et je pense que Floyd et moi pourrons avoir l'œil à ce que vous la traitiez comme il faut après le mariage. J'ai invité tous les voisins chez moi, pour une petite soirée, afin de leur dire que Lulu et vous, vous êtes fiancés, et vous allez mettre votre uniforme des dimanches et venir avec nous, tout de suite.

— Je ne me laisserai pas faire violence…

— Attrape-le par là, Floyd, mais je me réserve la première volée. A toi le reste.

Et ils se placèrent de chaque côté d'Elmer. Ils étaient plus courts, moins larges, mais leur visage était tanné comme du cuir et leurs yeux étaient durs…

— Vous êtes une grosse brute, frère Gantry, mais vous manquez d'entraînement. Vous êtes bien mou, fit observer le diacre Bains.

Son poing s'abaissait, s'abaissait vers son genou ; son épaule se penchait ; son poing remontait… et Floyd avait brusquement saisi les bras d'Elmer.

— J'accepte, j'accepte ! Ça va ! Ça va ! cria Elmer.

Il s'arrangerait pour rompre ces fiançailles. Déjà il revenait à lui.

— Allons, les amis, écoutez-moi ! J'aime Lulu et j'avais l'intention de vous la demander dès que j'aurais fini ici, dans moins de trois mois, quand j'aurais mon premier emploi. Et voilà que vous me tombez dessus et gâchez tout le roman !

— Hum, il y paraît, grogna Bains avec un inexprimable mépris dans la voix. Vous allez garder toutes ces belles paroles pour Lulu. Vous vous marierez à la mi-mai… cela fera assez de temps après les fiançailles et les voisins ne se douteront de rien. Ouste, habillez-vous. La carriole attend. On vous traitera bien. Si vous traitez Lulu comme il faut, la consolez et lui rendez sa bonne humeur, peut-être que Floyd et moi, nous ne vous tuerons pas la nuit des noces. On verra, peut-être même que nous vous traiterons toujours bien en public, qu'on ne rira pas quand on vous entendra prêcher. Allons-y, vous m'entendez ?

Pendant qu'il s'habillait, Elmer s'arrangea pour ne pas leur laisser voir son visage. Il se reprit et, quand il se retourna soudain, il sut leur adresser le plus beau, le plus viril, le plus conquérant des sourires.

— Frère Bains, je veux vous remercier, cousin Floyd et vous. Vous faites gravement erreur en pensant que je n'aurais pas réparé mes torts envers Lulu. Mais je me réjouis, monsieur, je me réjouis de voir qu'elle a une si loyale parenté !

Cela les intrigua plus que cela ne les désarma, mais il les conquit tout à fait avec un jovial :

— Eh ! quels gaillards ! Je suis assez fort moi-même… j'ai fait plus d'exercice que vous ne pensez… mais je suppose que ça ne ferait ni une ni deux avec vous ! Une chance pour ce vieux Elmer que vous n'ayez pas lâché ce sacré coup de pied de mule, frère Bains ! Et vous avez raison. Inutile de différer les noces. Le quinze mai fera très bien l'affaire. Maintenant laissez-moi vous demander une faveur. Il me faut dix minutes d'entretien seul à seul avec Lu avant que vous annonciez la chose. Je veux la consoler, la rendre heureuse. Oh, vous saurez bien si je tiens parole… l'œil d'aigle d'un père y veillera.

— Hum, l'œil d'aigle d'un père n'a pas fait merveille ces temps derniers, mais je pense que rien ne s'oppose à ce que vous la voyiez.

— Allons, on se la serre ?

Il avait l'air si grand, si rayonnant, si confiant. Eux restaient là comme des moutons, comme des paysans qui sourient au politicien qui les flatte et ils se la serrèrent.

Il y avait foule chez les Bains, du poulet grillé et de la pastèque en conserve.

Le diacre conduisit Lulu à Elmer dans la chambre d'ami et l'y laissa.

Elmer s'était mis à son aise sur le sofa, tandis qu'elle se tenait devant lui, tremblante et les yeux rouges.

— Allons, venez, pauvre enfant, fit-il d'une voix condescendante.

Elle s'approcha en sanglotant :

— Sincèrement, chéri, je n'ai rien dit à papa… je ne lui ai rien demandé… et si vous ne voulez pas, je ne veux pas non plus.

— Allons, allons, mon enfant. C'est très bien. Je suis sûr que vous ferez une bonne épouse. Asseyez-vous.

Il la laissa lui baiser la main, ce qui la rendit très heureuse et la fit pleurer abondamment, et ce fut rayonnante de joie qu'elle revint trouver son père.

Pendant ce temps il faisait ses réflexions :

« Ça t'apprendra, imbécile ! Maintenant, il faut se tirer de là. »

A l'annonce des fiançailles de Lulu avec un homme de Dieu, la foule poussa de rudes et pieux hourras.

Elmer fit un long discours dans lequel il évoqua tout ce que la sainte Écriture dit des relations entre homme et femme, c'est-à-dire tout ce qu'il s'en rappelait et qui pouvait passer devant un auditoire mixte.

— Allez-y, frère Gantry ! Embrassez-la ! criait-on.

Il l'embrassa alors chaleureusement, si tendrement qu'il en ressentit de curieux frissons.

Il passa la nuit à la maison et se trouva si plein de sainte affection que, lorsque la famille fut endormie, il se glissa jusque dans la chambre à coucher de Lulu. Elle sursauta sur son oreiller et murmura :

— Oh, mon chéri ! Tu m'as pardonné ! Oh, je t'aime tant, soupira-t-elle, tandis qu'il baisait sa chevelure parfumée.

6

Il n'y avait pas de temps à perdre. Il ne restait guère que deux mois jusqu'au mariage dont il était menacé.

S'il pouvait faire que Lulu se compromette avec un autre ? Pourquoi pas Floyd Naylor ? L'imbécile l'aimait.

Il passa à Schoenheim autant de temps que possible, non seulement avec Lulu, mais encore avec Floyd. Il se montra envers ce dernier chaleureux et empressé, et, d'ennemi, il fit de ce tâcheron sans malice un admirateur et un ami. Un jour que Floyd et lui se dirigeaient vers le wagonnet, Elmer insinua :

— Dites donc, Floyd, n'est-ce pas dommage que ce soit moi et non pas vous que Lulu épouse ? Vous êtes si solide, si travailleur, si patient. Moi je m'emballe trop aisément.

— Oh que non ! je ne suis pas assez bon pour elle, Elmer. Il lui faut épouser un type comme vous, qui en a appris long dans les livres, qui se mette bien pour pouvoir aller en société et tout le tralala…

— Mais je croyais que vous-même aviez beaucoup de goût pour elle. Vous devriez ! C'est la plus douce fille au monde. Elle vous plaisait ?

— Oh, je crois. Je… Ah, zut ! je ne suis pas assez bon pour elle, que Dieu la bénisse !

Elmer parlait de Floyd comme de son futur cousin, affichait son amitié pour lui, son admiration pour les qualités et la voix remarquable du jeune homme. (Floyd Naylor chantait… ma foi, comme pouvait chanter Floyd Naylor.) Oui, un futur cousin qu'Elmer tenait à fréquenter.

Il faisait à Lulu l'éloge de Floyd et à Floyd l'éloge de Lulu. Il les laissait ensemble aussi souvent que possible puis revenait les épier par la fenêtre. A sa grande indignation, ils restaient assis et causaient.

Puis il passa une semaine à Schoenheim, toute la semaine avant Pâques. Les baptistes de Schoenheim, dans leur haine du papisme, ne faisaient pas grand cas de Pâques ; ils l'appelaient « La fête de la résurrection du Christ », mais ils aimaient tenir des assemblées quotidiennes pendant ce que les hérétiques nommaient la semaine sainte. Elmer resta chez les Bains et lutta autant contre le péché que contre le mariage qui le menaçait. Il fut si véhément, si éloquent, qu'il préserva du péché deux filles de seize ans et convertit celui dont parlait tout le voisinage, un patriarche qui buvait du cidre fort et qui n'avait pas été régénéré depuis deux ans.

Elmer savait que Floyd Naylor, bien qu'il ne fût plus vierge, hésitait à passer du désir à l'acte, aussi l'encouragea-t-il dans ses résolutions. Il l'emmena à travers champs et, après avoir avoué, d'un air bénin, que peut-être un prêcheur ne devrait pas aborder pareil sujet, il lui raconta ses exploits amoureux, si bien que les yeux du rustre s'écarquillèrent de convoitise. Puis, avec des excuses mêlées d'éclats de rire, il lui fit voir la collection de ce qu'il nommait ses photographies artistiques.

Floyd les dévora presque. Elmer les lui prêta. On était au jeudi.

En même temps, Elmer, au point de l'affoler, priva Lulu durant la semaine entière des caresses dont elle avait si faim.

Le vendredi, Elmer officia le matin au lieu du soir et il organisa pour Lulu, Floyd et lui, un pique-nique en guise de souper dans le bosquet de sycomores près de la maison des Bains. Il en suggéra l'idée d'un air à la fois plaisant et idyllique, et Lulu rayonnait de joie. Tandis qu'ils se dirigeaient vers le bosquet avec leurs paniers, elle lui dit en soupirant, tandis qu'ils marchaient derrière Floyd :

— Oh, pourquoi avez-vous été si froid avec moi ? Est-ce que je vous ai encore offensé, chéri ?

Alors, brutalement, il la rabroua :

— Ah, finissez donc de geindre. Une fois, en passant, montrez-vous donc intelligente.

Tandis qu'on déballait le souper, elle eut peine à réprimer ses sanglots.

Quand ils eurent fini, il faisait sombre. Ils étaient assis tranquillement. Floyd la regardait, étonné de son chagrin et jetant des regards nerveux sur ses jolies chevilles.

— Ah, il faut que je rentre pour prendre quelques notes pour le sermon de demain, déclara Elmer.

— Non, non, restez ici. On est bien mieux à prendre le frais.

— Je serai de retour dans une demi-heure.

Il fit semblant de partir en froissant à grand bruit les buissons, puis il revint en tapinois et se cacha près d'eux derrière un platane. Il était fier de lui. Cela prenait. Déjà Lulu sanglotait sans retenue, tandis que Floyd la consolait avec des :

— Qu'est-ce qu'il y a, ma jolie ? Qu'est-ce qu'il y a, ma chère ? Dites-le-moi.

Floyd s'était rapproché d'elle — Elmer pouvait tout juste les voir — et elle appuyait sa tête sur l'épaule de son cousin.

Puis Floyd se mit à effacer ses larmes avec des baisers et elle sembla se blottir contre lui. Elmer l'entendit qui disait d'une voix étouffée :

— Oh, vous ne devriez pas m'embrasser !

— Elmer a dit que je devais vous considérer comme une sœur, et que je pouvais vous embrasser… Ah, mon Dieu, c'est terrible de t'aimer ainsi !

— Oh, ce n'est pas bien…

Puis ce fut le silence.

Elmer se précipita dans la cour de la ferme, trouva le diacre Bains et lui dit durement :

— Venez par ici ! Je veux que vous voyez ce que Floyd et Lulu sont en train de faire. Posez cette lanterne. J'ai une lampe de poche.

Il l'avait achetée tout exprès. Il avait même un revolver dans sa poche.

Quand Elmer et Mr. Bains, abasourdi, foncèrent sur eux et les aperçurent dans le cercle lumineux, Lulu et Floyd étaient perdus dans un baiser dévastateur.

— Là ! mugit Elmer outragé. Eh bien, vous le voyez pourquoi j'ai hésité à me fiancer à cette femme ! Il y a longtemps que je m'en doutais ! Horreur, abomination ! La pécheresse sera retranchée !

Floyd se releva d'un bond, pareil à un molosse furieux. Elmer, sans doute, aurait pu parer l'attaque, mais ce fut le diacre Bains qui jeta l'autre à terre d'un terrible coup de poing. Puis le diacre se tourna vers Elmer et versant les premières larmes qu'il eût jamais pleurées depuis son enfance :

— Pardonnez-nous à moi et aux miens, frère Gantry ! Nous avons péché contre vous ! Cette femme en sera punie. Elle ne remettra plus les pieds dans ma maison. De par Dieu, elle épousera Floyd, et il est bien le plus bête de tous les fermiers dans les dix comtés à la ronde !

— Je pars. C'en est trop. Je vous enverrai un autre prêcheur. Je ne veux plus vous revoir tous tant que vous êtes !

— Je ne vous en blâme pas. Essayez de nous pardonner, frère.

Le diacre versait des sanglots pénibles, lamentables, mêlés de stupeur et de colère.

A la clarté de sa torche électrique, Elmer aperçut Lulu effondrée, les épaules basses, le visage fou de terreur.

IX

1

Il était plein d'allégresse, l'Elmer Gantry qui prit le train de 10 h 20 pour Monarch, ville d'environ trois cent mille âmes où le doyen Trosper l'envoyait prêcher à la Flowerdale Baptist Church. Il monta en voiture et prépara aussitôt le plan de son sermon de Pâques. Ah, quelle joie ! Son premier sermon dans une ville, une vraie ! Qui sait où cela pouvait le mener !

— Je suppose que vous devez être journaliste, frère, fit à brûle-pourpoint une voix à côté de lui.

Elmer regarda son compagnon de voyage, petit homme au nez rouge, ridé comme d'avoir trop ri, les yeux comme cerclés d'astérisques, plutôt bien mis, avec la cravate rouge qui, en 1906, passait plutôt pour l'emblème des socialistes et des ivrognes.

Elmer pensa qu'on pourrait s'amuser avec un petit homme de ce genre. Un commis voyageur. Qu'est-ce qui serait le plus amusant : être naturel avec lui ou lui demander des nouvelles de son salut et le voir se tordre de rire ? Au diable ! Assez de devoirs sacrés l'attendaient à Monarch. Aussi arbora-t-il son sourire le plus amène et répondit-il :

— Hum, pas précisément. Plutôt chaud pour la saison, hein ?

— Fichtre oui ! Longtemps à Babylone ?

— Non, pas très longtemps.

— Belle ville. Beaucoup d'affaires.

— Comment ! Et de jolies petites femmes par-dessus le marché !

Le petit homme ricana.

— Tiens, tiens, tiens ! Donnez-moi donc quelques adresses. Je fais la ville une fois par mois et, ma foi, je n'ai pas encore réussi à dénicher un jupon. Mais la ville est bonne. Il y a de l'argent.

— Oui, monsieur, y en a. Une bonne ville pleine d'entrain. Les choses y ont marché vite. Pas mal d'argent à Babylone.

— Ça n'empêche, à ce qu'on me dit, qu'il s'y trouve une de ces fabriques à prêcheurs.

— Ah, tiens !

— Parfaitement. Dites donc, ça va vous faire rire. Savez-vous bien à quoi j'ai pensé, quand je vous ai d'abord vu, avec votre habit noir et vos écritures ? Eh bien, j'ai pensé que peut-être vous étiez vous-même un prêcheur !

— Ma foi…

Ah non ! c'en était trop ! Faire le saint tous les dimanches à Schoenheim… avec le diacre Bains toujours à poser ces questions idiotes sur la prédestination et autres balivernes. Arrivent les vacances et le premier venu vous rit au nez si vous lui dites que vous êtes prêcheur.

Le train roulait à grands fracas. Si un coq du voisinage chanta trois fois, Elmer ne l'entendit pas quand il déclara sans hésiter :

— Ah, fichtre, non, par exemple ! Quoique…

Et avec le plus grand sérieux :

— Cet habit noir, c'est un deuil que je porte d'une personne qui m'était très chère.

— Ah, il faut m'excuser ! Je gaffe toujours !

— Ça va, ça va !

— Eh bien, serrons-nous-la et ça sera la preuve que vous ne m'en voulez pas.

— Sûr.

Il émanait du petit homme un relent de whisky qui électrisait Elmer. Une éternité, depuis qu'il n'avait bu une goutte ! Rien depuis deux mois, sauf quelques rasades de cidre fort que Lulu avait pieusement soutiré pour lui au tonneau paternel.

— Et quelle est votre profession, frère ?

— Je suis dans la chaussure.

— Ah ! un joli métier. Oui, m'sieur ! Il faut des souliers aux gens, qu'ils soient pauvres ou riches. Mon nom est Ad Locust, vous n'avez pas idée ! les vieux m'ont appelé Adney, impayable, hein ! n'est-ce pas un sacré nom de nom pour un type qui aime s'amuser avec les gars ! Mais vous ferez aussi bien de m'appeler Ad. Je voyage pour la Compagnie Pequot, Instruments agricoles. Une grande maison ! Des types épatants ! Oui, m'sieur ! des patrons à la coule et qui savent y faire. Les chefs de vente boivent plus de liqueur, et de la bonne, que tous les gars qui travaillent pour eux et, croyez-m'en, y en a de chez nous qui n'y vont pas de main morte ! Oui, m'sieur ! cette idiote d'idée que toutes ces maisons de rien du tout répandent aujourd'hui, à savoir qu'à la longue on ne réussit pas davantage en buvant avec les clients… quelle bêtise ! A ce qu'on dit, ce type, Ford, qui fait des autos, soutient cette théorie. Eh bien, gravez dans votre mémoire ce que je vais vous dire : pas plus tard que vers 1910, Ford fera faillite, c'est inévitable. Souvenez-vous-en bien ! Oui, m'sieur, une grande maison, la Pequot. Le fait est que nous tenons une grande réunion de représentants de commerce à Monarch la semaine prochaine.

— Vraiment !

— Oui, m'sieur, oui, c'est un fait. Vous savez... on lit des rapports sur la façon de soutirer de la galette à un acheteur de machines fauché. Ah, ah ! Avec ça que nous autres, les gars, nous allons nous embarrasser de tout ça ! On va s'amuser, se mettre à boire ferme et je vous jure que tous les représentants de commerce seront avec nous ! Mais, frère... je n'ai pas très bien saisi votre nom...

— Elmer Gantry. Très heureux de vous rencontrer.

— Très, très heureux de vous connaître, Elmer. Dis donc, Elmer, j'ai là dans ma poche-revolver le meilleur whisky que toi ou personne ait jamais vu. Je pense qu'un type dans une industrie de la haute comme la chaussure s'évanouirait, si je lui offrais quelque chose contre la toux.

— Probable, oui m'sieur, un petit évanouissement.

— Bon, toi t'es un gros, et tu devrais t'nir le coup.

— J' ferai d' mon mieux, Ad, si tu m' tiens la main.

— Pour sûr que j' la tiens.

Ad amena du fond du sac inépuisable que formait sa poche une pinte de *Green River* et ils burent tous les deux, révérencieusement.

— Dis donc, as-tu jamais entendu le toast du matelot ? demanda Elmer.

Il se sentait tout à fait heureux, il était chez lui enfin, avec les siens, après de longues et tristes pérégrinations.

— J' sais pas. Vas-y !

A la santé de la fille dans chaque port,
Et à la santé du porto dans chaque fille,

Au nom de Dieu, garçon, emplis mon verre !
Mais peu importe ces grandes pensées, mon pote.

Le petit homme se tordait.

— Eh bien, m'sieur, celle-là, je l'avais jamais entendue !
Dis donc, ça les bat toutes ! Oui, nom de nom, ça les met
toutes knock-out ! Dis, mon petit Elm, quoi qu'on fait à
Monarch ? Tu veux rencontrer quelques-uns des copains ?
La conférence Pequot ne commencera vraiment que lundi,
mais quelques-uns des camarades ont pensé comme ça
qu'on pourrait arranger un petit service de prière et de
jeûne avant que le reste des bouzous arrivent. T'aimeras
les rencontrer. La plus épatante bande de farceurs que t'aies
jamais vue, laisse-moi te dire ! *A la santé du porto dans
chaque fille*, ah, c'est mignon ça, j' te jure ! Quoi qu'on va
faire à Monarch ? Veux-tu pas venir à l'hôtel Ishawonga et
rencontrer quelques-uns des gars quand nous arriverons ?

Mr. Ad Locust n'était pas exactement saoul, mais il
s'était sérieusement appliqué à son whisky et il se trouvait
en un état de généreuse philanthropie. Elmer, lui, en avait
assez absorbé pour se sentir raisonnable. Il avait éveillé en
lui le désir de certaine compagnie réprouvée par l'Église.

— Écoute-moi, Ad, fit-il. Rien ne me ferait plus plaisir,
mais je dois voir un gros client cet après-midi, et il est tout à
fait opposé à la boisson. Le fait est… j'apprécie certainement
ton schnaps, mais je ne sais pas si j'aurais dû y toucher.

— Au diable, Elm ! J'ai des pastilles pectorales qui
feront partir l'odeur, absolument garanti ! Juste un petit
coup ne nous ferait pas de mal. Je voudrais tant que les
gars entendent ce toast, tu sais.

— Bon, bon, j' tâcherai de faire une petite apparition
et pt'-être que j' pourrai m' joindre à vous un moment
dimanche soir, ou lundi matin, mais…

— Ah, Elm, tu ne vas pas me laisser tomber comme ça !

— Eh bien, j' vais téléphoner à mon type et m'arranger pour ne pas l' voir jusqu'à vers trois heures.

— Chic !

2

A midi, de l'hôtel Ishawonga, Elmer téléphona à l'étude de Mr. Eversley, la gloire de l'Église baptiste de Flowerdale. Il ne reçut pas de réponse.

« Tout le personnel de l'étude est allé déjeuner. Eh bien, j'ai fait tout ce que j'ai pu cet après-midi », se dit le vertueux Elmer et il alla rejoindre les croisés de chez Pequot au bar de l'Ishawonga… Ils étaient onze dans une petite salle qui en pouvait tenir huit. Tout le monde parlait à la fois. Tous hurlaient : « Dites donc, vieux, allez donc voir si ce barman les fabrique, nos consommations ! »

Un quart d'heure après, Elmer les appelait tous par leur petit nom — qu'il confondait souvent — et il enrichit leur culture littéraire en répétant trois fois son toast et en leur sortant les meilleures histoires de son répertoire. Il leur plaisait. La joie de renoncer à la piété et d'avoir semé Lulu l'avait mis en forme. A plusieurs reprises, les représentants de Pequot s'étaient dit les uns aux autres : « En voilà un qui ferait bien dans la maison », et tous avaient opiné du bonnet.

L'inspiration lui vint de leur servir un sermon burlesque.

— Savez-vous pour qui il m'a pris d'abord ? Pour un prêcheur !

— Ah, elle est bonne ! s'esclaffèrent-ils.

— Et ma foi, il n'est pas allé tellement à côté ! Quand j'étais gosse, j'avais songé à me faire prêcheur. Voyons, écoutez voir si je m'en tirerais pas bien !

Et, pendant qu'ils s'extasiaient et se tordaient d'admiration, il se leva solennellement, les regarda de même, et commença :

— Mes frères, mes sœurs, dans le bruit et le tourbillon de l'existence, vous oubliez certainement ce qu'il y a de plus noble et de plus beau. Parmi toutes les plus nobles et les plus belles choses, qu'est ce qui nous régit, sinon l'amour ? Et qu'est-ce que l'amour ?

— Reste avec nous, ce soir, et je te montrerai ! interrompit Ad Locust.

— Ferme ça, pour le quart d'heure, Ad ! Voyons, écoute. Vois un peu si je ne peux pas en faire un, de prédicateur, un qui batte le record... si je ne peux pas me tirer d'affaire avec un gros auditoire aussi bien qu'un autre. Écoute... Qu'est-ce que l'amour ? Qu'est-ce que le divin amour ? C'est l'arc-en-ciel qui, de son vif éclat bariolé, colore les tristes solitudes que les fureurs de la tempête ont dévastées, l'arc-en-ciel qui nous promet aimablement l'accalmie de nos peines, de nos labeurs et des terreurs de l'épouvantable orage ! Qu'est-ce que l'amour ? le divin amour, car je ne parle pas de l'amour charnel, mais de l'amour divin représenté par l'Église ? Qu'est-ce...

— Dites donc ! protesta le plus libertin des onze, je crois que vous ne devriez pas vous moquer de l'Église. Je n'y vais jamais, mais peut-être que je n'en vaudrais pas plus mal si j'y allais, je respecte les gens qui vont à l'église et j'envoie mes gosses à l'école du dimanche. Oui, parfaitement, nom de Dieu !

— Mais sacré nom, je ne me moque pas de l'Église ! protesta Elmer.

— Mais non, il se moque des prédicateurs, affirma Ad Locust. Après tout, les prêcheurs sont des hommes comme vous et moi.

— Sûr ! les prêcheurs, ça jure et ça fait l'amour comme les autres. Je sais ! Ils prétendent être différents, mais si vous saviez comment ils se conduisent, fit lugubrement Elmer, cela vous dégoûterait.

— Avec ça, je pense que vous ne devriez pas vous moquer de l'Église.

— Mais, nom d'un chien, il ne s'en moque pas.

— Mais non, je ne me moque pas de l'Église. Laissez-moi donc finir mon sermon.

— Sûr, laissez-lui finir son sermon.

— Où est-ce que j'en étais ? Qu'est-ce que l'amour ? C'est l'étoile du soir et du matin, ces vastes luminaires qui, en parcourant les pourpres abîmes du firmament immense, portent dans leur éclatante splendeur la promesse des choses plus élevées et plus nobles qui… que… Eh bien, les amis, est-ce que je ferais un grand prédicateur ou non ?

Les applaudissements furent tels que le patron du bar survint et les regarda d'un air consterné ; toute la compagnie voulut trinquer avec Elmer, qui se contenta de quatre toasts.

Rouillé et à jeun, il était blême, la sueur inondait son front et lui perlait sur la lèvre supérieure, tandis que ses yeux avaient pris un air hagard.

Ad Locust n'eut que le temps de crier : « Attention ! Elm se trouve mal ! »

Ils le transportèrent dans la chambre d'Ad, avec un homme de chaque côté et un troisième qui poussait par-derrière, juste au moment où il perdait connaissance et, cet après midi-là, alors qu'il aurait dû comparaître devant le comité baptiste, il ronfla sur le lit d'Ad, tout habillé, n'ayant ôté que ses souliers et sa veste. Il revint à lui vers six heures et vit Ad penché sur lui plein de sollicitude.

— Ah, que je me sens donc mal ! gémit Elmer.

— Tout ce qu'il te faut, c'est un bon coup !

— Oh non, il ne faut plus que j'y touche, fit Elmer en prenant le verre.

Sa main tremblait tellement qu'il fallut qu'Ad l'aidât à porter le verre à sa bouche. Il lui revint à l'esprit qu'il fallait téléphoner tout de suite à Eversley. Encore deux verres et sa main était ferme. La bande à Pequot rappliqua pour le dîner. Il remit jusqu'après dîner le coup de téléphone à Eversley, ajourna encore et, le dimanche de Pâques, à dix heures du matin, il se trouva avec une jeune femme étrangère dans un appartement qu'il ne connaissait pas et, dans la chambre à côté, il entendit Ad Locust qui chantait :

Ah, qu' je suis sec !

Avant de toucher à un verre ce matin-là, Elmer se répandit en remords et en gémissements, après quoi il se réconforta d'un : « Ah zut, je n'arriverai jamais à cette église, à présent. Eh bien, je dirai au comité que j'ai été malade. Dis donc, Ad, comment diable sommes-nous venus ici ? Est-ce qu'on peut déjeuner dans cette boîte ? »

Il avala deux bouteilles de bière, parla gentiment à la jeune dame en robe de chambre et en pantoufles rouges, et fut très content de lui. Avec Ad et ceux des onze qui étaient encore en vie, suivis d'une petite bande de donzelles qui pépiaient gaiement, il partit pour un dancing sur le lac, l'après-midi de Pâques, et on revint à Monarch manger du homard et rigoler.

« Mais c'est fini. Demain matin, je me mets au travail, je vois Eversley et j'arrange les choses », se jura Elmer.

A cette époque, le téléphone interurbain était peu employé, mais Eversley, diacre et avocat, était un débrouillard. Comme, à six heures de l'après-midi, le samedi, le nouveau ministre n'avait pas paru, Eversley téléphona à Babylone, attendit qu'on appelât le doyen Trosper au central et se plaignit avec irritation de l'absence du serviteur ecclésiastique qu'il avait engagé.

— Je vais vous envoyer frère Hudkins... un excellent prédicateur retraité ici. Il prendra le train de minuit, fit le doyen Trosper, qui manda ledit Hudkins :

— Tâchez de dénicher frère Gantry. Je suis dans l'inquiétude sur son compte. Le pauvre garçon avait un grand chagrin de nature intime, apparemment.

Or il se trouvait que Mr. Hudkins avait pendant plusieurs années dirigé une mission dans South Clark Street, à Chicago, et il avait versé dans les choses profanes. Il avait vu Elmer Gantry aux cours de Mizpah. Quand il eut terminé les services du matin à Monarch, il ne se contenta pas d'aller au bureau de police et dans les hôpitaux, il commença la tournée des hôtels, bars et restaurants. Il arriva ainsi que, pendant qu'Elmer s'amusait à faire noyer son homard dans du rouge de Californie, en s'interrompant de temps à autre pour embrasser la blonde qui était à côté de lui et pour répéter, sur demande, son fameux toast, il fut repéré, ce soir-là, par le révérend Mr. Hudkins, qui, au seuil du café, jouait le rôle plaisant de l'ange vengeur.

Le lundi matin, quand Elmer téléphona à Eversley pour lui expliquer son indisposition, le diacre répondit d'une voix cassante : « C'est très bien. J'ai quelqu'un d'autre. »

— Mais, dites-moi, le doyen Trosper pensait que peut-être vous et le comité pourriez faire un arrangement provisoire…

— Non, oh, non !

Il revint donc à Babylone et alla aussitôt trouver le doyen, qui refusa de le recevoir.

C'est ainsi que le révérend Gantry perdit son ministère.

Il songea à se réfugier chez sa mère, mais il eut honte ; chez Lulu, mais il n'osa pas : il avait appris qu'Eddie Fislinger avait été requis à Schoenheim pour marier Lulu et Floyd Naylor, modeste cérémonie qui fut, paraît-il, lugubre.

— Tout de même, ils auraient bien pu me convoquer moi, grogna Elmer en faisant ses malles.

Il retourna à Monarch et retrouva son ami Ad Locust. Il avoua qu'il avait été prédicateur et fut pardonné. Le vendredi de cette semaine-là, Elmer devenait commis voyageur de la maison Pequot, Instruments Agricoles.

X

1

Il portait un complet à carreaux, un melon marron, des chaussettes rayées, la grosse bague d'acquisition ancienne sertie d'une opale et gravée de deux serpents d'or, des cravates fleuries, et ce qu'il appelait des « gilets fantaisie », des gilets jaunes tachetés de rouge, de vert, avec des raies blanches, en soie ou en chamois tapageur.

Il avait eu toute une série d'aventures amoureuses, mais aucune qui fût assez importante pour durer.

Il ne réussissait pas mal. Il parlait bien, excellait dans la poignée de main ; on pouvait se fier à sa parole, souvent, sinon toujours, et il avait une mémoire qui retenait facilement les prix courants et les grivoiseries. Au bureau de Denver, il était populaire parmi les gars. Il avait en réserve un tour infaillible : son sermon burlesque. On savait qu'il avait étudié pour être prêcheur, mais qu'il avait courageusement décidé que la profession ne convenait pas à un type à poigne et envoyé promener les profs. En somme, un type d'avenir et de ressources qui finirait par devenir chef de vente.

Quelles que fussent ses dissipations, Elmer continua à faire suffisamment d'exercice pour perdre du ventre et développer sa carrure. Le diacre Bains l'avait choqué en lui disant qu'il s'amollissait. Chaque matin, à l'hôtel, dans sa chambre, il faisait gravement un quart d'heure d'exercices d'assouplissement. Le soir, il allait jouer aux quilles ou boxer à l'YMCA. Dans les villes plus importantes, il s'ébrouait dans les piscines comme un véritable marsouin. Il se sentait aussi sensuel et aussi fort qu'à Terwillinger.

Et cependant Elmer n'était pas heureux.

Quand il trouvait des églises qui marchaient vraiment bien, son enthousiasme se changeait en désir de revenir à la prédication. Ah ! qu'il aurait voulu monter en chaire, écarter d'un coup de coude le ministre et prendre sa place, au lieu de rester là, sur ce banc écarté, inconnu, simple laïc ignoré de tous et privé d'une admiration qu'il convoitait.

« Ces idiots seraient bien étonnés, s'ils savaient qui je suis ! » réfléchissait-il.

Après cela, il lui en coûtait, le lundi matin, de s'entretenir avec un client radoteur pour discuter remises ou distributeurs d'engrais. Cela lui donnait la nausée d'attendre les trains dans un vestibule d'hôtel encombré de crachoirs, quand il aurait pu se prélasser dans le bureau d'une église avec des livres, donnant des ordres à de jolies secrétaires, se répandre en effusions et en conseils auprès des pécheurs venus pour le consulter. Ce n'était qu'une consolation partielle de pouvoir entrer dans un cabaret sans se cacher, en criant : « Un whisky sec, Bill ! »

Un dimanche après-midi, dans une ville de l'ouest du Kansas, il tomba sur une méchante petite église et lut sur l'affiche apposée au dehors :

CE MATIN :
LE SENS DE LA RÉDEMPTION.

CE SOIR :
LA DANSE EST-ELLE CHOSE DIABOLIQUE ?

Première Église baptiste
Pasteur : Rev. Edward FISLINGER, B.A. B.D.

« Ah, non ! protesta Elmer, Eddie Fislinger ! Dans quel patelin est-il tombé ! Ce qu'il en sait long sur le sens de la rédemption et autres dogmes, cette espèce de marmotte ! Et sur la danse ! S'il avait été avec moi à Denver et s'il avait levé la jambe chez Billy Portifero, alors, oui, il saurait de quoi parler ! Fislinger… ça doit être ça. Je vais me mettre au premier rang et lui faire rater son truc ! »

Eddie rougit de bonheur quand il vit Elmer : de la chaire, il allait s'incliner, se reprit, regarda le ciel et esquissa un sourire condescendant. Il fut nerveux au début du sermon, mais il dut se rendre compte que ses fustigations du péché, qui jusque-là avaient suivi la routine traditionnelle, sans toucher personne, parmi ses ouailles d'une effarante vertu, que ses diatribes allaient cette fois devenir sérieuses. Avec ses dents d'écureuil et sa gravité touchante, Eddie se pencha vers Elmer et fut bien près de l'envoyer au diable une bonne fois pour toutes. Mais il se ravisa et conclut que Dieu donnerait peut-être, même à Elmer Gantry, une autre chance, s'il cessait de boire, de fumer, de blasphémer et de porter des complets à carreaux — bien qu'il ne le nommât point, on devinait à ses regards venimeux qu'Elmer était l'objet de sa harangue.

Elmer se fâcha d'abord, prit ensuite un air innocent et finit par s'ennuyer. Il fit l'examen de l'église et compta l'auditoire — vingt-sept personnes sans compter Eddie et sa femme. (Il n'était pas douteux que la jeune femme dans la stalle de devant, qui jetait des regards d'adoration sur Eddie, était la sienne. Elle avait bien cet air affamé et la mise minable d'une épouse de pasteur). A la fin du sermon, Elmer se sentit pris de pitié pour Eddie. Il entonna l'hymne final « Il est le Lis de la Vallée », avec une onction qui faisait plaisir et ce fut d'une voix sonore qu'il entonna un joyeux alléluia. Ensuite il attendit pour serrer la main à Eddie, sans rancune.

— Par exemple, par exemple ! firent-ils de concert. Que fais-tu donc par ici ? dit Elmer.

Eddie répondit :

— Attends que tout le monde soit parti… il faut que je taille avec toi une bonne petite bavette, comme jadis, vieux copain !

Pendant qu'il escortait les Fislinger au presbytère, au coin de rue, et quand il fut installé avec eux au salon, Elmer sentit renaître en lui le désir d'être ministre. Il aurait bien voulu chiper sa place à Eddie, et adroitement ; mais que tout cela était donc miteux et déprimant ! Son appartement à l'hôtel n'était pas mirobolant, mais il n'était pas envahi par des paroissiens assommants et il valait bien ce salon avec son plafond couvert de taches d'humidité, son plancher de sapin, ses chaises branlantes et cette éternelle odeur de langes. Après deux ans de mariage, Eddie avait déjà deux enfants qui semblaient avoir été conçus sans péché. Ajoutez une belle-sœur à l'air stupide, qui prenait soin des enfants pendant les services.

Elmer voulait fumer et, malgré son expérience des saints mystères, il n'arrivait pas à savoir s'il serait plus amusant d'ennuyer Eddie en fumant ou de se le gagner en ne fumant pas.

Il fuma et le regretta aussitôt. Eddie fit la grimace, sa maigre femme et la belle-sœur en restèrent bouche bée, mais tous firent semblant de ne rien voir.

Qu'Elmer se sentait grand et raffiné, cossu en leur présence, tel un courtier de ville qui rend visite à un cousin aux champs et qui cherche à les éblouir sans trop leur jeter de poudre aux yeux.

Mais il lui semblait qu'il étouffait dans une geôle. Il s'enfuit. A la porte, Eddie lui prit les deux mains et lui dit d'une voix suppliante :

— Oh, Elm, je ne céderai pas avant de t'avoir ramené ! Je vais prier. Je t'ai vu quand tu croyais encore. Je sais ce que tu vaux !

L'air frais, un bon verre de whisky vengeur, un grand éclat de rire, le train... ah ! qu'Elmer goûta tout cela au sortir de cette atmosphère étouffante. Déjà, Eddie avait perdu ce zèle qui l'avait distingué à l'YMCA, déjà il était vieilli, établi, sans plus d'espoir devant lui, attendant la mort.

Et cependant il avait dit, Eddie...

Sous le coup de cette ferveur religieuse, qui, heureusement, ne l'empêcha pas d'obtenir d'importantes informations financières en déliant la langue d'un comptable avec force petits verres, il arriva à Sautersville, Nebraska, une horrible ville industrielle, laide et prospère, de 20 000 habitants. Ce fut dans cet état d'âme qu'il aperçut les affiches annonçant le prêche d'une évangéliste, une dénommée Sharon Falconer, prophétesse dont il avait entendu parler.

L'employé de l'hôtel, les fermiers à l'entrepôt d'instruments agricoles lui dirent que miss Falconer tenait des réunions sous une tente, avec l'appui de la plupart des Églises protestantes de la ville. Ils affirmaient qu'elle était belle et éloquente, qu'elle prenait un certain nombre d'adjoints, qu'elle était la plus grande sensation de l'endroit, qu'on pouvait la comparer aux plus fameux missionnaires, et même au nouvel évangéliste et champion de base-ball, Billy Sunday.

— Allons donc ! Les femmes ne peuvent pas prêcher l'Évangile, déclara Elmer d'un air entendu.

Mais, ce soir-là, il se rendit au meeting de miss Falconer.

Gigantesque, la tente pouvait bien accueillir trois mille personnes, plus un millier de gens debout. Elle était presque pleine quand Elmer arriva et se fraya un chemin à coups de coude vers le premier rang. Au fond de la tente s'élevait une construction extraordinaire, tout à fait différente des plates-formes d'évangélistes habituelles avec leurs drapeaux américains. C'était une pyramide de bois blanc dorée aux angles et où trois plates-formes étaient aménagées, une pour le chœur, une, plus haut, pour le clergé, et, au sommet, une plus petite, avec une chaire en forme de coquille et décorée de toutes les couleurs de l'arc-en-ciel. Elle était noyée dans des flots de lis, de roses et de feuillage.

— Nom de nom ! Un vrai cirque ! Tout à fait l'affaire pour une folle d'évangéliste, tout à fait ! opina Elmer.

La plate-forme du haut était encore inoccupée ; elle était vraisemblablement destinée à mettre en valeur les charmes de miss Sharon Falconer.

Le chœur mixte, en robe et bonnet carré, entonna : « Nous réunirons-nous au bord du fleuve ? » Un jeune homme mince, trop joli garçon, la bouche en cœur, portant un gilet sacerdotal et le col boutonné par derrière, lut les Actes des Apôtres au pupitre de la deuxième plate-forme. Il était d'Oxford et c'était la première fois qu'Elmer entendait lire un Anglais.

— Bah ! Ce n'est pas un homme. Tout ce tralala n'ira pas loin. Trop de jupons. Pas de nerfs. Manque le bon vieil évangile pour attirer les clients, ricana Elmer.

Une pause. Tout le monde attendait, un peu gêné. Les yeux se portaient sur la plate-forme supérieure. Elmer resta bouche bée. Sortant d'un abri derrière la plate-forme, doucement, lentement, ses beaux bras tendus vers eux, parut une sainte. Elle était jeune, Sharon Falconer, sûrement moins de trente ans, majestueuse, mince et grande ; les yeux noirs dans ce long et délicat visage, la splendeur de la noire chevelure, étaient comme un ravissement, un jaillissement de passion. Les manches de sa blanche robe droite, serrée à la taille par une ceinture de velours rubis, étaient fendues et retombaient tandis qu'elle les attirait tous vers elle.

— Bon Dieu ! pria Elmer Gantry, et, de ce moment-là, sa vie chaotique eut un but et un ferme dessein. Il *aurait* Sharon Falconer.

Elle avait la voix chaude, un peu rauque, ineffablement vivante.

— Oh ! mes chers amis, mes chers amis, je ne prêcherai pas ce soir… nous sommes tous si las de ces ennuyeux sermons sur la bonté et la vertu ! Je ne vous dirai pas que vous êtes des pécheurs, car lequel de nous n'est pas un pécheur ? Je n'expliquerai pas les Écritures. Nous sommes tous las de ces vieillards qui expliquent la Bible en nasillant ! Non ! Les paroles d'or des Écritures, nous les trouverons écrites dans nos cœurs ; nous allons chanter ensemble, rire ensemble, nous réjouir ensemble, comme des ruisseaux qui se rencontrent au mois d'avril, nous réjouir de ce qui vit en nous, le véritable esprit de l'Éternel et Rédempteur Christ Jésus !

Ni Elmer ni personne ne prenaient garde aux mots, à leur signification. C'était une musique caressante, et, à la fin, quand elle s'élança par l'escalier tournant enguirlandé de fleurs jusqu'à la plate-forme du bas, quand elle ouvrit ses bras, en les exhortant tous à trouver la paix dans le salut, il se sentit poussé parmi les convertis qui s'avancèrent et formèrent, à genoux, un cercle qui tremblait sous la bénédiction des mains étendues.

Elmer n'était pas perdu dans l'extase. Il était le critique ému par la pièce, mais qui sait qu'il doit donner de la copie au journal.

« Voilà justement ce que je cherchais ! C'est là que je pourrais faire mes preuves ! Je pourrais battre à plate couture ce prêcheur anglais. Et Sharon… Oh ! quel amour ! »

Elle passait devant les convertis, ou ceux qui l'étaient presque, en leur imposant ses blanches mains sur la tête. Les épaules d'Elmer frémirent à son approche. Quand elle arriva à lui, et l'exhorta de sa voix émouvante : « Frère, ne voulez-vous pas trouver le bonheur en Jésus ? », au lieu de s'incliner et sangloter comme les autres, il la regarda bien en face et, cherchant ses yeux, déclara :

— C'est un bonheur d'avoir reçu votre merveilleux message, sœur Falconer !

Elle le regarda vivement, pâlit et passa.

Il se sentit blessé : « Oh ! je lui ferai bien voir ! ».

Tandis que la foule s'écoulait, il demeura à l'écart et lia conversation avec le jeune Anglais distant qui avait lu la leçon de l'Écriture, Cecil Aylston, assistant en chef de Sharon.

— Très heureux d'être là ce soir, frère ! lança Elmer. Je suis ministre baptiste. Merveilleuse réunion ! Et la façon dont vous lisez la Bible est vraiment édifiante !

Cecil Aylston nota d'un rapide coup d'œil le complet à carreaux d'Elmer, son gilet fantaisie et fit :

— Oh ! vraiment ? Enchanté ! Très aimable à vous, je vous assure. Voulez-vous m'excuser ?

Elmer ne sentit guère redoubler sa sympathie en voyant Aylston le quitter pour la plus humble de ses fidèles, une bonne vieille coiffée d'un méchant chapeau de paille.

Elmer envoya à part lui promener Cecil Aylston d'un « Que le diable l'emporte ! On s'en débarrassera ! Tourner le dos à un homme comme moi, pour aller s'occuper d'une vieille dame déjà probablement "sauvée" et qu'un plein chargement de gin n'arriverait pas à séduire ! Ah ! vous n'aimez pas mon complet à carreaux ? Comme si j'achetais mes vêtements pour vous plaire ! »

Il restait là dans l'espoir de parler à Sharon. D'autres attendaient comme lui. Elle leur fit signe de la main, leur sourit vaguement en disant : « Voulez-vous me pardonner ? Je n'en puis plus. Il faut que je me repose. », puis elle disparut mystérieusement derrière l'éclatante pyramide or et blanc.

Toute défaillante de fatigue qu'elle fût, sa voix n'était pas terne ; on y sentait frémir cette sombre passion qui, plus que sa beauté, avait séduit Elmer. « Je n'ai jamais vu de femme comme elle, réfléchit-il en retournant à son hôtel. Le visage un peu maigre. Je les aime d'habitude un peu plus rondelettes. Mais, nom de nom ! je pourrais bien l'aimer comme je n'ai jamais aimé personne ! Alors, ce sacré Angliche n'apprécie pas mon habit ! On aurait dit qu'il me trouvait trop chic ! Eh bien ! il peut se le fourrer dans l'oreille ! Quelqu'un a-t-il quelque chose à redire à mon costume ? »

L'univers endormi ne répondit pas et Elmer en fut presque heureux. Le lendemain, à huit heures — il y avait à Sautersville un excellent magasin de confection dirigé par MM. Erbsen et Godfarb —, Elmer arrivait et faisait l'emplette d'un chaste complet marron croisé et de trois belles cravates de couleur discrète. A neuf heures et demie, après qu'il eut pressé sans relâche Mr. Godfarb, les reprises étaient faites et, à dix heures, il se pavanait devant la tente de l'évangéliste, alors qu'il aurait dû partir pour la ville voisine.

Sharon ne se montra pas avant onze heures, pour donner ses ordres à son personnel, mais, en attendant, Elmer avait fait la connaissance d'Art Nichols, un grand diable de Yankee, jadis barbier, et qui jouait du cornet et du cor dans l'orchestre de trois exécutants que Sharon emmenait avec elle.

— Oui, un bon filon, faisait Nichols. Ça vaut mieux que de gratter les mentons et que de passer les nuits… oh ! je suis un vétéran du théâtre ; je peux tenir mon rôle sur les scènes en plein vent et j'ai fait trois tournées avec la troupe Tom. Ici, c'est plus facile. Pas de défilés dans les rues, et puis, on fait du bien, on sauve les âmes, etc. Seulement ces gens de religion ont l'air de se prendre aux cheveux encore plus que les acteurs de profession.

— Et où allez-vous d'ici ?

— Nous bouclons dans cinq jours, nous faisons la quête, nous levons l'ancre et filons sur Lincoln, Nebraska ; débutons dans trois jours. Étape militaire… on prend même pas le pullman… on part en troisième classe, à onze heures du soir, et on est à Lincoln à une heure.

— Vous partez dimanche soir, hein ? C'est curieux. Je prends le même train. Je vais à Lincoln moi aussi.

— Eh bien ! vous pourrez venir nous entendre. C'est moi qui donne « Jérusalem la Dorée » sur le cornet, à la première séance. Ça épate les gens. Ils disent que c'est tout ce machin-là qui les fait marcher et qui convertit les pécheurs, mais n'en croyez rien… c'est la musique. Voyez-vous, je me charge de faire pleurer plus de pécheurs avec un cornet en mi bémol que neuf artistes de l'évangile gueulant ensemble.

— Je suis convaincu que vous en êtes capable, Art. Dites donc, Art… Naturellement, je suis moi-même un prêcheur, je ne suis que passagèrement dans les affaires, et je cherche un poste. — Art prit l'air de quelqu'un qui s'apprête à refuser un emprunt ; mais je ne crois pas toutes ces défenses de s'amuser ; saint Paul recommande de prendre un peu de vin pour se remonter l'estomac et cette ville est sèche, mais, d'ici samedi, je m'en vais dans une ville qui est humide et, s'il m'arrivait d'avoir dans ma poche une pinte de bon whisky, hein ?

— Ma foi, j'ai beaucoup d'affection pour mon estomac, je ferais volontiers quelque chose pour lui !

— Quelle sorte de type est-il, cet Angliche ? Il semble être le bras droit de miss Falconer.

— Oh, c'est un type très calé, mais ça ne prend guère avec nous, les gars.

— Il lui plaît ? Comment s'appelle-t-il ??

— Cecil Aylston. Oh ! Sharon le trouvait très bien au début, mais ça ne m'étonnerait pas qu'elle en ait assez à présent, avec tous ses grands airs et sa morgue.

— Ah ! il faut que je parle à miss Falconer une seconde. Très heureux d'avoir fait votre connaissance, Art. Je vous verrai dans le train dimanche soir.

Cette conversation avait lieu à l'entrée d'une des douze portes de la tente. Elmer, qui l'épiait, avait aperçu Sharon Falconer qui y pénétrait vivement. Ce n'était plus la grande prêtresse en costume grec, mais la femme d'affaires en chapeau de paille, tailleur gris, blouse blanche, manchettes et col blancs. Seuls le ruban bleu et la croix ornée de bijoux la distinguaient d'une employée de bureau. Elmer, qui la détaillait par le menu, tel un prospecteur examinant ses pépites, s'aperçut qu'elle n'avait pas la poitrine plate comme sa robe flottante aurait donné à le supposer.

Elle parlait à son personnel privé, les jeunes femmes qui s'étaient offertes comme volontaires pour aller prier chez les particuliers et courir de maison en maison raviver le zèle spirituel :

— Mes chères amies, je suis très heureuse de vos prières, mais il vient un temps où il faut mettre du cuir à ses souliers. Pendant que vous aspirez au Royaume, le diable ne perd pas ses nuits et, le jour, il ne cesse de harceler ses victimes ! Avez-vous donc honte d'entrer chez les gens et de les presser de venir au Christ, ou tout au moins à nos réunions ? Je ne suis pas du tout contente. Pas du tout, mes chères et jeunes amies. D'après mes fiches, je vois que, dans le district sud-est, une maison seulement sur trois a reçu votre visite. Cela ne peut pas aller ainsi ! Ôtez-vous de la tête que le service du Seigneur est facile, comme s'il s'agissait de mettre des lis de Pâques sur l'autel. Plus que cinq jours, et vous ne vous êtes pas encore mises à la besogne. Surtout, plus de bêtises au sujet des contributions en espèces, frappez et frappez fort ! Impossible de payer avec l'air chaud ce terrain, l'éclairage, le transport et les gages de tout le personnel que j'emmène avec moi ! Voyons, vous, là, la jolie fille aux cheveux roux, ah ! certes, que je voudrais avoir des cheveux pareils ! Qu'avez-vous vraiment obtenu, la semaine dernière ?

En dix minutes, elle les fit pleurer toutes, et toutes mouraient du désir d'aller conquérir des âmes et des dollars.

Elle quittait la tente, quand Elmer fit irruption, d'un air crâne et la main tendue.

— Sœur Falconer, je tiens à vous féliciter pour ces meetings merveilleux. Je suis pasteur baptiste, le révérend Gantry.

— Oui ? fit-elle sèchement, et où se trouve votre église ?

— Oh !... euh... je n'en ai pas pour l'instant.

Elle l'examina : teint épanoui, mise soignée, odeur de tabac ; ses yeux brillants avaient fait le tour de sa personne et elle interrogea :

— Qu'est-ce qu'il y a, cette fois ? La boisson ou les femmes ?

— Comment ? Mais rien de tout ça ! Vous m'étonnez de parler ainsi, sœur Falconer ! Je suis tout à fait en règle ! Seulement… j'ai pris un petit congé pour entrer dans les affaires, afin de mieux comprendre les laïcs, avant de continuer dans le ministère.

— Oh ! c'est superbe. Vous avez ma bénédiction, frère ! Voulez-vous bien m'excuser ? Il faut que j'aille rejoindre le comité.

Elle lui jeta un semblant de sourire et se sauva. Il se sentit lourd, stupide, mais il jura :

— Le diable t'emporte, je m'en vais te mettre la main dessus quand tu ne seras pas toute remplie de ton business et de la conscience de ton importance, et alors, je te ferai valser, ma fille !

2

En cinq jours, il lui fallut, maintenant, faire le travail de neuf et courir neuf villes, mais, le dimanche soir, il était de retour à Sautersville et, à onze heures, il était dans le train de Lincoln, vêtu d'un beau complet marron.

Son caprice pour Sharon Falconer s'était mué en une passion authentique, la première de sa vie.

Le train arrivait, dans la fumée et le bruit, et la troupe s'affaira avec les valises. « Adieu, Dieu vous bénisse, Dieu vous aide ! », criait-on.

Elmer se faufila près de son ami le musicien, Art Nichols, et, comme ils se hissaient dans le wagon, il murmura :

— Art ! Art ! J'ai le remède pour votre estomac !

— Épatant !

— Dis donc, arrange-toi pour t'asseoir auprès de Sharon et file ensuite au fumoir.

— Elle n'aime pas qu'on fume.

— Tu n'auras pas besoin de te justifier. Sors, et laisse-moi la place pour que je puise lui causer une minute. Il s'agit d'une affaire importante. Je veux lui parler d'une charmante ville qui s'ouvre à sa mission évangélique. Quand nous serons arrivés à Lincoln, je te dénicherai encore quelque chose. Là, fourre ça dans ta poche. Maintenant, ouste ! va la rejoindre.

— Je vais essayer.

C'est ainsi que, dans ce wagon sombre et malodorant, chauffé par le printemps tardif et qu'occupaient des commères au corset craquant sous des respirations pénibles, des fermiers ronflant en bras de chemise, c'est ainsi qu'Elmer s'installa derrière le siège où les épaules d'Art Nichols faisaient une tache sombre, tandis qu'une auréole y décelait la blanche présence de Sharon Falconer. Pour Elmer, elle semblait embraser l'univers. Ah ! qu'elle était précieuse, elle aussi bien que la moindre partie de sa personne ! Il n'aurait jamais cru que l'être humain fût doué d'un charme si rare, si envoûtant ! Être près d'elle, quelle extase ! Que désirer de plus ?

Elle était silencieuse. Tout ce qu'il put entendre, ce fut Art Nichols qui, de sa voix nasillarde, demandait : « Que pensez-vous de l'idée que j'ai d'introduire quelques-uns de ces gospels, ça les secouerait, non ? » et, elle, d'un air somnolent : « Oh ! ne parlons pas de ça ce soir. » Puis Art lui dit : « Je crois que je vais faire un petit tour sur la plate-forme pour prendre l'air. » La place sacrée à côté d'elle était libre pour l'enthousiaste Elmer, qui, ému, s'y glissa.

Affalée sur le siège, elle se redressa, le regarda dans la pénombre et déclara, avec une extrême politesse qui le démonta plus que ne l'aurait fait un accueil plus rude :

— Je le regrette, mais cette place est prise.

— Oui, je sais, sœur Falconer mais le wagon est bondé, et je voudrais profiter de l'absence d'Art pour m'asseoir et me reposer un instant, du moins, si vous m'y autorisez. Je ne sais si vous me remettez. Je suis… Je vous ai rencontrée à la tente à Sautersville. Révérend Gantry.

— Oh ! fit-elle, indifférente.

Puis, brusquement :

— Ah ! oui, vous êtes le prêcheur presbytérien qu'on a renvoyé parce qu'il buvait.

— Ah ! ça, c'est absolument…

Voyait qu'elle l'examinait, il s'aperçut qu'elle n'était plus la sainte ni la femme d'affaires, mais un personnage nouveau, particulier, qui le raillait. Il continua avec ravissement :

— … c'est absolument faux. Vous avez certainement entendu parler du scientiste chrétien qui a été mis à la porte pour avoir embrassé la directrice du chœur, un samedi, eh bien, c'est moi !

— Ah ! ça, c'était bien maladroit de votre part !

— Tiens ! on dirait que vous êtes humaine ?

— Moi ? Ah ! bon Dieu, oui ! Trop !

— Et ça vous fatigue parfois ?

— Quoi ?

— D'être la grande miss Falconer, de ne pas même aller chez un herboriste acheter une brosse à dents sans que l'employé se mette à gueuler : « Dieu soit loué, nous avons de ravissantes petites brosses à vingt-cinq sous, alléluia ! »

Sharon éclata de rire.

— Mais pensez donc à toutes ces âmes que vous avez conduites au repentir. Cela compense tout, n'est-ce pas ?

— Oh oui, je le suppose ! Oui, oui. Il n'y a que cela qui compte. Seulement, dites moi : que vous est-il vraiment arrivé ? Pourquoi avez-vous quitté l'Église ?

Elmer répondit gravement :

— J'étais étudiant au Séminaire de Théologie de Mizpah, mais j'avais déjà un poste. Je suis tombé amoureux d'une jeune fille. Je ne dirai pas qu'elle m'avait séduit. Après tout, il faut qu'un homme sache avouer ses erreurs. Mais, certainement, elle… Oh ! cela l'amusait de voir un jeune prêcheur fou d'elle. Elle était charmante ! Elle vous ressemblait un peu, mais n'était pas aussi belle, tant s'en faut ; et elle faisait semblant d'être captivée par le service paroissial, c'est ça qui m'a trompé. En un mot, nous étions fiancés et je ne pensais qu'à elle, à notre union, au service du Seigneur, quand, un soir, en me promenant, je l'ai surprise dans les bras d'un autre ! Le coup a été si rude que… Oh ! j'ai essayé, mais je n'ai plus été capable de prêcher, et j'y ai renoncé pour quelque temps. J'ai réussi dans les affaires. Mais me voilà prêt à retourner au seul travail qui m'intéresse. C'est pour cela que je voulais vous parler dans la tente. J'avais besoin de votre sympathie féminine autant que de votre expérience… et vous m'avez tourné le dos !

— Oh ! je suis désolée, désolée !

— Voulez-vous déjeuner avec moi ? Où descendez-vous, à Lincoln ?

Bien qu'il n'eût pas très bien dormi, il était debout et à sa toilette de bonne heure, il se rasa, répandit sur sa rude et belle figure un soupçon d'eau de lilas et de poudre de riz, se fit les ongles, tout en attendant en caleçon d'athlète son complet neuf qu'il avait envoyé repasser. Cette nouvelle raison de vivre, dans son existence si vide depuis quelque temps, lui avait mis dans les yeux une ardeur nouvelle et avait retendu le ressort de ses muscles. Il s'engagea dans le vestibule tout or et marbre de l'hôtel Antlers, pour attendre Sharon à la porte du restaurant. Elle arriva toute pimpante, dans une robe de drap blanc bordée de bleu. Ils rirent tous deux en se retrouvant, comme des complices en escapade. Il lui prit gaiement le bras, la conduisit à travers une escouade de bonnes mises en émoi par l'arrivée de la célèbre « dame du bon Dieu », et il commanda le petit-déjeuner d'un air de connaisseur.

— J'ai une idée magnifique, fit-il. Il faut que je me sauve cet après-midi, mais je serai de retour vendredi. Dites-moi : si vous m'engagiez pour parler devant votre auditoire, en qualité de businessman converti, une demi-heure environ, vendredi, sur la valeur éprouvée, solide et pratique, la valeur en dollars et en cents du Christ dans le commerce ?

— Vous parlez bien ?

— Épatamment !

— Ma foi, l'idée n'est pas mauvaise. Entendu. A propos, et quelles sont vos affaires ? Les cambriolages ?

— Sharon, je suis l'as des représentants de la Compagnie Pequot, Instruments Agricoles, et si vous ne le croyez pas…

— Si, je le crois. (Elle n'aurait pas dû.) Je suis sûre que vous dites la vérité… souvent. Naturellement, il ne sera pas nécessaire de mentionner le fait que vous êtes un prêcheur, à moins que quelqu'un insiste pour le savoir. Que diriez-vous d'un discours où vous aborderiez le sujet des bibles de Gédéon[1] et de la fortune qu'on peut faire avec ?

— Ah ! mais ce serait superbe ! Il se trouve justement que je pourrais raconter une anecdote personnelle : il n'y a pas très longtemps, je me trouvais dans quelque trou, il faisait un temps horrible, la pluie tombait, les rues étaient boueuses, le ciel était noir, comme si on ne devait plus revoir le soleil, j'avais les pieds trempés à force d'avoir couru les rues ; complètement découragé parce que je n'avais rien vendu, j'étais seul dans ma chambre, j'avais oublié d'acheter un de mes magazines favoris ; j'ai trouvé là une bible de Gédéon et j'ai lu la parabole des talents ; j'ai appris que, ce jour-là justement, vous étiez en ville, je suis venu, je me suis converti ; j'ai découvert que, désormais, si je devais augmenter le chiffre de mes ventes, ce n'était plus pour l'argent, mais pour le Royaume du Christ, pour étendre mon influence de businessman chrétien. Et me voilà si sûr de moi, que mes affaires se développent d'une façon extraordinaire. C'est à votre pouvoir d'inspiration que je dois tout, ce qui me donne le privilège de vous rendre hommage. Sauvé ? Mais, pour se sauver, il ne s'agit pas d'être un misérable rebut de l'existence, il faut être un homme à poigne pour n'avoir pas honte de rendre les armes à Jésus.

— Mais c'est très bien, frère Elmer, vraiment très bien. Surtout, insistez sur la scène de l'hôtel : vous avez enlevé vos chaussures, vous vous êtes jeté sur votre lit, abattu, mais, dans votre agitation, vous avez pris une bible de

---

1. Nom des bibles que la société Gédéon fait mettre dans les hôtels américains à la disposition des voyageurs.

Gédéon. Je lancerai ça comme il faut, et je compte sur vous, Elmer ? Vous n'allez pas me lâcher ? Je l'annoncerai en grosses lettres dans mon programme. Je dirai que je vous ai persuadé de venir d'Omaha, non, c'est trop loin, de Denver, pour que vous témoigniez. Si vous y mettez tout votre cœur, si vous vous laissez aller tout à fait, nous remporterons une belle bataille pour la gloire de Dieu, et nos réunions pour le salut des âmes connaîtront alors un beau succès. Entendu ?

— Ma chère, je vais tellement les empoigner que vous m'emmènerez avec vous dans toutes les villes où vous irez. Sûr.

— Oh ! cela, c'est à voir, Elmer. Voici Cecil Aylston, vous le connaissez ? Tiens, il m'a l'air d'être de mauvaise humeur. Il est charmant, mais si terriblement supérieur, si raffiné ; savez-vous qu'il exige de moi un raffinement égal au sien ? Mais vous l'aimerez.

— Ça non ! En tout cas, je ferai de mon mieux.

Ils éclatèrent rire.

Le révérend Cecil Aylston, aux cheveux de lin et à la morgue toute britannique, vint à eux d'un pas feutré, décocha à Elmer un regard de haine qui en disait plus long qu'un froncement de sourcils et fit en s'asseyant :

— Je ne voudrais pas être importun, miss Falconer, mais vous savez que le comité du clergé vous attend au salon.

— Oh ! là là ! soupira Sharon. Sont-ils aussi terribles que d'habitude ? Ne pouvez-vous pas y monter et expédier génuflexions et prières pendant que je finis mes œufs brouillés ? Leur avez-vous dit qu'il faut qu'ils doublent le nombre des souscriptions avant la fin de la semaine, sans quoi les bonnes âmes de Lincoln couraient le risque de se damner ?

Cecil faisait des signes désespérés de la tête dans la direction d'Elmer.

— Oh ! ne vous tourmentez pas pour Elmer. Il est des nôtres, il va parler pour nous vendredi, il était autrefois un fameux prédicateur, mais il a trouvé un champ d'activité plus vaste. Révérend Aylston, révérend Gantry. Maintenant, trottez-vous, Cecil, faites-les prier et occupez-les. Y a-t-il de jeunes prêcheurs comme il faut dans le comité, ou bien sont-ils tous de vieilles moules ?

Aylston, en guise de réponse, lança un regard foudroyant, serra les lèvres et s'enfuit.

— Ce cher Cecil, il m'est si utile ! Ne voilà-t-il pas que, pour lui plaire, je me suis mise à la poésie et tout ce qui s'ensuit ! Mais faire des politesses à déjeuner ! Les bêtes féroces d'Éphèse ne m'effrayent pas, mais je n'aime pas que mes œufs durcissent en refroidissant. Il faudrait pourtant aller le rejoindre.

— Vous déjeunez avec moi, à midi ?

— Ah ! ça non ! Mon cher et jeune ami, j'ai fini de rire pour cette semaine. A partir de maintenant, je rentre dans le rang des élus, et, si vous voulez me plaire… Gare à vous, si vous venez minauder autour de moi pendant que je courbe sous le joug ces frères endurcis en Jésus-Christ ! Je vous verrai vendredi… Je dînerai avec vous, ici, avant l'assemblée. Je compte sur vous, n'est-ce pas ? Bon !

4

Quand Elmer descendit du train à Lincoln, le vendredi après-midi, il tomba en arrêt devant une affiche en rouge et noir annonçant qu'Elmer Gantry était une puissance dans le monde des machines, qu'il était un éloquent et agréable orateur, et que son discours intitulé : « Comment augmenter ses ventes avec l'aide de Dieu et des bibles de Gédéon » serait une véritable révélation sur le monde nouveau des affaires.

« Fichtre ! fit la puissance dans le monde des machines industrielles. Voir pareille réclame pour un mien sermon est bien plus à mon goût que de vendre seize millions de charrues ! »

Il entrevit Sharon Falconer dans son appartement, tard dans l'après-midi ; elle était seule et, dans la lumière pâlissante, cherchait à se cramponner à quelqu'un, à se cramponner à lui. Cependant, quand il l'appela au téléphone, elle lui parla sèchement.

— Non, non, je regrette, impossible de vous voir cet après-midi... je vous verrai à dîner à six heures moins un quart.

Cela l'avait calmé, et il ne fit ni un geste ni une réflexion quand elle fit son entrée dans la salle à manger ; c'était Sharon, mais la Sharon soucieuse, pratique et irritable. D'ailleurs, elle amenait Cecil Aylston.

— Bonsoir, sœur... Bonsoir, frère Aylston, fit-il posément.

— Bonsoir. Vous êtes prêt ?

— Tout ce qu'il y a de plus prêt.

Elle se dérida un peu.

— Bien. Tout le reste va mal, et ces prêcheurs d'ici s'imaginent que je peux faire voyager mon équipe évangélique à l'œil. Allez-y carrément, Elmer, au sujet des businessmen chrétiens qui sont des pingres. Ce qu'ils sont durs à la détente ! Cecil ! Veuillez bien ne pas me regarder comme si j'avais mordu quelqu'un. Je n'ai mordu personne... ou du moins pas encore.

Aylston ne fit pas attention à elle, et les deux hommes s'épièrent comme une panthère et un buffle, mais un buffle rasé de près et la tignasse rafraîchie d'un soupçon de parfum.

— Frère Aylston, dit Elmer, j'ai remarqué, dans le compte rendu de la soirée d'hier, que vous avez parlé de Marie et de l'huile dont elle se servit pour oindre Jésus et vous avez cité les « Idylles du Roi » de Tennyson, c'est du moins ce que disait le journal.

— C'est exact.

— Mais trouvez-vous que tout cela soit du bon évangélisme ? Très bien dans une véritable église, pour une paroisse cossue, mais dans une campagne pour le salut des âmes…

— Mon cher monsieur Gantry, miss Falconer et moi, nous avons décidé que, même au cours de la plus offensive des campagnes, il ne fallait pas abaisser le niveau de nos adeptes.

— Mais il ne s'agit pas de ça !

— Et quel est, s'il vous plaît, votre programme ?

— Le bon vieil enfer, voilà !

Alors qu'il épiait Sharon de l'œil, Elmer se sentit encouragé par son sourire.

— Oui, monsieur, comme dit le cantique, le bon enfer de nos pères est assez bon pour moi.

— Parfait ! Mais je crains qu'il ne le soit pas pour moi, et je ne crois pas que Jésus s'en soit beaucoup servi !

— Il y a une chose dont vous pouvez être certain. Quand Jésus demeurait avec Marie, Marthe et Lazare, il ne s'attardait pas à prendre le thé avec eux !

— Pourquoi pas, mon cher ? Ignorez-vous que le thé a été pour la première fois importé par caravane de Ceylan en Syrie, en l'an 627 de notre ère ?

— Ah ! bien, j'ignorais…

— Bien sûr. Vous avez oublié, mais à l'université vous avez dû lire l'histoire de la grande expédition épicurienne lancée par ce fameux roi, lequel prit onze cents chameaux., vous vous rappelez ?

— Ah ! oui, je me rappelle l'expédition, mais je ne savais pas qu'il avait importé le thé.

— Naturellement ! Oh ! miss Falconer, l'impétueux Mr. Shoop veut chanter ce soir en solo « Tel que je suis », y a-t-il moyen de l'en empêcher ? Adelbert est un saint, mais avec son embonpoint… Voulez-vous lui parler ?

— Oh ! je ne sais pas… Laissons-le chanter. Avec ce chant-là, il a ramené bien des âmes, bâilla Sharon.

— Des âmes de rien.

— Ah ! ne soyez pas si difficile ! Quand même vous iriez au ciel, Cecil, vous trouveriez à redire aux séraphins, fermez-la donc ! Mais oui, vous trouveriez à redire même à leur corset !

— Je peux me tromper, mais je crois que vous vous représentez le paradis avec des anges en corset et vous-même dans une grande maison d'or, dans un quartier de luxe céleste !

— Cecil Aylston, pas de dispute ce soir ! Je me sens… commune ! C'est votre mot favori ! Ah ! si je pouvais sauver certains des membres de ma propre équipe ! Elmer, pensez-vous que Dieu soit allé à Oxford ?

— Sûr !

— Et vous aussi, naturellement ?

— Ah ! fichtre non ! J'ai étudié dans un trou d'université du Kansas ! Et je suis né dans une ville dudit Kansas, qui n'est pas moins un trou !

— Moi aussi pratiquement ! Oh ! je sors d'une famille terriblement ancienne de Virginie, et je suis née dans ce qu'on nomme un château, mais nous étions si pauvres que notre orgueil en était ridicule. Dites-moi : fendiez-vous le bois et arrachiez-vous les mauvaises herbes quand vous étiez enfant ?

— Si je l'ai fait ? Et comment !

Ainsi attablés, ils se relançaient la balle, vantaient leur pauvreté provinciale, claironnaient leurs humbles origines, sous les regards de glace de Cecil.

5

Le discours d'Elmer au meeting évangéliste retentit comme un coup de tonnerre dans un ciel serein…

XI

1

Sharon Falconer, cet été-là, tint deux séries de meetings et, à chacun d'eux, l'homme important dans le monde des machines vint raconter la conversion qu'avaient opérée en lui la bible de Gédéon et l'éloquence de sœur Falconer.

Tantôt il se sentait proche d'elle, tantôt il ne trouvait devant lui que des yeux vides et comme en faïence. Un jour, elle lui jeta :

— Vous fumez, n'est-ce pas ?

— Ma foi, oui.

— Je l'ai senti. Je déteste ça. Voulez-vous cesser ? Complètement ? Et aussi de boire ?

— Très bien.

Il le fit. Il souffrait, s'agitait, brûlait du désir de céder à la tentation, mais il ne toucha plus ni au tabac ni à l'alcool. Il regrettait seulement, au cours de ses soirées désormais bien vides, de ne pouvoir cesser de s'intéresser aux bonniches.

Ce fut à la fin d'août, dans une petite ville du Colorado, après la seconde de ses apparitions en public dans le rôle d'un richissime financier converti, qu'il supplia Sharon de le laisser monter dans sa chambre tandis qu'ils entraient à l'hôtel tous les deux.

— Oh, laissez-moi monter chez vous. Je vous en supplie ! Je n'ai jamais eu la chance de parler seul en tête à tête avec vous !

— Très bien. Venez dans une demi-heure. Pas de coup de téléphone. Montez directement à l'appartement B.

Ce fut une demi-heure pantelante et remplie par une attente presque craintive.

Dans toutes les villes où elle tenait ses séances, Sharon était invitée à descendre chez un des élus de l'endroit, mais elle refusait toujours. La raison qu'elle en donnait était classique et invariable : il lui était plus facile de se consacrer à la prière, si elle avait un appartement à elle dont elle enrichissait, de jour en jour, l'atmosphère spirituelle. Elmer se demandait si ce n'était pas plutôt l'atmosphère de Cecil Aylston qui attachait Sharon à sa chambre, mais il s'efforça d'écarter cette pensée qui lui torturait l'imagination.

Quand la demi-heure fut passée, il monta à l'appartement B et frappa. Un lointain « Entrez ! » lui répondit.

Elle était dans la chambre à coucher du fond. Il pénétra dans le salon, un salon d'hôtel quelconque aux murs tapissés d'un papier orné de roses mesurant deux pieds de haut, meublé d'une table où trônait un horrible vase aux anses dorées, de deux chaises étroites et d'un méchant canapé adossé au mur. Les lys, que lui avaient envoyés ses disciples, achevaient de se faner dans des potiches, dans une cuvette ou en tas dans les coins. Autour d'un crachoir de porcelaine, expiraient des pétales de roses.

Il s'assit gauchement sur le bord d'une chaise. Il n'osait pas se risquer derrière les rideaux de brocart poussiéreux qui séparaient les deux chambres, mais son imagination l'y avait précédé.

Elle écarta les rideaux et apparut telle une flamme, incendiant le banal appartement. Elle avait troqué sa robe blanche contre un peignoir rouge à manches d'or et de pourpre ; ses longs cheveux noirs dénoués encadraient un long et pâle visage. Elle se laissa choir sur le canapé et l'invita à l'y rejoindre.

Timidement, il passa son bras autour d'elle et prit sa tête contre son épaule, mais il se raidit soudain :

— Ah, non, ne flirtez pas avec moi, soupira-t-elle sans bouger. Soyez averti : seulement quand ça me plaira ! Ce soir, soyez gentil et consolez-moi.

— Mais ce n'est pas toujours possible…

— Je sais. Peut-être ne sera-ce pas toujours nécessaire. Peut être ! Oh, j'ai besoin… Ce qu'il me faut, ce soir, c'est un remède à ma vanité. Vous ai-je jamais dit que je réincarnais Jeanne d'Arc ? Parfois, je me le figure à demi. Naturellement, c'est de la démence. Je ne suis actuellement qu'une jeune ignorante, pleine d'une énergie mal dirigée et légèrement encline à l'idéalisme. Je prêche, six semaines durant, de jolis sermons, mais, si je restais dans une ville un jour de plus, ce serait encore et toujours la même chanson. Je sais merveilleusement débiter mes sermons… mais c'est mon assistant Cecil qui m'en écrit la plupart et le reste, je l'ai pillé sans vergogne.

— Vous l'aimez, Cecil ?

— Oh, qu'il est gentil, ce gros jaloux ! fit-elle, et celle qui, ce soir-là, n'avait fait que gronder, se mit à zézayer comme une enfant.

— Damnation ! Sharon, ne faites pas l'enfant quand je suis furieux !

— Damnation ! Elmer, ne dites pas « Damnation ! » Oh, je hais les petits vices… fumer, jurer, faire du grabuge, boire tout juste assez pour jouer l'idiot. Moi, j'aime les grands vices… le meurtre, la débauche, la cruauté, l'ambition !

— Et Cecil ? Est-il un de ces grands vices qui vous sont chers ?

— Oh ! c'est un amour ! C'est si gentil, la façon dont il se prend au sérieux.

— Ah, oui, il doit être en amour comme un véritable glaçon !

— Oh, vous pouvez bien vous tromper… Voyons, voyons… Ce pauvre Elmer voudrait tant m'entendre dire des méchancetés sur le compte de Cecil ! Je veux lui rendre justice. Il a beaucoup fait pour moi. Il est instruit, il n'est pas, comme vous et moi, l'ignorance superbement coulée en bronze.

— Mais, dites donc, Sharon ! Après tout, je sors d'une université et je suis bachelier, moi aussi.

— C'est ce que je disais. Cecil sait réciter. Il m'a appris à ne pas faire la cabotine, Dieu merci ! Mais… Oh ! je me suis assimilé tout ce qu'il m'a appris, et, si je devenais par trop intellectuelle, je perdrais le contact de l'humanité commune, de tous ces braves, chers, honnêtes gens !

— Eh bien, envoyez-le promener et prenez-moi. Oh ! ce n'est pas pour moi question d'argent. Il faut que vous le sachiez, chère. Dans dix ans, à trente-huit ans, je peux être chef de vente de la maison Pequot, je gagnerai probablement dix mille dollars par an, et peut-être qu'un jour je passerai directeur à trente mille. Ce n'est pas une position que je cherche. Mais… Ah, je suis fou de vous ! A part ma mère, vous êtes la seule personne que j'aie adorée. Je vous aime ! M'entendez-vous ? Damnation ! oui, j'ai dit

« Damnation ! », et je vous adore ! Oh, Sharon, Sharon, Sharon ! Je ne mentais pas tout à fait quand je leur déclarais, ce soir, que vous m'aviez converti, mais oui, car vous m'avez bel et bien converti. Laissez-moi être votre séide, mettez-moi à vos ordres ! Voulez-vous que je vous serve ? Et, peut-être, accepteriez-vous m'épouser ?

— Non. Je ne tiens pas à me marier. Ça, jamais ! Peut-être que je laisserai tomber Cecil… le pauvre cher garçon, pour vous prendre. Je verrai. En tout cas… Laissez-moi réfléchir.

Elle se dégagea de son étreinte et resta absorbée, le menton dans sa main. Il était à ses pieds, au figuré comme au sens propre.

Elle le combla de bonheur en lui disant :

— En septembre, je n'aurai que quatre semaines de séances. Je prendrai mes vacances en octobre, avant ma mission de l'hiver — vous ne me reconnaîtrez pas alors, je suis très chic, quand je parle à huis clos dans de grandes salles ! — et je m'en irai chez nous, là-bas, dans la vieille maison de famille des Falconer, en Virginie. Papa et maman sont morts et la maison m'appartient. C'est une ancienne plantation. Aimeriez-vous y venir avec moi ? Rien que nous deux, pour une quinzaine, en octobre ?

— Si j'aimerais ça ! Ah, Dieu !

— Vous pourriez vous échapper ?

— Quand cela devrait me coûter ma situation !

— Alors je vous télégraphierai pour vous avertir quand je serai là… Hanning Hall, Broughton, Virginie. Maintenant, je crois que je ferais mieux d'aller me coucher, ami. Faites de doux rêves.

— Puis-je vous border ?

— Non, ami. Je serais capable d'oublier que je suis sœur Falconer ! Bonsoir !

Elle lui donna un baiser léger comme le vol de l'hirondelle et il s'en fut docilement, se demandant comment il pouvait se faire qu'Elmer Gantry aimât au point de renoncer à l'amour.

2

A New York, il fit l'acquisition d'un complet de tweed et d'une jolie casquette. Malgré sa robuste carrure, il avait l'air onctueusement pastoral tandis que, par la fenêtre du pullman, il jetait un regard romantique sur les champs de Virginie.

« La vieille Virginie, la vieille Virginie » fredonnait-il avec bonheur.

Il apercevait des haies en zigzag, des cases de nègres, de beaux chevaux dans des pâturages rocailleux. Ah, qu'il aurait voulu voir l'ancienne noblesse galoper sur de telles montures ! Et toujours, et toujours, le sommet bleu des montagnes… Ce monde-là était plus ancien que son Kansas brûlant, plus ancien que le séminaire théologique de Mizpah où il avait fait ses études. Un désir lui venait d'appartenir lui aussi à ces traditions dont Sharon faisait partie. Puis, tandis que les milles qui le séparaient encore de Broughton s'égrenaient derrière lui, il oublia le paysage et ses teintes chaudes pour penser à *elle* par anticipation.

Il se rappelait qu'elle était une aristocrate et songeait qu'ici, sur le lieu de ses racines, elle devait être plus redoutable encore. Il se sentait plus intimidé que de coutume, et plus que de coutume fier de sa conquête.

Un instant, à la gare, il pensa qu'elle n'était pas venue à sa rencontre, puis il aperçut une jeune fille qui attendait près d'un vieux cabriolet rustique.

Elle était jeune et, vêtue d'une petite blouse de marin très échancrée à la gorge, d'une jupe blanche à plis, chaussée de souliers blancs, coiffée d'un béret rouge, elle avait l'air d'une fillette. Elle lui souriait comme on sourit aux champs, lui faisait signe de la main. C'était Sharon Falconer.

— Mais vous êtes adorable ! murmura-t-il en laissant tomber sa valise.

Agréablement parfumée, elle se lova mollement dans ses bras pendant qu'il l'embrassait.

— Assez, murmura-t-elle. Vous êtes censé être mon cousin, et les cousins, même les plus gentils, n'embrassent pas avec autant d'ardeur !

Tandis que la voiture s'en allait, cahin-caha, par les collines, que les harnais grinçaient et que le vieux cheval renâclait, il lui tenait doucement la main et, tel un papillon, il flottait dans l'extase.

Il poussa un cri à la vue de Hanning Hall, comme ils passaient sous les pins sombres, parmi des carrés d'herbe folle et descendaient la pelouse nue. On se serait cru dans un roman ; de hauts piliers blancs se dressaient devant des maisons de briques garnies de fenêtres à petits carreaux ; sur la pelouse un paon se prélassait au soleil ; comme dans un roman également, un couple de vieux noirs leur fit la révérence du haut du perron avant de descendre à leur rencontre, le maître d'hôtel portant un habit vert à queue et arborant des moustaches blanches qui lui faisaient presque le tour de la bouche, la nounou, en calicot vert, affichant sur sa face un sourire énorme et faisant des courbettes théâtrales.

— Ils m'ont soignée depuis ma première enfance, murmura Sharon. Oh, comme je les aime ! comme j'aime ce vieil endroit charmant ! C'est-à-dire…

Elle hésita, puis, d'une voix qui était un défi :

— C'est pour cela que je vous ai amené ici.

Le maître d'hôtel prit la valise et l'ouvrit, pendant qu'Elmer arpentait la vieille chambre, ému, doucement heureux. Le mur présentait une succession de paysages pâles où l'on apercevait des manoirs au fond d'avenues plantées d'ormes. Le lit était à balustres ; les panneaux et le manteau de la cheminée étaient vernis de blanc ; le plancher de chêne, poli par des générations de pas oubliés, était couvert de tapis au crochet datant de l'époque des crinolines.

— Ah, que je suis heureux ! J'ai trouvé un foyer ! soupirait Elmer.

Quand le maître d'hôtel fut sorti, il courut à la fenêtre et se récria une fois de plus. En voiture, il n'avait pas eu l'impression d'être monté si haut. Par-delà les prés et les bois, la Shenandoah réfléchissait l'éclat de l'après-midi.

— La She-nan-doah ! fredonna-t-il.

Tout à coup il s'agenouilla à la fenêtre et, pour la première fois depuis qu'il avait quitté son ami Jim Lefferts, le football et les joyeux drilles, son âme se trouva libre de tout ce qui la souillait : ambitions oratoires, troubles sensuels, citations mortes d'illuminés insipides, dogmes, piété. La rivière sinueuse et dorée l'attirait, le ciel l'appelait, et, les bras grand ouverts, il pria pour être délivré de la prière.

« Je l'ai trouvée, Sharon. Oh, j'en ai assez de toute cette mascarade évangélique Prendre des imbéciles par des singeries sacrées ! Non, fini, je veux être honnête ! Je l'emporterai dans mes bras, je marcherai au combat ! Les affaires ! Réussir ! Faire quelque chose de grand. Et rire, rire, plutôt que de flagorner le monde et de serrer la main à des paroissiens ! C'est cela ! »

Mais ce début de révolte tourna court. La vision de la belle rivière se voila d'une brume de compromis. Comment renoncer au mélo évangélique s'il tenait à posséder Sharon ? Posséder Sharon était l'unique ambition de sa vie. Elle aimait les meetings, jamais elle n'y renoncerait, il faudrait plier devant elle. Voilà qu'il se laissait déjà reprendre à sa propre éloquence…

« D'ailleurs, se disait-il, il y a bien quelque chose dans toute cette religion. Nous faisons du bien. Peut-être pinçons-nous un peu trop la corde du sentiment, mais n'est-ce pas cela qui tire les gens de leur ornière ? Mais oui, c'est cela ! »

Il passa son chandail blanc au col étroit et, d'un pas ferme, plein de suffisance, il descendit rejoindre Sharon.

Elle l'attendait dans le vestibule, légère et jeune, en blouse et en béret.

— Laissons tomber les choses sérieuses. Je ne suis pas sœur Falconer. Je suis Sharon aujourd'hui. Ah, non ! Quand je pense que j'ai adressé la parole à cinq mille personnes ! Venez faire une course avec moi sur la colline !

Le vaste vestibule du rez-de-chaussée, décoré de gravures traditionnelles et d'un sabre de Ghickamauga, s'étendait, sous l'encorbellement de l'escalier, depuis la porte cochère jusqu'au jardin de derrière, où fleurissaient encore des asters violets et des zinnias dorés.

Elle se sauva par là, fila à travers le jardin, par-delà le cadran solaire de pierre, dans l'herbe haute, et gagna la colline ensoleillée. Ce n'était plus la Junon majestueuse, mais la nymphe ; il la suivait, lourd et sans grâce, mais la serrant de près, moins attentif à la femme frêle et souple qu'à son indéniable bonne forme depuis qu'il avait renoncé au tabac.

— Ah, mais, c'est que vous savez courir ! fit-elle, s'arrêtant hors d'haleine contre le mur d'un verger où s'étageaient des poiriers.

— Si je sais courir ! Et je suis un as au football, un véritable ours au plaquage, ma jeune amie !

Il l'enleva dans ses bras, pendant qu'elle ruait des pieds, l'admirant malgré soi.

— Ah, mais, vous êtes terriblement fort !

Mais, pour le jeune et fougueux étalon qu'il était, ce jour baigné du calme soleil d'octobre semblait par trop serein, aussi gravirent-ils tranquillement la colline en balançant leurs mains entrelacées. Posément — ne fallait-il pas se mettre à la hauteur des Falconer, du vieux manoir et des nounous nègres ? — ils s'entretinrent des dangers de la haute critique et du génie d'un compositeur fameux de mélodies sacrées mais émoustillantes.

3

Quand ils rentrèrent, elle lui dit gaiement qu'il fallait se coucher de bonne heure et se lever de bon matin ; elle se promettait de lui faire perdre dix livres au tennis.

Quand il lui chuchota à l'oreille : « Et où se trouve votre chambre, ma douce ? » elle eut un petit rire glacé.

— Vous ne le saurez jamais, pauvre agneau !

Elmer l'audacieux, Elmer l'entreprenant, se traîna comme il put jusqu'à sa chambre ; il se déshabilla lentement et se mit mélancoliquement à la croisée, son âme voguant dans la nuit vers des destinées incompréhensibles. Il se jeta sur son lit et s'assoupit, trop las du combat qu'il se livrait pour penser aux possibilités du lendemain.

Il entendit un léger frôlement. Il lui sembla voir qu'on tournait le bouton de la porte. Il se mit sur son séant en tremblant. Le bruit cessa puis recommença, un léger frottement et le battant de la porte tourna lentement sur le tapis. Le halo qui venait du vestibule s'élargit et, tendant le cou, il l'aperçut, pareille à un fantôme, à une vapeur blanche.

Tandis que, désespéré, il lui tendait les bras, elle s'y précipita soudain.

— Non, je vous en prie ! supplia-t-elle d'une voix somnambulique, je ne suis venue que pour vous dire bonsoir et vous border. Pauvre et malheureux enfant qui s'ennuie ! Au lit ! Je vais vous embrasser, vous souhaiter bonne nuit et puis je me sauve !

Sa tête s'enfonça dans l'oreiller. Elle lui effleura la joue de la main et, à travers ses doigts, il lui sembla qu'un courant magnétique passait, qui le berçait, le plongeait dans un sommeil éphémère mais plein de douceur.

— Vous aussi, articula-t-il avec effort, vous demandez qu'on vous console et qui sait si, quand vous aurez cessé de m'effrayer, je ne pourrais pas être le maître dont vous avez besoin.

— No, je dois porter seule ma solitude. Je ne suis pas pareille aux autres, pour mon mal et pour mon bien. Mais seule… ah, oui ! seule !

Il s'éveilla tout à fait pendant que les doigts de la femme remontaient le long de sa joue, frôlaient ses tempes et pénétraient dans sa crinière noire.

— Ils sont si drus, vos cheveux, fit-elle, à demi assoupie.

— Comme votre cœur bat, chère Sharon !

Tout à coup, lui saisissant le bras, elle cria :

— Venez ! C'est l'appel !

Pâle dans sa chemise ornée, sur la poitrine, d'un cygne blanc, elle l'entraîna, ébahi, hors de la chambre, en bas dans le vestibule, puis par un petit escalier raide qui conduisait à son appartement ; la stupéfaction fut à son comble quand il se vit quitter ce corridor aristocratique avec les myosotis de sa tapisserie et les portraits compassés des notabilités virginiennes, et pénétrer tout à coup dans une véritable fournaise de pourpre.

La chambre à coucher de Sharon présentait toute l'extravagance d'un boudoir de 1895 : un haut canapé sur pieds d'ivoire et revêtu d'une parure chinoise ; des lampes de bronze éteintes, pareilles à celles des mosquées et des pagodes ; sur les murs une panoplie en carton doré ; une vaste coiffeuse couverte de cosmétiques en de bizarres flacons parisiens ; de hauts chandeliers dont les cierges biscornus et fleuris étaient allumés ; sur tout cela planait un arôme d'encens.

Elle ouvrit un placard, lui jeta une tunique et cria :

— Pour le service de l'autel ! et elle disparut dans le cabinet de toilette.

Dérouté et méfiant, il enfila la tunique de velours violet cousue de fils d'or sur le col et brodée de signes noirs qui lui étaient inconnus. Ne sachant pas ce qu'on voulait de lui, il attendit docilement.

Elle s'était arrêtée sur le seuil pendant qu'il ouvrait de grands yeux. Comme elle était grande ! Et ses mains, sur ses flancs, relevées et les doigts arqués, remuaient comme des lys sur le cours d'un ruisseau. Elle était fantastique dans sa robe d'un rouge foncé couverte d'étoiles, de croissants d'or et de croix de Saint-André ; elle avait chaussé des sandales d'argent ; sa chevelure était d'une tiare argentée en forme de lune hérissée de pointes d'acier qui étincelaient à la clarté des cierges. Une brume d'encens flottait autour d'elle, semblait émaner d'elle, et, tandis que, lentement, elle élevait ses bras, il sentit, avec la crainte admirative d'un écolier, qu'elle était vraiment prêtresse.

— Venez ! C'est la chapelle ! souffla-t-elle d'une voix toujours somnambulique.

Elle se dirigea vers une porte cachée en partie par le canapé et l'introduisit dans une salle…

Il n'éprouvait plus à présent un amour mêlé de curiosité, mais de la gêne.

Quel édifice bizarre avait-on érigé là ? Ou bien avait-on simplement enlevé le plafond de cette petite salle qui montait jusqu'à l'étage supérieur ? En tout cas, il était là, le sanctuaire d'un éclat éblouissant à sa base mais semblant se perdre dans les ténèbres du ciel. Les murs étaient tapissés de velours noir ; il n'y avait pas de chaises ; toute la salle convergeait vers le foyer d'un vaste autel grotesque, fou, fantastique, drapé de brocarts chinois, vermillon, abricot, émeraude et or. Il y avait deux gradins de marbre rose. Au-dessus de l'autel était suspendu un immense crucifix montrant un Christ dont le flanc ouvert saignait. Sur le gradin supérieur se trouvaient des bustes en plâtre de la Vierge, de sainte Thérèse et de sainte Catherine, des reliques aux couleurs criardes et une effigie lugubre de saint Étienne agonisant. Sur le gradin inférieur s'empilaient en désordre ce qu'Elmer appela des idoles : dieux à têtes de singe, à gueule de crocodile, un dieu à trois têtes, un dieu à six bras, un Bouddha en jade et en ivoire, une Vénus nue en albâtre et, au centre de tout cela, une splendide, une hideuse, une intimidante, une séduisante statuette de déesse en argent coiffée d'une triple couronne et possédant un visage mince, long et passionné comme celui de Sharon Falconer. Devant l'autel s'étendait un long coussin de velours fort épais et moelleux. C'est là que soudain Sharon s'agenouilla, lui faisant signe de l'imiter, pendant qu'elle s'écriait :

— C'est l'heure ! Ô Vierge sainte, ô mère Héra, mère Frîja, mère Istar, mère Isis, redoutable mère Astarté aux bras entrelacés, c'est votre prêtresse, c'est elle qui, après des siècles d'aveuglement et des années de tâtonnements révélera au monde que vous êtes Une, qu'en moi vous vous révélez toutes et que, dans cette révélation, viendront la paix et la sagesse universelles, le secret des sphères et le signe de l'Intelligence. Vous qui vous êtes penchées sur moi et avez pressé sur mes lèvres vos doigts immortels, prenez sur votre sein cet homme qui est mon frère, ouvrez-lui les yeux, délivrez son esprit captif, rendez-le pareil aux dieux, pour qu'avec moi il puisse porter la révélation après laquelle le monde a soupiré pendant des milliers et des milliers d'années.

» Ô rose-croix et mystique tour d'ivoire

» Entends ma prière.

» Ô sublime croissant d'avril

» Entends ma prière.

» Ô glaive excellent d'acier intrépide

» Entends ma prière.

» Ô serpent aux yeux insondables

» Entends ma prière.

» Vous qui vous voilez, vous qui fulgurez des cavernes de l'oubli, des sommets au futur, du tumulte du présent, joignez-vous à moi, élevez-le, recevez-le, êtres redoutables et innommés, oui, élevez-nous, de mystère en mystère, de sphère en sphère, de puissance en puissance, jusqu'au trône ! »

Elle prit une bible près d'elle sur le long coussin au pied de l'autel, la lui mit dans les mains et s'écria :

— Lisez, lisez vite !

Elle était ouverte au Cantique des Cantiques, et, stupéfait, il entonna :

— Comme sont beaux tes pieds dans leurs chaussures, ô fille du prince ! Les jointures de tes cuisses sont comme des joyaux, elles sont l'œuvre d'un habile artisan. Tes deux seins sont comme deux jeunes faons. Ton cou est une tour d'ivoire. Tes cheveux sont comme la pourpre, et le roi s'arrête dans les galeries. Comme tu es belle et comme tu es aimable, ô bien-aimée, faite pour les délices !

Elle l'interrompit d'une voix haute et aiguë :

— Ô rose mystique, ô lys très admirable, ô union merveilleuse ! ô sainte Anne, mère immaculée, Déméter, mère bienfaisante, mère très brillante, regardez, je suis sienne, et il est vôtre, et vous êtes mienne !

Il poursuivit, sa voix montait comme la voix triomphante d'un prêtre :

— J'ai dit, j'irai vers le palmier, et je me saisirai de ses rameaux…

Il n'acheva pas le verset, car elle chavira en s'agenouillant devant l'autel et s'abattit dans ses bras, les lèvres entrouvertes.

4

A midi, assis sur la colline, ils contemplaient la vallée, la conversation languissait, quand il fit :

— Pourquoi ne m'épouseriez-vous pas ?

— Non. En tout cas, pas avant plusieurs années. Et puis, je suis trop vieille, j'ai trente-deux ans, et vous, voyons, vingt-huit ou vingt-neuf ? Je dois être libre pour le service du Seigneur, vous le savez, vous savez que je suis sincère ? Je suis vraiment consacrée, quoi que je fasse !

— Mais oui, mais oui, chérie ! Mais oui…

— Mais pas de mariage. Il est bon parfois de se faire simplement humaine, mais la plupart du temps je dois vivre comme une sainte. De plus, je crois que les hommes sont plus enclins à la conversion s'ils me savent célibataire.

— Au diable, écoutez-moi ! M'aimez-vous un peu ?

— Oui. Un peu ! Oh, je vous aime plus que toute autre personne à l'exception de moi-même. Mon cher enfant !

Elle laissa tomber sa tête sur son épaule, nonchalamment, dans le verger plein du bourdonnement des abeilles et son bras se referma sur elle.

Ce soir-là ils chantèrent ensemble des hymnes, à la grande édification des vieux serviteurs de la famille, qui désormais appelèrent Elmer « docteur ».

XII

1

Tranquilles comme des mariés de longue date, intimes et confiants, tels étaient d'ordinaire Elmer et Sharon, et celui-ci faisait toujours montre de la même dévotion. Sharon, elle, demeurait indéchiffrable. Tantôt elle posait à la prêtresse, voyait tout en noir, tantôt elle devenait intimidante dans l'ardeur de sa passion ; elle se recroquevillait parfois sur elle-même, rongée par le doute, puis c'étaient des silences, des pâleurs de nonne, suivis d'élans puérils. Dans ce dernier rôle, qu'elle jouait fort bien, Elmer l'aimait à la folie, sauf s'il lui prenait de l'endosser quand il s'agissait de se préparer à hypnotiser trois mille personnes. Alors, il lui adressait des supplications :

— Allons, voyons, Sharon, soyons sage ! Ne faisons plus la moue et allons les émoustiller.

Elle frappait du pied, son visage devenait enfantin.

— Non ! Veux plus d'évangile. Veux être méchante. Méchante ! Veux tout bazarder. Veux aller donner des claques sur la tête à un chauve. Soupé des âmes. Veux tous les envoyer au diable !

— Là, là, Shara ! Allons, allons ! On vous attend ! Adelbert a déjà chanté deux fois le verset.

— M'en moque ! Qu'il le rechante ! Chansons, chanson-nettes ! Veux être méchante ! Vais aller mettre des souris dans le cou dodu d'Adelbert, son gras coucou saint !

Puis, brusquement :

— Oui, je voudrais. Je voudrais pouvoir être mauvaise. Oh, que je suis lasse ! Tous ces gens qui m'agrippent, qui me sucent le sang, qui attendent de moi ce courage qu'ils sont trop mous pour sentir en eux !

Une minute plus tard, elle était devant son auditoire et haranguait avec joie :

— Oh, mes bien-aimés, notre aimable Seigneur vous apporte ce soir un message !

Deux heures plus tard, dans le taxi qui les emmenait à l'hôtel, elle sanglotait contre sa poitrine :

— Oh, presse-moi contre toi ! Je suis si seule, j'ai si peur, j'ai si froid !

2

Malgré tout, Elmer n'était qu'un employé au service de Sharon. Il souffrait de constater qu'elle faisait cinq fois plus d'argent que lui, cet argent qu'il vénérait, adulait.

Quand ils firent leurs premiers arrangements, elle avait proposé ceci :

— Cher, si tout va bien, dans trois ou quatre ans, je tiens à ce que vous partagiez avec moi les offrandes. Mais il faut que je mette d'abord pas mal d'argent de côté. J'ai une idée, une idée encore vague. Je voudrais organiser un quartier général pour nos œuvres, peut-être avec une revue, une école pour la formation d'évangélistes. Une fois cela réglé, on pourrait s'entendre, vous et moi. Mais pour l'instant… Combien est-ce que vous gagniez comme représentant de commerce ?

— Oh, environ trois cents dollars par mois, trois mille cinq cents par an.

Il l'aimait et ne trichait que de cinq cents dollars.

— Eh bien, vous débuterez à trois mille huit cents, et dans quatre ou cinq ans, j'espère que ce sera dix mille, le double peut-être.

Puis il ne fut plus question de rien et cela l'irrita. Il le savait, elle ramassait plus de vingt mille dollars par an et elle en aurait bientôt cinquante mille. Mais il l'aimait tant que la pensée ne lui en venait que deux ou trois fois par mois.

3

Pour être plus indépendante, Sharon continuait à loger sa troupe dans les hôtels Mais survint un fâcheux malentendu. Elmer était resté dans sa chambre, à parler affaires, si tard qu'il était tombé endormi en travers du lit. Ils étaient si las tous les deux qu'ils ne s'éveillèrent qu'à neuf heures du matin, tirés de leur sommeil par Adelbert Shoop qui frappa à la porte et entra innocemment.

Sharon leva la tête et vit Adelbert qui riait.

— Comment osez-vous entrer dans ma chambre sans frapper, espèce d'andouille ! fit-elle rageusement. Vous n'avez donc ni modestie ni pudeur ? Ouste ! Dehors ! Patate !

Quand Adelbert fut parti en marmonnant qu'il ne dirait rien, Elmer commença de s'agiter.

— Diable, pensez-vous qu'il nous la fasse au chantage ?

— Oh non, Adelbert m'adore. Quant aux femmes, nous sommes solidaires. Mais ça m'ennuie. Imaginez, si ç'avait été quelqu'un de l'hôtel ! Les gens sont si prompts à mal interpréter et à critiquer. Voici ce qu'il faut faire : désormais, dans chaque ville, nous louerons une grande maison meublée pour toute notre équipe. Nous serons indépendants et personne ne fera de cancans. Selon toute probabilité, nous pourrons même louer quelque chose de bien à quelque fidèle ! Ce serait charmant ! Quand nous en aurons assez de trimer, nous pourrons nous amuser entre nous et danser. J'adore la danse. Oh, naturellement, dans mes sermons, je frappe la danse d'anathème mais, pour des gens intelligents comme nous, ce n'est pas comme pour les gens du monde que cela incite au mal. Une petite fête ! Bien sûr qu'Art Nichols s'enivrera. Et puis ? Il travaille si dur. Maintenant, filez. Non, un instant ! Ne voulez-vous pas m'embrasser et me souhaiter le bonjour ?

Pour mieux s'assurer la discrétion d'Adelbert, ils le flattèrent, et l'agent de publicité reçut l'ordre de trouver une vaste maison meublée dans la prochaine ville où ils iraient.

4

La location d'une maison meublée pour la troupe Falconer ne manqua pas de susciter de nouvelles disputes avec les comités régionaux, surtout quand la troupe quittait la ville.

Il y eut des protestations de la part des propriétaires furieux qui accusaient les ouvriers du Seigneur, pour employer les mots d'un diacre, entrepreneur de pompes funèbres, de mener un train du diable. Ils affirmaient qu'on avait abîmé les meubles avec des cigarettes, répandu du whisky sur les tapis, cassé des chaises. Ils réclamaient des dommages et intérêts au comité, qui transmettait la plainte à Sharon, on échangeait des lettres peu amènes, mais les dommages n'étaient jamais payés.

D'ordinaire, cela n'arrivait qu'après la clôture des sessions, de sorte que rien n'interrompait l'œuvre de salut : toutefois, ces démêlés touchant le confort domestique de l'équipe évangélique ne manquèrent pas de provoquer de regrettables rumeurs. Les impies rirent tout haut. De suaves vieilles filles excitées se tourmentèrent pour savoir ce qui avait bien pu se passer et se demandèrent les unes aux autres, avec un agréable frisson d'horreur, si... hum ! si l'on ne s'était pas livré à quelque chose de plus répréhensible encore que l'ivresse.

Mais une majorité de fidèles était toujours là pour prouver, comme un et un font deux, que sœur Falconer et frère Gantry étaient des gens vertueux et incapables de faire le mal, qu'en conséquence les rumeurs étaient l'œuvre du diable, de cabaretiers et de mécréants. Les persécutions dont étaient l'objet d'aussi saintes personnes ne firent qu'enflammer le zèle des disciples pour la troupe Falconer.

L'histoire des dommages et intérêts fit trouver à Elmer un astucieux moyen de réduire les dépenses. Au terme d'un séjour, on décidait tout bonnement de ne pas payer le loyer. Le comité local était informé, après le départ de l'équipe, qu'il s'était engagé à lui fournir un logement, et l'on en restait là, mais cela donnait lieu ensuite à une abondante correspondance.

5

Un des grands soucis de Sharon, c'était de décider la bande à se coucher. Comme des acteurs, les évangélistes, après la pièce, étaient en état de surexcitation. Les uns étaient trop énervés pour s'endormir avant d'avoir lu le *Saturday*

Evening Post, d'autres ne pouvaient manger qu'après les séances, et jusqu'à une heure du matin, on faisait frire des œufs, on les brouillait, on brûlait des rôties et on se querellait pour savoir qui laverait la vaisselle. Ils avaient beau stigmatiser publiquement le démon du rhum, certains artistes devaient se remonter le moral de temps à autre avec du whisky ; alors, on dansait et menait joyeuse vie.

Parfois Sharon faisait des scènes, mais d'ordinaire elle fermait gentiment les yeux et accordait d'ailleurs à Elmer trop d'entrevues intimes pour faire grande attention à ces orgies.

Lily Anderson, la pianiste pâle, protestait, disant qu'il fallait aller au lit de bonne heure pour être debout au point du jour, être plus assidu aux prières à domicile. Mais les autres répliquaient que c'était trop attendre de gens épuisés par trois heures de labeur quotidien. Elle leur rappelait qu'ils étaient au service du Seigneur, qu'ils devaient apprendre à s'épuiser à Son service. Oh, parfait, rétorquaient-ils, ils l'apprendraient, mais plus tard.

Il arrivait parfois qu'Art Nichols, le clarinettiste, et Adolphe Klebs, le pianiste, eussent une telle gueule de bois à dix heures du matin qu'il fallait leur administrer un cordial. D'autres jours, tous, Art et Adolphe compris, témoignaient d'une ferveur hystérique, et c'étaient alors des éjaculations, des remords, des hurlements d'extase divine, au point que Sharon, furieuse, déclarait ne plus savoir si elle ne préférait pas être réveillée par le boucan que par les alléluias. Pourtant, elle leur acheta un phonographe portatif et un choix de disques, moitié danses entraînantes, moitié hymnes sacrés.

6

Bien que la présence et la compagnie de Sharon l'eussent sevré presque entièrement du besoin d'autres stimulants, du tabac, de l'alcool et presque de son habitude de jurer, il fallut encore une année pour qu'Elmer cessât définitivement de penser à tout cela. Mais, peu à peu, grandissait en lui une assurance, celle de devenir une force et une gloire dans le pastorat. L'ambition éclipsait chez lui le goût de l'alcool et il savourait sa vertu.

Ce furent pour lui de grands jours, des jours de joie, des jours de soleil. N'avait-il pas tout ce qu'il désirait : femme, travail, renommée, prestige ? Quand ils tinrent des réunions à Topeka, sa mère quitta Paris pour venir les entendre. Quand elle le vit haranguer deux mille personnes, tous les doutes affreux qui l'avaient rongée depuis le renvoi du séminaire de Mizpah s'évanouirent.

Enfin, il avait trouvé sa voie. L'équipe évangélique l'avait accepté comme directeur en second, et bien peu le dépassaient en audace, en force et en ruse. Sharon exceptée, tous lui obéissaient comme des chiens. Il voyait le jour où il épouserait Sharon et la remplacerait à la tête de l'entreprise, lui accordant de temps à autres quelques homélies en guise d'attraction. N'était-il pas sur le point de devenir un des grands évangélistes des États-Unis ? Ah, oui ! il était sur le chemin de la gloire. Quand il lui arrivait de rencontrer des confrères en évangile, si célèbres fussent-ils, il se montrait désormais, non plus timide, mais gonflé d'une morgue qu'il prenait plaisir à étaler.

XIII

1

Ce n'était pas son éloquence, mais la guérison des malades qui avait élevé Sharon au rang qu'elle occupait et qui l'avait mise en passe de devenir l'évangéliste la plus célèbre de l'Amérique. Les gens en avaient assez du beau parler, et le champ de l'évangélisme était limité. Il était peu probable que, même pour les zélateurs, on pût dépasser le chiffre de trois ou quatre conversions. Mais on pouvait les guérir indéfiniment et toujours de la même maladie.

L'empirisme devait devenir un jour l'un des plus importants aspects de l'évangélisme, mais, en 1910, seuls les scientistes chrétiens et les adeptes de la Pensée Nouvelle y recouraient pour se faire connaître. Sharon y était venue par hasard. Sans doute n'avait-elle pas manqué de prier régulièrement pour les malades, mais elle l'avait fait sans trop y penser. Il y avait un an qu'elle et Elmer étaient ensemble. Lors d'un meeting à Schenectady, un homme leur avait présenté sa femme et avait prié Sharon de la guérir de sa surdité. Sharon, pour s'amuser, avait envoyé chercher de l'huile — de l'huile à fusil qu'elle avait consacrée — pour en oindre les oreilles de la femme et elle avait prié avec passion.

La femme s'était écriée : « Gloire à Dieu, j'ai recouvré l'ouïe ! »

Ce fut une véritable sensation dans le tabernacle et tout le monde voulut se faire soulager de quelque infirmité. Elmer prit la sourde à part et lui demanda son nom pour les journaux. A vrai dire, il lui fut impossible de se faire entendre d'elle, mais il mit par écrit ses questions et la sourde fit de même pour les réponses. Ce fut là une excellente histoire pour les journaux ; les évangélistes songèrent à exploiter le filon.

Pourquoi, ainsi qu'il le lui suggéra, Sharon ne pratiquerait-elle pas régulièrement des guérisons ?

— Mais, je ne sais pas si j'ai le don, lui fit-elle observer.

— Bien sûr ! Vous possédez sans aucun doute un magnétisme. Essayez. Nous pourrions lancer des séances de guérison. Je parie que les collectes vont battre tous les records et on fera comprendre aux comités régionaux que, passé une certaine somme, qui inclura la quête du dernier jour, nous nous devons de tout garder.

— Eh bien, on pourrait essayer. Peut-être le Seigneur m'a-t-il conféré des dons spéciaux dans ce sens. A Lui toute la gloire. Mais arrêtons-nous là pour prendre une glace. J'adore les glaces à la banane, mais j'espère que personne ne me verra. Ce soir, j'ai envie de danser. Nous reparlerons des guérisons. Quand nous serons rentrés, je me plongerai dans un bain chaud rempli de sels.

Le succès des guérisons fut immense et lui aliéna nombre de pasteurs évangéliques, mais, surtout, elle conquit tous les gens qui faisaient leur lecture des livres sur le pouvoir de la volonté, et les journaux relatèrent ses miracles quotidiens. On disait même que certains de ses patients furent et restèrent bel et bien guéris.

— Savez-vous, murmura-t-elle à Elmer, il doit y avoir quelque chose derrière ces miracles, j'éprouve un véritable frisson de plaisir quand je commande aux boiteux de jeter leurs béquilles. Cet homme hier soir, cet estropié, il avait vraiment l'air d'aller mieux.

Ils décoraient maintenant l'autel avec les béquilles et les cannes offertes par les malades reconnaissants, mais se gardaient bien d'exhiber celles qu'Elmer avait dû se procurer pour rendre la première démonstration plus saisissante.

L'argent affluait. Un malade débordant de gratitude fit présent de cinq mille dollars à Sharon. Elmer et Sharon connurent ce jour-là leur seule querelle sérieuse, ne s'étant jusqu'alors que légèrement heurtés. Voyant monter les recettes, il demanda une augmentation, mais Sharon prétendit que ses bonnes œuvres lui prenaient tout son bien.

— Oh, oui, parlons-en, fit-il : l'hospice pour vieilles dames, l'orphelinat et la maison de retraite pour les prêcheurs. Mais oui, mais oui, vous les emportez sur votre dos en voyage !

— Prétendez-vous insinuer, mon bon ami, que je…

Après une violente dispute conjugale en bonne et due forme, elle consentit à porter son traitement à cinq mille dollars et l'embrassa.

Comme l'argent coulait à flots, Sharon commença d'échafauder des plans merveilleux.

A Clontar, villégiature sur la côte du New Jersey, elle acheta un casino où l'on jouait de grands opéras. Bien que le placement fût considérable et lui prît jusqu'à son dernier cent d'économies, elle calcula que cela rapporterait, car elle était la seule propriétaire et n'aurait rien à partager avec les églises locales. Fixée à demeure, elle aurait plus de prestige qu'en se transportant, de place en place, avec la nécessité de recommencer dans chaque ville la publicité de ses vertus.

Dans un joyeux élan, elle conçut le projet, en cas de succès, de garder pour l'été la jetée de Clontar et de faire construire à New York ou à Chicago un temple pour la durée de l'hiver. Elle se voyait une nouvelle Mary Baker Eddy, une Annie Besant. Elle choqua Elmer en insinuant que le Messie à venir serait peut-être, qui sait ? une femme, une femme qui vivait en ce monde, qui prenait en ce moment même conscience de sa divinité.

La vaste jetée était formée de planches ordinaires d'un sapin noueux qu'on avait peintes en un rouge ardent rayé d'or. Les soirs de canicule, il y faisait bon. Tout autour, au-dessus de l'eau, courait une galerie où jadis les amoureux venaient flâner pendant les entractes et sur laquelle donnaient des portes pareilles à celles des hangars.

Sharon baptisa la jetée « Temple des eaux du Jourdain ». Elle fit ajouter du rouge, de l'or, et ériger une immense croix tournante, éclairée la nuit par des ampoules électriques jaunes et rouges.

L'équipe évangélique au grand complet se transporta à Clontar au début de juin pour préparer la grande ouverture, prévue pour le 1er juillet au soir.

Sans compter les volontaires qu'il allait falloir recruter, Sharon et Adelbert Shoop songeaient à engager des choristes — qu'ils imaginaient vêtus de magnifiques surplis — et trois ou quatre solistes.

Le zèle d'Elmer, quant à lui, s'était refroidi par suite d'un malheureux incident. Il avait découvert qu'il aurait pu se montrer plus empressé auprès de Lily Anderson, la pianiste. Sans faire positivement des infidélités à Sharon, il s'était aperçu que c'était pure négligence de sa part de laisser la jolie, l'anémique, la virginale Lily à l'abandon. Ce qui la lui fit remarquer, c'est l'indignation suscitée en lui par Art Nichols, le clarinettiste, lequel avait eu la même idée.

Quelque chose, dans la candeur de Lily, le fascinait. Fidèle malgré tout à Sharon, il jetait, par-dessus son épaule, des regards sur les charmes pâles de Lily et l'eau lui en venait à la bouche.

2

La veille de l'ouverture du meeting, Sharon et Elmer étaient allés s'asseoir sur la plage, au clair de lune.

Le Tout-Clontar, avec sa longue avenue bordée de villas et d'hôtels en pain d'épice, était en émoi à cause du tabernacle. La Chambre de Commerce avait annoncé : « Nous recommandons à toute la côte du New Jersey cette attraction spirituelle de premier ordre, qui vient s'ajouter aux innombrables charmes et curiosités de la plus séduisante des stations balnéaires. »

On avait réussi à former un chœur de deux cents exécutants, dont plusieurs avaient consenti à se procurer eux-mêmes une robe et une calotte.

Près de la dune où Sharon et Elmer s'attardaient, se dressait le tabernacle sur lequel tournait solennellement la croix électrique, dont la lueur illuminait tour à tour les vagues et l'étendue sablonneuse.

— Et tout ça est à moi ! répétait Sharon en tremblant. C'est mon œuvre ! Quatre mille places et, je crois bien, le seul tabernacle de la chrétienté qui soit construit sur pilotis ! Elmer, cela me fait presque peur ! Quelle responsabilité ! Des milliers de pauvres âmes dans le doute qui se tournent vers moi pour chercher un appui. Si je leur manque, si je faiblis, si je suis lasse ou cupide, ce sont les âmes que j'assassine. Je voudrais presque être de retour en Virginie !

Sa voix enchanteresse se fondait à la menace du ressac, faible sous la houle des grandes eaux, passionnée pendant l'accalmie, tandis que la grande croix poursuivait sans arrêt sa rotation lumineuse.

— Et puis, Elmer, je suis ambitieuse, je le sais. Je voudrais posséder l'univers. Mais je comprends quel immense danger c'est là. Hélas, je n'ai jamais eu personne pour me guider, ni famille, ni éducation. J'ai dû me suffire à moi-même, sauf ce que vous avez fait pour moi, Cecil et vous, et un ou deux autres, trop tard peut-être. Maintenant, ce temple est à moi, regardez ! cette croix, ce chœur qu'on entend répéter ! Oui, c'est moi, la Sharon Falconer dont on parle dans les journaux ! Et demain je deviens… ah ! les gens qui viennent vers moi, que je guéris… Non ! Cela m'effraie ! Cela ne peut durer. Oh, Elmer, faites que cela dure. Ne permettez pas qu'on me l'ôte !

Elle sanglotait, la tête contre sa poitrine, tandis qu'il la consolait gauchement. L'ennui le prenait.

Elle se mit à genoux, les bras tendus vers lui, la voix vibrant sur ce fond de vagues :

— Impossible, impossible ! Mais vous… je ne suis qu'une femme. Je suis faible. Ah, je devrais cesser de me considérer comme une merveille, je devrais vous donner la direction de tout, rester derrière vous et vous aider, n'est-ce pas ?

Stupéfié par cet accès de bon sens, il toussota et observa judicieusement :

— Eh bien, voici. Personnellement, je n'aurais jamais soulevé la question, mais, puisque cela vient de vous ; oh, loin de moi la pensée de me croire plus habile administrateur et orateur que vous, non, bien loin de là ; d'ailleurs, c'est vous qui avez tout monté ; je suis l'ouvrier de la onzième heure. C'est entendu, une femme peut bien, pour un temps, se tirer d'affaire aussi bien qu'un homme, sinon mieux, mais enfin, elle est femme, elle n'a pas la poigne masculine, comprenez-vous ?

— Et servirais-je mieux les intérêts du Ciel si je renonçais à mon ambition pour vous suivre ?

— Mieux, je ne sais pas. Mon amour, vous avez certainement fait des merveilles. Loin de moi la pensée de vous critiquer. Cependant, je crois que cela mérite réflexion.

Pétrifiée telle une statue d'argent agenouillée, elle pencha la tête vers lui et s'écria :

— Impossible, impossible ! Est-ce mon devoir ?

Voyant qu'on rôdait alentour, il grommela :

— Allons, allons, Shara, ne criez pas et ne vous démenez pas comme cela ! Quelqu'un pourrait entendre !

D'un bond elle fut sur pied.

— Imbécile, imbécile !

Elle se sauva sur la plage, traversa les rayons de la croix tournante et s'engouffra dans les ténèbres. Furieux, il se frotta le dos contre la dune en grondant à part soi :

« Ces sacrées femmes ! Toutes pareilles, y compris la petite Sharon ; toujours à vous faire des scènes pour rien ! Pourtant j'y allais doucement, c'était la première fois qu'elle caressait l'idée de me laisser mener la danse. Ah ! zut, je saurai bien m'y prendre pour l'y amener ! »

Il ôta ses chaussures, en fit tomber le sable et, lentement, voluptueusement, se gratta la plante du pied. Une idée venait de jaillir dans son cerveau : si Sharon lui faisait encore une scène comme celle-là, il la corrigerait.

La répétition du chœur était finie. Pourquoi ne pas retourner au logis voir ce que devenait Lily Anderson ?

Une brave gosse, celle-là, et qui l'admirait... Ce n'est pas elle qui oserait élever la voix.

3

Sur la pointe des pieds, il arriva devant la porte de la virginale Lily et frappa doucement.

— Oui.

Il n'osait parler. La chambre de Sharon, dans ce vaste et vieux logis de Clontar, était presque en face. Il frappa encore une fois, et quand Lily fut à la porte, en kimono, il murmura : « Chut ! Tout le monde dort. Puis-je entrer rien qu'une seconde ? Quelque chose d'important à vous demander. »

Lily restait songeuse, mais, évidemment, elle ressentit une timide émotion quand il la suivit dans sa chambre ornée de petits dessus de table violets.

— Lily, il m'est venu des inquiétudes. Croyez-vous qu'Adelbert doive faire entonner au chœur, demain : « Ah ! quel rempart est notre Dieu » ou bien quelque chose de plus entraînant... attirer la foule et attaquer alors quelque chose d'émouvant ?

— Ma foi, monsieur Gantry, je ne vois pas trop comment on pourrait changer le programme.

— Oh, peu importe ! Asseyez-vous et dites-moi comment a marché la répétition du chœur ce soir. Merveilleusement sans doute, avec vous qui tapiez sur la caisse.

— Oh, monsieur Elmer, vous voulez me taquiner, fit Lily en se perchant lestement sur le bord du lit.

Il s'assit près d'elle et lui dit bravement en riant :

— Et dire que je ne peux même pas obtenir que vous m'appeliez Elmer !

— Oh, mais je n'oserais jamais, monsieur Gantry ! Miss Falconer me rappellerait à l'ordre !

— Ah, je voudrais bien voir que quelqu'un vous rappelât à l'ordre, Lily ! Comment… Je ne sais si Sharon s'en doute ou non, mais votre façon de jouer donne autant de puissance à nos réunions que ses sermons ou n'importe quoi.

— Oh, non, c'est pour me flatter, monsieur Gantry ! A propos, j'ai autre chose pour vous.

— Ah… je… voyons… oh, oui, je me rappelle : ce prédicateur épiscopalien… ce grand bel homme… qui a dit que vous devriez faire du théâtre, que vous aviez tant de talent.

— Oh, voyons, c'est pour rire ? monsieur Gantry !

— Non, c'est sincère. Et moi, voyons ! Que j'aimerais recevoir un compliment de vous !

— Oh, oh, vous allez à la pêche !

— Bien sûr, avec un joli poisson comme vous !

— Oh, mais, c'est terrible la façon dont vous parlez !

En cascades, les rires argentins fusèrent.

— Eh bien, vous savez cette *prima donna* qui vient pour notre ouverture, elle dit que vous avez l'air si fort qu'elle a peur de vous.

— Ah, vraiment, vraiment ! Et vous ? Hum ! Vous aussi ? Dites-moi !

Sans savoir comment, la main de Lily se trouva dans la sienne et il la serra pendant qu'elle détournait les yeux en rougissant, avant de murmurer : « Un peu ! »

Il fut sur le point de l'étreindre, mais il ne fallait pas hâter les choses et il continua sur un ton professionnel :

— Pour revenir à Sharon et à nos œuvres, il est très bien d'être modeste, mais vous devriez comprendre combien votre jeu ajoute un caractère spirituel à nos réunions.

— Cela me fait bien plaisir, mais, vraiment, me comparer à miss Falconer pour ce qui regarde le salut des âmes, voyons ! C'est la plus étonnante des femmes.

— Sans doute, sans aucun doute…

— Seulement, je voudrais l'entendre partager un peu votre avis. Je ne crois pas qu'elle apprécie beaucoup mon jeu.

— C'est un tort ! Je ne critique personne, vous le comprenez. Sharon est certainement une des plus grandes évangélistes qui soient, mais, entre nous, elle a un défaut, elle n'apprécie personne, elle s'imagine que c'est elle qui fait tout marcher ! Encore une fois, je l'admire, mais, bon Dieu ! cela me chagrine parfois de voir qu'elle n'a pas plus d'estime pour votre musique, je veux dire pas l'estime qu'il faut, vous comprenez ?

» Oh, Lily, je ne demande qu'une chose, qu'une seule. De temps à autre, quand vous en aurez trop sur le cœur — et n'en sommes-nous pas tous là, nous, à moins de nous prendre pour l'élite, pour les seules et authentiques détenteurs de l'Évangile ! — quand vous vous sentirez seule, accordez à un ami la faveur de vous dire combien il apprécie ce charme que vous répandez sur sa route !

— C'est bien sincère ? Admettons que je sache jouer du piano, mais personnellement je ne suis rien, rien.

— Ce n'est pas vrai, pas du tout, très chère ! Lily ! Voilà bien votre modestie de ne pas sentir quel rayon de soleil vous êtes pour nos cœurs à tous, chère, combien nous vous chérissons.

La porte s'ouvrit brusquement. Sur le seuil se tenait Sharon Falconer, en robe de chambre noire et or.

— Je vous renvoie tous les deux ! fit-elle. A la porte !
Ouste ! Et que je ne vous revoie plus. Vous pouvez rester
ici ce soir, mais faites en sorte de vider les lieux avant le
déjeuner.

— Oh ! miss Falconer, gémit Lily, repoussant la main
d'Elmer.

Mais Sharon avait disparu en faisant claquer la porte.
Ils se précipitèrent dans le corridor, mais ils l'entendirent
tourner la clef dans la serrure et elle demeura sourde aux
coups qu'ils frappèrent à sa porte.

Lily jeta un regard terrible à Elmer. Il l'entendit fermer
sa porte à clef elle aussi et il se retrouva seul dans le couloir.

4

Découragé et affalé sans force dans son fauteuil, il était
une heure du matin quand enfin il trouva une explication
qui se tenait.

Ce fut un spectacle héroïque que celui du révérend Elmer
Gantry en train d'escalader, du balcon du deuxième étage,
la fenêtre de Sharon. Il traversa la chambre sur la pointe
des pieds, se laissa tomber sur les genoux au bord du lit et
lui plaqua un gros baiser dans le cou.

— Non, je ne dors pas, fit Sharon d'une voix aussi froide
qu'un rail d'acier, tandis qu'elle remontait la couverture sur
son cou. De fait, c'est la première fois que je reste éveillée
depuis deux ans, mon jeune ami. Vous pouvez vous retirer.
Je ne vous dirai pas tout ce que j'ai pensé, mais, entre autres
choses, vous êtes un chien ingrat qui a mordu la main qui
l'a nourri, vous êtes un menteur, un sot, un bluffeur et un
pasteur pour la frime.

— Ah ! par exemple, je vous ferai voir…

Mais elle éclata de rire et le plan d'action qu'il avait imaginé lui revint.

Il s'installa posément au chevet du lit et déclara avec calme :

— Quelle folle vous faites, Sharon ! Que j'aie flirté avec Lily, d'accord. Je ne prendrai pas la peine de le nier ! Si vous ignorez à ce point votre valeur, si vous pouvez croire que l'homme qui vous a connue puisse s'intéresser à d'autres femmes, alors, oui, il n'y a plus rien à dire. Mais, bon Dieu, Sharon, vous n'en êtes pas là ! Vous trahir, mais j'en suis aussi incapable que de renier ma foi ! En fait… vous tenez à savoir ce que je disais à Lily, à miss Anderson ?

— Pas du tout !

— Eh bien, si ! En traversant le couloir, j'ai vu sa porte ouverte et elle m'a dit d'entrer… elle avait quelque chose à me dire. La pauvre fille voulait savoir si sa musique ne vous faisait pas trop honte — textuel — maintenant surtout que le Temple du Jourdain va vous placer si haut. Elle a parlé de vous comme de la plus grande puissance spirituelle au monde, et elle se demandait si vraiment elle était digne…

— Hum ! Vraiment ? Eh bien ! non, elle n'est pas digne ! Congédiée elle est, et elle le reste. Quant à vous, mon jeune et beau menteur, si vous faites tant soit peu de l'œil à une fille, je vous mets à la porte, et pour toujours… Oh ! Elmer, mon bien-aimé, comment as-tu pu ? Moi qui t'ai tout donné ! Allons, mens, mens ! Dis-moi un bon gros mensonge ! Et embrasse-moi !

5

Des bannières, des bannières et encore des bannières sur les poutres, sur les murailles du tabernacle, des bannières qui se balancent au vent venu de la mer. C'est le soir de l'ouverture du Temple des eaux du Jourdain, le soir de l'inauguration de la croisade de Sharon pour la conquête du monde.

Les habitants de Clontar et des stations balnéaires avoisinantes sentaient qu'il y avait là quelque chose qui passait l'entendement, quelque chose de merveilleux qu'il fallait voir à tout prix. De toute la côte du New Jersey, en auto, en tramway, les fidèles étaient accourus. Quand le meeting commença, les quatre mille places étaient prises, cinq cents personnes restaient debout, et dehors toute une foule attendait de pouvoir entrer par miracle.

L'intérieur du casino ressemblait à un immense hangar. Les minces cloisons de bois tenaient tant bien que mal contre les ravages de la tempête. Elles étaient pavoisées de drapeaux d'innombrables nations, d'affiches immenses, rouges sur fond blanc, proclamant que le sang mystérieux du Messie rachetait toutes les infortunes, que son amour était le refuge et le salut. Sharon avait abandonné l'autel blanc et or en forme de pyramide. Elle avait pris possession de l'estrade drapée de velours noir sur laquelle se détachait une énorme croix de cristal. Derrière le pupitre doré, les sièges du chœur de deux cents exécutants étaient recouverts d'un tissu blanc. A côté, se dressait une croix en bois de même couleur.

La nuit était chaude, mais, par les portes qui donnaient sur la jetée, la fraîche brise passait avec le bruit des eaux, le bruit des ailes, le battement d'ailes des mouettes chassées de leur refuge. Une jubilation était dans l'air ; tous attendaient des miracles.

Prête pour la cérémonie, l'équipe évangélique, en état d'alerte dans les coulisses, était émue comme une troupe un soir de première. On courait sans savoir où, on se bousculait avec de petits cris d'admiration. Adelbert Shoop donnait *in extremis* et d'ailleurs en vain ses instructions à la pianiste engagée par télégramme à Philadelphie, pour remplacer Lily Anderson. Elle affichait une immense piété, mais Elmer la trouva jolie, et il remarqua qu'elle n'avait pas les yeux dans sa poche.

Les choristes faisaient leur entrée en même temps que les premiers spectateurs. Ils descendaient un par un les bas-côtés, bavardant, conscients de leur importance. Naturellement, l'extrémité de la jetée donnant sur la mer, il n'y avait pas d'entrée des artistes par-derrière. Il n'y avait qu'une porte par laquelle les chanteurs d'opéra pénétraient sur la petite plate-forme derrière le casino où, pendant les entractes, ils allaient prendre l'air. Cette plate-forme ne communiquait pas avec la promenade.

C'est là que Sharon décida de conduire Elmer. Leurs loges étaient contiguës. Elle vint frapper… Il était assis avec une bible et un journal du soir, en train de lire. Il ouvrit. Sharon était dans l'exaltation, joyeuse dans sa robe jetée pardessus sa chemise. Elle semblait avoir oublié sa colère de la nuit.

— Venez ! lui cria-t-elle. Venez voir les étoiles !

Et, au grand scandale des choristes qui se pressaient dans la salle pour prendre leur robe blanche, elle le mena à la porte qui donnait sur la petite plate-forme munie d'une balustrade.

Les lumières brillaient sur les vagues sombres. On sentait le large ; un vent pacifique courait sur les eaux.

— Regardez ! Que c'est grand ! Que c'est différent de ces villes où nous étouffions ! s'exclama-t-elle. Ces étoiles, ces vagues qui arrivent de l'Europe ! L'Europe ! Des châteaux sur la rive verdoyante ! Je n'y suis jamais allée. Je veux y aller ! Et les foules viendront à ma rencontre, elles solliciteront mon pouvoir ! Regardez !

Une étoile filante avait tracé un paraphe de feu dans le ciel.

— Elmer ! C'est un présage de la carrière glorieuse que nous inaugurons ce soir ! Oh, mon bien-aimé, ne me faites plus souffrir !

Il scella d'un baiser la promesse que son cœur fit presque.

Là, devant la mer, Sharon redevenait femme, mais, une demi-heure plus tard, quand elle fit son entrée en robe de satin blanc brodée d'argent, une croix rouge sur la poitrine, elle n'était plus que la prophétesse, le front pâle et altier, les yeux pleins d'un rêve étrange.

Le chœur préludait. On chantait la doxologie et cela rendit Elmer perplexe. Les louanges à Dieu se chantaient à la fin et non au commencement. Mais il resta impassible, tel un prêtre en méditation, puis, en redingote et cravate blanche, imposant et funèbre, il s'avança solennellement au milieu du chœur, leva les bras et imposa silence pour la prière.

Il parla de sœur Falconer, de son message, des plans et des projets qu'ils avaient faits pour Clontar et il demanda une minute de prière silencieuse pour que l'Esprit Saint descendît sur le Temple. Après quoi, il se retira et prit place près du chœur, vers le haut de la scène, tandis que Sharon s'avançait, Sharon non plus femme, mais déesse, dardant sur la foule venue vers elle des yeux lourds de pleurs.

— Mes chers enfants, ce n'est pas moi qui vous apporte quoi que ce soit, c'est votre foi qui vient me donner de la force ! commença-t-elle d'une voix tremblante.

Puis sa voix se raffermit et elle entra en plein drame :

— Il n'y a qu'un instant, en regardant par-delà la mer jusqu'aux confins du monde, j'ai aperçu un présage pour nous tous… une ligne de feu tracée par la main du Seigneur… une superbe étoile filante. C'est ainsi qu'Il nous a appris sa venue en nous commandant d'être prêts. Prêts, l'êtes-vous ? Le serez-vous quand viendra le grand jour ?

Tant de gravité et de lyrisme impressionnèrent l'auditoire.

En dehors du Temple, on n'était pas aussi recueilli. Deux ouvriers finissaient d'astiquer les colonnes quand la foule avait fait son entrée. Ils s'étaient faufilés sur la promenade qui courait autour de la jetée et, assis sur la balustrade, jouissant de la fraîcheur, ils suivaient vaguement le sermon.

— Pas mal, cette femme. Elle enfonce ce type de là-haut, en ville, le révérend Golding, fit l'un des deux en allumant une cigarette qu'il dissimula dans sa main en fumant.

L'autre s'en alla couler un regard par la porte et revint en grommelant :

— Sûrement une chic femme ! Ça n'empêche que, à mon avis, une femme, c'est très bien quand elle se tient à sa place, mais pour la religion, c'est un homme qu'il nous faut.

— Elle ne s'en tire pas mal tout de même, bâilla le premier ouvrier en jetant sa cigarette. Dis donc, si on mettait les bouts ? Un petit verre de bière, hein ? On peut suivre la galerie, je suppose, et sortir par-devant.

— Ça va. C'est toi qui casques, hein ?

Et ils s'en allèrent, silhouettes noires entre la mer et les portes qui donnaient sur l'auditorium empli de clarté.

La cigarette que l'un d'eux avait jetée vint rouler parmi des chiffons enduits d'essence qu'ils avaient jetés dans la galerie, tout contre la frêle cloison du tabernacle. Un des chiffons commença de rougeoyer par les bords, tel un ver, puis forma un cercle de flamme.

Sharon disait d'une voix chantante :

— Peut-on imaginer rien de plus beau qu'un tabernacle comme celui-ci, construit au-dessus de l'abîme mouvant ? Pensez à ce que signifient les grandes eaux, dans l'Écriture ! L'esprit du Tout-Puissant souffla sur la surface des eaux alors que la terre n'était qu'un tourbillon et un chaos de ténèbres ! C'est dans les douces eaux du Jourdain que Jésus baptisait ! Jésus marchait sur les eaux et ainsi ferions-nous si nous avions la foi ! Seigneur, aidez-nous à croire, donnez-nous une foi digne de Vous !

Elmer, qui l'écoutait, un peu en arrière, se sentait touché comme la première fois qu'il l'avait adorée. Ses rhapsodies avaient fini par le lasser, mais, ce soir-là, il sentait de nouveau en elle je ne sais quoi d'étrange qui le rendait humble. Il la voyait de dos, élancée dans sa robe miroitante de satin blanc, tendant à la foule ses bras superbes et, secrètement, avec ferveur, il savourait cette beauté que des milliers d'yeux adoraient et qui n'était qu'à lui, qu'à lui seul.

Puis il remarqua quelque chose.

Du fond de la salle, à travers une des portes donnant sur la galerie, arrivait un flocon de fumée. Il tressaillit, fut sur le point de se lever, mais, par crainte d'une panique, il resta assis, fou de peur, quand tout à coup il entendit crier : « Au feu ! au feu ! » Alors tout l'auditoire et le chœur se levèrent, tout le monde criait tandis que la porte flambait et que la flamme montait en éventail jusqu'au toit.

Il ne pensa plus qu'à Sharon, qui, debout comme une statue d'ivoire, tentait de conjurer la panique. Il courut vers elle. Il l'entendit murmurer : « N'ayez pas peur ! Sortez lentement ! » Elle se retourna vers les choristes dévalant de leurs sièges dans un envol furieux de robes blanches. Elle cria : « N'ayez pas peur ! Nous sommes dans le temple du Seigneur ! Aucun mal ne vous arrivera ! Je crois ! Ayez la foi ! Je vous conduirai sains et saufs à travers les flammes ! »

Mais ils ne firent pas attention à elle et la bousculèrent en courant.

Il la prit par le bras.

— Venez, Sharon ! La porte est par-derrière ! Nous sauterons et regagnerons le rivage à la nage !

Mais elle ne semblait pas l'entendre. Elle le repoussa et poursuivit ses exhortations d'une voix possédée, folle de sincérité :

— Qui veut se confier au Seigneur des Armées ? Voilà le moment de mettre notre foi à l'épreuve ! Allons, qui veut me suivre ?

L'auditorium donnait aux deux tiers sur l'incendie du côté de la plage, les portes qui ouvraient sur la galerie étaient nombreuses et spacieuses et la plus grande partie de l'assistance échappa facilement au danger, à l'exception d'un enfant écrasé et d'une femme évanouie qu'on foula aux pieds. Du côté de la scène, au contraire, les flammes, poussées par le vent de la mer, se frayèrent un chemin à travers les poutres du toit. La plupart des choristes et des assistants placés devant purent s'échapper, mais la retraite était coupée à tous ceux qui se trouvaient en arrière.

De nouveau, Elmer saisit Sharon par le bras. D'une voix tremblante de peur, il lui cria :

— Au nom du ciel, sauvez-vous ! Sauvez-vous sans perdre une minute !

Avec la force du désespoir, elle le repoussa si rudement qu'il alla buter du genou contre un siège. Affolé par la douleur, égaré par la peur, il cria furieusement : « Que le diable vous emporte ! » et se précipita dehors en repoussant l'arrière-garde du chœur en démence. Il se retourna et la vit toute seule, brandissant la croix de bois blanc qui était près du pupitre et s'avançant, haute et pâle silhouette, se détachant sur la paroi de feu.

Ceux des choristes qui n'avaient pas pu sortir se rappe-lèrent la petite porte du fond ou la devinèrent. Adelbert et Art Nichols étaient de ce nombre et se pressaient vers elle.

Cette porte s'ouvrait en dedans, mais la foule massée là faisait obstruction. Elmer, furieux, se jeta parmi elle, abattit d'un coup une jeune fille qui lui barrait la route, poussa la porte et sortit, seul à y être enfin parvenu.

Il ne se rappela jamais avoir sauté, mais il se trouva dans l'eau, nageant désespérément vers le rivage, transi de froid, malgré l'horrible entrave de ses lourds habits. Il se défit comme il put de sa veste.

Dans la poche intérieure se trouvait l'adresse de Lily Anderson, qu'elle lui avait donnée le matin de son départ.

La mer, cette nuit-là, bien qu'éclairée d'en haut par les flammes, semblait un puits noir sans fond. Les vagues le rejetèrent contre les pilotis ; les algues gluantes firent à ses mains endolories l'impression d'un serpent et les coquilles lui déchirèrent les paumes. Il réussit à passer sous la jetée et à se traîner jusqu'au rivage. Il nageait, haletant, et la mer devenait de plus en plus couleur de sang autour de lui. Il nageait dans le sang, un sang froid comme la glace, un sang en effervescence qui lui bourdonnait aux oreilles.

Ses genoux heurtèrent le sable, il se glissa à terre, parmi les clameurs d'une foule de gens en haillons et dégouttant d'eau de mer. Beaucoup avaient enjambé la balustrade de la galerie et se débattaient dans l'eau en criant. On apercevait nettement, à la lueur du feu, des têtes mouillées pareilles à des têtes de cadavres. La jetée n'était plus qu'un squelette, une sorte de cage autour d'un brasier, avec des silhouettes çà et là qui sautaient du haut de la galerie.

Elmer se rejeta à l'eau et ramena une femme qui, heureusement, approchait de la rive.

Il avait repêché au moins trente personnes, qui elles-mêmes avaient déjà échappé à la mort, quand les reporters s'approchèrent pour s'enquérir auprès de lui de la cause de l'incendie, lui demander quel était le montant de l'assurance, si l'auditoire était nombreux, combien d'âmes avait sauvées miss Falconer au cours de ses campagnes et, enfin, comment il s'y était pris pour tirer miss Falconer et Adelbert Shoop de sous les décombres.

Il périt, ce soir-là, cent onze personnes, y compris l'équipe des évangélistes au complet, sauf Elmer.

Ce fut Elmer lui-même qui découvrit à l'aube le corps de Sharon étendu sur une solive du plancher. Quelques lambeaux de satin blanc restaient collés au cadavre, et dans sa main calcinée elle tenait encore la croix carbonisée.

XIV

1

Le révérend Elmer Gantry écrivait des lettres, non pas des lettres à des amis — encore eût-il fallu en avoir — mais des brochures explicatives vantant les cours qu'il donnait sur le thème « Comment parvenir à la prospérité ? » Il était installé à un petit bureau de chêne dans le vestibule de l'hôtel O'Hearn à Zenith.

Dans cette localité, ses leçons avaient marché médiocrement. Le métier était incertain, il se sentait fatigué et serait volontiers revenu aux machines agricoles. Néanmoins, ce n'est pas le découragement qu'il respirait, ce jour-là, en tenue du matin : grand col en accent circonflexe, cravate bleue à petits pois.

L'autre moitié du bureau était occupée par un petit homme au nez énorme, au menton en retrait et à la tête chauve comme celle d'un Byzantin. Il portait un complet marron, une cravate d'un vert vif et des lunettes en écaille.

« Ex-instituteur aujourd'hui vice-président d'une banque », décida Elmer.

Il sentit que l'homme le regardait.

« Étudiant ? Non, trop vieux ! »

Il se carra sur sa chaise, se croisa les mains, prit un air solennel, toussota d'un air entendu et afficha sur sa face un sourire épanoui.

— Belle matinée, fit-il.

— Oui, ravissante. Par des matins pareils, la nature entière manifeste la divine allégresse !

« Ah, bon Dieu ! Je me suis fourvoyé. Ce doit être un prêcheur ou un ostéopathe ! » songea Elmer.

— N'est-ce pas ? Docteur Gantry ? je crois.

— Ma foi, oui. Je, hum, je regrette, je…

— Je suis l'évêque Toomis, de l'Église méthodiste, district de Zenith. J'ai eu le grand plaisir d'entendre un de vos discours, l'autre soir, docteur Gantry.

Elmer ne se contenait plus.

L'évêque Wesley R. Toomis ! Mais, depuis des années, il entendait parler de lui. Un géant ! Grand orateur, lumière de la chaire, profond penseur, prédicateur exalté, chef inspiré de l'Église méthodiste du Nord. N'avait-il pas adressé la parole à dix mille personnes à Ocean Grove, parlé dans la chapelle de Yale, obtenu le plus grand succès à Londres ? Elmer se leva et, après une poignée de main qui dut faire mal à l'évêque, il déclara, rayonnant :

— Mais, mais, monsieur, voilà certainement un bien grand plaisir. Oui vraiment ! Vous êtes donc venu m'entendre ! Ah, si j'avais su ! Je vous aurais demandé de prendre place sur l'estrade.

L'évêque Toomis s'était également levé ; il fit signe à Elmer de se rasseoir, se percha lui-même sur sa chaise avec un petit air d'oiseau de proie et lança son trille :

— Ah, mais non, mais non. Je ne suis venu que comme modeste auditeur. Puis-je le dire ? Ne serait-ce que par mon âge, j'ai de la vie et de la doctrine chrétiennes plus d'expérience que vous et je dirais que je partage entièrement vos idées. Pourtant, j'ai été fort touché par ce que vous avez dit du devoir qui s'impose aux riches en ce monde aujourd'hui si matériel, et de l'importance du recueillement dans le silence et des moments de bonheur que donne la prière à haute voix. Oui, oui, je le crois fermement, nous devrions ajouter à nos pratiques méthodistes certaines de ces grandes vérités touchant la divine puissance intérieure, que chacun de nous possède dans l'inconscient et qui sont trop souvent dissimulées et obscurcies, ainsi que nous l'a révélé la *Nouvelle Pensée*. Nous aurions tort d'enfermer l'Église dans les anciens dogmes, de ne pas encourager son évolution. La raison nous dit que la prière et le recueillement devraient affecter matériellement et notre bien-être corporel et celui de nos finances. Oui, oui. Tout cela m'a fort intéressé et… Le fait est que je vais justement faire un discours sur ce sujet au déjeuner de la Chambre de Commerce et si vous êtes libre, je serais très heureux…

Ils s'y rendirent ensemble. En route, Elmer ajouta quelques pensées aux remarques de son éminence l'évêque Wesley R. Toomis. Il fit aux évêques en général, et à ce dernier en particulier, ainsi qu'aux orateurs sacrés et aux agréments de la prospérité, les compliments les plus flatteurs. Ce fut charmant, sauf peut-être pour les membres de la Chambre de Commerce et, après le déjeuner, Elmer et l'évêque s'en furent de compagnie.

— Mais, mais, comme je suis flatté que vous me connaissiez si bien ! Je ne suis après tout qu'un humble serviteur de l'Église méthodiste… je veux dire, du Seigneur… et je n'aurais jamais cru que ma pauvre petite réputation locale eût pénétré jusque dans les sphères de la *Nouvelle Pensée*, fit l'évêque tout d'une haleine.

— Oh, je n'appartiens pas à la *Nouvelle Pensée*. Je ne donne des cours qu'à titre temporaire, en guise, comme vous diriez, d'expérience dans le champ de la psychologie. En fait, j'ai reçu l'ordination baptiste et, naturellement, au séminaire, ce sont vos sermons qui nous servaient de modèles.

— Je crains que vous ne me flattiez, docteur.

— Du tout. Leur attrait pour moi fut si fort que, malgré tout le respect que j'ai pour l'Église baptiste, j'ai senti à leur lecture qu'il y avait dans l'Église méthodiste quelque chose de plus large, de plus vigoureux et j'ai parfois songé à demander à quelque grand chef méthodiste, comme vous, si je pourrais entrer dans votre pastorat.

— Vraiment, vraiment ? Nous vous trouverions quelque chose. Euh, venez donc souper à la maison demain soir… à la fortune du pot.

— Ce sera un très grand honneur, monseigneur.

« Ça, c'est une idée ! J'en ai assez de faire cavalier seul. Je me faufile dans cette grande machine des méthodistes ; débuts modestes mais ascension rapide, évêque dans dix ans ; grandes églises, grosse paroisse, tout ce qu'il faut pour me pousser. J'ai gagné, Vous m'avez guidé, ô Seigneur ! Ah, mais, sans blague, tout va bien, plus d'embêtements, de la vraie religion désormais. Bravo ! Ah ! mon vieil évêque, tu vas voir si je sais flatter ! »

2

C'est dans la bibliothèque du palais épiscopal qu'Elmer Gantry fit son entrée en se confondant en politesses. Se penchant, comme pour la baiser, sur la main de Mrs. Toomis, une dame corpulente mais alerte affublée d'un lorgnon, il murmura :

— Si vous saviez combien je suis honoré.

Elle rougit et regarda l'évêque comme pour lui dire :

— Mais, mon chéri, il est très bien.

Il serra cérémonieusement les mains de l'évêque, et dit :

— Comme c'est aimable à vous d'accueillir un vagabond sans foyer !

— Que non, que non, frère. C'est un vrai plaisir de vous voir chez nous ! Avant que le dîner soit servi vous aimeriez peut-être jeter un coup d'œil sur quelques livres, photos et autres bagatelles que nous avons glanés, mère et moi, au cours des nombreuses pérégrinations en lesquelles nous a entraînés la bonne cause ; voilà qui pourra vous intéresser, c'est la photographie du Parlement, ou de Westminster comme on l'appelle à Londres, l'équivalent de notre Capitole à Washington.

— Ah, par exemple, par exemple !

— Et en voici une autre qui n'est pas non plus dépourvue d'intérêt. Cette scène n'a été que très, très rarement photographiée. En fait je l'ai trouvée si attachante que je l'ai envoyée au *National Geographic*.

» L'abondance des matières n'a pas permis de l'insérer, mais un des directeurs m'a écrit — j'ai sa lettre quelque part — qu'il la considérait avec moi comme une photo peu commune. Elle a été prise juste devant le Sacré-Cœur, la fameuse basilique de Paris, au sommet de la colline de *Mons Martis* et, si vous l'examinez de près, vous verrez par sa curieuse lumière qu'elle a été prise *juste avant le lever du soleil* ! Et voyez pourtant ce que ça a donné ! La dame à droite, là, c'est Mrs. Toomis. Oui, monsieur, ça vous apporte le souffle même de Paris !

— Ah, mais, voilà qui est intéressant ! Paris, hé !

— Oui, mais, docteur Gantry, que de vices, hélas ! dans cette ville ! Je ne parle pas de vices propres aux Français eux-mêmes — cela regarde leur conscience, bien que je sois tout à fait partisan du développement chez eux de nos missions protestantes, aussi bien que dans les autres pays d'Europe, qui dépérissent en plein obscurantisme catholique. Mais ce qui m'attriste — et je sais de quoi je parle pour avoir été témoin oculaire de ce regrettable spectacle — et ce qui vous attristerait, docteur Gantry, c'est de voir notre belle jeunesse américaine se transporter là-bas, non point pour faire son profit de tant de sermons taillés dans la pierre et de l'histoire peinte sur les monuments, mais pour s'abandonner à une vie d'insouciante et folle gaieté, pour ne pas dire de véritable dépravation. Ah, docteur Gantry, cela vous donne à réfléchir !

— Certainement, certainement. A propos, monsieur l'évêque, ce n'est pas docteur Gantry, mais tout simplement Mr. Gantry ou révérend.

— Mais je croyais que vos circulaires…

— Oh, c'est une erreur de la part du copiste. Je l'ai rudement secoué !

— Ah, mais, je vous admire pour cette façon de faire ! Il nous est si difficile, à nous misérables mortels, de repousser les honneurs et les titres à nous justement ou injustement conférés. Mais, j'en suis sur, ce n'est qu'une question de temps et on vous conférera un jour l'honneur de ce Doctorat en Théologie que moi-même… si je puis sans manquer à la modestie faire allusion à un titre que je me trouve posséder… Mais oui, mais oui, un homme comme vous, qui unit la force à l'éloquence, le charme personnel à un vocabulaire aussi soigné… Ce n'est qu'une question de temps…

— Wesley, mon cher, le dîner est servi.

— Parfait, ma chère. Les dames, docteur Gantry, Mr. Gantry, comme vous avez pu déjà le remarquer, semblent toutes cultiver l'idée étrange que la routine doit présider au ménage et elles n'hésitent pas, les chères créatures, à interrompre même une discussion abstraite pour nous inviter à la table du festin quand elles croient le temps venu... Pour moi, je m'empresse toujours d'obéir et... Après dîner j'ai quelques autres photos qui pourront vous intéresser et je voudrais que vous jetiez un coup d'œil sur mes livres. Oh, je le sais, un pauvre évêque ne devrait pas convoiter les biens de ce monde, mais je plaide coupable, j'ai un vice... je suis un amateur passionné de beaux livres... Oui, chère, nous arrivons. *Toojoor la fam*, monsieur Gantry ! A propos, êtes-vous marié ?

— Pas encore, monsieur.

— Ah mais, ah mais, il y faut songer. Dans le ministère on accumule sur les célibataires, bien à tort cela va de soi, des critiques qui sont pour eux un sérieux obstacle... Oui, ma chère, nous venons.

Il y avait des petits pains placés dans des serviettes pareilles à des cornes d'abondance et le dîner s'ouvrit sur un cocktail de fruits : orange, pomme et ananas de conserve.

— Ah, mais ! fit Elmer en s'inclinant galamment devant Mrs. R. Toomis, me voilà sûrement dans le grand monde... un cocktail ! Vous savez, il me faut toujours mon cocktail avant les repas !

Ce mot eut un succès immense. L'évêque le répéta en s'esclaffant.

3

Elmer s'arrangea, au cours du dîner, pour apprendre à ses hôtes que non seulement il sortait du séminaire, était passé maître en psychologie, en occultisme oriental et dans l'art de faire des millions, mais qu'il avait de plus été le manager en chef de la fameuse Sharon Falconer.

Toomis se dit-il : « Il me faut cet homme, il est bien parti, il me rendrait service » ? nul ne pourrait l'affirmer. Mais ce qu'il y a de sûr, c'est qu'il écouta Elmer avec ferveur. Il lui fit fête et, après le dîner, n'ayant pas passé plus d'une heure à lui montrer la bibliothèque et les souvenirs rapportés de ses pérégrinations lointaines, il l'emmena dans son cabinet de travail. Tous les quarts d'heure, en effet, Mrs. Toomis était venue les interrompre pour leur parler du rosbif de chez Simpson, du prix des chambres à Bloomsbury Square, des repas dans le wagon-restaurant en France, de la vitesse des taxis à Paris et de la vue de la Tour Eiffel au coucher du soleil.

Le cabinet de travail était équipé d'un secrétaire pour hommes d'affaires où s'entassaient un dictaphone, un fichier pour les donations éventuelles, un classeur en acier et la machine à écrire de l'évêque. Les livres qui étaient là étaient des usuels : une concordance, le *Dictionnaire de la Bible*, un atlas de la Palestine et trois volumes des sermons de l'évêque. Un rapide coup d'œil dans ces volumes et on avait un discours pour n'importe quelle occasion.

L'évêque se carra dans sa chaise tournante en chêne clair, montra du doigt sa machine à écrire et soupira :

— Vous pouvez juger d'après cette horrible salle si je suis accablé d'affaires. Ce que j'aimerais, c'est m'asseoir là tranquillement à ma machine et produire quelque belle œuvre qui durerait et m'aiderait peut-être à oublier des préoccupations temporelles plus urgentes. Naturellement j'ai publié des éditoriaux dans *L'Avocat* et on a imprimé mes sermons.

Sur quoi il décocha un regard à Elmer.

— Ah, oui, naturellement, monsieur l'évêque, et je les ai lus !

— C'est aimable de votre part. Ces derniers temps, je mourais d'envie de faire de la littérature au sens profane et mondain du mot. J'ai toujours caressé l'idée, peut-être à tort, que j'avais du talent. Oh, écrire un livre, un roman ; je tiens une intrigue qui ne manque pas d'intérêt. Un fils de fermier élevé dans la pauvreté, sans presque aucun moyen d'éducation et qui lutte pour acquérir tout le savoir possible. Il grandit fort, pur et respectueux, dans les champs verdoyants, dans les simples prairies du bon Dieu, sous les arbres feuillus et les étoiles, la nuit, au-dessus de sa tête. Naturellement, quand il se rend à la ville… — je comptais d'abord le faire entrer dans le ministère mais ce serait de l'autobiographie. Non, il entrera dans le commerce, dans ce qu'il y a de mieux, de plus constructif, au grand royaume des affaires, disons la banque. C'est là qu'il rencontre la fille de son patron, une charmante jeune fille, mais assaillie par toutes les tentations et les plaisirs de la ville. Là, je le montre employant son influence à détourner celle qu'il aime de la large voie qui la conduirait à sa perte et je décris l'effet merveilleux qu'il produit non seulement sur elle mais sur tous ces gens engagés dans les affaires. Oui, voilà mon ambition, mais… Mais, dites-moi, on est bien là, tous les deux, et ce serait bien agréable de fumer… Fumez-vous ?

— Non, grâce à Dieu, monsieur l'évêque ! Je puis l'avouer de bonne foi, il y a des années que je n'ai touché ni à la nicotine ni à l'alcool.

— Dieu soit loué !

— Quand j'étais jeune, j'étais ce qu'on pourrait appeler un gaillard et je me laissais de loin en loin induire en tentation... mais l'influence de sœur Falconer... oh, une vraie sainte, une nonne... je veux dire au sens strictement protestant du mot... je me suis si bien transformé que me voilà affranchi de tous ces désirs.

— Ah, cela me fait plaisir, frère, grand plaisir... Et maintenant, Gantry, ne me disiez-vous pas l'autre jour que vous aviez songé à vous réfugier au bercail méthodiste ? C'était sérieux ?

— Très sérieux.

— Je le souhaite. Je veux dire... Naturellement, ni vous ni moi ne sommes indispensables pour assurer le progrès de cette grande Église méthodiste qui, de jour en jour, semble de plus en plus appelée à instruire et à guider notre patrie bien-aimée. Mais voici... Quand je rencontre un brave jeune homme comme vous, j'aime penser à la satisfaction spirituelle qu'il trouverait parmi nous. Maintenant, la tâche à laquelle vous vous consacrez est certainement une grande source d'inspiration pour l'élite de la jeunesse, mais c'est le travail d'un seul et il n'a pas de caractère permanent. Vous parti, adieu le bien que vous faites ; l'Église, l'Église vivante n'est pas là pour le continuer. Vous devriez faire partie d'une grande institution religieuse et, malgré toute mon admiration pour les baptistes, je trouve que l'Église méthodiste est, en quelque sorte, le grand modèle. Elle est large d'esprit, démocratique et puissante. C'est la seule authentique Église du peuple.

— Oui, je crois que vous avez raison, monsieur l'évêque. Tout ce que nous avons dit m'a porté à réfléchir... A supposer que l'Église méthodiste veuille de moi, que dois-je faire ? Y a-t-il beaucoup de formalités ?

— Rien de plus simple. Puisque vous êtes déjà ordonné, je soumettrai votre postulation aux membres de la Conférence annuelle. Je suis sûr que, lorsqu'ils se réuniront au printemps prochain, dans un peu moins d'un an, avec vos références de Terwillinger et de Mizpah, je pourrai vous faire accepter par la Conférence et faire reconnaître votre ordination comme valable. En attendant, je puis vous faire agréer comme prédicateur en probation. J'ai précisément une église, à Banjo Crossing, qui aurait besoin d'un chef comme vous. Banjo n'a que neuf cents habitants, mais vous comprenez sans doute qu'il faut commencer au bas de l'échelle. Nos frères auraient le droit d'être jaloux si je vous nommais d'emblée à un poste de premier ordre. Mais je suis sûr que l'avancement sera rapide. Oui, nous tenons à vous avoir. Grande est la tâche pour des mains consacrées... et je parie que, de mon vivant, vous serez évêque !

4

Réfugié dans son hôtel, Elmer se lamentait. Échouer dans un trou de neuf cents âmes, être appointé à quelque onze cents dollars, après la grande tente, les foules autour de Sharon, les beaux appartements, les tenues du matin, l'avantage d'être salué comme docteur Gantry dans les salles de bal par des femmes d'agents de change !

Mais que devenir ? Impossible d'arriver dans la *Nouvelle Pensée*. Il manquait, il l'avouait, d'esprit d'à-propos. Pourrait-il jamais rivaliser d'originalité avec, disons, cet oracle plein d'humour de Mrs. Riddle : « N'ayez pas peur de bousculer les gens ; comme ils marchent déjà la tête en bas, vous ne ferez après tout que les remettre sur leurs jambes. »

Heureusement, sauf dans quelques églises à la mode, l'originalité n'était pas nécessaire pour réussir chez les baptistes ou les méthodistes.

Après tout, il ne serait pas malheureux dans le pastorat. C'était sa profession. L'acteur aime la poudre, le maquillage, les affiches et les décors. Elmer avait l'amour de tout ce qui touche à sa profession, les livres d'hymnes, le service de la communion, la direction du chœur, la surveillance du Comité des dames patronnesses, les entrées en scène, le mystère des coulisses et la fascination qu'il exerçait sur l'auditoire, l'apparition sous les feux de la rampe devant la communauté en attente.

Et sa mère, qu'il n'avait pas vue depuis deux ans, il aurait tant voulu la réconforter ; il savait que les charlatans de la *Nouvelle Pensée* n'avaient pu que la dérouter.

Mais, mais neuf cents âmes !

Il se cabra pendant quinze jours, demanda à l'évêque Toomis une paroisse plus importante, lui fit lire toutes les coupures de journaux relatant sa carrière oratoire avec Sharon.

Puis ce fut la fin du cours de Zenith. Il ne lui restait plus que des perspectives tout à fait aléatoires.

— Je suis déçu, frère, de vous voir songer au nombre du troupeau plus qu'aux possibilités mer-veil-leu-ses qui s'ouvrent devant vous ! se plaignit l'évêque Toomis.

— Oh ! non, monsieur l'évêque, vous ne me comprenez pas ! Je songeais seulement à déployer mes capacités où elles seraient le plus utiles. Mais tout mon désir est de me laisser guider par vous ! rétorqua Elmer d'un air crâne, brave et juvénile.

Deux mois après, Elmer prenait le train pour Banjo Crossing, en qualité de pasteur de l'Église méthodiste dans cet aimable village à l'ombre des sycomores.

XV

1

Un jeudi de juin 1913.

Formé de deux méchantes voitures et d'un fourgon à bagages, le train rampe à travers les vergers et les champs de maïs. La vitesse et le confort n'avaient pas encore été introduits sur cet embranchement. Il fallait cinq heures pour parcourir les cent vingt milles qui séparent Zenith de Banjo Crossing.

Le révérend Elmer Gantry était en état de grâce. Ayant pris la résolution d'être désormais pur, humble et charitable, il se prodiguait envers ses compagnons de voyage. Que celui-ci le voulût ou non, il pressait le monde sur son sein.

Il n'en affichait pas pour cela sa qualité de pasteur, d'homme de bien professionnel. Il portait un modeste complet gris, une cravate marron peu voyante. Sinon comme ministre, du moins comme citoyen, c'était son devoir, se disait-il, de rendre la vie plus agréable à ses compagnons de route.

Le vieux conducteur connaissait presque tous les voyageurs par leur nom de baptême et eux l'appelaient « Oncle Ben », mais il n'aimait guère les étrangers dans ce train de famille.

Quand Elmer lui cria : « Belle journée, frère ! », l'oncle Ben le regarda d'un air qui semblait dire : « Ce n'est pas ma faute ! » Elmer n'en poursuivit pas moins ses remarques amicales, tant et si bien que le vieux finit par envoyer le serre-frein contrôler les billets durant le reste du voyage.

Comme un commis voyageur lui demandait des allumettes, Elmer rugit :

— Je ne fume pas, frère, et je ne crois pas que George Washington ait jamais fumé !

Ses avances reçurent un si fâcheux accueil que le bien commença à lui peser. Heureusement qu'une vieille dame dont il avait descendu la valise lui témoigna toute l'admiration qu'il méritait. A leur grande frayeur, il se mit à donner aux enfants de petites tapes sur la tête et à expliquer à un vétéran qui cultivait une ferme depuis quarante-sept ans la cotation des récoltes.

Ah ! que ça avait donc l'air petit, Banjo Crossing, quand le train y pénétra en cahotant. Des arrière-porches avec des lessiveuses et des chaises démantibulées, des trottoirs de bois…

Elmer descendit solennellement à la petite gare de bois peinte en rouge. De réception, pas l'ombre, et, quant à la joie, à la sainte joie, la seule joie visible se lisait sur la grosse figure joufflue de l'employé de la gare, fixant son œil curieux sur ce type de la ville qui faisait des manières.

— Un omnibus, ah ! ah ! y en a pas d'omnibus ! fit l'employé en éclatant de rire. Je suppose qu'il vous faudra porter vos valises jusqu'à l'hôtel !

— Où trouverai-je Mr. Benham, Mr. Nathaniel Benham ? s'enquit Elmer.

— Le vieux Nat ? L'ai pas vu aujourd'hui. Faut croire qu' vous l' trouverez au magasin, comme d'habitude, en train de voir s'il ne peut pas rouler d' deux sous quelque fermier sur un panier d'œufs. Commis voyageur ?

— Je suis le nouveau prêcheur méthodiste !

— Ah ! non ? Ah ! mais, enchanté de vous connaître ! J'aurais jamais cru que vous étiez un prêcheux. V' z' avez l'air trop gras ! V' z' allez loger chez Mrs. Pete Clark, la veuve à Clark. Laissez vos valises ici et mon gamin vous les portera. Eh bien, bonne chance, frère. J'espère qu' v' z' aurez pas des ennuis 'vec vos paroissiens, comme le dernier qu'était là ; c'est vrai qu'il prenait d' grands airs… C'est qu'on n'est pas d' la haute, nous aut'.

— Moi non plus, et qu'on est heureux de trouver ça après avoir vécu dans les grandes villes ! remarqua aimablement Elmer, ce qui ne l'empêcha pas de songer en s'en allant : « Ah ! oui, je t'en fiche ! »

Sa joie était tombée. Il s'attendait à trouver dans l'éta-blissement de frère Benham un méchant et sale bazar de campagne, mais il découvrit un bâtiment de briques à deux étages, avec des glaces à la devanture, et, dans le passage, une demi-douzaine de camions avec lesquels Mr. Benham approvisionnait les fermiers de Banjo Valley jusqu'à vingt milles à la ronde. Respectueusement, Elmer se fraya un chemin à travers des salles spacieuses où reluisaient des comptoirs pareils à ceux d'un petit magasin de nouveautés et il trouva Mr. Benham en train de dicter des lettres.

Si Nathaniel Benham était un génie commercial de petite envergure, il n'en paraissait rien à le voir. Il portait une barbe pareille à une éponge de bain et il nasillait vertueusement.

— Eh bien ? coassa-t-il.

— Je suis le révérend Gantry, le nouveau pasteur.

Benham se leva sans empressement et lui serra la main sèchement.

— Ah oui ! Le président des anciens m'a informé que vous arriviez aujourd'hui. Heureux que vous soyez venu, frère, et que le Seigneur bénisse vos saints labeurs. Vous prendrez pension chez la veuve Clark… n'importe qui vous montrera où elle habite, déclara-t-il, sans se croire obligé d'ajouter quoi que ce fût.

— Je voudrais voir l'église. Avez-vous la clef ? demanda Elmer, non sans aigreur.

— Voyons. Peut-être que frère Jones en a une. C'est lui qui tient l'échoppe de peinture et menuiserie tout près dans Front Street. Ou plutôt non, je ne crois pas qu'il en ait une. Il y a un garçon, comme vous diriez un gosse, qui fait actuellement fonction de portier, mais c'est les vacances et il est plus que probable qu'il soit à la pêche. J' vais vous dire : essayez voir chez frère Fritscher, le cordonnier, il a peut-être une clef. Marié ?

— Non. J'étais… euh… j'étais évangéliste, et j'ai dû me refuser les joies et les consolations de la vie conjugale.

— Où êtes-vous né ?

— Dans le Kansas.

— De parents chrétiens ?

— Comment donc ! Ma mère était… elle est… une vraie sainte.

— Fumez ou buvez ?

— Ah ! ça non !

— Faites de la critique, de la haute critique ?

— Non, certes !

— Chassez jamais ?

— Euh… ma foi, oui !

— Bien ! Très heureux de vous avoir avec nous, frère, je regrette d'être occupé. A propos, la mère et moi comptons sur vous pour souper avec nous ce soir. Bonne chance !

Le sourire et la poignée de main de Benham furent plutôt cordiaux, mais il n'y avait pas à s'y méprendre, on venait de lui donner congé. Elmer sortit dans un accès de rage mêlée de désespoir… Être contraint de mendier les bonnes grâces d'un boutiquier de village, après avoir escaladé glorieusement les sommets avec Sharon !

En se rendant chez la veuve Clark, dont un passant lui indiqua la demeure, Elmer se prit à haïr ce méchant village avec ses poulaillers au fond des cours, ses pelouses désolées, les carrioles qui passaient en cahotant, les femmes aux gros tabliers, aux bras nus et mouillés, des femmes dont la vue lui fit paraître révoltant son goût pour les aventures amoureuses, et tous ces rustres traînant la savate, l'œil mort, la mâchoire tombante et le rire stupide.

En être là ! Et à trente-deux ans ! Quelle chute !

Pendant qu'il attendait la veuve Clark sur le perron d'une maison blanche, carrée et sans caractère, l'envie lui vint de se sauver et de prendre le train pour n'importe où. Ah ! revenir aux instruments agricoles et à la monotone mais libre existence du commis voyageur ! Puis la porte à grillage fut ouverte par une charmante petite fille de quatorze à quinze ans, toute bouclée, qui s'écria d'une voix chantante :

— Oh ! c'est le révérend Gantry ! Et moi qui vous faisais attendre ! Je regrette beaucoup ! Maman est désolée de ne pas être là pour vous recevoir, mais il a fallu qu'elle aille chez la cousine Etta. Cousine Etta s'est foulé le pied. Veuillez donc entrer. Vrai, je ne m'attendais pas à voir venir cette fois-ci un prêcheur jeune !

Elle était à croquer en sa joie innocente.

Ce vestibule provincial, massif et vieillot, ne manquait pas d'allure avec ses chromos de la guerre de Sécession.

Elmer suivit l'enfant — Jane Clark, de son nom — jusqu'à sa chambre. Comme elle s'effaçait devant lui, elle laissa voir quelques centimètres de cheville au-dessus de ses gros souliers, ce qui suffit pour qu'Elmer fût pris d'une sensation familière plus rapide que la pensée, plus compliquée qu'une stratégie de campagne, l'intuition qu'il y avait là une conquête possible. Mais non moins brusquement — presque tristement, tant il aspirait à la paix et à la vertu — il se gourmanda en faisant :

« Non ! Assez ! C'est fini ! Laisse la petite tranquille ! Voyons, de la tenue ! Ô Seigneur, rendez-moi chaste et bon ! »

Le combat fut livré dans les quelques secondes qu'il fallait pour monter les escaliers, et ce fut d'un air indifférent qu'il serra la main de l'enfant en disant :

— Je suis bien heureux que vous ayez été là pour me recevoir, ma sœur, et j'espère pouvoir attirer les bénédictions de Dieu sur la maison.

Il se sentait chez lui maintenant, remonté et réchauffé. Sa chambre était agréable, pourvue d'un tapis rouge, d'un poêle tout étincelant de nickel poli et, dans le retrait de la fenêtre, d'un grand fauteuil. Le lit à colonnes était recouvert d'une courtepointe à damiers, et sur la taie d'oreiller étaient brodés des agneaux et des lapins, ainsi que cette devise : « Que Dieu bénisse notre sommeil ».

« Mais c'est très bien. Ça a l'air d'un chez-soi après ces sacrés hôtels », médita-t-il.

Son zèle lui revenait. Oui, il allait faire la conquête de Banjo Crossing, la conquête du méthodisme et, quand ses valises et sa malle furent arrivées, avant de déballer ses affaires, il s'en alla inspecter son royaume.

Bien que Banjo Crossing ne fût pas grand, trouver la clef de la Première Église méthodiste s'avéra aussi compliqué que résoudre une énigme digne de Scotland Yard.

Frère Fritscher, le cordonnier, l'avait prêtée à sœur Anderson, du Secours des Dames, qui l'avait confiée à Mrs. Pryshetski, la femme de charge, qui l'avait remise à Pussy Byrnes, président de la Ligue Epworth, qui l'avait rendue à sœur Fritscher, épouse de frère Fritscher, de sorte qu'Elmer finit par s'en saisir juste à côté de chez le cordonnier d'où il était parti furieux.

Chacune de ces personnes, frère Fritscher et sœur Fritscher, sœur Pryshetski et sœur Byrnes, sœur Anderson et la plupart de ceux à qui il demanda des renseignements en cours de route, lui posèrent les mêmes questions : « Le nouveau prêcheur méthodiste ? » et « Célibataire, n'est-ce pas ? » ou « Tout juste arrivé ? » ou « Vous venez de la ville, à ce qu'on dit, vous devez être rudement content d'en sortir, hein ? »

Il ne se faisait guère illusion sur l'église. Il ne l'avait pas encore vue, cachée qu'elle était par l'école, mais il s'attendait à trouver quelque hideuse baraque jaune soutenue par des arcs-boutants de bois. Il fut ravi, fier comme un brave citoyen qui devient maire, en apercevant une coquette petite église couverte de tuiles grises, surmontée d'un modeste clocher et entourée d'une jolie pelouse bien tondue garnie de plates-bandes. Il entra tout guilleret et reçut à la face une bouffée de cette aigre odeur de caveau qui s'exhale des églises vides.

L'intérieur était agréable. Il y avait bien place pour deux cents personnes environ. Les travées étaient peintes en jaune criard, les murs crème et, derrière le chancel, sous une arcade blanche et gracieuse, s'élevait un autel fort convenable ; le chœur était tendu de draperies modestes.

Il continua son inspection. Il y avait une assez bonne salle pour les réunions de l'école du dimanche, un sous-sol avec des tables et une petite cuisine. L'ensemble était gai et vivant ; on pourrait faire quelque chose ici ; tout cela était plein de promesses.

De retour dans la nef, il remarqua un vitrail votif aux tons heureux et, à travers le carreau clair des fenêtres, les érables semblaient le regarder amicalement.

Il fit le tour de l'édifice et se trouva tout à coup envahi par une sorte d'orgueil mystique, le sentiment de la propriété. Tout cela était à lui, bien à lui, et comme tout était beau ! Charmantes les tuiles gris pâle ! Exquis le clocher ! Merveilleux les érables ! Oui, et quel beau trottoir de ciment, quel joli récipient neuf pour les cendres ! Quel joli tableau pour les annonces où bientôt allait briller son nom ! A lui tout cela, dont il pourrait disposer à son bon plaisir ! Il allait en accomplir des choses, de belles, de nobles, d'importantes choses ! C'en était bien fini, maintenant qu'il avait trouvé sa voie, bien fini des désirs grossiers, de l'orgueil, des conquêtes féminines ! A lui tout cela !

Il rentra dans l'église ; il s'assit fièrement tour à tour sur chacun des trois sièges qui décoraient l'estrade et que, quand il était petit, il croyait réservés aux trois personnes de la Trinité. Il se leva, appuya ses bras sur le pupitre et devant la foule des fidèles, dont beaucoup étaient debout, il lança : « Mes frères ! »

Il n'avait pas connu d'extase telle depuis qu'il avait rencontré Sharon. Eh bien, soit, il referait sa vie, il en faisait le serment. Plus de mensonge, de ruse, de vantardise. Soit, ce bourg était triste mais il lui insufflerait la vie, il en ferait sa création, il l'élèverait glorieusement jusqu'à lui. Il le ferait ! La vie s'ouvrait devant lui, pure, joyeuse, débordante de promesses pour un chevalier du Christ ! Un jour, il serait évêque, oui, mais qu'était cela au prix de la victoire qu'il avait remportée sur ce qu'il y avait de bas en lui-même ?

Il se mit à genoux et, les bras étendus dans l'attitude de la supplication, il fit cette prière : « Seigneur, Vous qui Vous êtes abaissé jusqu'à moi très indigne pour me prendre, moi, moi, dans Votre Royaume, Vous qui venez de me révéler en cet instant les joies solides de la vertu, faites-moi intègre et gardez-moi pur, et par-dessus tout, ô notre Père, que Votre volonté soit faite. Ainsi soit-il ! »

Il était debout près du pupitre, les larmes aux yeux, ses mains agrippées à la grosse bible de cuir qui en poussa un gémissement.

Puis la porte à l'autre bout de la nef s'ouvrit et, dans le soleil de juin, il vit une apparition en arrêt sur le seuil.

Il devait se rappeler plus tard un couplet oublié de ses lectures de collège, un couplet qui semblait fait pour la jeune femme qui le regardait sur le seuil :

Pâle par-delà le porche et le portail,
Couronnée de feuilles calmes elle s'arrête.

Elle était plus jeune que lui mais respirait la maturité sereine, la grâce mêlée de fierté. Elle était svelte, mais, présage de l'embonpoint à venir, sa poitrine était opulente. Son visage était charmant, avec des yeux bruns confiants, de doux cheveux châtains. Elle avait ôté son chapeau de paille bordé de roses et le balançait dans ses grandes et belles mains… Virginale, imposante, douce et combien bonne ! Elle s'avança calme, la main tendue, en s'écriant :

— Révérend Gantry, n'est-ce pas ? Je suis si fière d'être la première à vous souhaiter la bienvenue dans l'église. Je suis Cléo Benham, directrice du chœur. Peut-être avez-vous pu papa, un des trustees qui se partagent le magasin.

— Mais oui, sœur Benham, vous êtes la première à me souhaiter la bienvenue, et quel plaisir de faire votre connaissance ! Oui, votre père a eu l'amabilité de m'inviter à dîner ce soir.

Ils se serrèrent cérémonieusement la main et restèrent debout à se sourire dans une stalle du premier rang. Il lui annonça que, « il en était sûr, un grand réveil spirituel allait avoir lieu ici », elle lui assura qu'il y avait des gens charmants dans le village et partout à la ronde. Les ondulations de son sein auraient pu également lui révéler que Cléo, la fille du magnat du village, venait de connaître le coup de foudre.

Cléo Benham avait passé trois ans au collège de jeunes filles de Sparte, où elle s'était spécialisée dans l'étude du piano, de l'orgue, des littératures française et anglaise soigneusement expurgées, et dans celle de la Bible. Revenue à Banjo Crossing, elle s'était consacrée à l'Église avec ferveur. Elle jouait de l'orgue et présidait aux répétitions du chœur ; elle était surintendante de la section des jeunes gens à l'école du dimanche ; elle décorait l'église pour Pâques, pour les funérailles et pour le souper de Thanksgivings.

Elle avait vingt-sept ans, cinq ans de moins qu'Elmer.

Qu'elle fût le boute-en-train dans les papotages qui se tiennent le soir sous les porches en été, cela on ne saurait l'affirmer. Si quelquefois elle avait fait une entorse à la discipline méthodiste en dansant, ce n'avait pas été d'un pied bien léger ; chaste et guindée dans son corset, elle avait découragé les jeunes gens prosaïques de Banjo Crossing.

Sans doute, mais elle ne manquait pas de charme, et son père était réputé valoir soixante-quinze mille dollars, pas un cent de moins. Aussi, chaque célibataire du voisinage lui avait-il fait sa déclaration.

Gentiment et affectueusement elle les avait refusés un à un. Selon elle, le mariage devait être un sacrement. Elle rêvait d'être la compagne de quelqu'un « qui ferait beaucoup de bien en ce monde », traduisez « bien » par médecine ou prédication.

Ses amis lui disaient : « Comment, mais avec votre connaissance de la Bible, votre musique, etc., vous feriez une femme idéale de pasteur. Ce serait le ménage idéal ! De quel secours ne seriez-vous pas pour lui ! »

Mais il ne s'était présenté ni docteur ni ministre indépendant et elle était restée seule, ne sachant trop que devenir, enviant les enfants de ses amies et s'enfonçant de plus en plus passionnément chaque année dans le chant des hymnes et les tristesses de la prière solitaire.

Avec une audace naïve, elle déclara à Elmer :

— Nous avions tellement peur que l'évêque ne nous envoie un pasteur âgé et usé. Les gens d'ici sont charmants, mais ils sont lents à se mettre en branle ; ils ont besoin de quelqu'un qui les réveille. Je suis bien contente qu'il nous ait envoyé quelqu'un de jeune et de séduisant… Ah, mais, je n'aurais pas dû dire cela ! Comprenez-le bien, je songeais seulement à l'Église !

Ses yeux trahissaient son pieux mensonge.

Elle jeta un coup d'œil sur sa montre-bracelet (la première à Banjo Crossing) et chanta :

— Oh, mais, oh, mais il est six heures ! Voulez-vous m'accompagner à la maison au lieu d'aller chez Mrs. Clark, vous pourrez faire votre toilette chez papa.

— Vous lâcher ! comme on dit, ah, non ! exulta Elmer. Mais certainement, je serai ravi d'avoir le plaisir de vous accompagner.

Sous les ormes, entre les rosiers, dans la poussière du soir que dorait le soleil couchant, il suivit sa majestueuse abbesse.

C'était bien là la femme qui pourrait l'aider à décrocher un évêché. Si vertueuse qu'elle fût, il se disait qu'il devait être bien doux de l'embrasser. Ils semblaient faire, selon l'expression consacrée, un joli couple. Mais oui, c'était la première femme qui fût vraiment digne de lui. Puis il se rappela Sharon, mais le souvenir poignant s'éclipsa vite dans la paix du calme village et le doux son de la voix de Cléo.

XVI

1

Le lendemain, Cléo le mena faire le tour du pays en voiture, mais la plus grande partie de son temps, jusqu'au dimanche, fut consacrée au polissage d'un sermon qu'il avait souvent fait, non sans succès, au temps de Sharon. Le texte était emprunté à la première Épître aux Romains, verset 16 : « Non, je n'ai pas honte de l'évangile du Christ, car c'est la puissance de Dieu pour le salut de tous les croyants. »

Le dimanche matin, grand, imposant, grave et magnifique, un sourire bienveillant arrêté sur la figure, superbe dans son habit reluisant au soleil, la Bible sous le bras, Elmer arriva à l'église et ne se tint pas de joie en voyant la foule qui y pénétrait. La rue était pleine de carrioles campagnardes parmi lesquelles on distinguait deux ou trois Ford. Comme il gagnait le fond de l'église, il frôla à la porte un groupe de gens qui lui crièrent cordialement : « Bonjour, frère ! » et « Belle journée, révérend ! »

Cléo l'attendait avec le chœur formé par miss Kloof, l'institutrice, Mrs. Diebel, la femme du marchand de fournitures agricoles, Ed Perkins, le livreur de Mr. Benham, et Ray Faucett le crémier.

Elle lui tendit la main et s'exclama d'une voix joyeuse :

— C'est merveilleux le monde qu'il y a ce matin ! Je suis si heureuse !

Tous deux risquèrent un regard vers l'auditorium par la porte du salon et peu s'en fallut qu'il ne lui passât le bras autour de la taille ; ç'aurait été si naturel, si agréable, si bon, si doux.

Quand il se dirigea vers le chancel, l'église était pleine, une douzaine de gens se tenaient debout ; tous étaient pantois d'admiration.

(Il apprit plus tard que son prédécesseur avait eu des difficultés à cause de ses fausses dents et de son penchant à larmoyer.)

Il conduisit le chœur.

— Allons, allons ! fit-il en riant. Il faut souhaiter la bienvenue à votre nouveau pasteur ! Gonflez vos poumons et tonnez comme tous les diables ! Allez ! lancez vos clameurs, vous savez le faire, allez ! tous en chœur !

Donnant l'exemple, il entonna de sa voix de basse les hymnes qui lui étaient les plus chers : « J'aime à raconter l'histoire ! » et « Ma foi se tourne vers Vous ».

Il fit une courte prière, las qu'il était de ces prêches où le prêtre peine à expliquer que le Christ est le vrai et seul Dieu. C'était sa première rencontre avec ses ouailles. Il suppliait le Seigneur de lui accorder la grâce, de lui donner la force pour leur témoigner son amour et son désir de les servir.

Avant le sermon, il jeta un regard sur chacun des membres de l'auditoire. Il les aimait, il les aimait tous ; ils étaient son régiment et lui le colonel, ils étaient l'équipage et lui le capitaine, ses malades et il était le médecin. Puis il commença lentement, sa voix sonore prenant peu à peu plus d'assurance, une confiance triomphale.

Éloquence, hardiesse, prestance, force, doigté, il possédait tout cela. Jamais il ne s'était autant complu dans son rôle ; jamais il n'avait été si bon acteur ; jamais il ne s'était montré histrion plus sincère.

Pour les gens rassis il proclamait de solides doctrines. Posément et sans broncher, il annonçait que l'idée d'expiation était la plus importante au monde. Du plus infirme et du plus indigent elle faisait l'égal des rois et des millionnaires, elle demandait des comptes aux heureux. Pour les jeunes, il avait un gros bagage d'anecdotes et il ne craignait pas de faire rire !

Sans doute racontait-il la lugubre histoire de l'enfant qui s'était noyé pour avoir pêché le dimanche, mais il y ajoutait l'aventure comique de ce gars qui déclarait ne pas vouloir aller à l'école « parce qu'il est dit au psaume vingt-troisième que le Seigneur l'avait fait asseoir dans de verts pâturages, et que cela valait mieux que l'école » !

Puis, s'adressant à tous, mais particulièrement à Cléo qui était assise à l'orgue, les mains croisées sur ses genoux, le regard loyal, il prit son vol en pleine poésie.

Prêcher la bonne nouvelle ! Ah, ce n'était pas là, comme le prétendaient les méchants, le métier d'un faible, d'un hypocrite ou d'un flatteur ! Il y fallait des hommes forts, des femmes résolues ! Pour cela les missionnaires méthodistes avaient affronté les lions féroces, les fièvres traîtresses de la jungle, les rigueurs pernicieuses du pôle arctique, les déserts brûlants et les champs de bataille. Serions-nous moins héroïques aujourd'hui ? Comment, mais ici même, à Banjo Crossing, y avait-il affaire plus excitante, secours plus urgent, que de faire entendre aux pécheurs aveugles et parvenus à deux doigts de leur perte la nécessité du repentir ?

« Repentir ! repentir ! repentir au nom du Seigneur notre Dieu ! »

Sa voix superbe claironnait ces vérités ! Dans les yeux de Cléo, quelles saintes larmes !

Sans conteste aucun, on n'avait jamais entendu de sermon pareil à Banjo Crossing, ce que tout le monde lui déclara quand il s'en fut serrer les mains à la porte : « Fameux discours, révérend ! »

Cléo vint à lui, les deux mains tendues, et peu s'en fallut qu'il ne l'embrassât.

2

Elmer Gantry ne négligeait pas ses devoirs, lesquels n'avaient rien d'excessif. Il allait même à la pêche, ce qui le fit valoir parmi les hommes. Il se procura un chien, nouveau témoignage de virilité. En pleine campagne, il donnait bien quelques coups de pied à ce fidèle Achate mais, en ville, il lui prodiguait des marques d'affection. De temps à autre il allait faire un tour à Sparte pour acheter des livres, entrer au cinéma et se glisser au théâtre. Bien que tenté par d'autres distractions plus réprouvées encore par la discipline méthodiste, il fit un réel effort pour ne pas y succomber.

A force d'enthousiasme et de retape, il s'arrangea pour faire éponger le plus gros des dettes de son église, et il entreprit une campagne pour l'emplette d'un tapis. Il faillit être excommunié en faisant jouer un solo de clarinette un dimanche soir à l'église. Il se garda de toute assiduité envers la fille de sa propriétaire, la petite de quatorze ans, à l'exception d'un ou deux baisers furtifs donnés en manière de plaisanterie. Il fut en un mot un modèle de charité et de vertu ecclésiastiques.

Toute sa vie désormais convergeait vers Cléo Benham.

XVII

1

Avec les femmes, Elmer, de son propre aveu, allait vite en besogne, mais les bienséances du ministère, la malice passionnée avec laquelle les bavards surveillent un ministre qui fait sa cour, tout cela gênait les avances qu'Elmer Gantry faisait à Cléo. Il ne lui était pas possible, comme aux jeunes gandins de la ville, de l'emmener en promenade le long de la voie du chemin de fer ou sous les saules de la rivière de Banjo Crossing. Dix mille anciens d'entre les méthodistes lui croassaient à l'oreille : « Évitez jusqu'à l'apparence du mal ! »

Il savait que Cléo l'aimait, s'était éprise dès le premier jour où il lui était apparu comme un conducteur d'âmes pieux et viril, debout près de la chaire dans la tardive clarté de ce soir d'été. Il savait qu'elle lui céderait quand il le lui demanderait, il était non moins sûr qu'elle possédait toutes les qualités désirables. Pourtant...

Pourtant, elle ne l'excitait pas. Était-ce la peur du mariage, de la monogamie ? Était-ce plus simplement qu'elle avait besoin d'être éveillée ? Mais comment y parvenir alors que son père était toujours sur leur chemin ?

Toutes les fois qu'il lui rendait visite, le vieux Benham s'obstinait à rester dans le salon. En dehors des affaires, c'était un amateur de religion et qui aimait en parler. Juste au moment où, caché par le piano, Elmer allait serrer la main de Cléo, Benham faisait d'une voix traînante et nasillarde :

— Que pensez-vous, frère ? Croyez-vous que le salut soit la récompense des œuvres ou de la foi ?

Elmer s'en expliquait, tout en se murmurant à lui-même : « Ah ! sacré vieux diable, va ! Avec ton coupe-gorge de boutique, il te vaudrait bien mieux aller au ciel par la foi, car Dieu sait si tu y arriveras jamais par les œuvres ! »

Elmer était-il sur le point de se faufiler à la cuisine avec Cléo pour préparer la citronnade, Benham l'arrêtait sur cette question :

— Et que vous semble de la doctrine de Wesley sur la perfection ?

— Oh, elle est à toute épreuve, faisait Elmer qui se demandait ce que diable pouvait bien être la doctrine de Wesley sur la perfection.

Il se peut que cette présence perpétuelle du vieux Benham s'opposant à des rapports trop intimes avec Cléo ait empêché Elmer de saisir la vraie raison pour laquelle le désir de l'embrasser n'était pas plus fort en lui. Il mettait ce manque de passion sur le compte de la vertu, finissait par s'assurer que sa conversion était complète, et revenait chez lui, flânait dans la cuisine et décochait des plaisanteries pieuses à la petite Jane Clark.

Même quand il était seul avec Cléo et qu'elle l'emmenait en auto faire ses visites dans la campagne, au moment même où il se confondait en compliments pour lui dire combien il la trouvait charmante, il n'était jamais tout à fait naturel avec elle.

Un soir de novembre qu'il vint la voir, ses parents étaient sortis pour assister à une réunion de l'*Étoile matutinale*. Elle avait l'air triste et les yeux rouges. Du seuil de la porte il lui cria, d'un ton bon enfant :

— Mais qu'y a-t-il donc, sœur Cléo ? Vous avez l'air affligé.

— Oh, ce n'est rien…

— Allons, allons ! Racontez-moi ça. Je prierai pour vous, je donnerai à qui vous voudrez une frottée, au choix !

— Oh, vous ne devriez pas plaisanter ! D'ailleurs ce n'est rien.

Son regard était fixé sur le parquet. Gonflé du sentiment de sa puissance, de sa supériorité, il lui releva le menton du bout du doigt et l'obligea à le regarder en face.

Ses yeux à la fois pleins de crainte et de désir l'appelaient avec une ardeur telle qu'il n'y tint plus. Il lui passa le bras autour de la taille et, pleurant, déliée de tout orgueil, elle renversa la tête sur son épaule. Exalté par le pouvoir qu'il exerçait sur elle, il ne put s'empêcher de prendre ce sentiment pour de la passion. Il l'embrassait maintenant, sentant sous ses baisers la pâle finesse de sa peau, flatté de la voir céder si humblement. Il bredouilla :

— Oui, je vous ai aimée, aimée furieusement dès le premier jour où je vous ai vue !

Elle s'assit sur ses genoux et là, tout abandonnée contre lui, il la sentit belle et désirable.

Quand les Benham rentrèrent, Mrs. Benham versa des pleurs de joie en apprenant leurs fiançailles. Quant à Mr. Benham, il prodigua à Elmer des tapes cordiales dans le dos. Il plaisantait :

— Ah, mais dites, je vais donc avoir un vrai prêcheur, un prêcheur en chair et en os dans ma famille. Je suppose qu'il va me falloir être si honnête que le magasin ne me rapportera plus rien !

3

La mère d'Elmer arriva du Kansas en janvier pour les noces. Quand elle vit son fils en chaire, quand elle constata la beauté et la pureté de Cléo et apprit la fortune de son père, elle fut si heureuse qu'elle en oublia toutes les amertumes où l'avaient plongée les infidélités d'Elmer envers le Dieu qu'elle lui avait donné et la façon dont il avait déserté le sanctuaire baptiste pour les libertés suspectes et quasi impies du méthodisme.

Sa mère était là, Cléo était rose d'émotion, Mrs. Benham, maternelle pour tous, se démenait à la cuisine où elle préparait le repas. Mr. Benham emmena Elmer sous le porche de derrière et lui glissa un chèque de cinq mille dollars. Que fallait-il de plus à Elmer pour se sentir en possession d'une famille, pour se sentir cette fois bel et bien enraciné, fixé et à l'abri ?

Il y eut pour les noces des monceaux de gâteaux à la noix de coco, des centaines de fleurs d'oranger, des roses, de vraies roses fournies par un fleuriste de Sparte, de nouvelles photos à mettre dans l'album de famille, une pleine cuve de punch strictement sec, et pour Cléo de la lingerie à la fois belle et modeste. Ce fut grandiose ! Elmer cependant fut triste de ne pas trouver un garçon d'honneur selon son cœur. Depuis Jim Lifferts il n'avait pas connu un seul ami.

Il dut se contenter de Ray Faucett, le crémier qui faisait partie du chœur de la paroisse. Le village fut flatté de voir Elmer préférer un de ses enfants aux centaines d'intimes qu'il devait sûrement posséder de par le monde.

Ce fut le surintendant du district qui les maria entre deux bourrasques de neige. Ils prirent le train pour Zenith où ils devaient passer la nuit en se rendant à Chicago.

Quand le train fut parti, quand les cris se furent tus et quand les poignées de riz cessèrent de pleuvoir, alors seulement, apercevant le sourire stéréotypé de Cléo, Elmer se murmura : « Ah, bon Dieu ! me voilà la corde au cou ; fini de rire ! »

Mais, brave, courtois, dissimulant la soudaine antipathie qu'elle lui inspirait, il lui exposa les beautés de Longfellow.

4

Cléo avait l'air fatigué ; le voyage touchait à sa fin ; c'était l'hiver, le soir tombait, le temps était épouvantable ; elle ne semblait guère attentive à ce qu'il lui disait sur le système des notes à l'école du dimanche, le traitement des cors aux pieds, ses triomphes avec sœur Falconer et les lacunes du révérend Clyde Tippey.

— Vous pourriez au moins me prêter un peu d'intérêt ! fit-il aigrement.

— Oh, pardon ! Je vous écoutais ; mais je suis lasse, tous ces préparatifs pour la noce…

Elle le regardait d'un air suppliant.

— Oh, Elmer, prenez bien soin de moi ! Je me donne à vous tout entière, corps et âme !

— Ah oui ! Vous croyez, n'est-ce pas, avoir fait un beau sacrifice en m'épousant ?

— Oh non, ce n'est pas cela que je veux dire.

— Et vous pensez sans doute que je vais vous négliger ! Naturellement ! Toutes les nuits dehors à jouer aux cartes, à boire et à courir les femmes ! Mais oui ! Je ne suis pas un ministre de l'évangile, je suis un tenancier de cabaret !

— Mais non, mon chéri, je n'avais pas l'intention de vous offenser ! Ce que je voulais dire… Vous êtes si fort, si grand… et moi… oh, sans doute, je ne suis pas une naine, mais je n'ai pas votre vigueur.

Il aimait se sentir blessé mais il se ressaisit. « Allons, assez, imbécile ! Tu ne feras jamais son éducation amoureuse en la malmenant comme cela ! »

Il la consola, se montra magnanime :

— Mais oui, je sais. Évidemment, pauvre chérie. C'est insensé, votre mère, ces formidables noces, ce festin, la famille au grand complet et ce qui s'ensuit.

Elle ne semblait pas rassurée pour autant.

Il lui tapota tendrement la main, lui parla du cottage qu'ils allaient meubler à Banjo Crossing. On approchait de Zenith et, pensant à leur chambre qu'il avait réservée chez O'Hearn — pas besoin cette fois de tout un appartement comme il l'avait fait autrefois pour épater les élèves qui suivaient ses cours sur la prospérité —, l'ardeur lui revint, il lui dit doucement combien elle était belle et il lui donna sur le bras un petit coup qui la fit frémir.

5

Le chasseur avait à peine fermé la porte de leur chambre matrimoniale, qu'il la prit, lui arracha son manteau dont le col était couvert de neige et le jeta sur le plancher. Il l'embrassa sur la poitrine. Quand il l'eut lâchée, elle recula, le revers de la main appuyé de peur sur ses lèvres, terrifiée, suppliante :

— Oh, non, non ! Pas tout de suite ! J'ai peur !

— Quelle bêtise ! fit-il rageur, marchant sur elle.

— Oh, non, je vous en prie !

— Mais bon dieu, que diable pensez-vous que soit le mariage !

— Oh, je ne vous avais jamais entendu jurer !

— Eh ! je ne jurerais pas si par votre conduite vous ne faisiez pas perdre patience à un saint dans sa niche !

Il se contint.

— Allons, allons ! Pardonnez-moi ! Je crois que je suis fatigué moi aussi. Là, là, ma petite fille. Je ne voulais pas vous faire peur. Excusez-moi. C'est que je suis fou de vous.

Un faible sourire fut la seule réponse qu'elle fit au large rire dont s'épanouit sa figure apostolique. Il la saisit de nouveau et abattit sa lourde main sur sa gorge. Entre deux étreintes et bien que furieux de la sentir molle entre ses bras, il essayait de l'encourager de la voix :

— Allons, ma petite Cléo, mettez-y donc un peu de nerf !

Dès lors, elle ne résista plus ; pâle et sans volonté, elle rougit de honte quand il la taquina sur la chemise de nuit démodée à longues manches qu'elle avait timidement passée dans l'intimité neutre de la salle de bain.

« Oh ! oh ! elle aurait autant fait d'enfiler un sac ! » se dit-il en lui tendant les bras.

Lentement, elle s'avança vers lui avec un air de confiance qui ne trompait guère.

« Un peu de brutalité lui ferait du bien », songea-t-il en la prenant aux épaules.

Quand il se réveilla à ses côtés, il la trouva en larmes et il fallut bien lui parler.

— Allons, voyons ! On peut être l'épouse d'un pasteur sans en être moins femme pour autant ! Ah, oui, vous êtes bien faite pour enseigner aux gosses de l'école du dimanche ! fit-il, ajoutant d'autres remarques qui ne manquaient pas de sel, tandis qu'elle pleurait, les cheveux en désordre autour d'un visage pudique qu'il se prit soudain à haïr.

6

La découverte que Cléo ne serait jamais une amante bien ardente ne fit qu'augmenter l'ambition d'Elmer quand ils furent revenus à Banjo Crossing.

Abasourdie par ses incessants éclats de colère, Cléo trouva un peu de joie en meublant leur petite maison. Elle arrangeait ses livres, admirait son éloquence et, en sa qualité de femme de pasteur, recevait les visites d'innombrables personnes et de vieux amis venus lui présenter leurs hommages. Lui, l'oubliait pour se consacrer corps et âme à sa pieuse ascension. Il lui tardait de voir arriver la Conférence annuelle du printemps. Il lui fallait une ville plus importante, une plus vaste église.

Banjo Crossing l'assommait. La vie d'un ministre de petite ville sevré des plaisirs les plus rustiques ne vaut pas même celle d'un garde-barrière.

Elmer manquait d'occupation. Alors que, plus tard, dans les églises dites « institutionnelles », il allait être aussi affairé qu'un businessman, pour l'instant il ne trouvait guère plus de vingt-quatre heures de véritable activité par semaine. Le dimanche, il y avait bien quatre assemblées, à supposer qu'il assistât aux séances de la Ligue Epworth et de l'école du dimanche aussi bien qu'à celles de l'Église. Il y avait la prière le mercredi soir, la répétition du chœur le vendredi, la réunion des dames patronnesses, celle des missionnaires tous les quinze jours environ et, mettons une fois tous les quinze jours, un mariage ou un enterrement. Les visites pastorales ne lui prenaient pas plus de six heures par semaine. Ses livres de citations l'aidaient à polir un sermon en quelques heures et, les semaines où il se sentait paresseux, ou bien quand le poisson mordait, il les bâclait plus vite encore.

Dans l'enceinte austère de sa bibliothèque, Elmer aimait à muser, mais il prenait aussi plaisir à faire des courses, voir les gens, se donner pour lui et pour les autres les apparences de l'action. Banjo n'offrait pas un large éventail d'activités possibles. Les dévotions du dimanche et du mercredi soir suffisaient aux bons villageois.

Il se mit à rédiger des prospectus pour ses services hebdomadaires, innovant une campagne de publicité sainte qui devait le faire connaître et respecter dans tous les clubs et les Églises progressistes du pays. Ceux qui lisaient les affiches annonçant les services du culte dans le *Pionnier de la Vallée de Banjo* furent un jour étonnés de trouver parmi celles des presbytériens, des adeptes de la Pensée Nouvelle, des Frères Unis et des baptistes, l'insertion suivante :

RÉVEILLEZ-VOUS, MONSIEUR LE DIABLE !

Si ce vieux Satan était aussi flemmard que certains des soi-disant chrétiens de ce bourg, tout irait bien pour nous. Mais il en est loin ! Amenez-vous dimanche à dix heures trente pour entendre un sermon, un vrai sermon bien tapé par le révérend Gantry.

Sujet :

JÉSUS JOUERAIT-IL AU POKER ?

Église méthodiste.

D'une nature énergique, agacé par ses lenteurs de plume qui lui donnaient des crampes, le révérend Gantry se perfectionna dans l'art de taper à la machine. Le grand galop des touches aidant, des torrents de messages sociaux et moraux sortiraient de sa vieille bécane.

En février il tint pendant deux semaines d'ardents meetings évangéliques. Il avait fait venir un missionnaire ambulant qui pleurait pendant que sa femme chantait. En son for intérieur, Elmer s'esclaffait en pensant que ni l'un ni l'autre ne lui venaient à la cheville, à lui qui avait travaillé avec Sharon Falconer. Mais ils étaient nouveaux à Banjo Crossing et ce fut à lui que revint le soin de la charge finale destinée à galvaniser la foule, à la jeter à genoux et à lui signifier que le monde était bien près de sombrer en enfer à l'instant même, avant le déjeuner.

Douze personnes entrèrent dans l'église, cinq traînards renouvelèrent leur profession de foi et Elmer put publier dans *L'Avocat chrétien de l'Ouest* une note qui fit sa gloire dans les cercles dévots :

On a connu à l'église de Banjo Crossing un réveil remarquable et émouvant grâce à frère T. R. Feesels et à sœur Feesels, la chanteuse évangéliste, assistés par le pasteur du lieu, le révérend Gantry, qui s'est consacré par le passé au travail évangélique sous les ordres de Sharon Falconer. On nous annonce un grand mouvement des esprits et d'importants résultats ainsi que de nombreuses adhésions à l'Église.

Lui aussi, non sans faire savoir à toute la ville combien cela alourdissait sa tâche, lui aussi eut son réveil, et chaque semaine, pendant quinze jours, il dirigea personnellement la section juvénile de la Ligue Epworth, admirable mouvement de jeunesse qui se proposait, à l'en croire, « de faire de la récréation, préalablement purgée de ses défauts, une re-création ».

Elmer reçut un mot de l'évêque Toomis lui faisant comprendre qu'il avait reçu du surintendant du district les rapports les plus élogieux sur ses « efforts diligents et absolument novateurs ». Il ajoutait qu'à la prochaine Conférence annuelle, il serait promu à un poste beaucoup plus important.

XVIII

1

Elmer Gantry passa un an à Rudd Center, trois à Vulcain et deux à Sparte. Il y avait 4 100 âmes à Rudd Center, 47 000 à Vulcain et 129 000 à Sparte et l'on peut voir par là avec quelle rapidité le révérend Elmer Gantry gravit les échelons du prestige et de la grandeur.

C'est à Rudd Center qu'il passa les examens finaux de Mizpah et reçut son diplôme de bachelier en théologie ; c'est là qu'il découvrit l'art de se faire des relations qui devaient le mettre en rapport plus tard avec ce qu'il y avait de plus entreprenant et de plus solide dans les affaires — oculistes, directeurs de journaux et fabricants de baignoires — dont il mobilisa le génie pratique pour ses croisades spirituelles.

Il s'affilia aux francs-maçons, au club des Oddfellows et à celui des Macchabées. Il prononça le discours d'anniversaire de la grande armée de la république, et c'est lui qui fut chargé du discours de bienvenue quand le député de l'endroit revint à Washington, après avoir remporté le championnat de poker à la Chambre.

Son séjour à Vulcain fut marqué, non seulement par ses efforts vers la perfection, mais encore par la naissance de deux enfants — Nat, en 1916, et Bérénice, qu'on appelait Bunny, en 1917 — et par la fin qu'il mit aux leçons d'amour qu'il prodiguait à son épouse : il y renonça en effet un mois après la naissance de Bunny.

Prononçant un soir une allocution au dîner du Club de la ligne et du fusil, Elmer, voulant démontrer aux membres dudit club qu'ils étaient dans les grâces du Seigneur, avait déclaré :

— Laissez-moi vous rappeler, mes amis, que lorsque le Maître choisit ses premiers disciples, il n'alla pas chercher des décatis et des pieds-bots mais des pêcheurs de première classe !

Les rires qui avaient accueilli cette déclaration l'avaient enivré.

Depuis la naissance de Bunny il dormait dans la chambre d'amis. Le soir de ce fameux discours, vers onze heures, il rejoignit Cléo dans sa chambre sur la pointe des pieds, d'un air dégagé et d'innocence simulée que les femmes sans passion saisissent et redoutent sur-le-champ.

— Eh bien, ma douce Cléo, je vous assure que ça a marché ! Ça leur en a bouché un coin. Mais, ma pauvre petite, n'est-ce pas dommage de dormir seule, pauvre bébé ! fit-il en lui tapant sur l'épaule, tandis qu'il se mettait sur son séant. Je crois que ce soir je vais coucher ici.

Elle poussa un gros soupir, prit un air résolu :

— Je vous en prie ! Pas cette fois !

— Vous voulez dire ?

— S'il vous plaît ! Je suis fatiguée ce soir. Allons, embrassez-moi et laissez-moi faire dodo.

— Cela veut dire que Votre Majesté est lasse de mes attentions ! fit-il, arpentant le plancher. Jeune dame, il est temps d'abattre les cartes ! Je vous l'ai déjà donné à entendre. J'ai été aussi charitable et endurant que j'ai pu, mais, par

Dieu, vous en prenez trop à votre aise et maintenant vous vous réfugiez dans des « Dites-moi bonsoir ! »

» Naturellement ! Il faut que je sois un moine ou un de ces maris mis au pain et à l'eau qui se contentent de faire le pied de grue dans la maison sans murmurer quand leur femme trouve à redire à leur façon de les embrasser ! Eh bien, croyez-m'en, ma jeune dame, vous vous mettez le doigt dans l'œil si vous me croyez niais parce que pasteur ! Comment ! mais vous ne faites pas le moindre effort pour apprendre à aimer ! On dirait que je vous pèse ! Croyez-m'en, les femmes ne manquent pas, et de meilleures et de plus jolies, oui, et de plus pieuses ! et celles-là ne me regardent pas comme un monstre ! Eh bien, je ne le tolérerai pas… Pas même le moindre petit effort…

— Mais si, voyons, Elmer, sincèrement ! Si vous aviez été plus tendre, plus patient au début, j'aurais pu apprendre…

— Zut ! Ce sont des bêtises ! L'ennui avec vous c'est que la réalité vous fait peur ! J'en ai assez, ma belle. Vous pouvez aller au diable ! C'est la dernière fois, croyez-m'en !

Il claqua la porte et, toute la nuit, savoura les sanglots de Cléo. Pendant près d'un mois, il tint sa promesse. Il la tenait encore à l'heure présente et faire chambre à part était désormais une affaire réglée.

Cependant, la tristesse de Cléo, sa gêne, l'avaient contaminé. Quand il rencontrait une paroissienne prête à lui offrir une consolation, quand une affaire importante et mystérieuse l'appelait à Sparte, il en revenait sans joie, bourrelé de remords qui se trahissaient en chaire par la façon dont il fulminait contre le péché qu'il avait lui-même commis.

« Ah ! Dieu, si j'avais pu rester avec Sharon, j'aurais pu devenir un homme convenable » se lamentait-il, et son chagrin le remplissait de sympathie pour le monde entier.

Le jour suivant, en chaire, il noyait son chagrin dans des accès de rage :

« Les séducteurs d'aimables et innocentes filles, les propriétaires des dancings dont les portes s'ouvrent béantes sur un abîme de mort et d'horreur, ceux-là auront leur récompense, ils brûleront ! et leur souffrance sera une joie pour nous. Le Seigneur en aura fait justice ! »

2

La réputation du révérend Elmer Gantry s'étendit bientôt dans tout l'État pendant les deux années qu'il passa à Sparte, de 1918 à 1920. Au printemps de 1918, il fut un des plus courageux défenseurs du Middlewest contre l'invasion imminente des Allemands. Il fut un patriote à toute épreuve. Il dénonça en termes violents les atrocités allemandes et vendit des quantités de bons de la Liberté. Il menaça Sparte de l'abandonner à ses vices tandis que lui irait se faire aumônier et « prendre soin des pauvres gars », et il l'eût fait peut-être si la guerre avait duré un an de plus.

A Sparte aussi, il s'était livré, ayant commencé par une réclame pieuse timidement sensationnelle, à des débauches de publicité qui durent ébranler le diable en personne. Quoi qu'il en soit, elles attirèrent tous les dimanches soir à l'église six cents pécheurs en extase. A la suite d'un sermon sur les horreurs de la boisson, un cabaretier légèrement ivre cria *Whoopee !* et déposa un billet de cinquante dollars sur le plateau.

Malgré les progrès de la réclame spirituelle, on n'avait encore jamais vu, pour promouvoir le salut, effort pareil à celui que déploya Elmer en publiant un poème en prose dans la *Chronique de Sparte* du samedi 20 décembre 1919 :

VOUDRIEZ-VOUS QUE VOTRE MÈRE SE BAIGNÂT SANS PORTER DE BAS ?

Croyez-vous en la femme d'autrefois, la femme capable d'aimer et de rire sans cesser d'être le symbole de la divine vertu et de vous amener les larmes aux yeux en vous rappelant sa vigilante tendresse ? Aimeriez-vous voir votre chère maman aller à des bains mixtes ou danser cette singerie inventée par l'Enfer lui-même, le one-step ?

LE RÉVÉREND ELMER GANTRY

répondra lui-même à ces questions et autres semblables, dimanche matin. Gantry n'y va pas par quatre chemins.

Église méthodiste de l'avenue des Peupliers

Suivez la foule à l'heureux rendez-vous
A la belle église aux beaux carillons.

3

Ce fut lors de son séjour à Sparte que survint la prohibition, chance inespérée et formidable pour les as de la chaire, et à Sparte que lui vint l'idée de sa campagne politique la plus fameuse.

Le plus respectable des candidats à la mairie de Sparte était un businessman chrétien, un presbytérien fabricant de caoutchoucs. On l'accusait bien d'être le propriétaire des immeubles qui abritaient plusieurs des pires bordels et repaires d'iniquité de la ville, mais il avait été amplement expliqué que l'infortuné gentleman s'était vu dans l'impossibilité d'expulser ses tenanciers et qu'il consacrait d'ailleurs le produit presque intégral de ses loyers à l'œuvre des missions en Chine.

Son adversaire était un individu dont les principes étaient aux antipodes d'Elmer : un juif, un radical qui reprochait aux Églises de ne pas payer l'impôt, un avocat avide de sensations et tapageur qui défendait gratuitement les syndicats ouvriers et les nègres. Après consultation, le Bureau officiel d'Elmer déclara que le presbytérien était l'homme à soutenir et fit remarquer que le hic avec le juif radical était d'être non seulement radical mais surtout juif.

Pourtant, Elmer n'était pas satisfait. Sans doute les maisons mal famées lui inspiraient-elles dans le privé moins d'antipathie qu'on l'aurait cru d'après ses dénonciations publiques, et il était tout à fait de l'avis du presbytérien selon qui « au lieu de se livrer en matière de gouvernement à des expériences dangereuses, mieux valait donner courageusement son adhésion au régime actuel dont le mérite et les doctrines économiques avaient fait leurs preuves ». Mais, au cours de ses palabres avec ses paroissiens, Elmer découvrit que le simple peuple — le simple, le très simple peuple comptait pour beaucoup parmi ses ouailles — détestait le presbytérien et témoignait d'une admiration étonnée pour le juif.

« Il est très chic pour les pauvres gens », disait-on.

Elmer eut alors une subite inspiration.

« Tous les jobards vont prendre parti pour ce Mac Garry, mais Dieu me damne si le youpin n'est pas en passe de gagner et si tous ceux qui l'auront soutenu ne vont pas tenir le haut du pavé après l'élection », raisonna-t-il.

Il se déclara donc vigoureusement pour le juif. Les journaux glapirent, les presbytériens mugirent et les rabbins se frottèrent doucement les mains de joie.

La chaire ne suffit pas à Elmer, il alla faire campagne et tonner dans diverses réunions. Il reçut un jour des œufs pourris à la figure, dans le voisinage d'un quartier mal famé. Une autre fois, un marchand clandestin de whisky essaya d'en venir aux mains, et ce fut un vrai divertissement pour Elmer. L'ancien as de l'équipe de Terwillinger ressuscita. Calme comme dans une mêlée, il s'avança, visa soigneusement l'angle facial du *bootlegger* et frappa juste. Il vit l'homme s'écrouler mais, ne perdant pas son temps à regarder, il remonta d'un bond sur l'estrade et poursuivit son discours. L'assistance se leva comme un seul homme, dans un tonnerre d'applaudissements, et Elmer Gantry fut pendant une seconde l'homme le plus fameux de la ville.

Les journaux reconnurent que sa campagne portait, et l'un d'eux se rangea de son côté. Sur le sujet de la vertu et de la pureté des femmes comme sur les méfaits de l'alcool sa position était si tranchée que lui faire opposition était s'avouer soi-même un débauché.

Au conseil de l'Église ce fut un joli brouhaha. Le chef des *trustees*, un ami du candidat presbytérien, se déclara prêt à démissionner si on laissait faire Elmer, mais un vieux concierge s'exclama :

— C'est nous tous qui démissionnerons si le révérend cesse la lutte !

Les applaudissements de joie éclatèrent sans respect pour le saint lieu. Elmer rayonnait.

La campagne s'envenima ; les reporters de Zenith accoururent et parmi eux le fameux Bill Kingdom, du *Times Advocate* de Zenith. Elmer aimait les reporters. Depuis l'étude de la Bible dans les écoles jusqu'au mandat sur l'Arménie, ils enregistraient ses déclarations. Il les ménageait ; bien loin de les appeler « jeune homme », il leur donnait du « monsieur » et s'arrangeait pour ne pas leur taper trop souvent sur l'épaule. Il leur disait :

— Non, ce n'est pas le prédicateur qui s'adresse à vous, le dimanche suffit pour cela, non, celui qui vous parle n'est qu'un citoyen qui se soucie seulement de tenir propre la ville où grandissent nos enfants.

Bill Kingdom avait pour lui une sorte d'amitié. Il envoya au *Times Advocate* de Zenith un article intitulé « Le Pasteur en croisade, ou le Tonnerre du Winnemac », qui fut imprimé en troisième page avec la photographie d'Elmer brandissant les poings pour écraser les voluptueux et les malfaiteurs.

Les journaux de Sparte reproduisirent l'histoire avec force compliments.

Le Juif triompha dans sa campagne.

Immédiatement après, six mois avant la Conférence annuelle de 1929, l'évêque Toomis manda Elmer.

4

— J'ai craint d'abord, lui dit l'évêque, que vous ne fassiez une grande erreur en trempant dans cette campagne à Sparte. Après tout, notre mission est de prêcher l'évangile et le sang rédempteur de Jésus, et non de nous mêler de politique. Mais votre succès a été tel que je vous pardonne et le temps est venu. A la prochaine Conférence je vais pouvoir vous offrir enfin une église ici même, à Zenith, et une grande, mais qui vous posera des problèmes qu'il faut une main héroïque pour trancher. Il s'agit de la vieille église de Well Spring, là-bas dans l'avenue Stanley, au coin de Dodsworth, dans ce que nous appelons la vieille ville. C'était jadis une des Églises méthodistes les plus fréquentées et les plus utiles de la ville, mais la communauté a fondu et de quelque chose comme quatorze cents paroissiens, il n'y en a guère plus que huit cents. L'actuel pasteur, vous le connaissez, le vieux Seriere, vrai gentleman, admirable chrétien, grande âme mais abominable orateur, ne parvient pas, je crois, à réunir plus de cent personnes au culte du matin. N'est-ce pas une honte, Elmer, une honte abominable de voir cette grande institution qui devrait servir de levain pour ces multitudes d'âmes, tomber ainsi en décadence et, de par Dieu ! pas même fichue de soutenir financièrement nos missions ! Voyons, ne pourriez-vous pas la remonter ? Allez jeter un coup d'œil sur l'église et le voisinage et faites-moi savoir ce que vous en pensez. Ou peut-être préférez-vous rester à Sparte. Votre traitement sera inférieur à celui de Sparte où vous touchez, je crois, quatre mille dollars, mais si vous remettez l'église sur pied le Bureau d'administration vous rémunérera sans doute de vos labeurs.

Une église à Zenith ! Comment ! Elmer aurait accepté le bénévolat ! Il se voyait déjà docteur en théologie, évêque ou président d'université, ou, qui sait, dans une chaire merveilleuse à New York.

L'Église méthodiste épiscopale de Wellspring était une hideuse bâtisse de pierre grise ridiculement recouverte de tuiles rouges et vertes, pourvue de fenêtres jaunâtres, d'un haut clocher sur un toit parsemé de gargouilles en fer-blanc. Le quartier avait dû jadis être plaisant, mais les hôtels de brique, entourés autrefois de jolies pelouses et de jardins, offusquaient maintenant l'œil par leur laideur et on les avait convertis en pensions qui, au sous-sol, abritaient des charcuteries.

« Ouf ! Ce quartier-là ne se relèvera jamais ! Trop de satanés Grecs. Un tas d'Italiens. Il n'y a pas dans ces dix pâtés de maisons âme capable de donner plus de dix sous à la quête. Rien à faire ! Manquera plus que d'ouvrir une soupe populaire et d'exhorter un tas de saligauds à revenir à Jésus ! Jamais de la vie ! »

Mais, non loin de l'église, il aperçut un nouvel édifice et, tout près, une excavation.

« Hum ! Qui sait ? Les immeubles de rapport pourraient venir par là. Faut pas se hâter. Et puis, ces gens ont besoin de l'évangile autant que tous ces richards de Royal Ridge » réfléchit le révérend Gantry.

Par l'intermédiaire d'une vieille connaissance, Gil O'Hearn de l'hôtel O'Hearn, Elmer s'aboucha avec un bon entrepreneur et s'enquit de la valeur du saint vignoble de Wellspring.

— Oui, c'est certain, on va, ces prochaines années, bâtir dans le quartier des appartements, d'excellents appartements. Il va y avoir un grand *boom* dans la vieille ville, qui somme toute est assez voisine du quartier des affaires et suffisamment éloignée de la gare et des entrepôts. Adieu, révérend.

— Oh ! je ne suis pas un acquéreur, je ne fais que vendre, vendre l'évangile ! fit le révérend et il alla annoncer à l'évêque Toomis qu'après avoir prié et médité il avait été conduit à accepter le pastorat de l'église de Wellspring.

Ainsi, à trente-neuf ans, César vint à Rome et Rome en apprit la nouvelle aussitôt.

XIX

1

Elmer n'était plus le prédicateur, l'homme de bien confit
en dévotion. C'est en directeur, en chef d'usine nouvel-
lement promu qu'il fit irruption dans l'Église méthodiste
de Wellspring, à Zenith. Il réfléchit que la fabrique était à
bas et décida d'emblée qu'il fallait la rafistoler.

Il était accompagné dans sa tournée d'inspection par
son état major : miss Bundle, secrétaire de l'église, et sa
secrétaire particulière, une dame laide et décrépite désespérément dénuée de séduction ; miss Weezeger, diaconesse,
vouée à l'embonpoint et aux bonnes œuvres, A.-F. Cherry,
organiste et directeur musical, engagé à titre provisoire.

Il fut déçu que l'Église ne pût pas lui donner un assistant
ni un directeur pour l'éducation religieuse. Mais il finirait
bien par les dénicher, et les ferait marcher droit.

Il trouva une salle qui pouvait bien contenir seize cents
personnes, mais lugubre avec ses vitraux rayés, ses murailles
en crépi sombre et ses colonnes de fonte. Le mur, derrière
le chancel, était peint en un bleu sinistre avec des étoiles
qui avaient depuis longtemps fini de scintiller. Le pupitre
était en chêne foncé et couronné d'un absurde coussin de

velours vert à glands. La salle effrayait par sa lourdeur et sa masse et les rangées vides de stalles brunes le regardaient douloureusement.

« Très bien, ils étaient gais les bons chrétiens qui ont fait ça ! Cinq ans, et j'ai une église neuve, une église un peu là avec des tours gothiques, une installation moderne pour le patronage et les solennités », songea le nouveau pasteur.

Les salles de classe de l'école du dimanche étaient spacieuses mais sales et pleines de livres de cantiques fripés. Dans la cuisine aménagée au sous-sol, il y avait un vieux poêle rouillé et des piles de vaisselle ébréchée. Le cabinet de travail et le bureau d'Elmer étaient mal aérés et donnaient sur la cour d'un garage encombrée de tacots. A ce que lui dit Mr. Cherry, l'orgue était tout ce qu'il y avait de plus enrhumé.

« Bien, se dit Elmer, qu'est-ce que ça me fait ? Il y a en tout cas de la place pour les foules et, croyez-moi je suis un type à les attirer ! Ah non, quel tableau, cette bonne Bundle ! Un de ces jours je prendrai pour secrétaire une petite très chic, très jolie. Eh bien, hourra ! et en avant la musique ! Je vais leur montrer ce que c'est qu'un prêcheur de grande classe ! »

Trois jours seulement après son arrivée, il s'avisa que Cléo aimerait peut-être voir l'église.

2

Il y avait bien quatre cent mille âmes à Zenith contre neuf cents à Banjo Crossing et, malgré cela, la réception donnée à Elmer dans le sous-sol de l'église ressembla singulièrement à celle de Banjo Crossing. Les bons frères, gauches et lourds, étaient les mêmes, les mêmes les chères sœurs, confectionneuses émérites de beignets, les mêmes les petits bonshommes alertes enclins au rire et aux plaisanteries pieuses. C'était le même verbe sucré et c'était la même emphase. Seulement, il y avait cinq fois plus de monde qu'à la réception de Banjo, et Elmer adorait la foule. Parmi les paysans déracinés, il aperçut plusieurs représentants prospères des professions libérales, quelques femmes bien mises et quelques jolies filles qui avaient l'air de sortir de l'école de danse.

Il fut gai, affable avec les gens en qui il voyait des compagnons de croisade décidés à marcher pour instaurer le royaume de Dieu sur la terre.

Pour découvrir quels étaient les membres du Bureau d'administration de l'Église qui méritaient le plus d'égards, il n'était pas nécessaire d'être un aigle. Un de ces hauts dignitaires, Mr. Ernest Apfelmus, était le propriétaire de *La Perle de l'Océan*, tartes et gâteaux. Il avait l'air d'un gamin bouffi et éberlué, victime d'une croissance soudaine et prématurée. Il était très riche, à ce que lui chuchota miss Bundle, riche à ne pas savoir comment dépenser son argent, sauf en diamants pour sa femme et pour la cause du Seigneur. Elmer fit donc la cour à Mr. Apfelmus et à sa femme, qui parlait presque convenablement quelques mots d'anglais.

Pas si riche, mais plus important encore, à ce qu'il semblait, était T.-J. Rigg, le fameux avocat criminaliste, trustee de l'église de Wellspring.

Petit, couturé de rides, Rigg avait des yeux espiègles et pénétrants. Ce serait, à ce qu'Elmer sentit, un bon compagnon de boisson. Bien qu'elle eût dépassé la cinquantaine, sa femme avait un visage adolescent à la peau fine et aux yeux bleus, elle était rondelette, et son rire était plein de vie.

« Pas nécessaire de prendre des gants avec ces gens-là » décida Elmer en s'approchant d'eux.

Rigg l'invita :

— Dites donc, révérend, pourquoi ne pas venir chez moi après la réception, vous et votre dame. On pourra se déboutonner un peu, se payer une pinte de bon sang et oublier toute cette affaire qui ressemble à un ouvroir pour dames.

— Avec plaisir.

Mais, Elmer se dit que, si Cléo était de la fête, se déboutonner serait justement impossible.

— Seulement, je crains que ma femme n'ait la migraine, la pauvre petite. Nous la renverrons à la maison et je vous accompagnerai.

— C'est ça, quand vous aurez serré quelques milliers de mains de plus !

— Exactement !

A la grande édification d'Elmer, Mr. Rigg possédait une limousine et un chauffeur — une des rares limousines où fût jamais monté Elmer. Il lui plaisait que ses frères dans le Christ eussent de bonnes roues à leur voiture. La vue de la limousine le rendit pourtant moins familier avec les Rigg, plus respectueux, plus onctueux et, quand ils eurent déposé Cléo à l'hôtel, Elmer se renversa gracieusement sur le siège de velours, et proclama dans un ample geste poétique :

— Quel bel accueil m'ont fait tous ces gens ! Combien je leur suis reconnaissant ! Une véritable effusion spirituelle !

— Dites-moi, fit Rigg, gouailleur, ne vous forcez pas à la piété pour nous ! Maman et moi, nous sommes de vieux dragons. Nous aimons la religion ; nous aimons les bons vieux cantiques, ça nous rappelle le patelin dont nous sortons, et nous croyons que la religion est une excellente chose pour imposer l'ordre à tous, ça fait penser les gens à des choses plus hautes, ça les empêche de songer à se mettre en grève pour protester contre les gros capitalistes, de fomenter des troubles qui paralysent l'industrie. Ce que j'aime encore, c'est un bel homme de pasteur bien fait de sa personne et capable de faire impression. C'est pour cela que je consens à être *trustee*. Mais pieux, non. Toutes les fois que vous voudrez vous détendre — et je suis sûr qu'un grand gaillard comme vous doit avoir la nausée d'écouter ce tas de pleurnicheuses ! —, eh bien, venez chez nous, et s'il vous plaît de fumer ou de boire un coup comme dans le bon temps, nous sommes gens à vous comprendre. Ça va, la maman ?

— Bien sûr ! fit Mrs. Rigg. J'irai à la cuisine si la cuisinière n'y est pas, pour vous faire cuire des œufs, et si vous ne le dites pas aux frères, il y aura toujours une bouteille ou deux de bière au frais, vous aimez ça ?

— Si j'aime ça ! fit Elmer ravi. Et comment ! Seulement, j'ai renoncé à la boisson et au tabac depuis quelques années. Oh, avant ça, je m'en suis payé ! Mais j'ai brisé net, et ça m'ennuierait de recommencer. Mais ne vous gênez pas. Je peux vous assurer que ce sera une fameuse consolation d'avoir dans mon église des gens à qui je pourrai parler sans les scandaliser. Tout ce tas de bigots, ah, Seigneur, ils voudraient qu'un ministre ne fût pas un homme !

La maison de Rigg était grande, et pas des plus neuves ; elle était pleine de livres, ouvrages d'histoire, biographies, récits de voyages, qui semblaient avoir été lus ; le petit salon, avec son feu de bois, ses grands fauteuils rembourrés, avait l'air agréable et vous tendait les bras, mais Mrs. Rigg s'exclama :

— Oh, allons à la cuisine préparer un *welsh* ! J'aime faire la cuisine, mais je n'ose pas avant que les domestiques ne soient couchés.

Et c'est ainsi que le premier tête-à-tête avec T.-J. Rigg — qui devait être après Jim Lefferts le seul véritable ami qu'Elmer eût jamais possédé — eut lieu dans la vaste cuisine, autour de la table en émail blanc, tandis que Mrs. Rigg tournait autour d'eux et leur apportait du *welsh rarebit*, du céleri, du poulet froid, et dévalisait pour eux la glacière.

— Il me faut votre avis, frère Rigg, fit Elmer. Je souhaite que mon premier sermon soit remarquable, qu'il remue les gens, les captive. J'ai jusqu'à demain pour afficher mon sujet. Que pensez-vous de quelque chose sur le pacifisme ?

— Hein ?

— Oh ! je comprends. Naturellement, pendant la guerre j'ai été aussi patriote que n'importe quel dur à cuire. Un mois de plus et j'endossais l'uniforme. Mais, ma foi, voilà que des Églises et quelques-uns des plus grands prédicateurs font sensation en vantant haut et fort le pacifisme. Autant que je sache, personne ne s'en est encore avisé à Zenith, et cela ferait du bruit.

— Oui, c'est vrai, et tant qu'il n'y a pas de nouvelle guerre en vue, je ne vois pas pourquoi on ne serait pas pacifiste.

— Ou bien pensez-vous — vous connaissez la paroisse — pensez-vous qu'un premier sermon plus digne, disons plus poétique, les impressionnerait davantage ? Ou bien une bonne et vigoureuse attaque contre le vice, quelque chose qui irait droit au but ? Vous savez, la boisson, l'immoralité, les jupes courtes, ah, oui ! les jupes des femmes qui raccourcissent à vue d'œil chaque année !

— Je vote pour ça, fit Rigg. Ça, ça les touchera. Il n'y a rien comme un bon sermon bien savoureux sur le vice pour faire venir les gens. Oui, monsieur ! Une attaque intrépide contre la boisson et cette abominable immoralité qui croît de jour en jour.

Mr. Rigg se confectionna pensivement un whisky à l'eau qu'il ne fit pas trop fort parce qu'il devait, le lendemain, défendre en cour une dame accusée de tenir un tripot.

— Pour sûr. Il y a des gens qui prétendent que ces sermons-là ne sont que du battage, mais ce que je leur dis toujours, c'est ceci : une fois qu'un prêcheur a réussi à attirer par ce moyen les gens à l'église — et on ne se doute pas combien il est difficile de réussir un bon sermon sur le vice, un sermon assez croustillant sans être trop salé — une fois cela fait, eh bien, la bonne vieille religion passe toute seule. On peut prêcher le salut, l'observance des lois, le travail honnête qui mérite son salaire, au lieu de toujours avoir l'œil sur la pendule comme mes bougres d'employés ! Oui, oui, si vous m'en croyez, allez-y pour le vice… Oh, dites donc, maman, pensez-vous que le révérend sera choqué si je lui répète l'histoire de la femme de chambre et du commis voyageur que Mark nous a racontée ?

Non, Elmer ne fut pas choqué. De fait, lui aussi y alla de son histoire pour rire.

Il rentra à une heure du matin.

« Voilà des gens avec qui je vais m'amuser, méditait-il dans son luxueux taxi. Seulement, il faut faire attention avec ce vieux Rigg. C'est un finaud, il me connaît… Allons, voyons ! Me connaître ? mais il n'y a rien à connaître ! Oui, j'ai refusé un verre et un cigare, et puis ! Je ne jure que quand je m'emballe, n'est-ce pas ? Je vis en chrétien exemplaire et je ramène à l'Église infiniment plus d'âmes que toutes ces saintes-nitouches qui ont peur de rire et de faire rire les gens. Il me connaît ? Et puis après ? »

Cléo et lui avaient trouvé dans la vieille ville un charmant logis d'autrefois qu'ils eurent à peu de frais à cause du voisinage. Il avait fait entendre à Cléo qu'étant donné les sacrifices spirituels consentis en acceptant un salaire inférieur à Zenith, son père, chrétien zélé, devrait les tirer d'affaire. Faute de savoir persuader son père, elle pouvait — à bon entendeur salut ! — s'attendre au courroux d'Elmer.

Cléo revint de Banjo Crossing avec deux mille dollars.

Elle avait un sens très fin du décor. Pour cadrer avec le vieux logis et ses boiseries d'acajou blanc, elle se procura des reproductions de meubles de la Nouvelle-Angleterre. Il y avait une cheminée au cadre blanc et un beau vieux lustre de cristal dans le salon.

— Est-ce chic ! fit-il à Cléo, nous allons pouvoir recevoir les gens comme il faut et, croyez-m'en, je vais en avoir un tas dans mon église ! Il y a des jours où je regrette de ne pas être entré dans l'Église épiscopale. C'est plus comme il faut, et on n'y fait pas la tête si un ministre boit modérément.

— Oh ! Elmer, comment pouvez-vous parler ainsi ! Alors que le méthodisme…

— Ah ! voyons, une fois en passant, vous devriez au moins me comprendre ! Je fais de la philosophie, je ne parle pas en mon nom personnel et voilà que vous allez…

Quand il eut mis sa maison en ordre, il s'occupa de sa garde-robe. Il s'habilla avec autant de soin qu'un acteur. En chaire, il continuait à porter le veston. Dans son bureau à l'église, il crut bon d'endosser avec ostentation d'inoffensifs costumes d'intérieur gris, marron et bleu rayé, avec des cols de toile et de modestes cravates bleues.

Pour parler à déjeuner devant des clubs bruyants, il adopta des complets de sport et des cols souples très seyants qui par leur caractère viril s'accordaient avec sa voix et ses plaisanteries.

Il releva d'un coup de brosse ses cheveux drus sur son front robuste et carré et les laissa flotter, telle une crinière, par-dessus le col. Trop noire, cette tignasse ne pouvait être celle d'un prophète.

Les deux mille dollars n'avaient pas vu la fin de leur premier mois à Zenith.

— Tout cela est un excellent placement, disait-il. Quand je rencontrerai les grosses huiles, on verra que, malgré mon trou d'église dans ce quartier de purotins, je suis capable d'y faire figure, tout comme si je prêchais dans Chickasaw Road.

4

Si à Banjo Crossing Elmer s'était morfondu dans l'oisiveté, à Zenith il eut peine à faire face à tout.

L'église de Wellspring était le centre d'une vingtaine d'institutions et œuvres diverses dont Elmer doubla le nombre, car rien mieux que cela n'attirait la sympathie, la gloire, l'argent. De vieilles et riches rombières, qui ne mettaient jamais le nez à l'église, lâchaient volontiers de cent à cinq cents dollars quand vous évoquiez devant elles les pauvres mères de famille, vêtues d'un simple châle, qui venaient chez le laitier en pleurant.

Énervé comme avant une première au théâtre, Elmer, le dimanche, fut sur pieds à sept heures, prépara son discours pour l'école du dimanche et, d'une voix sifflante, déclara à Cléo :

— Bon Dieu, vous devriez nous faire déjeuner à l'heure, au moins aujourd'hui, et pourquoi diable l'homme du calorifère n'est-il pas là pour m'empêcher de geler pendant que j'étudie…

A dix heures moins le quart, il était à l'école du dimanche. Il lui arrivait souvent d'avoir à faire la classe de bible pour les paroissiens, à qui il devait en enseigner le sens caché, grâce à ses connaissances de l'hébreu et du grec que les profanes ne possédaient pas.

Les services du matin commençaient à onze heures. Son auditoire comptait désormais près de mille personnes et, quand, par la porte de son cabinet, il jetait un regard sur elles, il avait soudain le trac. Pourrait-il les tenir ? Que diable avait-il dessein de leur dire sur la communion ? Voilà qu'il ne s'en rappelait plus un traître mot.

Exhorter les impurs à progresser n'était pas chose aisée. Obéiraient-ils ? Et, après tout, que lui importait ? Et les jours de communion, quand les gens venaient s'agenouiller autour de la grille de l'autel, il contenait difficilement son rire devant ces yeux confits en dévotion et ces bouches hypocrites de frères qu'il savait être tous des filous dans la vie privée.

Quand, devant lui, au premier rang, une jolie fille béait d'admiration, il peinait à convaincre ses ouailles que l'enfer était promis à quiconque s'abandonnait à convoiter la femme de son prochain. Enfin, quand il avait fini, qu'il était las et voulait se détendre, le plus dur l'attendait : rester debout après le sermon et se laisser serrer la main par de vieilles bigotes : il fallait, le visage impassible, subir leurs radotages, leurs compliments. N'était-il pas une manière d'ange, et elles, que se croyaient-elles ?

Comment trouver pour chacune le mot frappant et pieux ? Et, pendant ce temps-là, les mâles amusés le regardaient comme s'il était une vieille femme en pantalons !

Vers l'heure où il réintégrait le logis, il sentait autour de lui un surcroît d'humiliations, d'ingratitude et d'ennui, et d'ordinaire son flair ne le trompait pas.

D'autres corvées l'attendaient encore, le long du jour, le culte du soir, les fréquentes assemblées de la Ligue Epworth, parfois, à quatre heures, des réunions spéciales. Si les enfants troublaient sa sieste dominicale, Elmer déversait sur eux la colère des prophètes ; comment ? mais tout ce qu'il attendait de Nat et de Bunny, c'était ce qu'on attendait des enfants de tout méthodiste : n'être vus ni dans la rue ni dans les parcs publics l'après-midi du Sabbat et demeurer cois à la maison ; il les accusait de le pousser à une colère indigne d'un homme de Dieu, et les vouait aux gémonies pour ce péché qu'il leur disait être capital.

Labeur acharné et ennuis domestiques ne l'empêchaient pas de lutter avec succès.

XX

1

C'est au cours d'une enquête sur ses alliés et ses rivaux dans le clergé de la ville — et alliés et rivaux, c'était tout un pour lui — qu'Elmer apprit que deux de ses anciens condisciples du séminaire de Mizpah se trouvaient à Zenith.

Wallace Umstead, l'ancien moniteur de gymnastique, était à présent secrétaire général de l'YMCA de Zénith.

« C'est un imbécile. Passons, décida Elmer. Beau gaillard mais sans finesse ni éducation. Ah ! mais non. Erreur. Un prêcheur peut se faire pas mal de réclame en parlant à l'YMCA et gagner des paroissiens. »

Il rendit donc visite à Mr. Umstead et ce fut, entre les deux condisciples, une cordiale et touchante entrevue. Deux hommes forts se retrouvaient, deux vrais chrétiens.

Mais il fut en revanche déconcerté d'apprendre la présence en ville d'un autre condisciple, Frank Shallard. Il se le rappelait, furieux :

« Oui, bien sûr, le type qui voulait m'en imposer, qui m'espionnait quand j'essayais de l'initier au métier à Schoenheim. »

Il fut heureux d'apprendre que Frank était en disgrâce auprès de la partie la plus orthodoxe et la plus sainte de sa paroisse à Zenith. Il avait quitté les baptistes ; on disait qu'il s'était mal conduit comme simple soldat dans la Grande Guerre, et était devenu pasteur d'une Église congrégationaliste de Zenith, non point une paroisse fervente et riche comme celle du docteur G. Prosper Edwards, mais au contraire fort suspecte et mécréante comme celles des unitariens.

Elmer se rappela qu'il devait encore à Frank les cent dollars qu'il lui avait empruntés pour venir donner à Zenith sa dernière série de cours sur la prospérité. Cela le rendit furieux. Impossible de rembourser sa dette, juste au moment où il venait d'acheter à tempérament. Mais n'était-il pas dangereux de se faire un ennemi de cet imbécile de Shallard qui, même s'il mentait à moitié, pourrait se mettre à jaser et, ma foi, en raconter long ?

Le sacrifice lui arracha un gémissement ; il signa un chèque de cent dollars, la moitié de ce qu'il avait en banque, et l'envoya à Frank avec un mot où il lui faisait entendre que depuis longtemps il avait voulu s'acquitter de sa dette, mais qu'il avait perdu son adresse. Il ajoutait qu'il ferait visite à son cher condisciple dès qu'il en aurait le loisir.

« Mais seulement deux décennies après le jour du Jugement dernier ! » grogna-t-il.

2

La tendresse, la sereine droiture, les visions mystiques d'Andrew Pengilly, ce saint de village, n'avaient pas réussi à réconcilier Frank Shallard avec le baptisme, après qu'il se fut lié avec le rabbin sceptique et le ministre unitarien d'Eurêka. Ces adeptes du libéralisme attestaient à merveille les assertions des baptistes intransigeants, à savoir que le meilleur moyen de perdre la foi était de s'occuper de biologie et d'ethnologie. L'éducation dans les universités d'État en Amérique aurait dû se limiter, selon eux, à l'étude de l'algèbre, de l'agriculture et de la Bible.

Au début de 1917, juste au moment où il se demandait s'il quitterait l'Église baptiste avant qu'on le mît à la porte, Frank se trouva pris dans le drame de la guerre, pris, en pleine incertitude, par ce qui semblait une force, et donna sa démission, malgré les protestations de la pauvre Bess stupéfiée. Il la renvoya chez son père avec les enfants et s'engagea comme simple soldat.

Aumônier ? Non. Il tenait, une fois pour toutes, à ressembler aux autres et à se confondre parmi eux.

Il fit la guerre comme secrétaire dans un camp en Amérique. Il se montra intelligent, actif, ponctuel et docile ; il fut nommé sergent et apprit à fumer ; toutes les fois que son capitaine était ivre, il le ramenait loyalement chez lui ; il lut une cinquantaine de livres scientifiques. Tout cela avec la rage au cœur.

Il débordait d'amertume parce qu'on l'avait indignement confondu avec le vil troupeau. Lui, un pasteur qui jouissait de loisirs, d'autorité, de prestige, pour qui il importait ainsi qu'à tout autre de développer ce qui le distinguait des autres, n'était plus qu'un rouage qu'on pouvait briser brusquement au moindre sursaut d'indépendance ! Ah ! qu'il détestait la manifeste sottise de tout cela. Si c'était bien là la guerre qui devait mettre fin à toutes les guerres, rien n'en transpirait chez ses camarades et ses chefs.

Mais il apprit l'indulgence pour tous ces hommes du commun dont il était le compagnon. Il souffrit patiemment les jurons, se découvrit une sympathie pour ces rustres qui chiquaient plus souvent qu'ils ne se baignaient et n'avaient pour tout vocabulaire que le mot *hell*. Leurs vertus l'attirèrent ; il voulait faire quelque chose pour eux et, perplexe, ne voyait rien de mieux que de continuer à prêcher.

Mais ce ne serait plus chez les Baptistes obtus.

D'autre part, il n'était pas prêt à rejoindre les unitariens. Il révérait encore en Jésus de Nazareth la voie qui mène à la volonté et à la justice. L'histoire des bergers qui veillaient dans la nuit, la mère transfigurée près de l'enfant dans la crèche, la magie de tout cela ne l'avait pas abandonné depuis l'enfance. Par un sentiment irraisonné, il voyait en Jésus un surhomme, non plus un être de chair et de sang, mais le Christ.

Il lui parut que les congrégationalistes formaient la plus libérale parmi les sectes trinitariennes. Chaque Église ne faisait-elle pas à soi-même sa loi ? Les baptistes aussi, mais ils pliaient sous le joug inflexible de l'opinion.

Après la guerre, il alla parler au surintendant des Églises congrégationalistes de Winnemac. Frank demanda un poste indépendant, une église pauvre, mais pauvre non de vie et d'ardeur.

Le surintendant lui dit que les congrégationalistes seraient enchantés de l'accueillir et qu'il y avait justement une chaire vacante telle que Frank la désirait : l'église de Dorchester, à la périphérie de Zenith. Les paroissiens étaient des boutiquiers, des contremaîtres, des ouvriers spécialisés, des cheminots, quelques-uns professeurs de musique ou agents d'assurances. Pauvres pour la plupart, ils attendaient d'un prédicateur la vérité vraie. Quand Elmer arriva, Frank était installé à Dorchester depuis deux ans et s'y trouvait presque heureux. Il découvrit que les plus influents parmi ses collègues, les pasteurs congrégationalistes, à l'instar de G. Prosper Edwards, prêtre dans une église située en plein centre, se montraient aussi choqués que les baptistes quand on se permettait d'émettre le moindre doute sur le dogme de l'Immaculée Conception. Il s'aperçut que les dignes bouchers et merciers de sa congrégation ne rayonnaient guère de joie quand il prenait la défense des bolchéviques. Il perdit la certitude de jamais faire le moindre bien autrement qu'en fournissant la drogue de l'espoir religieux à des gens timorés qui redoutaient les feux de l'enfer et craignaient de marcher seuls. Mais être passablement libre, jouir, après la vie de caserne, du confort douillet d'un foyer avec sa bonne Bess et les petits, c'était là une oasis, et Frank s'arrêta pour quelques trois ans dans sa recherche tatillonne de la vérité.

Plus encore que Bess, ce fut l'amitié du docteur Philippe Mac Garry, de l'Église méthodiste de la Treille, qui le maintint dans les rangs.

Mac Garry avait trois ou quatre ans de moins que Frank, mais son rude optimisme le faisait paraître plus mûr. Frank l'avait rencontré à la réunion mensuelle de l'Alliance pastorale et une sorte de loyauté méprisante les avait rapprochés l'un de l'autre. Mac Garry n'était pas homme à être choqué par les entorses que la biologie faisait à la Genèse, par les emprunts du christianisme au culte de Mithra, pas plus d'ailleurs que par le freudisme ou par les hérésies sociales. Cela n'empêchait pas Mac Garry d'aimer son église, dans laquelle il voyait une réunion de camarades en quête d'un idéal supérieur à l'égoïsme quotidien. Il fit partager ses goûts à Frank.

Il y avait toujours chez Frank, cependant, un fond de rancœur. Il souffrait comme ministre qu'on doutât de sa virilité. Les gens intelligents eux-mêmes ne le traitaient pas comme les autres. Il souffrait d'ignorer ce que pensait le commun des mortels et de ne pas partager leurs désirs.

Quand il reçut le mot amical d'Elmer, il murmura :

« Oh ! Seigneur, les gens me rangent-ils donc dans la même classe que ce Gantry ? »

Après un vif exposé des éminentes qualités spirituelles et des exploits amoureux d'Elmer, il laissa entendre à Bess qu'il renverrait le chèque.

— Voyons, fit ironiquement Bess, qui serra le chèque sur son sein, nous tenons là un nouvel habit à la Saint-Michel, un bon dîner pour vous et moi, un nouveau bâton de rouge, et de l'argent en banque. Bravo ! Je vous adore, révérend Shallard, je vous vénère, je suis à vous en toute fidélité chrétienne, mais laissez-moi vous le dire, mon garçon, cela ne vous nuirait pas d'user en amour d'un peu des brusques méthodes d'Elmer !

XXI

1

A Zenith comme ailleurs, Elmer eut affaire à bien des gens solennels et collet monté dont le seul plaisir était de se montrer désagréables et de rendre les autres pareils à eux-mêmes. Mais les choses changeaient et il découvrit dans la paroisse de Wellspring une bande de jeunes ménages dont la gaieté ne s'accordait pas très bien avec une église.

Ce clan de jeunes couples jouissait d'une enviable réputation. Les femmes enseignaient à l'école du dimanche, les maris passaient élégamment le plateau pour les quêtes, mais ils se montraient envers la discipline méthodiste d'un libéralisme analogue à celui qu'un prêtre catholique témoigne envers les madones miraculeuses. La plupart logeaient dans les nouveaux immeubles qui envahissaient peu à peu la ville ancienne. Ils n'étaient pas riches, mais possédaient des Fords, des phonos, et du gin. On dansait, on dansait jusqu'en présence du pasteur.

Ils flairaient l'un des leurs en Elmer. Cléo les glaçait, ils affectaient une certaine tenue devant elle, mais quand Elmer arrivait seul, c'étaient des cris : « Arrivez, révérend, je parie que vous savez vous trémousser tout comme un autre. Ma femme dit qu'elle veut danser avec vous ! Il faut bien connaître les péchés du monde pour réussir un sermon bien tapé ! »

Il se laissait faire, dansait avec eux en affectant de petits airs scandalisés. Malgré l'embonpoint naissant, il avait gardé le pied leste et, quand il nouait ses mains autour de la taille de sa danseuse, il sentait ses doigts comme électrisés.

« Ah ! mais, révérend, quel charmant danseur vous eussiez fait si vous n'aviez pas été ministre ! » disaient les dames, et, oubliant toute prudence, il ne pouvait s'empêcher de lire au fond de leurs yeux fascinés, de remarquer l'agitation de leur sein et de murmurer : « Ah ! mignonne, rappelez-vous que je suis un homme ! Si je m'écoutais… Ouf ! »

On l'admirait.

Un jour qu'il flairait d'un air méchant l'odeur du tabac et de l'alcool, son hôte lui dit, en se tordant :

— Dites-moi, j'espère que vous ne sentez rien dans mon haleine, révérend… ce serait terrible de penser qu'un bon méthodiste comme moi puisse boire un petit coup !

— Sauf le dimanche, ce que l'on sent ne me regarde pas, faisait aimablement Elmer.

Et il ajoutait :

— Allons, sœur Gilson, encore un petit fox-trot. Vous parlez de liqueur, mais qu'arriverait-il si frère Apfelmus savait que son cher pasteur s'était permis une petite danse ? Surtout, ne le lui rapportez pas !

« Mais comment donc ! », s'écriait-on, et il n'y avait pas, même parmi les plus vieux dévots qu'il visitait souvent, de plus fermes partisans du révérend Elmer Gantry, de meilleurs agents de publicité pour ses sermons, que ces jeunes gens fort sympathiques.

Il finit par prendre l'habitude de se rendre à leurs soirées. Il lui fallait de la compagnie, de l'animation ; Cléo lui pesait ; bien qu'elle tentât à vrai dire de s'améliorer, elle n'avait pas encore compris qu'avec ses « Voyons, voyons, Elmer » elle ne l'empêcherait jamais de jurer par tous les diables.

Pour ses escapades, il prétextait des visites aux paroissiens, et en cela il ne mentait pas tout à fait. L'ambition maintenant comptait beaucoup plus pour lui que toutes les dissipations. Ah ! les pianos mécaniques, les filles en kimono rose contre lesquelles, en chaire, il déblatérait avec une telle gourmandise ! Il lui fallait faire un effort violent pour n'y plus penser.

Mais il y avait les jolies jeunes femmes de la bande, en particulier cette Mrs. Gilson, Beryl Gilson, une personne de vingt-cinq ans, faite à souhait pour être enjôlée. Son époux, pâle petit bonhomme geignard, passait son temps à la chicaner, bien trop faiblard pour lui faire de véritables scènes. La force calme d'Elmer semblait faire impression sur elle. Il la prenait à part dans les petits coins, et son bras se glissait autour de sa taille. Il se couvrit de gloire en résistant à la tentation. Il ignorait d'ailleurs s'il remporterait la victoire. Elle était légère, aimait les triomphes, mais avec prudence, en fille des villes habituée à se laisser courtiser. Si jamais elle se montrait aimable… Elle était sa paroissienne, et, de plus, bavarde. Elle pourrait faire du grabuge.

En outre, il avait recours à l'hospitalité de T.-J. Rigg. Là, ni tristesse ni tenue, il pouvait se détendre sans crainte. Rigg le renseignait sur les affaires privées des philanthropes les plus généreux. Malgré tout, les charmes de Beryl Gilson, la vision de ses délicieuses épaules le rendaient fou, lui brûlaient le sang.

Non, il ne *les* avait pas remarqués au cours du sermon, ce dimanche de fin d'automne, pas remarqués parmi la foule des admirateurs qui vinrent lui serrer la main. Il tressaillit, poussa un cri, et on le crut victime d'un malaise.

Mêlés à la foule, Elmer venait d'apercevoir Lulu Bains, la fiancée qu'on avait voulu lui imposer à Schoenheim, et son cousin Floyd Naylor, amaigri et bilieux.

Ils attendirent pour s'avancer que tout le monde fût sorti et que les diacres eussent fini de pomper les mains et de malaxer les bras de leurs victimes, comme ils le font toujours quand le service est terminé. Ah ! qu'Elmer aurait voulu voir les bedeaux rester, mais le scandale lui faisait encore plus peur que les coups.

Il bomba le torse, se ressaisit, fit saillir ses muscles et, prenant son parti, se précipita vers Lulu et Floyd en balbutiant :

— Eh bien, eh bien…

Floyd s'avança gauchement, d'un air avenant, et lui serra la main avec force :

— Nous venons d'apprendre que vous étiez en ville. Lulu et moi, nous ne fréquentons guère l'église et nous ne savions pas. Nous sommes mariés !

Avec infiniment plus de tendresse, Elmer serra la main de Lulu et leur donna avec bienveillance sa bénédiction :

— Ah ! mais ! Je suis très heureux de la nouvelle !

— Ben oui. Il va y avoir quatorze ans. Juste après que vous avez quitté Schoenheim.

Par une inspiration divine, Elmer avait pris l'air d'un homme blessé jusqu'au fond du cœur par le souvenir de leur suprême entrevue. Il joignit les mains sur le devant de sa jolie veste, dans une noble attitude, et fit passer dans son regard une note de douceur et de mélancolie. Si Floyd était demeuré un jocrisse, Lulu, quant à elle, peut-être âgée aujourd'hui de trente-trois à trente-quatre ans, était devenue une véritable citadine. Elle portait un chapeau simple mais non sans goût, un manteau de bure et, ma foi, elle était jolie avec ses yeux doux et engageants qui souriaient en quête d'approbation. Naturellement, elle avait engraissé, mais sans excès, et sa petite menotte blanche était toujours celle d'un gentil petit chat.

Elmer avait remarqué tout cela tout en posant à l'homme qui souffre mais qui pardonne, tandis que Floyd balbutiait :

— Voyez-vous, révérend, vous avez dû croire qu'on voulait vous jouer un vilain tour ce soir-là, au pique-nique de chez papa Bains, quand vous êtes revenu et que, heu ! je tenais Lulu dans mes bras.

— Oui, Floyd, j'ai beaucoup souffert, mais oublions et pardonnons-nous !

— Non, non, révérend, écoutez-moi ! Diable ! Ça m'a coûté de venir vous expliquer, mais il le faut ; eh bien, Lulu et moi nous ne faisions rien de mal, non, monsieur ! Elle était triste et j'essayais de la consoler, bien vrai ! Puis, ça vous a fait de la peine et vous êtes parti, et le papa Bains était furieux ; il a pris son fusil, juré, fait un bruit de diable sans me donner la moindre chance de m'expliquer. Je n'avais plus qu'à épouser Lulu. « Eh bien, que je lui ai répondu, si vous croyez que c'est ça qui m'ennuie ! »

Floyd s'interrompit pour ricaner. Elmer sentait que Lulu l'étudiait avec une religieuse admiration où l'on sentait palpiter l'affection ancienne.

— « Si vous croyez qu' c'est ça qui m' tracasse, qu' j'ai dit à l'oncle, eh bien, laissez-moi vous dire que je brûlais déjà de faire de Lulu ma femme, qu'elle était encore pas plus haute que ça ». Ah bien, ça n'a pas marché tout seul. Papa Bains voulait d'abord aller en ville pour tout vous raconter. Mais vous n'étiez plus là le lendemain, et ceci et cela et patati et patata… et nous voilà ! Et, ma foi, ça marche. J'ai un garage au bout de la ville, un gentil petit appartement et on se la coule douce. Mais Lulu et moi, eh bien, nous avions ça sur le cœur et nous avons voulu vous expliquer quand nous avons vu que vous étiez là. Et puis, nous avons deux gentils gosses, deux garçons !

— Oui, c'est vrai, sincèrement, nous n'avions pas cru, supplia Lulu.

Elmer fit le bon enfant :

— Mais oui, mais oui, je comprends très bien, sœur Lulu ! (Il serra chaudement la main à Floyd, à Lulu plus chaudement encore.) Je suis enchanté. C'est très brave et très honnête de vous être dérangés pour m'expliquer. Vous êtes on ne peut plus honnêtes et moi je ne suis qu'un sot ! Ce soir-là en effet je vous ai crus si déloyaux que j'ai failli n'en pas passer la nuit. Mais, allons, n'en parlons plus. C'est compris et tout est en règle ! (Nouvelle poignée de main.) Maintenant que j'ai retrouvé deux vieux amis tels que vous — naturellement je ne suis encore qu'un étranger à Zenith — je ne tiens pas à vous perdre ! J'irai vous rendre visite. Appartenez-vous déjà à quelque église de Zenith ?

— Heu, pas exactement, fit Floyd.

— Puis-je vous persuader de venir nous voir de temps en temps, et qui sait, quelque jour, de vous joindre à nous ?

— C'est que, révérend, je vais vous dire, dans l'auto… ah, ça, c'est contre mes principes, mais vous savez, dans l'auto, c'est surtout le dimanche qu'on travaille.

— Eh mais, peut-être que Lulu aimerait venir de temps à autre.

— Mais oui. Les femmes doivent s'attacher à l'Église, c'est ce que j' dis. Je n' sais pas comment ça s'est fait et nous avons toujours eu l'idée d'y revenir, mais ça n'a jamais pu s'arranger, j' crois bien.

— J'espère, heu, j'espère, frère Floyd, que notre malentendu de ce soir-là n'est pas ce qui vous a éloigné de l'Église ! Ce serait grand dommage ! Oui, grand dommage ! Mais, je pourrais me l'expliquer.

Lulu ne perdait pas un mot de cette habile tirade. Ah, qu'elle ressemblait peu à ce rustre bavard de Floyd. Jolie, elle l'était, potelée à souhait. Cléo en prenant de l'âge allait s'empâter, il en avait peur, et perdre tout son charme. Épouser Lulu, non. Il avait eu raison. Une petite villageoise ! Mais combien elle serait agréable à caresser !

— Oui, Floyd, j'aurais compris que vous vous offensiez. J'ai été bien maladroit, tout clergyman que j'étais, pour ne pas comprendre la situation. En vérité, c'est à vous de me pardonner ma sottise, Floyd !

Floyd fit timidement :

— Ma foi, oui, il me semblait que vous jetiez bien légèrement le manche après la cognée et je crois bien que ça m'a fâché. Mais maintenant, ça n'a pas d'importance.

Le curieux Elmer demanda à Floyd :

— Et je parie que Lulu était encore plus furieuse que vous de ma bêtise !

— Ah ! mais non ! Elle n'a jamais laissé dire un mot contre vous, révérend ! Ha, ha, ha ! Regardez-la ! si elle rougit ! Eh bien, monsieur, c'est du joli !

Elmer la regarda fixement.

— Voilà, et je suis heureux que nous nous soyons expliqués, fit-il avec onction. A présent, sœur Lulu, permettez-moi de sortir et de vous parler de l'agréable voisinage où nous sommes et de l'œuvre splendide à laquelle nous nous consacrons. Je sais qu'avec deux chers enfants — c'est bien deux, n'est-ce pas ? — superbe ! et qu'avec un charmant mari, vous devez être fort occupée. Mais peut-être auriez-vous le temps de vous charger d'un cours à l'école du dimanche. En tout cas, vous pourriez assister de temps en temps à nos soupers du vendredi, qui sont très bien. Je vous mettrai au courant de nos œuvres et vous pourrez en parler à Floyd pour voir ce qu'il en pense. A quelle heure pourrais-je vous rendre visite et quelle est votre adresse, Lulu ? Voyons, que pensez-vous de demain après-midi à trois heures ? J'aimerais beaucoup aller vous voir quand Floyd est là, mais, hélas ! mes soirées sont prises.

L'après-midi suivant, à trois heures moins cinq, le révérend Elmer Gantry faisait son entrée dans l'appartement de fortune qu'habitaient Floyd et Mrs. Naylor. D'un coup de pied impatient il écarta de son chemin une voiture d'enfant ; il monta haletant et s'arrêta rayonnant de joie devant Lulu qui venait lui ouvrir la porte.

— Seule ? fit-il dans un murmure.

Elle baissa les yeux.

— Oui. Les enfants sont à l'école.

— Oh, c'est dommage ! J'espérais les voir.

La porte se ferma ; comme ils étaient seuls dans le vestibule, Elmer s'épancha :

— Oh, Lulu, ma chérie, je croyais vous avoir perdue pour toujours et voici que je vous retrouve ! Oh, pardonnez-moi de parler ainsi ! J'ai tort ! Pardonnez-moi ! Mais si vous saviez comme j'ai pensé à vous, rêvé de vous, comme je vous ai attendue toutes ces années ! Non, je ne devrais pas parler de la sorte. C'est criminel. Mais nous serons amis, n'est-ce pas, de tendres, de fidèles amis, Floyd, vous et moi ?

— Oh, oui ! soupira-t-elle en le faisant entrer dans le méchant petit salon avec ses rocking-chairs en bambou trois fois repeints, son canapé recouvert d'un châle tricoté, ses natures mortes et ses chromos vulgaires qui représentaient le château de Versailles.

Tandis qu'ils se penchaient ainsi sur leurs souvenirs, il attaqua :

— Ma chère, cela vous semblerait-il mal de m'embrasser ? Rien qu'une fois ? Dites ? Pour me prouver que maintenant nous sommes frère et sœur ?

Elle l'embrassa timidement, craintivement, puis s'écria :

— Oh, mon chéri, comme ça a été long ! soupira-t-elle, se cramponnant à son cou, éperdue.

Quand les enfants rentrèrent de l'école et sonnèrent d'en bas, les amoureux leurs témoignèrent des marques de tendresse auxquelles ils n'étaient pas habitués ; quand ils furent sortis jouer, Lulu, hors d'elle, s'écria :

— Oh, je le sais, ce n'est pas bien, mais je vous ai toujours aimé !

Il s'enquit avec curiosité :

— Éprouvez-vous un remords plus grand du fait que je suis ministre ?

— Non ! J'en suis fière ! Il me semble que vous êtes différent des autres… que vous êtes plus près de Dieu. Je suis fière que vous soyez prêcheur ! Toutes les femmes le seraient ! C'est… voyez-vous… c'est différent !

— Ah, chérie, chérie, souffla-t-il en lui donnant un baiser.

Il fallait être prudent. L'idée que ce rustre de Floyd Naylor pourrait faire son apparition quelque après-midi et le trouver avec Lulu n'était guère du goût d'Elmer.

Ils firent comme tant d'amoureux célèbres et se réfugièrent dans l'Église. Lulu était une admirable cuisinière. Les divertissements ordinaires qu'offrent les villes, conférences, concerts, clubs littéraires, ne lui avaient jamais rien dit. Une ambition obscure, ouvrir son propre restaurant, l'avait incitée à suivre les cours d'une école culinaire où l'on apprenait à faire la salade, la pâtisserie et les sandwiches sur canapé. Elmer lui confia tous les mardis soir une classe de cuisine à Wellspring et, pour elle, obtint des trustees un salaire de cinq dollars par semaine.

La classe finissait à dix heures. A ce moment-là l'église était vide, et Elmer avait décidé que le mardi soir conviendrait parfaitement pour aller travailler à son bureau.

Cléo avait pas mal de choses à faire à l'église — les clubs, la Ligue Epworth, la couture — mais jamais le mardi soir.

Lulu traversait en butant le tranquille sous-sol de l'église, l'obscur et humble corridor ; elle frappait timidement à sa porte, pendant qu'il faisait les cent pas en l'attendant ; il lui ouvrait les bras et elle s'y jetait follement.

« Mais non, je ne suis pas si mauvais que cela. Je ne cours pas après les femmes — oh, non, cette traînée à l'hôtel ne comptait pas —, maintenant j'ai Lulu. Cléo n'a jamais été vraiment ma femme ; elle ne compte pas. Je veux être bon. Si au moins j'avais pu épouser quelqu'un comme Sharon ! Oh, Dieu ! Sharon ! Lui suis-je infidèle ? Mais non ! Chère Lulu, chère gosse, je lui dois bien quelque chose à elle aussi. Je me demande si je pourrai la voir samedi… »

Il connaissait un bonheur nouveau, en même temps qu'un succès foudroyant.

XXII

1

Dans le courant de l'automne de la première année qu'il
passa à Zenith, Elmer lança ses célèbres *Joyeuses soirées
du dimanche*. Le matin, pensait-il, il leur donnait déjà une
solide pitance de religion, de quoi subsister pendant toute
la semaine, mais le soir il leur donnerait des choux à la
crème ! Le christianisme était la religion de la joie, et il se
promettait de la rendre plus joyeuse encore.

Aux *Joyeuses soirées du dimanche*, on chantait bien un
bon hymne ou deux, des hymnes bien orthodoxes, tradi-
tionnels et sanguinaires, suivis d'un court sermon sur les
couchers de soleil, la littérature ou les jeux de hasard, mais
la plus grande partie du temps était consacrée à la joie
de se trouver ensemble, filles et garçons mêlés. Il faisait
entonner : « Auld Lang Syne », « Swanee River » et nombre
de ballades assez peu ecclésiastiques, mais qui avaient été
consacrées par la guerre : « Tipperary », « It's a long, long
way », et « Allons, mettez-moi tous ces ennuis dans le sac
et souriez, souriez, souriez ».

Il organisa des concours de chants entre hommes et
femmes, entre jeunes et vieux, pécheurs et chrétiens. C'était

très amusant de voir des élus indiscutables, tels que notre Elmer lui-même, prétendre se faire passer pour pécheurs. On reprenait le refrain tour à tour en sifflant, en fredonnant, en parlant ; on le chantait en agitant des mouchoirs, en brandissant les mains.

Il y eut d'autres attractions, entre autres un solo de guitare hawaïenne par des virtuoses de l'université de Winnemac, un solo chanté par une délicieuse petite fille de trois ans qu'on avait perchée sur la chaire, un concours d'harmonica qui opposa le célèbre quatuor de l'entreprise de pompes funèbres Higginbotham aux quatre meilleurs joueurs des ateliers de la ligne B.K.C., concours qui fut gagné, à la grande surprise de tous et sur le vote de la paroisse, par les aimables et entreprenants jeunes gens du chemin de fer.

Au terme de la soirée, Elmer s'avança jusqu'au bord de l'estrade et prononça un discours dont seuls les assistants du premier rang, capables de discerner les regards malicieux du révérend, perçurent l'ironie :

— Certains parmi vous, mes amis, pourraient penser que les morceaux exécutés ce soir par nos garçons, que des chants comme « Marchant à travers la Géorgie » et « La Maman », sont indignes d'une Église méthodiste. Laissez-moi donc vous démontrer que notre frère et ami ici présent, Billy Hicks, peut mettre son harmonica au service d'un véritable hymne religieux de caractère élevé.

Billy joua *Ach du lieber Augustin*[1].

Tous, jusqu'aux vieux et graves sacristains, se tordirent. Une fois lancé, le révérend Mr. Gantry pouvait leur assener quelques bonnes petites vérités bien frappées et leur annoncer par exemple que leurs enfants iraient tout droit en enfer si,

---

1. Scie populaire allemande.

avec leur permission, ils continuaient de s'adonner à la lecture des *comics*.

Afin de leur démontrer combien le pari est un vice pernicieux, il en organisa un : laquelle de deux grenouilles sauterait la première ? Pour faire abominer l'alcool, il fit un jour venir le représentant d'une compagnie qui fabriquait du jus de raisin, et tous les paroissiens purent goûter aux échantillons. Un autre jour, il exhiba sur l'estrade la carcasse d'une voiture dans laquelle trois personnes avaient trouvé la mort à un passage à niveau : il signifia ainsi à son troupeau que les excès de vitesse n'étaient qu'un symptôme de la folie grandissante et du matérialisme de notre époque, folie dont le seul remède était le retour à la bonne vieille religion telle qu'on la prêchait à l'Église méthodiste de Wellspring ; peu après, il obtint une publicité sur sept colonnes, avec photos de lui-même, de la carcasse et des victimes de l'accident.

Rares étaient ses vertueux exploits qui ne recevaient de la presse l'attention respectueuse qu'ils méritaient.

Quel ministre à Zenith, puisque le pasteur libéral unitarien et le tout puissant évêque catholique donnaient l'exemple, aurait osé ne pas se montrer prévenant envers ces jeunes messieurs des journaux ? La religion, à l'instar des nouveaux drugstores, pouvait fort bien faire l'objet de longs articles dans les feuilles locales. De tous les membres du clergé, le plus liant, le plus cordial, le plus confraternel envers les reporters était certainement le révérend Elmer Gantry. Les pasteurs, ses rivaux, se contentaient de les accueillir parfois poliment. Elmer, lui, rendait visite au journal, se faisait ami avec les publicistes.

Six mois après son arrivée à Zenith il prépara un sermon sur la fabrication et la mission d'un grand journal. Il fit part de son projet aux directeurs de gazettes, se fit montrer leurs installations, présenter au personnel de l'*Avocat et le temps*, de *L'Avocat du soir*, de *La Presse*, de *La Gazette*, du *Crieur*.

Grâce à ces visites, il parvint à se lier avec une douzaine au moins de reporters. Il fit la connaissance de l'illustrissime colonel Rutherford Snow, propriétaire de *l'Avocat*, vieux grigou à cheveux blancs aussi pieux que grossier, et dont la position sociale à Zenith pouvait rivaliser avec celle d'un directeur de banque ou d'un conseil de corporation. Elmer et le colonel se reconnurent frères en esprit d'entreprise et en audace. Le colonel était fort dévoué à l'Église et à ses œuvres, il était le rempart des libres et démocratiques institutions américaines, et il abandonnait régulièrement à l'Église congrégationaliste des pèlerins plus que la dîme de ce que lui rapportaient ses annonces pour produits pharmaceutiques patentés contre le cancer, la hernie, la tuberculose, etc.

Le colonel témoignait de l'amitié à Elmer et avait ordonné de rendre compte au moins une fois par mois de ses sermons, au détriment, s'il le fallait, de tout le reste du clergé.

Cependant, Elmer ne sut pas se concilier les bonnes grâces de Bill Kingdom, le vétéran chevronné du reportage à *L'Avocat et le temps*, mais ce ne fut pas sa faute. Il eut beau appeler Bill par son petit nom, lui payer des cigares de vingt-cinq cents, et dire *damn* pour lui faire plaisir, Bill prenait un air distrait quand Elmer lui apportait fût-ce les histoires les plus savoureuses sur les dancings. De rage, le vertueux Elmer reporta ses séductions sur les membres plus jeunes de la rédaction de l'*Avocat*, qui, eux, furent ravis de prêter l'oreille à un prêcheur bon enfant capable de jurer.

Surtout, Elmer Gantry se dépensa sans compter pour une certaine miss Coey. Elle faisait les petites histoires sentimentales à la *Gazette du soir* et était une paroissienne enthousiaste. Comme il pouvait obtenir d'elle une réclame hebdomadaire, Elmer, après l'église, venait toujours bavarder avec elle, ce qui rendait Lulu furieuse :

— Non seulement je ne peux pas lui être présentée parce que monsieur trouve ça dangereux, mais je dois encore supporter que vous preniez dans les vôtres les mains de cette petite pimbêche. Ah, non, c'est trop !

Il lui fit cependant comprendre que miss Coey n'était qu'une sotte et que son contact le dégoûtait, mais que, s'il avait des attentions pour elle, c'était à cause de la publicité, et Lulu pensa désormais que son attitude était juste et noble, croyance qui persistait même quand elle lisait dans le bulletin paroissial des dithyrambes ainsi conçus :

« Félicitons sœur Coey, qui représente si brillamment les beaux-arts parmi nous, pour le merveilleux article qu'elle a fait paraître dans l'un des derniers numéros de la *Gazette* sur la femme ivre sauvée par l'armée du Salut. Votre pasteur, en le lisant, a senti les larmes lui monter instantanément aux yeux, ce qui est un hommage aux dons d'expression de sœur Coey. C'est toujours un bonheur pour le pasteur de fraterniser avec l'armée du Salut ainsi qu'avec les autres branches de la véritable Église protestante évangélique et universelle. Wellspring est le foyer du libéralisme aussi longtemps qu'il n'affaiblit pas la morale ou les principes établis du christianisme biblique. »

2

Non moins importantes que la publicité étaient pour Elmer ses pénibles campagnes financières.

Il avait fait une découverte aussi grandiose que simple, à savoir que le meilleur moyen de soutirer de l'argent était d'en demander et de l'exiger avec insistance. Rendre visite aux gens riches, organiser l'émulation à l'école du dimanche, veiller à ce que chacun reçût bien ses bulletins de souscription, tout cela avait son utilité et il y donnait tous ses soins. Mais ce qui était plus sûr encore, c'était de rappeler à ses paroissiens, chaque dimanche, tous les bienfaits merveilleux qu'opéraient l'église de Wellspring et son pasteur. Ah, qu'on ferait plus de bien avec des fonds, des fonds dont on avait besoin à la minute même !

Quel ne fut pas le plaisir de son Bureau officiel en voyant les quêtes augmenter plus rapidement même que le nombre des fidèles. On insista auprès de l'évêque pour garder Elmer un an de plus — on aurait voulu le garder à perpétuité — et on porta son traitement à quatre mille cinq cents dollars.

A l'automne on lui donna deux assistants — le révérend Sidney Webster, docteur en lettres et théologie, et Mr. Henry Wink, plus spécialement chargé de l'Éducation.

Mr. Webster avait exercé les fonctions de secrétaire auprès de l'évêque Toomis. Il était en passe d'arriver au secrétariat du grand conseil d'administration d'une église et de diriger les bureaux des publications, des missions, des œuvres de tempérance et de morale. Il avait vingt-huit ans ; à l'université de Boston, il s'était fait remarquer au basket-ball ; il était aussi peu loquace qu'un habitant de la Nouvelle-Angleterre, aussi exact qu'une machine à calculer, aussi froid que peut l'être un bureaucrate. Il aimait Dieu et les hommes en général d'une dévotion rigide, mais n'avait d'amour pour personne en particulier. Il professait la haine du péché mais, trop hautain pour haranguer le pécheur, il se contentait de détourner froidement la tête et de l'envoyer au diable. Dépourvu de tout vice, il était un véritable homme de valeur. On pouvait compter sur lui pour faire un sermon, se débarrasser des mendiants, prononcer dévotement et avec calme les prières au chevet des mourants, réduire les dépenses de l'église et éclaircir le dogme de la Trinité.

Henry Wink zézayait et débitait des histoires niaises mais dirigeait admirablement l'école du dimanche, ainsi que les classes de Bible et la Ligue Epworth.

Mr. Webster et Mr. Wink libérèrent Elmer de tout travail fastidieux, mais il n'en devint que plus affairé. Il ne se contentait plus désormais de charmer ses ouailles, il les harcelait, lançait des charges héroïques. Dénoncer le péché ne lui suffisait plus, il entreprit de l'exterminer.

3

Environ un an et demi après son arrivée à Zenith, Elmer fonda un Comité pour la moralité publique et commença d'organiser des descentes dans les quartiers mal famés.

Il lui semblait que sa publicité baissait. Même son ami, le colonel Rutherford Snow, propriétaire de l'*Avocat et le Temps*, lui laissait entendre que pour passer ce qu'on appelait des entrefilets il fallait être l'auteur d'actes et propos fondamentalement novateurs.

« Très bien, se promit Elmer je vais m'y mettre, maintenant que j'ai Webster et Wink pour amuser mes paroissiens »

Il découvrit par inspiration que, tout à coup et pour des raisons mal définies, tout allait bien mal à Zenith, que l'immoralité y pénétrait si bien chez les grands et les petits, menaçant la pureté de la jeunesse et la sainteté du foyer domestique, qu'il ne suffisait plus aux pasteurs de dénoncer de loin les malfaiteurs ; le moment était venu de sortir de sa retraite et d'oublier le décorum pour déclarer une guerre ouverte aux forces du mal.

Cela, il l'affirma du haut de la chaire, au cours d'une interview, et dans une lettre aux clergymen les plus notoires de la ville qu'il invita à se joindre à lui afin de former un Comité pour la moralité publique qui arrêterait un plan de campagne.

Cela dut faire peur au diable. En tout cas, d'après les journaux, la simple menace de la formation du comité avait suffi pour faire quitter la ville « à nombre de filous bien connus et de femmes de mauvaise vie ». Quels étaient ces filous, les journaux ne le disaient pas.

La réunion du Comité eut lieu à l'heure du lunch dans une des salles luxueuses du club d'athlétisme de Zenith. Pour prouver qu'ils n'avaient pas froid aux yeux, tout clergymen qu'ils étaient, les membres du Comité réunis avant le déjeuner dans le grand hall du club se montraient particulièrement empressés et bruyants. Ils hélaient à grands cris leurs connaissances de passage, les fleuristes, les docteurs et les entrepreneurs en plomberie. A un certain agent immobilier du nom de Babbitt, le presbytérien lança :

— Eh bien, mon petit George ! On a sa bouteille ? On dîne entre prêcheurs et on voudrait bien boire un petit coup !

Cela plongea Mr. Babbitt dans l'admiration et tout le clergé éclata de rire, à l'exception de l'épiscopal Mr. Tate et du scientiste chrétien, Mr. Tillish.

Le salon particulier du club était une salle exiguë peinte en rouge clair avec deux tableaux où, sous un pin agité par la tempête sur fond de très hautes montagnes, des Lithuaniennes posaient en jeunes indiennes revêtues du costume national laissant voir leurs belles jambes. Dans le salon particulier, à côté, avait lieu le déjeuner de l'Association des tailleurs pour hommes ; S. Garrison Siegel, de New York, discourait sur les développements possibles de la location d'habits de cérémonie.

Le Comité à venir pour la moralité publique tint ses assises autour d'une table longue et étroite, sur des chaises de bois tarabiscotées dans lesquelles on faisait de vains efforts pour se renverser. Rien sur la table n'évoquait la débauche ou le démon du rhum. Il ne s'y trouvait que de simples gobelets d'eau glacée qui donnaient le frisson.

Le repas fut grave ; on servit du consommé, du céleri, un rôti d'agneau tiédasse, de la purée de pommes de terre tout à fait froide, des choux de Bruxelles trop cuits, de la glace ramollie, de grandes tasses de café et pas de cigares.

Ce fut Elmer qui commença :

— J'ignore quel est le doyen d'âge parmi nous, mais il n'y a certainement personne dans cette salle qui se soit mieux distingué au service du Christ que le Dr. Edwards, de l'Église congrégationaliste des pèlerins et je suis sûr que vous m'approuverez si je lui demande de réciter les grâces avant le repas.

La conversation à table fut moins gaie que les grâces.

Tous ceux qui étaient là se détestaient. Chacun se souvenait de quelque incident, qu'on lui avait volé ou essayé de lui voler quelque paroissien dont on avait corrompu la foi et dont on s'était approprié les offrandes. Le Dr. Hickenlooper et le Dr. Drew s'étaient chacun prévalus de posséder la plus importante école du dimanche de la ville. Les protestants qui étaient présents brûlaient de poser des questions embarrassantes sur l'Immaculée Conception au père Smeesby, mais celui-ci, quadragénaire affable et tout vêtu de noir, tenait tout prêt en cas d'attaque contre l'Église catholique l'apologue de la fourmi et de l'éléphant. On aurait bien demandé audit Tillish comment il avait fait pour se laisser entortiller par cette rebouteuse de Mary Baker Eddy, on aurait bien voulu chicaner le rabbin Amos et savoir pourquoi ces imbéciles de juifs n'embrassaient pas la foi chrétienne.

Cette hypocrite cordialité était terrifiante. On parlait d'une voix suave, on se souriait sans cesse, mais personne n'écoutait son voisin. Elmer, stupéfait, comprit qu'on se séparerait sans avoir rien fait s'il ne parvenait pas à les rendre solidaires. Qu'est-ce qui pourrait leur plaire et les intéresser ? Le vice ! Eh bien, allons-y pour le vice et, sur l'heure, sans attendre la réunion qui devait suivre le déjeuner, il frappa sur la table et demanda :

— Vous êtes pour la plupart depuis plus longtemps que moi à Zenith. Je m'excuse de mon ignorance. Il m'a été donné, il est vrai, de déterrer de nombreux cas, des cas *terribles* de péché secret. Mais vous, messieurs, qui connaissez la ville tellement mieux, ai-je raison ? La situation est-elle aussi terrible que je le pense, ou bien est-ce que j'exagère ?

Tous prirent feu. Elmer, ils le découvraient tout à coup, était un homme très bien après tout et ils prirent un visible plaisir à narrer leurs tristes découvertes : l'histoire, à glacer le sang dans les veines, de ce père qui avait trouvé des gravures indécentes dans le sac à main de sa fille de seize ans, ce dîner d'anciens combattants à l'hôtel Leroy, où avait dansé une jeune dame qui n'avait pour tout vêtement que ses chaussures et son chapeau.

— Je sais exactement à quoi m'en tenir, j'en tiens les détails d'un de mes paroissiens, et je puis tout vous raconter si vous le jugez bon, fit le Dr. Gomer.

Le juger bon ! Mais certainement. Aussi, après que le Dr. Gomer eut tout rapporté par le menu, le Dr. Jessup déclara :

— Oui, cet hôtel Leroy est une vraie sentine d'iniquité ! On devrait le raser.

— Tout à fait ! Je ne crois pas être cruel, s'écria le Dr. Zahn, le luthérien, mais si j'étais libre, je brûlerais vif le propriétaire !

Et tous de rapporter des incidents d'une obscénité révoltante, tous sauf le père Smeesby qui, renversé dans sa chaise, souriait benoîtement, l'épiscopal Dr. Tate, que tout cela avait l'air d'assommer et Mr. Tillish, le guérisseur scientiste, qui restait de glace. Il semblait bien qu'en dépit de tous leurs efforts, ainsi que de ceux d'innombrables ministres inspirés et admirablement instruits de l'Évangile, la ville de Zenith n'était qu'une nouvelle Sodome. Peut-être tous ces apôtres en alarme étaient-ils au fond moins inquiets qu'ils ne le prétendaient. Ce fut avec une attention toute bénigne qu'ils écoutèrent le Dr. Zahn leur raconter avec son accent allemand les amours inquiétantes entre demoiselles du grand monde, qu'il connaissait si bien pour dîner une fois par an avec le plus riche de ses paroissiens.

Elmer était content. Il n'y avait pas à dire, on nageait en plein vice.

Cependant, quand il s'agit d'en venir aux faits, de prendre des résolutions, de nommer des sous-comités et d'ébaucher un programme, ils reculèrent.

— Voyons, ne pourrions-nous pas nous réunir, additionner nos efforts ? plaida Elmer. Quelles que soient nos divergences confessionnelles, nous nous retrouvons tous dans l'adoration du même Dieu, dans la défense du même code de morale. Mon désir serait de voir ce Comité devenir une organisation permanente, puis, quand le moment sera venu... Pensez donc à la révolution que cela ferait dans notre ville ! Nous formerons une police spéciale, nous serons les garants de la sécurité, nous marcherons contre le vice, nous arrêterons les criminels et les emprisonnerons en un lieu sûr où ils ne pourront plus nuire ! Nous conduirons avec nos paroissiens une vraie croisade ! Pensez-y !

Ils y pensaient et n'avaient pas l'air très rassuré.

Le père Smeesby prit la parole :

— L'Église à laquelle j'appartiens, messieurs, possède une théologie plus rigide que la vôtre, mais nous nous alarmons moins facilement que vous en découvrant que les pécheurs aiment à pécher. Dans le catholicisme il est plus dur de croire, mais plus facile de vivre.

— L'association dont je suis membre, fit Mr. Tillish, verrait d'un mauvais œil une chasse aux sorcières, de même qu'une charité faite sans discernement. Les pauvres et les vicieux...

Mr. Tillish émit un léger sifflement entre ses dents qu'il avait belles mais fausses et poursuivit amène et glacial :

— Pour ceux-là, la vérité se trouve clairement formulée dans *Science et Santé* ou bien dans les propos que nous tenons lors de nos réunions ; le vice et la pauvreté, comme la maladie, sont irréels, ce sont des erreurs que l'on peut écarter en comprenant que Dieu est Tout-en-Tout, que les infirmités, le mal, le péché ne sont que des négations du Dieu bon et Tout-Puissant, de la vie. Si tous ces prétendus malades témoignent ainsi de leur indifférence envers la vérité, quand on la leur offre gratuitement, est-ce notre faute ? Je comprends votre sympathie pour les malheureux, mais est-ce par le feu que l'on détruit l'ignorance ?

— Ah, mais, je me défile aussi, fit en riant le rabbin Amos. Si vous cherchez un rabbin pour partir en croisade contre le vice, adressez-vous à ces jeunes libéraux à la mode sortis de l'école de Cincinnati, et encore ceux-là ont trop de sympathie pour les pécheurs pour vous servir en quoi que ce soit ! En tout cas, mes gens à moi sont si respectables que si leur rabbin faisait mine de quitter son bureau pour se donner des airs avancés, eh bien ! ils le congédieraient.

— Pour moi, dit le Dr. Willis Fortune Tate de l'Église épiscopale de Saint-Colomb, le projet de nous faire jouer le rôle de policiers et de nous colleter en personne avec les malfaiteurs me semble aussi vulgaire qu'inutile. Oh, oui, je ne suis pas insensible à l'idéal qui vous anime, docteur Gantry…

— Monsieur Gantry, j'admire et respecte votre énergie, mais je vous demande de bien réfléchir et de penser aux malentendus qui peuvent surgir entre vous, la presse et les laïcs, dont l'esprit est terre à terre et mal préparé.

— Je dois, je le crains, me ranger à l'avis du docteur Tate, fit le Dr. G. Prosper Edwards, congrégationaliste, sur le ton dont le Monument aux pères pèlerins de Plymouth approuverait l'Abbaye de Westminster.

Les autres déclarèrent qu'il fallait du temps et de la réflexion, et se défilèrent aussi promptement et cordialement que possible.

Elmer, en compagnie de son ami et soutien, Mr. T.-J. Rigg, se dirigea vers le cabinet du dentiste où, tout ministre ordonné qu'il fût, force lui était bien de s'abandonner lui aussi aux contorsions et aux gémissements de règle en pareil cas.

— La jolie bande de froussards et de prophètes à la manque, ah, les pauvres nouilles ! protesta Mr. Rigg. Dommage, frère Elmer ! Dommage ! Mais c'est excellent, cette croisade contre le vice ! Oh, cela ne change rien à la situation… et pourquoi cela la changerait-il ? Il faut bien laisser aux gens qui ne possèdent pas nos avantages le moyen de se divertir un peu. Mais cela attire pas mal d'attention sur l'Église. Je suis fier de la façon dont nous relevons l'église de Wellspring. C'est ma marotte. Cela m'indigne de voir tous ces bigots à la guimauve ne pas vous seconder !

Levant les yeux, il vit qu'Elmer grimaçait un sourire sardonique.

— Peu importe, monsieur. Au fond, je suis ravi. Primo, je leur ai donné l'horreur du vice. Avant qu'ils y reviennent dans leurs sermons, j'en ai réservé le monopole à notre église. Secundo, ils n'auront pas le toupet de m'imiter si je me lance dans la croisade à mon compte. Tertio, je puis les dénoncer du haut de la chaire ! Et je n'y manquerai pas ! Vous verrez ! Oh, je ne nommerai personne, je ne ferai pas d'allusions. Je raconterai que j'ai vainement tenté d'enrôler une bande de prêcheurs pour prendre des mesures pratiques et mettre fin à l'immoralité, et comment ils ont pris peur !

— Parfait ! fit le trustee condescendant. Nous leur apprendrons que Wellspring est l'Église qui suit vraiment l'évangile !

— Mais, bien sûr ! Maintenant écoutez-moi, monsieur. Si vous, les trustees, voulez couvrir les frais, je vais engager deux bons détectives pour découvrir quelques adresses d'endroits vraiment vicieux — il y en a — et recueillir des preuves. Puis je houspillerai la police pour ne les avoir pas dénichés. Je dirai qu'ils sont si notoires qu'il faut sûrement qu'elle les connaisse. Il y a probablement du vrai là-dedans. Ah, mon ami ! quelle sensation ! Tous les dimanches soir pendant un mois je dévoile ce que je sais ! Je fais en sorte que le chef de la sûreté me réponde par voie de presse !

— Bravo ! Justement je connais un type, un ancien agent du gouvernement, un agent de la prohibition, à qui on a fendu l'oreille pour alcoolisme et chantage. Ce n'est pas précisément un type à double face, il est bien plus honnête que la plupart des agents de la prohibition, je crois qu'il nous refilerait quelques bonnes adresses. Je vous l'enverrai.

4

Quand, du haut de la chaire, le révérend Elmer Gantry annonça que les autorités de Zenith étaient complices du vice et qu'il se faisait fort de donner le nom des propriétaires de seize maisons closes, de onze cabarets borgnes, de deux tripots où se fourguait de la cocaïne et de l'héroïne, sans oublier un music-hall obscène et clandestin si horrible qu'il ne pouvait que vaguement en suggérer le programme, quand il attaqua le chef de la police et promit des accusations plus circonstanciées pour le dimanche suivant, ce fut comme une explosion dans Zenith.

Des comptes rendus parurent en première page des journaux, il y eut des répliques retentissantes du maire et du chef de la police, des contre répliques d'Elmer, des interviews diverses, et un reportage sur la traite des blanches à Chicago. Dans les clubs, les bureaux, les associations religieuses et les cabinets particuliers des restaurants où l'alcool était banni, les conversations allaient bon train. Il fallut monter la garde autour d'Elmer et le défendre contre une nuée de visiteurs, de correspondants, sans compter les coups de téléphone. Son adjoint, Sidney Webster, et sa secrétaire, miss Bundle, ne parvenaient pas à le soustraire à la foule ; il dut se cacher chez T.-J. Rigg et fermer sa porte à tout le monde sauf aux reporters que poussaient vers lui le zèle chrétien ou la sympathie confraternelle.

Le dimanche qui suivit, l'église fut pleine une demi-heure avant le service ; il y avait des gens debout jusque dans le vestibule et des centaines d'autres qui s'agitaient devant les portes closes.

Elmer donna l'adresse de huit débits clandestins, décrivit les affreuses libations de whisky auxquelles on s'y adonnait et fit le compte des policemen en uniforme rencontrés la semaine précédente dans les plus attrayants desdits lieux.

La police tentait désespérément de temporiser, d'obtenir, pour leurs complices, des délais avant la fermeture, mais il fallut bien arrêter dix ou quinze criminels sur les cent qu'avait dénoncés Elmer. Le chef de la police triompha en déclarant qu'il lui était impossible de trouver les autres.

— Très bien, lui rétorqua Elmer sur un ton amène et grand seigneur, nommez-moi provisoirement lieutenant de police, donnez-moi une escouade et je ferme cinq mauvais lieux en une soirée, n'importe quelle soirée, sauf le dimanche.

— Entendu, faites une première descente demain, accorda le chef, digne et compassé.

Mr. Rigg n'était pas très rassuré.

— Je crois que vous allez trop loin, Elmer, lui dit-il. Si vous attaquez de face les gros *bootleggers*, ils nous auront par l'argent, et si vous touchez à la pègre cela vous retombera sur le nez. C'est diablement dangereux.

— Je sais, je vais donc m'en prendre au menu fretin, à ceux qui fabriquent leur alcool sans la complicité de la police, sauf quand ils se décident à refiler un petit pot-de-vin à l'agent de service. Les journaux vont les transformer en bandits de la pire espèce pour faire mousser l'histoire et nous aurons tout le mérite sans courir de risques imbéciles.

5

Ce soir-là, mille personnes au moins cernaient les abords du commissariat central, quand une douzaine de policiers armés en descendirent et se mirent au garde-à-vous, les yeux rivés sur la porte d'où leur chef allait sortir.

Il sortit en la personne de l'éminent révérend Mr. Gantry, qui fit halte sur le perron, pendant que les policemen lui rendaient le salut militaire. Une partie de la foule applaudit, l'autre se moqua et les appareils photographiques cliquetèrent en un feu d'artifice de magnésium. Elmer portait la casquette à galon doré de lieutenant de police, une lugubre redingote, des pantalons noirs et, sous son bras, il tenait une bible.

Deux paniers à salade s'ébranlèrent à grand fracas, et toutes les femmes dans la foule, à l'exception de quelques *professionnelles* malheureusement trop impies, béaient d'admiration devant ce moderne Savonarole.

Il avait promis à la foule de lui offrir en pâture un bordel.

6

Deux aimables jeunes femme, lasses de travailler dans une méchante boulangerie et d'offrir gratuitement leurs charmes à de gros et pales garçons boulangers, les dimanches après-midi, avaient trouvé plus commode et plus divertissant de louer un petit pied à terre à leur compte dans une rue voisine de l'église d'Elmer. Si les rapports qu'elles entretenaient avec leurs amis gentlemen dépassaient en chaleur ce que pouvait attendre un pasteur ayant fait l'expérience de la sainte et glaciale institution du mariage, il faut tenir compte du fait que ces amis n'étaient pas nombreux, qu'elles raccommodaient leurs chaussettes et ne marchandaient pas leurs éloges à l'éloquence d'Elmer.

Une de ces demoiselles bavardait justement ce soir-là avec un monsieur qui, ainsi qu'il fut prouvé en justice, n'était pas précisément son époux. L'autre était dans la cuisine à confectionner un gâteau pour l'anniversaire de sa nièce en fredonnant : « En avant, Soldats du Christ ! » Elle fut stupéfaite d'entendre une rumeur, un cliquetis, puis des cris dans la rue au dessous, suivis bientôt par le bruit de gens qui montaient l'escalier. Elle accourut dans le salon juste à temps pour voir la jolie porte en faux acajou éventrée par une crosse de fusil.

La chambre fut envahie par une douzaine de policemen ricanants suivis, à la honte de la pauvre demoiselle, par son prophète adoré, le révérend Gantry. Mais ce n'était plus le joyeux, le riant Mr. Gantry qu'elle connaissait. Les bras levés dans un geste d'horreur sacrée, il tonna :

— Femme éhontée ! Que tes péchés retombent sur ta tête ! Tu n'entraîneras plus de pauvres jeunes gens infortunés dans les égouts de l'iniquité ! Sergent ! Prenez votre revolver ! Ces femmes sont capables de tout ! je le sais !

— Et comment, sûr ! ricana le policier à la figure couleur de brique.

— Allons, voyons ! Cette petite me semble aussi dangereuse qu'un poisson rouge, Gantry, remarqua Bill Kingdom, du *Times Advocate*.

— Allons voir ce que l'autre manigance, suggéra un des policemen.

Ils se tordirent quand ils pénétrèrent dans la chambre où une fille à demi-vêtue et un homme se blottissaient contre la fenêtre, le visage blême de honte.

Sourd aux propos de Bill Kingdom, qui grommelait : « Allons, suffit ! vous devriez viser plus haut et choisir adversaire à votre mesure ! », Elmer, l'exterminateur du vice, se montra véritablement biblique.

Sans l'intervention de Bill Kingdom, le lieutenant Gantry eût certainement fait mettre dans le panier à salade la brebis égarée en chemise.

Elmer conduisit ensuite son escouade dans un repaire secret où, d'après des rapports autorisés, des gens se perdaient corps et âme en absorbant de diaboliques alcools.

7

Malgré la Prohibition, le cabaret de Mr. Oscar Hochlauf était toujours ouvert. On était très bien *Chez Oscar* ; c'était tranquille, vieillot, soporifique ; nul autre café ne possédait un miroir aussi artistiquement décoré de graffiti ; nulle part le hareng mariné n'avait un goût plus piquant.

Ce soir-là, il y avait trois hommes au comptoir : Émile Fischer, le menuisier, dont la moustache rappelait un cache oreilles, son fils Ben, à qui Émile apprenait à boire de la bonne bière, au lieu du whisky et du gin auxquels l'Amérique contraignait ses citoyens, et le vieux Papa Sorenson, le tailleur suédois.

On parlait jazz.

— Oui, moi je suis venu en Amérique pour la liberté, mais je crois bien que c'est en Allemagne que le fils de Ben ira la chercher, faisait Émile. Ici, quand j'étais jeune, nous faisions de la musique tous les quatre le samedi soir, nous jouions du Bach, du Brahms, une musique affreuse, *Gott weiss* ! mais nous aimions ça et nous ne forcions personne à nous écouter. Maintenant, où qu'on aille c'est le jazz, la danse de Saint-Guy. Le jazz est à la musique ce que ce révérend Gantry, dont on parle dans les journaux, est au bon vieux prédicateur. Ma foi, ce Gantry-là, je me demande s'il est né d'une femme, s'il n'est pas plutôt sorti d'un saxophone.

— Oh, ce pays est bath, papa, faisait Ben.

— Pardi, confirmait gaiement Oscar Hochlauf, tout en soufflant l'écume d'une chope de bière. Les Américains, comme je les ai connus d'abord, quand il y avait Bill Nye et Eugène Field, ils aimaient rire. Maintenant, ils sont solennels. Maintenant, ils s'amusent à écouter des types comme Gantry et ce tas de prêcheurs qui prétendent apprendre aux gens à vivre. Quand on rit, ouf ! que le bon Dieu vienne en aide aux prêcheurs !

— C'est comme tu le dis. A propos, est-ce que je t'ai dit, Oscar, fit le tailleur suédois, mon petit-fils William, il a une bourse à l'Université !

— Ça c'est bien ! fit-on à la ronde en donnant des tapes dans le dos de papa Sorenson.

A ce moment firent irruption par la grande porte une douzaine de policiers et un sinistre gentleman armé d'une bible qui, montrant du doigt le pauvre Oscar stupéfait, commandait d'une voix tonnante :

— Arrêtez-moi cet homme et saisissez-vous de ces gens !

Puis, à Oscar et à l'assistance qui augmentait dans les proportions de dix personnes à la seconde :

— Je vous tiens ! C'est vous qui corrompez la jeunesse, qui lui faites avaler vos boissons diaboliques, qui la menez sur la route infernale du vice, du jeu et de l'assassinat !

Arrêté pour la première fois de sa vie, abasourdi, assommé, s'appuyant sans force sur le bras des deux policiers, Oscar Hochlauf se redressa sous le coup et cria :

— Sale menteur ! Quand vous me laissez faire, c'est la bière Eitelbaum que je débite, la bière la meilleure de l'État, et à présent je la fabrique moi-même, ma bière, de la bonne bière, de la bière honnête ! Boisson diabolique ? Allons donc, vous jugez la bière comme un cochon qui jugerait des vers ! Votre Christ a fait du vin, et il l'aimerait, ma bière.

Elmer bondit en serrant ses terribles poings. Seule la poigne du sergent l'empêcha d'abattre le blasphémateur. Il cria :

— Ouste, au panier à salade, l'infâme crapule ! Comptez sur moi pour qu'il en prenne le maximum !

Bill Kingdom murmura à part soi : « Ce vaillant prêcheur fait face à lui seul à un cabaret plein de bandits et d'énergumènes et leur reproche d'invoquer en vain le nom du Seigneur. Oh, la belle histoire ! Après cela, ma foi, reste plus qu'à se suicider. »

8

Parmi la foule des spectateurs, ainsi que parmi les policiers, on disait à mi-voix qu'à voir les précautions qu'il mettait à suivre la troupe, au lieu de la précéder, le révérend lieutenant Gantry avait peut-être peur des sinistres criminels qu'il attaquait. La vérité est qu'Elmer avait peu de goût pour les duels au revolver. Mais il n'avait pas perdu tout amour de la bataille ; physiquement parlant, il n'était pas un lâche, et c'est ce que tous découvrirent à leur grande édification lors de la descente de police chez Nick Spoletti.

Nick, qui tenait un bar dans un sous-sol, avait été lutteur, chez lui la vivacité s'alliait au sang-froid. Il entendit venir les soldats de la croisade et cria à ses clients :

— Ouste ! Par la porte de côté ! Je vais les retenir !

Il rencontra le premier policeman au bas de l'escalier et l'abattit d'un coup de bouteille sur la tête. Le suivant trébucha sur le corps, les autres firent halte, regardèrent, l'air gêné, tout en tirant leur revolver. Elmer avait flairé la bataille. Il oublia son caractère sacré. Il laissa tomber sa bible, écarta du coude deux policiers et bondit sur Nick du bas de l'escalier. Nick le visa à la tête, mais d'un mouvement de la nuque familier aux boxeurs, Elmer para le coup et mit Nick knock out d'un gauche meurtrier.

— Fichtre, ce pasteur a de la poigne ! grommela le sergent, tandis que Bill Kingdom soupirait : « Pas si mal ! »

Elmer avait remporté la victoire, il allait être le héros de Zenith, il était le Lancelot, aussi bien que le William Jennings Bryan de l'Église méthodiste.

9

Deux rafles encore et la fourgonnette de police le déposait chez lui, accompagné par les applaudissements d'agents à présent moins sceptiques.

Cléo se précipita à sa rencontre :

— Vous êtes sain et sauf ! Oh, mon chéri, vous êtes blessé !

Il saignait légèrement à la joue.

Dans un élan d'admiration pour lui-même, si ardent qu'il rejaillit jusque sur Cléo, il l'étreignit et lui donna un baiser sonore en rugissant :

— Ce n'est rien ! Ça a été splendide. Nous avons fait des rafles en cinq endroits, arrêté vingt-sept criminels, surpris dans toutes sortes d'horribles débauches, des choses que je n'aurais jamais crues possibles.

— Mon pauvre chéri !

Cléo et la bonne, qui épiait du fond du corridor, lui étant insuffisant, il s'écria :

— Allons tout raconter aux enfants. Peut-être seront-ils fiers de leur père ! fit-il en interrompant sa femme.

— Mais, chéri, ils dorment !

— Oh ! J'ai compris ! Apprendre que leur père est un homme qui n'a pas peur de défendre l'évangile au péril de sa vie doit leur être moins précieux que le sommeil !

— Oh, ce n'est pas ce que je voulais dire ! Bien sûr, vous avez raison, ce sera pour eux un exemple merveilleux, une inspiration. Mais laissez-moi d'abord vous mettre un emplâtre à la joue.

Quand la blessure fut soigneusement nettoyée et pansée, il avait oublié les enfants et la leçon que Cléo avait espéré le voir donner ; assis sur le bord de la baignoire, il lui racontait qu'à lui seul il s'était conduit comme une armée de Troyens. Elle était en adoration devant lui, il se sentait redevenir amoureux, mais il lui sembla, par les petites tapes qu'elle lui donnait anxieusement sur le bras, qu'elle cherchait à l'exciter. Cela le fâcha. Comment ! cette femme sans charmes, tenter de séduire un homme tel que lui ! Il s'en fut dans sa chambre, en souhaitant que Lulu fût là pour jouir de sa gloire, pour voir l'aube de la renommée qui déjà le saluait comme le John Wesley du temps présent.

XXIII

1

A l'audience, Elmer fit condamner seize bandits sur les vingt-sept qu'il avait arrêtés, et obtint six mois de rabiot pour Oscar Hochlauf coupable de résistance et d'outrage aux agents de la loi. Le juge fit son éloge, le maire lui pardonna, le chef de la police lui serra la main et mit à sa disposition, toutes les fois qu'il le voudrait, une escouade de ses hommes et, parmi les jeunes reporters, il y en eut d'assez polis pour réprimer une forte envie de rire.

Le règne du vice était révolu à Zenith. Bien que leurs aimables geôliers en eussent occasionnellement relâché quelques-unes pour une nuit, ces dames durent attendre un mois avant de retourner à l'ouvrage.

L'église d'Elmer n'était plus assez grande pour contenir le monde qui s'y pressait le dimanche soir. On y donnait, à défaut de sermon sur le vice, des solos de saxophone et l'on chantait en chœur : « Ça va chauffer ce soir, dans la vieille ville. » On organisa un jour une soirée de presti-digitation, et le magicien fut affublé d'un placard, dont Elmer avait eu l'idée, proclamant qu'il était au service de Dieu. Il leur montra avec quelle facilité on pouvait soulever des poids symboliques étiquetés Péché, Chagrin, Ignorance et Papauté.

Les trustees discutèrent la construction d'une nouvelle église beaucoup plus vaste, projet qu'Elmer avait conçu voilà un an en leur rappelant combien d'immeubles de rapport avaient remplacé les habitations délabrées de la vieille cité.

Les trustées portèrent son salaire à cinq mille dollars et augmentèrent le budget du patronage. Elmer n'organisa point autant de clubs pour manucures ou étudiants d'écoles cinématographiques que le Dr. Otto Hickenlooper de l'Église méthodiste centrale, mais, entre neuf heures du matin et dix heures du soir, il n'était pas un club qui ne fût occupé à édifier quelqu'un, et, dans la soirée, Elmer préparait parfois avec Lulu Bains Naylor les cours de cuisine.

Il devinait cependant que sa croisade publicitaire et ses réunions animées du dimanche risquaient de le faire passer pour un pitre plutôt que pour un grand apôtre de la morale.

« Il me faudra trouver un truc pour sauvegarder ma dignité tout en tenant les gens en haleine, se disait-il. Ce qu'il faut, c'est laisser les autres faire le singe, tandis que je prends la chose de plus haut et remise mon sourire. Au moment même où les pauvres bougres vont croire que les soirées dominicales sont tout bonnement un beuglant, je m'en vais leur appliquer soudain un de ces bons sermons à l'ancienne mode sur les flammes de l'enfer et la damnation, ou bien je me rabattrai sur la poésie. »

Cela réussit passablement. Bien que plusieurs de ses concurrents à Zenith continuassent à le traiter de charlatan, de pitre et d'arriviste, on ne pouvait s'empêcher d'admirer sa hauteur d'âme et sa science quand il restait silencieux dans la prière, puis, tout à coup, brandissait son long index en déclarant :

— Vous avez ri. Vous avez chanté. Vous vous êtes divertis. Mais qu'êtes-vous venus chercher dans la solitude ? De la gaîté ? Je vous demande de faire halte un moment pour réfléchir : Quand, pour la dernière fois, vous êtes-vous dit qu'à tout instant la mort pouvait survenir et emporter vos âmes ? Au diable la gaîté ! A moins de faire la paix avec Dieu, à moins d'accepter Jésus pour sauveur, ne comptez pas sur le repentir de la dernière minute. Vous risquez d'être précipités dans les horribles, les effroyables tourments éternels !

Elmer était devenu si célèbre que, pris d'enthousiasme, le Rotary Club l'avait élu membre.

A ce cercle étaient affiliés des comptables, des tailleurs, des ostéopathes, des recteurs d'université, des fabricants de tapis, des modistes, des marchands de glace, des facteurs de pianos, des blanchisseurs, des représentants du lobby. On se réunissait une fois par semaine pour déjeuner. Des acteurs en tournée venaient faire un petit speech, des politiciens prononçaient des discours contre la montée du bolchévisme, des troupes comiques venaient offrir des spectacles et exécutaient des danses excentriques ; on chantait passionnément la joie du dévouement, on célébrait le caractère moral du commerce. Tous affirmaient que, dans leurs professions respectives, leur unique désir était de se rendre utiles et profitables à ce qui s'appelle le public. Sur ce point, tous étaient aussi sincères que le révérend Elmer Gantry au sujet du vice.

Elmer se sentait chez lui au Rotary. Ah, qu'il était donc heureux ! heureux d'être là et de partager une franche camaraderie, heureux de prononcer de courtes exhortations où il disait que Jésus-Christ, et Lincoln, et Mac Kinley, auraient eux aussi fait partie du club s'ils avaient vécu de nos jours ; ces grands hommes n'avaient-ils pas en effet prêché l'évangile du Rotary Club : Chacun pour tous et tous pour chacun ; dévouement envers la communauté et respect envers Dieu ?

Entre deux pieux discours, quand venait l'heure du déjeuner, la règle voulait qu'on s'appelât tous par son petit nom. Ainsi, le révérend Mr. Gantry s'entendait donner du Elmer, Elm, et lui, à son tour, appelait son chapelier Ike et souriait à son bottier en l'appelant Rudy. Quelques années auparavant, tant de familiarité l'aurait rendu indiscret et vulgaire, prêt à trinquer. Mais il avait appris son rôle, il était digne, et s'il lui arrivait de s'exclamer : « Ah le beau temps, Shorty ! », il ne manquait pas d'ajouter aussitôt : « J'espère que vous avez goûté la beauté printanière des feuillages à la campagne cette semaine ! » Shorty et ses amis ne manquaient pas alors d'informer leurs concitoyens que le révérend Gantry était un bon type, la crème des copains, aussi bien qu'un penseur et un fameux orateur.

Comme Elmer faisait part à T.-J. Rigg des joies du Rotary Club, l'avocat se gratta le menton en disant :

— Oui, c'est très bien. Mais attention, frère Elmer. Il y a une chose que vous oubliez : les grosses huiles aux poches bien garnies ; il faut faire leur connaissance, il n'y en a pas beaucoup chez les méthodistes, ils vont chez les épiscopaliens, les presbytériens, les congrégationalistes, les scientistes chrétiens, ou bien s'abstiennent de fréquenter l'Église. Mais ce n'est pas une raison pour que leur galette ne devienne pas méthodiste. Des membres du Rotary, vous n'en verriez guère au Country Club de Tonawanda où je me suis faufilé par corruption en faisant chanter, si j'ose dire, un spéculateur du marché agricole.

— Mais, mais comment, vieux ? Ces gens du Rotary, ils ont des types comme Ira Runyon, le rédacteur en chef de *l'Advocate*, Win Grant, l'agent immobilier…

— Heu, heu… sans doute… mais le propriétaire de *l'Advocate*, le banquier qui laisse courir Win Grant à la faillite, l'avocat conseil qui leur épargne à tous la prison, ces cocos-là, vous ne les pincez guère aux déjeuners du club où l'on célèbre la joie du dévouement ! Vous les trouvez seulement aux petites tables du vieux Club de l'Union, où ils rigolent ferme en songeant à la joie du dévouement. Pour le golf, c'est au Tonawanda qu'ils vont. Impossible de vous faire entrer au Club de l'Union. Ils n'accepteraient pas un prêcheur qui déblatère contre le vice ; les prêcheurs qui appartiennent à l'Union sont ceux qui parlent des derniers modèles de la Cadillac ou de la difficulté qu'il y a à se procurer du véritable vermouth italien. Mais au Tonawanda, on vous accepterait peut-être. Question de respectabilité. Ne serait-ce que pour prouver que le gin qu'ils ont caché dans leurs armoires n'est pas dans leurs armoires…

Ainsi fut fait, bien qu'il y fallût six mois et bon nombre de machinations secrètes de la part de T.-J. Rigg.

Les paroissiens de Wellspring s'épanouirent d'orgueil en apprenant l'élévation sociale d'Elmer, qui pouvait désormais jouer au golf avec des banquiers.

Comme il ne connaissait rien à ce sport, il ne fit, d'avril à juillet, aucune apparition sur le green en compagnie d'autres joueurs, et, trois matinées par semaine, prit des leçons auprès du professeur du Tonawanda ; il venait dans la jolie petite Buick dont il avait fait l'acquisition et qu'il avait presque achevé de payer.

Le professeur du club était, naturellement, un Écossais — un Écossais de l'Indiana —, petit homme grisonnant et biscornu qui avait coutume de rudoyer ses élèves, ce qui apprit l'humilité à l'arrogant Elmer.

— Allons, baissez votre club ! Est-ce que vous vous croyez à l'Église ? faisait d'une voix mordante le professionnel

— Diable, j'oublie toujours, Scotty, gémissait Elmer. Ça doit vous donner du fil à retordre de dresser tous ces prêcheurs.

— Les prêcheurs, ça m'est égal, les millionnaires aussi, mais sur le green, c'est autre chose ! grognait Scotty — presbytérien zélé, malmener avec brio ses clients bons chrétiens ne devait pas lui être autrement difficile que d'entretenir cet accent gaélique qu'il avait pris auprès d'une Irlandaise pur sang de Liverpool.

Elmer était robuste et calme en plein air et il avait l'œil juste. Quand, accompagné de T.-J. Rigg et de deux respectables docteurs, il fit sa première apparition en public, sa personne et son jeu attirèrent l'attention et les commentaires. Quand il fit sa toilette au vestiaire, sans prendre garde à certain flacon carré qui n'était pourtant qu'à dix pas de lui, il fut décrété qu'il était homme du monde.

William Dollinger Styles, membre du comité de Tonawanda et président de la fabuleuse Compagnie de quincaillerie en gros W.D. Styles, William Dollinger Styles à qui l'on devait l'introduction de la fameuse hache ultra tranchante dans tout le pays qui s'étend de Louisville à Détroit, William Dollinger Styles à qui l'on devait l'introduction de la culotte blanche au club de Tonawanda, Styles, baron et évêque du *business*, se présenta lui-même à Elmer pour lui souhaiter la bienvenue.

— Enchanté de vous voir, éminence. Beaucoup joué au golf ?

— Non, je m'y suis mis tout récemment, mais je ne manquerai plus désormais un seul parcours.

— Bravo. C'est tout à fait ma façon de voir, révérend. Pour nous qui sommes collés à un bureau et forcés de prendre des décisions capitales aux fins de guider le bon peuple, eh bien, c'est une bonne chose, pour vous au sens spirituel et pour moi au sens temporel, de reprendre contact avec la nature et de nous rendre à même d'aborder ces problèmes complexes, comme je le disais récemment dans un speech au banquet de la Chambre de Commerce. Cela nous tient l'esprit en éveil et nous met en garde contre les revirements de l'opinion publique si changeante et, ainsi, inévitablement...

Mr. William Dollinger Styles voulait dire par là qu'il aimait le golf.

Elmer approuvait, s'attendrissait avec des « oui », « certainement », « d'accord ». Cela ferait du bien à maints pasteurs de sortir davantage et de faire plus d'exercice au lieu de rester toute la journée à étudier.

— Oui, oui, et vous devriez dire ça à mon pasteur ; oh, ce n'est pas que j'aille bien souvent à l'église, mais j'en suis trésorier et je porte de l'intérêt à la religion ; il dirige l'Église congrégationaliste de Dorchester, c'est le révérend Shallard.

— Frank Shallard ! Mais je l'ai connu au séminaire ! Il est très bien, très droit, très intelligent, Frank !

— Sans doute, mais je n'aime pas beaucoup la façon dont il se pousse et va presque jusqu'à défendre ouvertement ce tas de coquins des syndicats ouvriers. C'est pour cela que je ne vais guère à ses sermons, mais impossible de faire partager mon avis aux diacres. Ah, oui, cela lui ferait du bien de prendre un peu l'air. Très heureux d'avoir fait votre connaissance, révérend. Il faudrait qu'un de ces jours vous fassiez un parcours avec nous, si vous vous sentez prêt à supporter quelques jurons !

— J'essaierai, monsieur ! Enchanté d'avoir fait votre connaissance !

« Hum ! réfléchit Elmer. Alors, ce songe-creux de Frank a ce richard de Styles dans son troupeau, et Styles ne le trouve pas à son goût. Et si Styles se faisait méthodiste… si je le soufflais à Frank ? Je demanderai à Rigg. »

Mais le charme du lieu, du jour, tout ce que sa présence ici impliquait de prestige, tout cela suffit à détourner Elmer de ces religieuses méditations et à le porter vers de plus hautes pensées.

Rigg était parti. Elmer était assis tout seul sur l'immense véranda du club de Tonawanda, un rustique bâtiment gris, tout en longueur sur la colline qui dominait la rivière Appleseed et les champs d'orge roux parmi les vergers sur l'autre rive. Sur le green, s'égaillaient des messieurs vêtus de tweed, des fillettes en jupes courtes qui leur battaient les jambes. Un monsieur vêtu de flanelle blanche arriva dans une Rolls-Royce — l'unique Rolls-Royce de Zenith — et Elmer se sentit ennobli d'appartenir à un club qui comptait parmi ses membres le propriétaire d'une pareille voiture. Sur la pelouse, en face de la véranda, des messieurs avec des moustaches d'officiers anglais et de jolies femmes en toilettes de couleur tendre, prenaient le thé dans le jardin, sous des parasols bariolés.

Il n'y avait là personne qu'Elmer connût autrement que de vue.

« Oh ! je ferai bien la connaissance de ces gens de la haute, quelque jour ! Mais prudence et discrétion. Il ne faut pas les prendre d'assaut ! »

Un groupe de graves et pesants quinquagénaires discutaient art et politique près de lui. En les écoutant Elmer se disait : « Oui, Rigg avait raison. De braves types ces gens du Rotary, des gens bien, des gens triés sur le volet, qui ont de l'éducation, manient de l'argent, adroits en affaires, et fidèles à un très haut idéal. Mais ils n'ont pas l'envergure de ces gros bonnets ! »

Ravi, il observait, écoutait ces gens d'importance — un agent de change, un avocat, un marchand de bois millionnaire :

— Oui, monsieur, ce que ce pays en général ne comprend pas, c'est que la stabilisation de la livre a un excellent effet sur notre commerce avec la Grande-Bretagne

— Je leur ai dit que bien loin de refuser de reconnaître les droits des travailleurs, j'étais en somme issu de leurs rangs et que je faisais tout mon possible pour leur être utile, mais que je refusais net de prêter l'oreille aux jérémiades d'un tas d'agitateurs soudoyés par des soi-disant syndicats et que, s'ils n'aimaient pas ma façon de faire…

— Oui, il y a eu ouverture à 73 1/2, mais ayant appris ce qui était advenu au Saracen Common…

— Oui, monsieur, une Pierce-Arrow, c'est sûr, tout à fait sûr…

Elmer poussa un soupir plein de jeunesse, de passion et d'émotion, en se sentant ainsi en communion avec les puissances qui gouvernaient Zenith, pensaient pour Zenith, pour l'Amérique même. Il mourait d'envie de rester, mais il lui fallait préparer, tâche bien indigne de ses talents mondains, une courte et habile allocution sur les missions parmi les Indiens Digger.

Sur le chemin du retour il se réjouit à part lui en ces termes : « Un jour viendra où, socialement parlant, je pourrai en remontrer à tout ce qu'il y a de mieux par ici. Quand je serai évêque, croyez-m'en, je ne vais pas perdre mon temps à me disloquer la mâchoire pour discuter les méthodes de l'école du dimanche ! Je recevrai l'élite, les sénateurs, et tout ce qui s'ensuit ; Cléo fera très bien, à un grand dîner, en robe rouge ; si au moins elle n'était pas si collet monté ; mais peut-être sera-t-elle morte avant et j'épouserai une épiscopalienne ; je me demande si je ne pourrais pas décrocher un évêché épiscopalien et revêtir enfin une magnifique robe ? C'est plus chic. Non, le méthodisme est une Église plus grande, et puis, je ne crois pas que les épiscopaliens toléreraient des sermons un peu là sur le vice et le reste. »

2

La conférence tout à fait métaphysique qu'Elmer avait intitulée « Allons-y, la jeunesse ! », et lors de laquelle il prodiguait ses conseils sur l'abstinence, la chasteté, l'application, l'honnêteté, le passage plein d'élévation sur l'Amour (le seul arc-en-ciel dans les ténèbres de l'existence, l'étoile du matin et du soir), le récit du combat mené pour arracher à la boisson et à l'athéisme un camarade du nom de Jim, cette conférence devint classique parmi les chefs-d'œuvre du Chautauqua.

De tous les gens de talent engagés par le Chautauqua (à l'exception peut-être du gentleman de Lettonie ignorant l'anglais, qui jouait les hymnes nationaux sur des verres de cristal emplis d'eau), Elmer fut le seul qui sût ne pas se compromettre sur la question du Ku Klux Klan.

Le K. K. K., qui avait attiré en son sein les pères, fils ou employés des gens prospères passés au Rotary, commençait à devenir un danger politique. Nombre de notabilités des clergés méthodiste et baptiste le soutenaient ouvertement ; quant à lui, Elmer, il en admirait les principes : remettre à leur place — si place il y avait — les juifs, les catholiques et les noirs, réserver le gouvernement du pays aux *Wasp*, à des personnes comme lui justement.

Cependant, il avait remarqué qu'il y avait en ville des citoyens éminents, des gens comme il faut et riches, même chez les méthodistes et les baptistes, pour lesquels après tout un Juif était encore un homme, voire un citoyen américain. Il lui parut plus patriotique et non moins prudent de laisser de côté ce problème. Il s'en tint donc à la déclaration conciliante qui suit :

— En ce qui concerne les associations religieuses, politiques et sociales, je défends, dans notre démocrate Amérique, le droit à la libre association, à quelque fin que ce soit, mais je n'en suis pas moins fortement partisan du droit, pour tout libre citoyen américain, de veiller à ce que de telles associations n'aillent pas imposer leurs façons de penser, non plus que leurs façons d'agir — si ce n'est dans les limites de la morale.

Cela était pour plaire à la fois au K. K. K. et à ses adversaires, et tout le monde admira la vigueur de la pensée d'Elmer.

C'est ainsi qu'il fit son apparition fulminante dans la ville de Blackfoot Creek, Indiana, et que le comité autorisa le pasteur méthodiste dudit lieu, Andrew Pengilly, à donner l'hospitalité à son réputé collègue.

3

C'était le soir, après le Chautauqua. Elmer était assis dans l'humble réduit de Mr. Pengilly ; il se sentait plein de condescendance.

— Vous avez, venez-vous de dire, frère Pengilly, ouï parler de nos œuvres à Wellspring ? Mais êtes-vous bien sûr que nous avons dans le cœur des faibles et des infortunés un accès pareil au vôtre ? Non, non ; il m'arrive parfois de penser que mon premier pastorat, dans une ville encore plus petite que celle-ci, a été plus riche en bénédictions que ce que j'ai pu faire à Zenith. Comment d'ailleurs tirer gloire de ce qui s'est fait là-bas ? J'y ai de si merveilleux, de si dévoués collaborateurs, Mr. Webster, le pasteur adjoint — si pieux, si appliqué —, Mr. Wink, miss Weezeger, la diaconesse, et cette chère miss Bundle, ma secrétaire, une âme si belle, si fertile en ressources. Oh, oui, je suis singulièrement favorisé ! A l'aide de ces zélés collaborateurs, il nous a été permis de prendre — Dieu aidant — quelques excellentes initiatives. Nous avons pu créer le seul cours qui, dans aucune église des États-Unis, et je pourrais bien dire de France et d'Angleterre, forme des étalagistes. Nous sommes déjà arrivés à de merveilleux résultats, non seulement en augmentant le salaire de plusieurs jeunes hommes de mérite de notre église, mais en augmentant le chiffre d'affaires de notre ville et en améliorant l'apparence des étalages. Vous savez combien cela ajoute à la beauté des rues ! L'affluence paraît s'accroître sans cesse. Mon dernier dimanche soir à Zenith, nous avions onze cents personnes présentes, et cela en été ! Durant la saison, nous en avons souvent dix-huit cents, ou presque, dans une salle qui n'est calculée que pour seize cents ! En toute modestie — car je ne parle ici que des méthodistes et non des œuvres — je crois bien pouvoir dire qu'il n'est pas un homme, une femme ou un enfant qui ne sorte de chez nous le cœur content, en emportant un message qui le sustente toute la semaine. C'est que — oh, naturellement, c'est le bon vieil évangile que je prêche — je ne crains pas de leur rappeler les terribles conséquences du péché, de l'ignorance et de la tiédeur spirituelle ! Oui, monsieur ! Ah non, on ne sourcille pas devant les horreurs du bon vieil honnête enfer, pas du moins dans les églises dont j'ai la charge ! Mais cela n'empêche pas de se réunir et de fraterniser avec son vieux pasteur, de chanter ensemble de ces joyeuses chansons réconfortantes. S'ils aiment ça ! Ah, mais il n'y a qu'à voir les quêtes !

— Monsieur Gantry, fit Andrew Pengilly, pourquoi ne croyez-vous pas en Dieu ?

XXIV

1

Un mois ne s'était pas écoulé, que Frank Shallard exaspérait déjà les citoyens de Zenith en déclarant que, s'il était en faveur de la tempérance, il n'était pas pour la prohibition et que les méthodes de la Ligue contre l'alcoolisme étaient dignes de maquignons.

C'est ce qu'attendait Elmer.

Il annonça qu'il parlerait de ceux qui prêchaient pour la frime et promit de les démasquer.

Dans son sermon, il déclara que Frank Shallard, qu'il nomma, était un menteur, un sot, un ingrat pour lequel il avait tout fait au séminaire, et un voleur qui voulait ravir le Christ au pauvre monde souffrant.

Les journaux jubilèrent et publièrent l'intégralité du texte.

Cette semaine-là, Elmer, par l'intermédiaire de T.-J. Rigg, qui organisa un parcours, s'arrangea pour jouer au golf avec William Dollinger Styles.

— Cela m'a fait beaucoup de peine, monsieur Styles, fit-il, de juger de mon devoir d'attaquer votre pasteur, Mr. Shallard, dimanche dernier, mais quand quelqu'un s'en prend à Jésus, il n'y a pas de pitié qui tienne !

— Je vous ai trouvé un peu dur pour lui. Je n'ai pas entendu son sermon ; je suis de ses paroissiens, mais j'ai tant à faire au bureau que je suis obligé d'y passer les matinées du dimanche. D'après ce qu'on m'a dit, il n'est pas allé aussi loin que cela.

— Alors, vous ne regardez pas Shallard comme un athée virtuel ?

— Mais non ! C'est un gentil garçon.

— Monsieur Styles, savez-vous bien que, par toute la ville, on se demande comment un homme comme vous peut prêter appui à un individu tel que Shallard ? Savez-vous que non seulement les ministres mais les laïcs soutiennent que Shallard est en secret un agnostique, un socialiste qui n'a pas le courage de ces opinions ? Cela se dit partout. On a peur de vous l'apprendre. Pardi, moi-même j'ai peur de vous ! Il me semble que j'ai du toupet !

— Oh, je ne suis pas si terrible que ça, fit Mr. Styles enchanté.

— En tout cas, je ne voudrais pas que vous pensiez que je suis venu médire de Shallard derrière son dos. Voici ce que je vous propose : invitez Shallard à déjeuner ou à dîner avec quelques diacres de Dorchester, je suis des vôtres et je me permets de lui poser quelques questions. Je n'irai pas par quatre chemins ! Voulez-vous que l'on dise que vous tolérez un infidèle dans votre église ? Ne vaudrait-il pas mieux l'obliger à jeter le masque et à publier ses convictions ? Si j'ai tort, je vous ferai à tous les deux des excuses et vous pourrez alors clamer haut et fort que je suis un fou, un intrigant, un homme qui se mêle de ce qui ne le regarde pas.

— Oh ! il m'avait pourtant l'air très bien, fit Mr. Styles gêné, mais si ce que vous dites est vrai, et si c'est un infidèle, je ne le tolérerai plus ici.

— Cela vous irait-il, si vous, quelques-uns de vos diacres et Shallard, veniez dîner avec moi dans un cabinet particulier du club d'athlétisme vendredi soir ?

— Eh bien, soit !

2

Frank fut assez naïf pour s'emporter. Elmer le bouscula, l'étourdit du son de sa voix, le surplombant de toute sa stature sous les yeux des diacres qui le regardaient comme une autorité. Il s'emballa, oublia toute prudence, cria que, non, il ne tenait pas Jésus pour divin, que, non, il n'était pas sûr de la vie future, qu'il n'était même pas certain qu'il y eût un Dieu.

Sur quoi Mr. William Dollinger Styles fit, d'une voix cassante :

— Dans ce cas, monsieur Shallard, pourquoi ne quittez-vous pas le ministère avant qu'on vous force à le faire ?

— Parce que je ne suis pas sûr… Mon opinion est que nos églises sont aussi absurdes que la croyance aux sorcières, mais je crois aussi qu'il pourrait exister une Église libre de toute superstition, bonne pour les pauvres, donnant aux gens ce quelque chose de mystique qui est plus fort que la raison, ce sentiment qui nous élève quand nous adorons ensemble la puissance impénétrable du bien. Je me sentirais bien seul moi-même si nous n'avions que de vaseuses sociétés de débats contradictoires. Je crois — je crois encore — que, pour bien des âmes, il faut un culte, un beau cérémonial…

— Le besoin mystique du culte ! Le pouvoir impénétrable du bien ! Des mots, des mots ! Du petit lait ! Alors que vous pourriez simplement adorer le Christ, le suivre sans détour ;

ce n'est pas tant le ministre que le pieux et chrétien qui est malade d'entendre quelqu'un, qui croit en savoir tellement long, jeter par la fenêtre ce Christ auquel, pendant tant de siècles, a cru le monde civilisé ! Et pour le remplacer par un tas de phrases creuses ! Excusez-moi, monsieur Styles, mais, après tout, la religion est chose sérieuse, et si nous sommes vraiment chrétiens, nous devons rendre témoignage à l'évidence divine. Pardonnez-moi.

— Très bien, très bien, docteur Gantry ! Je vous comprends, fit Styles. Je n'ai aucune autorité en religion, mais je suis pour vous, comme d'ailleurs tous ces messieurs ici présents, je présume… Shallard, croyez à ce que vous voudrez, mais cessez désormais de prêcher en chaire ! Pourquoi ne pas démissionner avant qu'on ne vous mette à la porte ?

— Me mettre à la porte ? C'est à l'Église assemblée que cela incombe.

— L'Église assemblée n'y manquera pas, je vous fiche mon billet, fit le diacre William Dollinger Styles.

3

— Et qu'allons-nous faire, chéri ? fit Bess tristement. Naturellement je te soutiens, mais soyons pratiques. Ne vaudrait-il pas mieux donner ta démission ?

— Mais pourquoi donnerais-je ma démission ? J'ai toujours mené une existence irréprochable. Je n'ai ni menti, ni causé de scandale, ni volé. J'ai prêché la beauté, le bonheur, la justice, la vérité. Je n'ai aucune prétention à la science, ah, Dieu non ! mais du moins j'ai appris à mon monde que l'ethnologie et la biologie existaient, qu'il existait des livres intitulés *Ethan Frome*, *Le Père Goriot*, *Tono Bungay*, *La Vie de Jésus*, de Renan, qu'il n'y a aucun mal à regarder la vie en face.

— Chéri, j'ai dit : soyons *pratiques* !

— Ah, zut ! je ne sais plus. Je crois que je pourrai trouver un poste au Comité de bienfaisance, leur secrétaire général est un homme assez libéral.

— Je n'aimerais pas que nous quittions complètement l'Église. Pourquoi ne pas chercher s'il n'y aurait pas quelque chose chez les unitariens ?

— Trop respectables. Des froussards. Toujours cette phraséologie bigote dont je voudrais me défaire mais dont je ne me déferai jamais, j'en ai bien peur.

4

On convoqua une assemblée paroissiale pour décider si Frank était digne du sacerdoce, et Styles informa les membres que Frank attaquait tout ce qui se nommait religion. Instantanément, ceux mêmes que les sermons de Frank n'avaient en rien alarmés, découvrirent qu'il était dangereux et plus que capable de faire injure au Tout-Puissant.

Avant l'assemblée, une partisane de Frank, en émoi, était venue le voir :

— Mais ne voyez-vous pas le mal que vous faites en doutant de la divinité du Christ et du reste ? Vous allez faire à la religion un mal irréparable. Mais ouvrez donc les yeux et voyez ! Ah, si vous saviez ce que la religion a été pour moi dans mes épreuves ! Je ne sais ce que j'aurais fait sans ses consolations quand j'ai eu la typhoïde ! Brillant et habile comme vous pouvez l'être ! Allez donc parler un peu à G. Prosper Edwards, il est votre aîné, il est docteur en théologie, il attire la foule à l'Église des pèlerins, je suis sûr qu'il mettrait le doigt sur votre erreur et vous aiderait à tout éclaircir.

La sœur de Frank, mariée à un avocat d'Akron, vint s'installer chez eux. Elle et Frank avaient jadis été bien heureux dans la maison froide, mais qui leur fut douce en somme, du pasteur, leur père. Ils jouaient « à l'église » avec des poupées et des salières en guise de paroissiens, étaient entourés de livres familiers, et le père conviait à sa table des docteurs, des prédicateurs, des avocats, des politiciens, qui discouraient sans fin sur des sujets élevés.

La sœur de Frank expliqua à Bess :

— Mais Frank ne pense pas la moitié de ce qu'il dit ! C'est de la pose. Il a le cœur d'un vrai chrétien sans le savoir. Il était si bon chrétien étant petit… Quitter le Christ pour toutes ces balivernes que personne, sauf un tas de vieux détraqués, ne prend au sérieux, allons donc ! Mais il va briser le cœur de son père ! Il faut que je parle à ce jeune homme et que je le ramène à la raison !

Dans la rue, Frank rencontra le grand docteur Mac Tiger, pasteur de l'Église presbytérienne du Royal Ridge.

Né en Écosse, diplômé d'Édimbourg, le docteur Mac Tiger professait un secret mépris pour les universités américaines, les séminaires et leurs bacheliers. C'était un gros homme impatient et brusque, renommé pour la longueur de ses sermons.

— J'apprends, jeune homme, dit-il à Frank, que vous avez dévoré des volumes qui prétendent éclaircir les mystères païens et que vous en avez conclu que nos doctrines étaient des doctrines de seconde main et que vous seriez parti pour renverser l'Église. Vous devriez être plus charitable ! Si elle perd un esprit de votre profondeur, l'Église pourra-t-elle se tenir sur pied ? Quel dommage que vous vous soyez arrêté sur la route de la science ; elle aurait pu vous apprendre que, par l'insigne bienfait de la divine miséricorde, l'Église primitive avait su fondre bien des éléments hétérogènes dans la grande fraternité chrétienne ! Je ne sais trop ce qui vous distingue le plus, mon jeune ami : l'ignorance de l'histoire ecclésiastique ou celle de votre ridicule ! Allez et ne péchez plus !

D'Andrew Pengilly il reçut un bout de griffonnage le suppliant de ne pas faiblir et de ne pas abandonner son troupeau à Satan. Cela lui fit de la peine.

5

Le conseil d'administration de l'église ne put décider à sa première réunion la question du renvoi de Frank. On l'interrogea sur ses croyances et il choqua tout le monde par sa candeur. En dépit des menaces de Styles, il eut pour lui les hommes à qui il était venu en aide, les femmes qu'il avait assistées dans leurs maladies, les pères de famille qui s'étaient adressés à lui quand leurs filles avaient eu des ennuis.

Il fallut convoquer une nouvelle réunion pour passer au vote.

En apprenant cela, Elmer courut chez T.-J. Rigg :

— Ça y est ! gronda-t-il. Si on avait mis Frank à la porte dès la première réunion, Styles serait resté fidèle à leur Église, si favorable qu'il soit à mes vues théologiques et à mes convictions politiques de républicain. Mais pourquoi n'allez-vous pas le trouver, mon vieux, et lui faire entendre à quel point il a été insulté par son Église ?

— Parfait, Elmer. Encore une âme de sauvée. Frère Styles n'a pas encore lâché le premier dollar qu'il a gagné, mais peut-être bien que nous pourrons en tirer dix cents au bénéfice de l'église neuve. Seulement, il est plus riche que moi et j'espère que vous ne me trahirez pas pour aller lui demander des directions spirituelles.

— Ah, mais non ! Personne n'a pu accuser Elmer Gantry d'avoir trahi ses amis ! J'espère qu'au moins vous aurez tiré quelque profit personnel de tout ce que vous avez fait pour le bien de notre église !

— Oh, oui… bien sûr. Trois de mes frères en méthodisme, des clients, sont venus me trouver de Wellspring… deux pour vol et un pour faux. Ce n'est déjà pas si mal que ça.

Une heure après, Mr. Rigg était en conversation avec Mr. William Dollinger Styles :

— Si vous vous joigniez à nous, je suis sûr que vous seriez satisfait ; vous savez quel homme est le docteur Gantry, un pur, un homme à poigne, un rude gaillard. Mais cela nous ennuie de vous assiéger et, à dire vrai, le docteur Gantry me l'a expressément défendu, de crainte que vous n'imaginiez qu'il en veut à votre argent.

Styles se fit tirer l'oreille pendant trois jours, après quoi, ébranlé, il s'exécuta.

Sur quoi, le docteur Prosper Edwards de l'Église congrégationaliste des Pèlerins dit à son épouse :

— Comment diable ne nous sommes-nous pas avisés d'inviter Styles à se joindre à nous ? C'était trop simple pour y penser. Cela m'excède. Pourquoi n'y avez-vous pas songé ?

La seconde assemblée paroissiale fut remise. A en juger d'après les apparences, Frank allait rester à l'Église congrégationaliste de Dorchester, défiant ainsi la primauté spirituelle et morale d'Elmer dans la ville. Celui-ci sut alors ce qu'il lui restait à faire.

Sermon après sermon, il dénonça la bande d'athées de Dorchester. Les ouailles de Frank prirent peur, force leur fut de se justifier — mais de quoi ? — auprès des clients, des voisins, des frères de la loge. Cela les mortifiait, et c'est pourquoi on tint une nouvelle réunion.

Frank avait caressé l'idée d'une démission sensationnelle. Il comparaissait devant un auditoire en émoi devant lequel il proclamait :

— Ce que je pense, c'est que personne, ici, le pasteur compris, ne croit vraiment au christianisme. Il n'en est pas un parmi nous qui soit prêt à tendre l'autre joue quand on l'offense, à vendre tout ce qu'il possède pour le donner aux pauvres, à abandonner son manteau à quiconque lui demanderait son veston. Tous tant que nous sommes, nous thésaurisons. La religion chrétienne ! Mais qui la pratique ? Et qui y croit ? C'est pourquoi je démissionne et vous exhorte à cesser de professer le mensonge.

Et il se voyait, lui, Frank Shallard, descendant la nef de l'église parmi ses auditeurs abasourdis et disant pour toujours adieu à son troupeau. « Mais, songeait-il ensuite, je suis trop las, trop misérable. Pourquoi faire de la peine à toutes ces pauvres âmes qui n'y voient goutte ? Je suis trop las. »

Il comparut devant la seconde assemblée et, conciliant, déclara :

— J'avais refusé de démissionner. En toute honnêteté, je ne vois pas qui pourrait m'exclure de la chaire, mais pourquoi donc dresser ainsi des frères contre des frères ? Je ne plaide aucune cause, je ne suis qu'un ami, je vous aimais, j'aimais entendre des amis chanter ensemble, j'aimais nos douces réunions des calmes matinées du dimanche. Je dois y renoncer. Je démissionne et voudrais pouvoir ajouter : « Dieu soit avec vous et vous bénisse ! », mais les bons chrétiens ont transformé Dieu en un énergumène menaçant, et je ne peux même pas dire, en ce dernier instant d'une existence consacrée à la religion et à la prédication : « Dieu soit avec vous et vous bénisse tous ».

Dans le sermon qui suivit l'événement, Elmer Gantry déclara qu'il était assez large d'esprit pour vouloir bien accueillir l'infidèle Shallard dans son église, à condition qu'il se repentît.

7

Frank, en tant que secrétaire général adjoint, travaillait depuis trois ans au Comité de bienfaisance quand s'ouvrit le fameux procès de Dayton sur l'évolutionnisme. C'est alors que le clergé conservateur s'aperçut que la science constituait une menace pour son prestige, son éloquence et ses revenus. Il y eut assez de gens intelligents dans ses rangs pour savoir que la biologie les mettait en danger. La biologie ! Mais il y avait aussi l'histoire, l'histoire qui bafouait l'Église chrétienne, l'astronomie, qui ne savait trop où loger dans les cieux le paradis et qui souriait poliment à l'histoire de Josué arrêtant le soleil afin de permettre aux Hébreux de conquérir Jéricho ; et la psychologie ! comment démontrer à ses docteurs qu'un ministre baptiste frais débarqué de la campagne pouvait leur en remontrer ? Et il fallait tenir compte encore d'on ne savait combien de sciences dispensées dans les universités modernes. Le clergé affirmait qu'il valait mieux s'en tenir à former des bibliothécaires, des agronomes, à enseigner la géométrie (science qui, elle, n'était point pernicieuse), les langues mortes, rendues plus mortes encore par l'élimination de tout ce qu'il y avait de divertissant en littérature, et la Bible hébraïque interprétée par des gens au-dessus de toute contradiction, et qu'on désignait du terme technique de « Fondamentalistes ».

Les hommes d'Église enrôlèrent des laïcs et, rapidement, passèrent de la pensée à l'action. Immédiatement, des associations actives et cossues se formèrent. On menaça les législateurs rustiques de l'État de la défaite électorale, on les amadoua avec de pieuses flatteries. On vit des pères conscrits, sortis du faubourg ou de la campagne, interdire dans les écoles et les universités officielles l'enseignement de toute matière non approuvée par les évangélistes.

Ce fut un spectacle édifiant.

Quelques groupes de gens cultivés se formèrent pour riposter, et Frank fut prié de prendre la parole en leur nom. Remonter à la tribune lui fit plaisir et il prit un congé pour partir en tournée de conférences.

Gonflé d'orgueil, ému, il parut d'abord dans une ville très moderne et très dernier cri du Sud-Ouest. Il était tout feu tout flamme ; il se croyait porteur d'un message. L'air de l'Ouest l'enivrait ; il était plein d'admiration pour les buildings qui se dressaient là où, hier encore, s'étendait la campagne. Il sourit en apercevant, du haut de l'autobus, l'affiche qui annonçait que le révérend Frank Shallard allait, sous les auspices de la Ligue pour la libre science, donner à la Centrale du travail une conférence intitulée « Les Fondamentalistes sont-ils des brûleurs de sorcières ? »

« Hourra ! Faire le coup de poing ! J'ai enfin trouvé la religion que je cherchais ! »

Il tenta d'apercevoir d'autres affiches, et vit qu'on les avait toutes lacérées.

A l'hôtel, il trouva une lettre anonyme tapée à la machine :

« Nous n'avons que faire ici de vous et de vos impiétés. Nous pouvons penser tout seuls sans l'aide des libéraux d'importation. Si vous tenez à votre vie, ayez soin de quitter dès ce soir votre ville honnête et chrétienne. Restez si vous le voulez, mais à vos risques et périls ! Nous sommes assez charitables pour vous avertir, mais aussi assez amis de la religion pour vous traiter selon vos mérites si vous fermez l'oreille. Nous rendons aux blasphémateurs la monnaie de leur pièce. Nous aimerions savoir si vous apprécieriez un bon coup de trique à travers la figure ?

Le Comité. »

En fait de coups, Frank n'avait guère connu que des luttes entre camarades quand il était jeune. Sa main tremblait. Il prit un air de défi : « Ils ne me feront pas peur ! »

Le téléphone sonna, il entendit une voix qui disait :

— Shallard ? Un confrère à l'appareil. Peu importe mon nom. Je voulais simplement vous avertir de ne pas parler ce soir. Il y a des gars qui n'y vont pas de main morte.

Frank connut alors les joies de la colère.

La salle où il parlait était à moitié pleine quand il jeta les yeux sur son verre d'eau de conférencier. Au premier rang se trouvaient des intellectuels de province, tout yeux et tout oreilles, mais la plupart n'avaient pas même un dollar en poche : une petite bibliothécaire juive aux yeux ardents, un tailleur boiteux, un docteur à lunettes, favorable à l'agitation radicale, mais trop bon chirurgien pour qu'on l'expulsât de la ville. Venaient ensuite des banquettes vides en bon nombre. Au bout de la salle, se tenaient, fermes, prospères et renfrognés, des citoyens de la ville entourant un homme qui devait être un acteur, un membre du Congrès ou un clergyman populaire.

Il y eut dans ce groupe respectable quelques légers grognements et quelques sifflets quand Frank prit la parole.

— L'Amérique, déclara Frank, n'a fait que rire du procès grotesque de Dayton. Elle ne comprend pas ce qu'il y a de dangereux dans la croisade fondamentaliste. (Le monsieur qui avait l'air d'un lion interrompit : « C'est honteux ! ») Or, sans doute, ces messieurs ont filé doux depuis ; ils ont pris des airs vertueux, mais laissez-les faire et la chasse aux sorcières va recommencer. Qui sait ? On allait peut-être voir les bûchers s'allumer pour quiconque refuserait d'aller aux Églises protestantes.

Frank cita ce fondamentaliste qui affirmait que les évolutionnistes étaient des assassins, parce qu'ils tuaient la foi en l'orthodoxie et qu'on devrait les lyncher ; il cita William Jennings Bryan, proposant que tout Américain qui boirait hors de ses frontières fût exilé à perpétuité.

— Et voilà comment on parle en l'air pour l'instant, mais qui sait ? plaida Frank. Un peu d'imagination ! Figurez-vous ce qu'il adviendrait de ce pays si ces gens, une fois au pouvoir, arrivaient à s'assurer le concours de ce qu'il y a de plus ou moins libéral dans le clergé !

Les grognements recommencèrent :

— Il en a menti ! Il faut l'enfermer !

Frank vit alors entrer une douzaine de jeunes gaillards. Ils semblaient prêts à passer à l'action et attendre seulement un signe des bons citoyens et chrétiens prospères au fond de la salle.

— Ici même, dans votre ville, poursuivit Frank, un ministre de l'Évangile se plaît à hurler que quiconque n'est pas avec lui est un Judas !

— En voilà assez ! cria quelqu'un au fond de la salle.

Les jeunes brutes s'élancèrent vers Frank, l'œil mauvais, avec des crocs de bouledogues, la main prête à frapper, une main que Frank sentait déjà sur sa nuque. Ses partisans du premier rang s'interposèrent et réussirent à les contenir un instant. Frank vit le tailleur estropié abattu par un individu qui lui passa sur le ventre en fonçant sur lui.

Las plutôt qu'effrayé, Frank soupira : « Tant pis, il faut que je m'en mêle, et on va me faire mon affaire. » Et il dévala l'estrade.

Le président de la séance le saisit par l'épaule :

— Arrêtez ! On va vous assommer ! Nous avons besoin de vous ! Venez par ici, par la porte de derrière !

Frank se sentit poussé dans une impasse mal éclairée.

Une auto attendait ; deux hommes étaient là, dont l'un cria :

— Par ici, frère !

C'était une grande limousine, le salut, la vie. Mais, au moment où il s'apprêtait à monter, Frank remarqua l'homme au volant et il examina de plus près les autres. Le premier n'avait pas de lèvres, un simple trait amer à travers la figure lui dessinait une bouche de bourreau. Des deux autres, l'un avait l'air d'un barman impénitent, une petite moustache frisée et des boucles de coiffeur, l'autre était un grand flandrin aux yeux déments.

— Qui êtes-vous, les amis ? demanda Frank.

— Allons, ferme ta sale gueule et grimpe en vitesse ! siffla le barman en poussant Frank au fond de l'auto où il alla tomber la tête sur la banquette.

Le grand flandrin se glissa près de lui et l'auto démarra.

— On t'a dit de déguerpir. On t'a donné une chance. Eh bien, maintenant, on va te donner une leçon, sale athée du diable, athée et sans doute socialiste, membre du syndicat des ouvriers métallurgistes ! fit le prétendu coiffeur. Tu vois ce revolver ? (Et il en frappa rudement Frank.) Peut-être qu'on te laissera la vie sauve si tu la fermes et si tu fais comme on te dit, et peut-être que non. On va faire un charmant petit tour ! Pense comme ce sera amusant quand on t'aura déposé à la campagne, quand tu seras seul, en pleine obscurité, quel confort, quel repos !

Posément, il leva les mains et enfonça ses ongles dans la joue de Frank.

— Je ne le supporterai pas ! s'écria Frank

Il se leva en se débattant. Alors il sentit les doigts du fanatique, deux doigts, des doigts de démon, lui serrer la gorge, où ils s'enfoncèrent en lui causant une douleur atroce. D'un coup de poing, le barman lui broya la mâchoire. Tandis qu'il s'écroulait, comme une masse inerte, sur le siège de devant, dans sa demi-conscience il entendit le barman grommeler en riant :

— Ça donnera à ce sacré imbécile une idée de ce qu'on va s'amuser tout à l'heure à l'entendre geindre !

— Le patron a dit de ne pas jurer, fit le grand flandrin.

— Jurer, nom de Dieu ! Je suis pas un ange en fer blanc. J'en ai fait bien d'autres. Mais, ma foi, quand un type qui se prétend ministre vient fouiner partout et se moquer de la religion, la seule chance pour nous, pauvres diables, de nous bien conduire, alors, ma foi, faut montrer qu'on a du cœur au ventre et du jugement !

Ainsi parla le pseudo coiffeur avec la satisfaction joyeuse d'un croisé qui peut enfin mettre son sadisme au service de la morale, puis, levant tranquillement la jambe, il plaqua son talon sur le pied de Frank.

Quand son douloureux vertige fut passé, Frank s'assit raide sur son séant. Que deviendraient Bess et les petits si on le tuait ? Est-ce qu'on allait le torturer avant de le faire mourir ?

L'auto abandonna la grande route, prit une allée à travers ce qui semblait être un champ de maïs, et elle s'arrêta au pied d'un gros arbre.

— Ouste ! glapit le grand flandrin.

Machinalement, les jambes flasques, Frank descendit en titubant. Il regarda la lune. « C'est la dernière fois que je vois la lune, les étoiles, que j'entends des voix. Plus de promenade dans la fraîcheur du matin ! »

— Qu'allez-vous faire ? dit-il, le cœur trop plein de haine pour avoir peur.

— Eh bien, mon petit, fit le conducteur dans une plaisanterie sinistre, tu vas faire un petit tour avec nous, quelque part là-bas dans les champs !

— Merde ! s'exclama le barman, pendons-le. Voilà un bel arbre. On prendra la corde de la bagnole.

— Non, fit le grand flandrin. Suffit qu'on l'amoche assez pour qu'il n'oublie pas. Il pourra revoir ses amis les athées et leur dire qu'il est mauvais de se frotter à des chrétiens. Allons, grouille-toi !

Frank marchait devant eux, lugubre, muet. Ils suivirent un chemin dans les blés, qui conduisait à un fossé. Les grillons chantaient joyeusement à tue-tête, la lune était sereine au-dessus d'eux.

— Suffit ! glapit le grand flandrin, et, s'adressant à Frank : Attention, ça fait du bien !

Il mit sa lampe de poche sur une motte de terre. Frank le vit tirer de sa poche un fouet de cuir noir tressé, de ces fouets qu'utilisaient les paysans pour stimuler les mules.

— La prochaine fois, fit le grand flandrin, la prochaine fois que tu y reviens, on te tue, toi ou les traîtres et les athées qui te ressemblent. Préviens-les ! Pour cette fois, on va te laisser la vie à peu près sauve.

— Assez causé, à l'œuvre ! fit le barman.

— Bon !

Le barman ramena les deux bras de Frank en arrière en les ployant et les broyant presque, et soudain, le fouet cingla Frank à la joue, la lacéra avec une terrible violence, cingla encore et encore, et la souffrance, la torture étaient affreuses comme la nuit.

8

Lentement, il reprit ses sens. L'aube rampait sur les blés et les oiseaux lançaient des trilles ironiques. Frank n'éprouvait qu'un désir, celui d'échapper à son agonie par la mort. Une atroce douleur lui tordait la face. Comment se faisait-il qu'il n'y pouvait plus voir ? Il leva sa main droite à tâtons et constata que son œil droit n'était plus qu'une pulpe de chair aveugle, l'os de la mâchoire était à découvert.

Il prit en chancelant le sentier qui traversait les maïs en butant contre les souches, il tomba en sanglotant et en murmurant :

— Bess… oh, viens… Bess !

Il eut assez de force pour se traîner jusqu'à la route où il tomba sans force comme un mendiant ivre. Une auto s'approchait, mais quand le conducteur aperçut le bras que Frank levait sans force, il fila. On vous arrêtait souvent comme cela en contrefaisant le blessé.

« Mon Dieu, personne ne va-t-il me venir en aide ? » gémit Frank et, soudain, il se mit à rire, d'un rire lourd et convulsif. « Oui je l'ai dit, Philippe, je l'ai dit, et cela prouve, je le crois bien, que je suis un bon chrétien ! »

En se traînant le long de la route, il arriva à une maison. Il y avait de la lumière… un fermier qui déjeunait de bon matin. « Enfin ! » pleura Frank. Il frappa, le fermier l'entendit, prit la lampe, regarda Frank, poussa un cri et fit claquer la porte.

Une heure après, un policeman à motocyclette le trouva délirant dans un fossé.

« Encore un ivrogne ! songea gaiement le policeman en mettant la béquille de sa machine. Il se pencha, vit la figure à moitié cachée de Frank et murmura : « Dieu Tout-Puissant ! »

9

Les médecins lui dirent que son œil droit était perdu et qu'il lui faudrait attendre un an avant de recouvrer la vue avec le gauche.

Bess demeura sans voix en le voyant et pressa ses mains tremblantes sur son sein ; elle eut un instant d'hésitation avant d'embrasser ce qui avait été une bouche puis, optimiste, elle déclara :

— Ne te tourmente à propos de rien. Je trouverai un emploi pour nous faire vivre. J'ai déjà vu le secrétaire général du Comité de bienfaisance. Enfin, heureusement que les enfants sont assez grands pour pouvoir te faire la lecture à haute voix.

La lecture à haute voix ! pour le reste de ses jours !

10

Elmer vint lui rendre visite ; il était furieux :

— C'est la chose la plus révoltante que j'aie jamais vue ! Croyez-moi, je vais administrer aux gens qui vous ont fait ça la plus terrible frottée qu'ils aient reçue du haut de la chaire ! Quand même cela devrait me priver des fonds pour la nouvelle église ! A propos, nous allons avoir quelque chose de superbe, de tout à fait moderne, un demi-million de dollars, de la place pour deux mille personnes. Mais personne ne me fermera la bouche ! Je vais dénoncer ces sacripants de telle sorte qu'ils s'en souviendront longtemps !

Et ce fut tout ce qu'Elmer, autant qu'on le sache, s'avisa de dire sur le sujet, tant en particulier qu'en public.

XXV

1

Le révérend Elmer Gantry se trouvait dans son cabinet tout en chêne et cuir d'Espagne, dans la grande église neuve de Wellspring.

Bel édifice de briques agrémenté de pierres de taille, l'église était pourvue de fenêtres gothiques, d'un carillon dans la grande tour carrée et, accolés à elle, étaient une douzaine de salles pour l'école du dimanche, un gymnase, une salle de réunion pouvant à l'occasion faire office de théâtre ou de cinéma, une cuisine équipée d'un poêle électrique ; enfin, surplombant le tout, une croix rotative marchant à l'électricité.

Naturellement, on avait fait des dettes, mais on s'employa à les réduire. Elmer avait gardé à son service le collecteur de fonds professionnel employé durant la campagne du lancement. Ce croisé de la finance se nommait Emmanuel Navitzky. On le disait issu d'une noble famille polonaise catholique convertie au protestantisme. Sauf peut-être la veille de Pâques, c'était le plus zélé des chrétiens. Il avait trouvé des fonds pour des Églises presbytériennes, les constructions de l'YMCA, les universités congrégationalistes, et une douzaine de saintes institutions. Il faisait merveille auprès des riches avec ses fiches ; à ce qu'on disait, il était le premier démarcheur pieux qui eût songé à demander aux juifs de contribuer à l'érection de temples chrétiens.

Oui, Emmanuel s'occuperait des dettes et Elmer pourrait ainsi se consacrer entièrement aux affaires spirituelles.

Assis dans son cabinet, il dictait à miss Bundle. A la vue de cette dame disgracieuse, il se frottait les mains ; son frère, bedeau à l'église, venait de mourir, et il ne tarderait donc pas à la renvoyer rondement.

On lui fit passer la carte de Mr. Loren Latimer Dodd, président de l'université Abernathy, institution scientifique et méthodiste.

« Hum, fit Elmer. Parions qu'il veut de la galette. Rien à faire ! Pour qui diable nous prend-il ? »

Et tout haut :

— Faites entrer tout de suite le docteur Dodd, miss Bundle. C'est un grand homme ! un merveilleux pédagogue ! Vous savez bien, c'est le président de l'université Abernathy !

L'œil plein d'admiration pour un patron qui recevait des visiteurs aussi distingués, miss Bundle se précipita.

Le Dr. Dodd était un homme au teint fleuri ; il possédait une belle voix profonde, portait à la boutonnière l'insigne de la loge des Kiwanis, savait vous donner une cordiale poignée de main.

— Ah, par exemple, par exemple, frère Gantry ! On m'a tant parlé du travail splendide que vous accomplissez ici, que je me suis risqué à venir vous importuner une seconde. Quelle magnifique église ! Quelle satisfaction ce doit être, quelle fierté ! C'est superbe !

— Merci, docteur. Très heureux de vous voir. Heu, heu… vous êtes venu faire un tour à Zenith ?

— Heu, oui, je suis, disons, en tournée.

« Tu n'obtiendras pas de moi un seul cent, vieux corsaire ! » songea-t-il.

— Vous rendez visite aux anciens élèves, n'est-ce pas ?

— Oui, oui. Le fait est que…

« Rien, pas même un demi-cent, commence d'abord par augmenter mon salaire. »

— … je me demandais si vous m'accorderiez quelques minutes au service de dimanche soir pour appeler l'attention de vos paroissiens sur l'activité importante et les graves difficultés d'Abernathy. Il s'y trouve un groupe très sérieux de jeunes hommes et de jeunes femmes, et il y a bon nombre de jeunes gens qui entrent dans le pastorat. Nos ressources sont minimes, il a fallu faire les frais d'un nouveau terrain de sports, bien que je puisse dire que nos amis ont pris sur eux d'organiser un terrain superbe, avec un beau stade en ciment, mais cela nous a laissé sur le dos un douloureux déficit. Notre classe de chimie tient dans deux salles, deux salles dans une ancienne étable ! Et…

— Impossible, docteur, impossible ! Nous n'avons pas même commencé à payer notre église. Absolument impossible de demander à mes gens un cent de plus. Peut-être que dans deux ans… Franchement — là-dessus Elmer eut un franc éclat de rire —, je ne vois pas pourquoi les gens de Wellspring devraient se saigner pour une institution qui n'a même pas jugé son pasteur digne de recevoir un titre de docteur honoraire !

Les deux saints personnages se regardèrent en face, le visage impénétrable comme deux joueurs de poker.

— Naturellement, docteur, fit Elmer, j'ai reçu de nombreuses offres à ce sujet, mais qui venaient de petites universités sans importance, c'est pourquoi je ne les ai pas acceptées. Cela vous montre que ce que je dis là ne prouve pas que je m'en soucie autrement. Ah non ! ce n'est pas que je tienne au titre ! Dieu m'en préserve ! Mais cela pourrait faire plaisir à mes paroissiens et leur donner de la sympathie pour l'université d'Abernathy, si je puis dire.

Le Dr. Dodd répondit avec sérénité :

— Pardonnez-moi de sourire ! Ma mission en venant à vous était double, et mon deuxième but était de vous demander de vouloir bien faire à Abernathy l'honneur d'accepter un Doctorat en Théologie !

Ils ne sourcillèrent ni l'un ni l'autre.

Elmer murmura à part lui : « On m'a dit qu'il en avait coûté six cents sacs au vieux Mahon Potts pour décrocher son doctorat en théologie ! Oui, oui, mon vieux, on te trouvera de l'argent pour Abernathy, dans deux ans, compte là-dessus ! »

2

La chapelle de l'université d'Abernathy était comble. Au premier rang se tenaient les étudiants de seconde année, revêtus de leurs robes. On aurait dit une rangée de fauteuils recouverts de leur housse. Sur l'estrade, le président, les doyens des facultés et les célébrités qu'on allait consacrer en leur conférant des titres honoraires.

Outre le révérend Gantry, on voyait parmi ces invités de marque le gouverneur de l'État, qui, après des débuts comme avocat spécialisé dans les divorces, s'était fait élire dans cet État auquel il se donnait corps et âme, s'acharnant par exemple à faire construire des aqueducs au profit des grandes corporations d'utilité publique ; Mr. B.D. Swenson, fabricant d'autos, qui avait financé la construction du stade de football d'Abernathy ; enfin, la célèbre Eva Evaline Murphy, écrivain, conférencière, peintre, musicienne, autorité en horticulture, laquelle recevait le titre de docteur ès lettres pour avoir composé à titre gracieux le chant de l'université d'Abernathy :

Nous penserons à toi où que nous soyons,
par monts ou par vaux, en ville ou en mer.
Oh, chantons comment nous ravit,
Chère Abernathy, ton sou-ou-ou-ou-ou-venir... !

Le président Dodd se tourna vers Elmer et annonça d'une voix forte :

— Nous avons aujourd'hui le privilège de conférer le grade de docteur en théologie à un homme qui a fait plus que tout autre dans l'honoré État voisin de Winnemas pour inculquer les saines doctrines religieuses, accroître le pouvoir de l'Église, relever la qualité de l'éloquence et du savoir, et donner par la conduite de sa vie des exemples qui sont pour nous tous une inspiration !

Elmer était désormais le révérend docteur Gantry. Les applaudissements tonnèrent.

3

Ce fut un grand soulagement pour le Rotary Club. Cela les avait longtemps gênés de donner à un aussi imposant personnage le nom d'Elmer ; maintenant, fiers de sa nouvelle dignité, tous l'appelaient « Doc ».

L'Église lui fit une réception et son traitement fut porté à sept mille cinq cents dollars.

Il y avait des années qu'un cauchemar tenace obsédait Elmer, celui de voir un jour parmi son auditoire Jim Lefferts se moquant de lui. Rencontre dramatique et effroyable… Qui sait si, par quelque tour de sa façon, Jim n'allait pas prendre la parole et le chasser de sa chaire à grands coups de pied quelque part ?

Ce dimanche matin-là, quand il aperçut, au troisième rang, Jim Lefferts en personne, Elmer pensa : « Ah, Seigneur, voilà Jim Lefferts ! Il a les cheveux gris. Je présume qu'il faut me montrer gentil envers lui. »

Après le service, Jim vint lui serrer la main. Il n'avait pas l'air sarcastique mais fatigué, et quand il parla de la voix sans timbre particulière aux gens des prairies, le citadin Elmer prit un air affable et supérieur.

— Ça va, Chacal ! fit Jim.

— Ah, par exemple ! Ce vieux Jim Lefferts ! Nom d'un nom ! Ah, mais, mon ami, c'est un vrai plaisir de te voir ! Et qu'est-ce que tu fabriques dans ce patelin ?

— Un procès pour un client !

— Et qu'est-ce que tu fais pour le présent ?

— Avocat à Topeka.

— Ça marche ?

— Oh, je n'ai pas à me plaindre. Rien d'extraordinaire. J'ai fait une législature au sénat de l'État.

— Ah, très bien, très bien ! Et combien de temps resteras-tu en ville ?

— Oh, près de trois jours.

— Il faut venir dîner à la maison ; ah mais, le diable c'est que Cléo — ma femme, je suis marié — Cléo a encore accepté un tas d'invitations, tu sais, les femmes, et moi qui aimerais tant rester à lire à la maison. Mais il faut nous revoir. Un coup de téléphone, hein ? chez moi (tu trouveras dans l'annuaire) ou à mon bureau, ici.

— Comment donc ! Très heureux de t'avoir revu.

— Et comment ! Ah, mais, la bonne surprise, mon vieux Jim !

Elmer regarda Jim s'en aller lentement, les épaules basses, de l'air d'un homme découragé.

« Et voilà le pauvre hère, jubila-t-il, qui voulait m'empêcher d'entrer dans le ministère ! » En disant cela il jeta les yeux sur la salle, l'immense pyramide dorée des grandes orgues, le vitrail commémoratif qui jetait des feux de rubis, d'or et d'améthyste. « Pour devenir un avocat comme lui au fond d'une horrible et puante étude ! Ouf ! Et dire qu'il s'est moqué de moi et qu'il a essayé de me retenir quand j'ai entendu l'indubitable appel de Dieu ! Je vais être très aimable, et très occupé quand il téléphonera. Jim ! Il peut y compter ! »

Jim ne téléphona pas.

Trois jours passèrent. Elmer aurait voulu le revoir, reconquérir sa vieille amitié. Mais il ignorait où il était descendu et il lui fut impossible de le découvrir dans les principaux hôtels.

Il ne revit jamais Jim Lefferts et, au bout de huit jours, il l'avait oublié. C'était un soulagement de ne plus se sentir gêné par ses railleries, seul obstacle entre lui et sa grandeur sûre d'elle-même.

5

Ce fut au cours de l'été 1924 qu'Elmer obtint un congé
de trois mois et, pour la première fois, il partit avec Cléo
pour visiter l'Europe.

N'avait-il pas entendu déclarer au révérend Dr. Prosper
Edwards : « Je divise les clergymen américains en deux
classes : ceux qui peuvent être appelés à remplir une chaire
à Londres et ceux qui ne le peuvent pas. » Le Dr. Edwards,
naturellement, appartenait à la première catégorie, et Elmer
l'avait vu triompher pour avoir prêché au Temple de la
cité. A en croire les journaux de Zenith, même les plus
nationalistes, lors du séjour du Dr. Edwards à Londres, la
population entière, depuis le roi jusqu'aux terrassiers, était
accourue l'entendre officier et ils concluaient que Zenith
et New York ne sauraient se dispenser d'en faire autant.

Elmer fut assez habile pour se faire inviter lui aussi.
Il fit écrire par l'évêque Toomis à ses collègues méthodistes et, par Rigg et William Dollinger Styles, aux
Non-Conformistes de leur connaissance dans le monde
des affaires à Londres. Un mois avant de partir, il était
invité à prêcher à la fameuse chapelle de Brompton Road
et il s'embarqua rayonnant ; il partait pour l'aventure et
il portait l'évangile.

Le Dr. Gantry arpentait le pont du *Scythia*, brillant,
affable, viril, en complet bleu, casquette de yacht, souliers
de toile blanche, les bras ballants, un sourire pastoral sur
les lèvres à l'adresse des maniaques du sport, ses pareils.

Il s'arrêta devant un couple de petits vieux allongés dans un transatlantique ; la vieille dame avait des mains veinées de bleu, son mari arborait une barbiche blanche.

— Eh, mais, il paraît qu'on supporte fort bien la traversée, malgré l'âge ! tonna-t-il.

— Oui, merci bien, fit la dame.

Elmer lui donna une petite tape sur les genoux et déclara :

— Si je peux faire quoi que ce soit pour votre bien-être, faites-le moi savoir, petite mère ! Ne craignez en rien de me déranger. Je ne sais pas me faire mousser, mais c'est amusant de voyager comme on dit incognito ; de fait je suis un ministre de l'évangile, tout gaillard que je paraisse, et c'est pour moi un plaisir autant qu'un devoir de me dévouer corps et âme à autrui. Ne trouvez-vous pas que ce qu'il y a de plus plaisant dans une traversée, c'est le loisir que l'on a pour lier connaissance et échanger des idées ? C'est votre premier voyage ?

— Oui, mais je crains bien que ce ne soit le dernier, fit la vieille dame.

— C'est ça, c'est ça ! Laissez-moi vous dire ma pensée, petite mère, fit Elmer en lui tapotant la main. Nous sommes américains… Oh, il n'y a rien qui élargisse les idées comme les voyages, et cependant il y a en Amérique une élévation morale et un tact que la pauvre Europe ignore complètement. Après tout, c'est bien dans ces bons vieux États-Unis qu'on vit le plus heureux, surtout des gens comme nous, qui ne sommes pas des millionnaires avec châteaux, larbins et tout le bazar. Ah, mais oui ! Bon, bon, un mot, hein ? quand vous aurez besoin de moi. Au revoir, au revoir ! Faut finir mes trois milles !

Quand il eut tourné le dos, la fine petite dame fit à son mari :

— Fabian, si ce cochon me parle encore je me jette par-dessus bord ! Je n'ai jamais rencontré rien de plus répugnant que lui ! Ah, mon Dieu... A combien de traversées en sommes-nous ?

— Oh, je ne me souviens plus. Il y a deux ans, nous en étions bien à la centième.

— Pas plus ?

— Allons, chérie, ne soyez pas méchante.

— N'y a-t-il pas une loi qui autorise à tordre le cou aux gens qui vous appellent « Petite Mère » ?

— Mais, chérie, c'est comme cela que le duc vous appelle !

— Je sais bien. C'est bien là ce que je ne puis lui pardonner ! Chéri, croyez-vous que le plaisir de prendre l'air vaille la peine de se faire appeler « Petite Mère » ? La prochaine fois, cet animal va vous appeler « Papa » !

— Ça ne lui arrivera pas deux fois !

7

Elmer, quant à lui, se disait : « Eh bien, j'ai rendu la joie et le courage à ces vieux merles. Rien ne vaut cela, répandre le bonheur et inspirer la foi qui soutient les hommes sur le sombre chemin de la vie. »

Il passait devant la véranda du bar et aperçut son voisin de table en compagnie de trois inconnus ; tous sirotaient un whisky-soda.

— A ce que je vois, on se requinque ! fit Elmer, bon enfant.

— Et comment ! répondit le voisin de table ; asseyez-vous donc et prenez un verre avec nous.

Quand le garçon, l'ayant vu s'attabler avec les autres, se mit au garde-à-vous à l'anglaise, Elmer se fit onctueux :

— C'est que, en ma qualité de ministre, je ne peux pas tenir tête à des gaillards comme vous ; tout ce que je peux prendre c'est un *ginger ale*. Vous avez de ça, frère, demanda-t-il au serveur, ou bien n'avez-vous que de ce tord-boyaux ?

Quand Elmer fit comprendre au commissaire du bord qu'il présiderait volontiers le concert, celui-ci lui annonça, en se confondant en excuses, que le très honorable Lionel Smith avait malheureusement été invité pour cela.

8

Cléo ne s'était pas montrée plus insipide que d'habitude ; mais elle avait le mal de mer et Elmer s'aperçut qu'il avait commis une erreur en l'emmenant. Il ne lui avait pas parlé plus d'une heure pendant le voyage. C'est qu'il avait fait de bien intéressantes connaissances, de ces connaissances qui vous ouvrent de nouveaux horizons. Il bavarda avec un passager qui revenait de Chine et qui lui donna plus d'idées qu'il n'en fallait pour une douzaine de sermons, avec un professeur de l'Institut presbytérien Higgins, qui lui expliqua que les véritables savants ne pouvaient admettre la théorie de l'évolution, enfin avec une jolie journaliste en quête de consolation.

Il était seul maintenant avec Cléo dans le compartiment du train allant de Liverpool à Londres, et, pour lui faire oublier ses négligences, Elmer l'aidait à déchiffrer les aspects d'un pays étranger :

— Hou, les Anglais sont vraiment des gens rétrogrades ! Pourquoi ces méchants perchoirs au lieu d'un beau pullman où l'on peut se voir entre voyageurs et lier connaissance. Cela montre combien ce pays est dominé par les castes.

» Quant à toutes ces villes… Ces cottages sont jolis avec leur vigne vierge et tout le bastringue, mais ils ne vous donnent pas la même impression de progrès et de prospérité que nos villes américaines. Voyez-vous, et je me demande si quelqu'un l'a remarqué, il y a là le sujet d'un sermon ; un des grands profits des voyages à l'étranger, c'est qu'on se sent heureux d'être américain !

— Je crois que nous arrivons à Londres. Quelle fumée, hein ?

— Ah, ah, c'est donc ça qu'ils appellent une gare, à Londres ! Ça n'est pas fameux ! Regardez-moi ces petits trains de rien du tout ! Un mécanicien américain aurait honte de conduire ces tacots d'enfants ! Et pas un morceau de marbre dans la gare !

9

Le chasseur qui monta leurs bagages dans la chambre du Savoy était un jeune garçon déluré et tout souriant, avec de fabuleuses joues rouges.

— Dis donc, l'ami, fit le révérend Elmer Gantry, qu'est-ce que tu dégotes ici ?

— Pardon, monsieur, je ne comprends pas.

— Combien fais-tu ? Qu'est-ce que tu gagnes ?

— Oh ! J'ai de bon gages, monsieur. Puis-je faire encore quelque chose pour vous ? Merci, monsieur.

Quand le chasseur fut parti, Elmer se lamenta :

— Ah bien, il est gentil ce gosse et j'ai de la peine à comprendre leur anglais ! Je suis très heureux de voir le vieux continent, mais si les gens ne sont pas plus aimables, je sais où nous serons contents de retourner. Comment, si ç'avait été un *boy* américain, on aurait taillé une bavette d'une heure et j'aurais appris quelque chose ! Allons, allons ! Prenez votre chapeau et allons faire un tour en ville.

Et ils descendirent le Strand.

— Dites donc, fit solennellement Elmer, avez-vous remarqué ? Les flics qui ont des jugulaires sous le menton ! Ah, ça, par exemple !

— Ah, oui ! fit Cléo.

— Cette rue n'a rien de bien étonnant. On m'en avait tant parlé, et ces magasins… mais il y a à Zenith, pour ne rien dire de New York, une douzaine de rues qui en possèdent de plus beaux. Ça manque de nerf, ces étrangers. Ah, qu'on est heureux d'être américain !

Après avoir fait un tour chez *Swan & Edgar*, ils arrivèrent au palais de Saint-James.

— Ça, fit Elmer, l'air entendu, c'est sûrement ancien. Qu'est ce que ça peut bien être ? Quelque château, je suppose.

A un policeman qui passait :

— Pardon, capitaine, qu'est-ce que c'est que ce bâtiment de briques ?

— Le palais de Saint-James, monsieur. Vous êtes américain ? C'est là qu'habite le Prince de Galles, monsieur.

— Ah, par exemple ! Vous entendez, Cléo ? Ah mais, voilà qui vaut la peine d'être retenu !

10

Il piétinait d'impatience au coin de la rue de la Paix tandis que Cléo ouvrait de grands yeux à la devanture d'un parfumeur, trop bien dressée pour songer à se faire offrir par lui de la parfumerie ; il regardait les façades de la Place Vendôme.

— Ça n'a pas de chic, c'est trop simple, décida-t-il.

Un petit homme fripé le frôla en lui glissant timidement un paquet de cartes postales et en murmurant :

— Jolies cartes, deux sous la pièce.

— Ah, fit Elmer l'air entendu, vous parlez anglais.

— Pour sûr, toutes les langues.

Elmer vit la carte de dessus et fut sidéré.

— Heu ! Fichtre ! Deux francs la pièce ?

Alléché, il saisit le paquet… Mais Cléo arrivait sur lui et il rendit les cartes en grommelant :

— Filez ou j'appelle la police ! Vendre des images obscènes… et à un ministre de l'évangile ? Cléo, ces, Européens ont l'esprit pourri !

11

C'est sur le bateau du retour qu'il se lia intimement avec J.-E. North, le fameux exterminateur du vice, secrétaire exécutif de l'Association nationale pour la purification de l'art et de la presse, connue et appréciée dans le monde évangélique sous l'abréviation « Napap ». Mr. North n'était pas clergyman, bien qu'il fût un zélé presbytérien, mais nul clergyman d'Amérique n'avait poursuivi plus furieusement le mal, ni employé plus d'adresse pour contraindre les membres du Congrès, en exerçant une pression sur leurs électeurs, à interpréter la loi dans le même sens que lui-même. Il avait, durant plusieurs sessions du Congrès, soutenu un projet de loi visant à censurer le roman, le théâtre et le cinéma, à imposer une peine de prison pour quiconque, ne fût-ce que par allusion, faisait mention de l'adultère, se moquait de la prohibition ou parlait à la légère de la religion ou de ses ministres ; le projet de loi avait toujours été repoussé jusque-là, mais il semblait gagner de plus en plus d'adhésions.

Mr. North était un petit monsieur peu loquace. Le sérieux, la droiture et la vigueur du révérend Dr Gantry lui plurent et ils passaient la journée à arpenter le pont ou à causer partout, sauf au fumoir, où des sots noyaient leur raison dans la bière. North découvrit à Elmer un vaste et nouveau monde, celui de l'organisation contre l'immoralité. Il lui parla en confidence des chefs du Mouvement pour la morale, des directeurs de la Ligue contre l'alcoolisme, de l'Alliance du jour du Seigneur, de la Société de vigilance, de l'Office méthodiste de tempérance et de prohibition, tous par lui qualifiés de saint Jean modernes, des saint Jean armés de fichiers. Il engagea Elmer à faire des conférences.

— Ce sont des hommes comme vous qu'il nous faut, docteur Gantry, dit Mr. North, des hommes inflexibles sur la morale, mais dont l'énergie physique peut apprendre à notre pauvre jeunesse dévoyée, à cette triste époque d'alcoolisme clandestin, qu'il y a dans la morale plus d'énergie que dans son contraire. Je crois que vos paroissiens seront heureux d'apprendre que, de temps à autre, on vous invite à prendre la parole dans des villes comme New York et Chicago.

— Oh, je ne recherche pas les louanges. Pourvu que je puisse porter un coup aux forces du mal, rétorqua Elmer, je serai ravi de vous prêter mon concours.

— Pourriez-vous parler devant l'YMCA de Detroit, le 4 octobre ?

— C'est l'anniversaire de ma femme, et nous avons coutume de le célébrer, que voulez-vous, nous sommes des gens à l'ancienne mode et nous en tirons gloire, mais je sais que Cléo ne voudrait pour rien au monde m'empêcher de travailler à la gloire de Dieu.

12

C'est ainsi qu'Elmer trouva la grande idée qui allait révolutionner son existence et lui conférer une gloire impérissable et magnifique.

Il arpentait le pont, mais si son corps séjournait ici-bas, son âme planait parmi les astres ; il arpentait le pont, tard, la nuit, serrant les poings et prêt à crier, tant il y voyait clair maintenant.

Il grouperait dans une association unique toutes les sociétés américaines pour le maintien de la morale, et, plus tard peut-être, toutes celles du monde entier. Il serait le chef du groupement, le super-président des États-Unis et, qui sait ? bientôt le dictateur du monde.

Les grouper toutes ! La Ligue contre l'alcoolisme, l'Union des femmes chrétiennes pour la tempérance, et autres associations contre l'alcool, la Napap et autres sociétés contre le vice, qui accomplissaient une si merveilleuse besogne en censurant les romans, les tableaux, les films et les pièces immorales, la Ligue contre le tabac, les associations qui, s'agitant dans les couloirs du Congrès, essayaient de faire voter des lois contre l'enseignement des théories évolutionnistes, les sociétés qui menaient si bravement la lutte contre le base-ball, le cinéma, le golf, l'auto le dimanche, et autres abominations qui profanent le Sabbat et qui réduisent l'affluence à l'église ainsi que les quêtes ; et il y avait encore les confréries pour combattre Rome, les sociétés si crânes qui voulaient faire un crime du fait d'invoquer en vain le nom du Seigneur, etc.

Oui, les regrouper, car. toutes ne tendaient-elles pas au même but ? Conformer la vie à l'idéal soutenu par les grandes sectes protestantes. Divisées, elles manquaient de force ; unies, elles représentaient trente millions de fidèles. Leurs ressources financières et le nombre de leurs adhérents seraient tels qu'il ne serait plus besoin d'amadouer les Chambres fédérales ou celles des États pour prendre des mesures en faveur de la morale. Il suffirait d'imposer calmement et froidement ses volontés aux représentants du peuple pour les faire marcher droit.

Le chef de cette vaste organisation serait le Warwick[1] de l'Amérique, l'homme qui gouvernerait en coulisses, aurait à sa botte les présidents, à quelque parti qu'ils appartinssent, qui leur donnerait des ordres, et cet homme, le plus puissant peut-être depuis le début de l'histoire, ce serait Elmer Gantry. Non, personne, pas même Napoléon ni Alexandre, n'avait jamais osé décréter ce qu'une nation entière devait porter, manger, boire et penser. Cela, Elmer Gantry l'oserait.

« Évêque ? Moi ? Moi un Toomis ? Ah non, quelle bêtise ! Je serai l'empereur de l'Amérique, du monde peut être. Je suis heureux que cette idée me soit venue en pleine force, à quarante-trois ans. Je le ferai, je le ferai ! » Elmer exultait : « Maintenant, voyons… La première chose à faire est d'enjôler ce J.-E. North, de se mettre à sa dévotion, en attendant de l'écarter, de décrocher une

---

1. Richard Neville, comte de Warwick, dit le *faiseur de rois*.

église à New York pour qu'on apprenne enfin qui je suis. Ah, mon Dieu, et ce Jim Lefferts qui voulait me détourner du pastorat ! »

13

— Je déambulais dans un quartier de Paris, racontait Elmer, du haut de la chaire à l'église de Wellspring, je me promenais dans *roue dé-lé-Pay*, en extase devant ces témoins des siècles passés, quand tout à coup un homme, un Français de toute évidence, vient à moi.

» Pour moi, naturellement, tout compatriote de Jeanne d'Arc et du maréchal Foch est un ami. Aussi, quand cet homme me dit : « Frère, veux-tu t'amuser ce soir ? », moi de répondre, bien qu'à vrai dire sa figure ne me revînt guère : « Frère, cela dépend de ce que vous voulez dire par s'amuser. » — Il parlait l'anglais.

» — Oh, fit-il, je puis vous mener dans des endroits où vous verrez des jolies filles et où vous pourrez déguster d'excellentes boissons.

» — Ah, non ! laissez-moi rire.

» Cela me fit de la peine pour lui. Je lui mis ma main sur l'épaule en disant : « Frère, je crains de ne pouvoir te suivre. J'ai déjà un bon rendez-vous pour ce soir. »

» — Comment cela ? fit-il. Qu'allez-vous donc faire ?

» — Je vais retourner à mon hôtel et dîner avec ma chère femme ; après ça, je vais faire quelque chose qui ne vous semblera peut-être pas folichon, mais qui est ma façon de m'amuser ! Je vais lire un ou deux chapitres de la Bible à haute voix, réciter mes prières, et me mettre au lit ! Et maintenant, poursuivis-je, je vous donne exactement trois secondes pour déguerpir, et si je vous y reprends, eh bien, c'est pour le repos de votre âme que je réciterai mes prières !

» Je vois que l'heure presse, mais, avant de finir, je voudrais vous dire un mot en faveur de la Napap, cette grande organisation, l'Association nationale pour la purification de l'art et de la presse. Je suis heureux de vous annoncer que son secrétaire général, mon bon ami le docteur J.-E. North, sera des nôtres le mois prochain, et je vous demande de lui faire une véritable ovation.

XXVI

1

Depuis plus d'un an déjà, on se murmurait dans le monde des Églises que l'orateur le plus utile aux organisations réformées était le révérend Dr. Elmer Gantry de Zenith. Ses paroissiens déploraient trop souvent son absence, mais ils étaient fiers d'apprendre qu'il prenait la parole à New York, à Los Angeles ou à Toronto.

On se disait que quand Mr. J.-E. North quitterait la Napap sous la pression de ses affaires personnelles — il était le propriétaire du *Morning Times* d'Eppsburg, New York —, le Dr. Gantry serait élu secrétaire exécutif à sa place. Il n'y avait pas dans toute l'Amérique, ajoutait-on, de plus inflexible adversaire du prétendu libéralisme en théologie et du désordre dans la vie privée.

On disait encore que le Dr. Gantry avait décliné les offres qu'on lui avait faites de le nommer évêque à la Conférence générale de l'Église méthodiste du Nord qui devait se tenir en 1928, dans deux ans. On savait, de source non moins sûre, qu'il avait refusé la présidence de l'université Swanson dans le Nebraska.

De même, on savait avec certitude qu'on le prierait probablement d'accepter le pastorat de l'Église méthodiste de Yorkville à New York, Église qui comptait parmi ses membres le Dr. Wilkie Bannister, fondamentaliste radical et décidé et l'un des plus fameux chirurgiens d'Amérique, Peter F. Durbar, le roi du pétrole, et Jackie Oaks, le fameux clown de music-hall. L'évêque du district de New York consentait à la nomination du Dr. Gantry. Toutefois, les rumeurs étaient contradictoires ; certains disaient que le Dr. Gantry ne s'était pas décidé pour Yorkville ; d'autres, que Yorkville — lisez le Dr. Bannister — n'avait pris aucune résolution. En tout cas, Wellspring espérait que son pasteur, son guide spirituel, le frère et l'ami, ne le quitterait pas.

2

Après le renvoi de miss Bundle, la secrétaire — ah, l'agréable moment et que ses pleurs furent donc comiques ! —, Elmer ne put trouver que des jeunes filles incapables, bonnes méthodistes, mais très mauvaises sténographes.

Cela le fit presque rire de penser que les gens le croyaient heureux, glorieux, alors qu'il avait la guigne : ce sacré J.-E. North, avec toutes ses protestations d'amitié, ne se décidait pas à donner sa démission de la Napap ; le Dr. Wilkie Bannister, cette espèce de snob — ce type qui croyait en savoir plus long en théologie qu'un ministre ! — tardait à engager le Bureau officiel de l'église d'Yorkville à faire appel à Elmer ; ses secrétaires le rendaient furieux quand elles se scandalisaient pour le moindre *Damn* qu'il lâchait !

Personne ne semblait se rendre compte sur combien d'obstacles butait l'homme qui allait gouverner l'Amérique ;

personne ne se doutait de ce qu'il sacrifiait en faisant campagne pour la morale.

Nul ne savait combien il était fatigué de la dévotion que lui rendait cette Lulu Bains, si rustique et si banale ! Qu'une fois encore elle lui susurrât : « Oh, Elmer, vous êtes si fort ! », et il l'étranglerait !

3

A la suite des gens qui vinrent, après le service du matin, serrer la main du révérend Dr. Gantry, se trouvait une jeune femme que le pasteur remarqua avec intérêt.

Elle était la dernière et il n'y avait personne pour les écouter.

Imaginez une marquise du XVIIe siècle métamorphosée en jeune fille moderne de vingt-cinq ans, complètement, ardemment féminine mais avec le port de tête, le petit nez aquilin, le regard impérieux d'une marquise ; telle était la femme qui prit la main d'Elmer en disant :

— Puis-je vous dire, docteur, que vous êtes dans toute ma vie la première personne qui m'ayez donné le vrai sentiment de la religion ?

— Soyez remerciée, ma sœur, fit le révérend docteur Gantry, tandis qu'Elmer se disait : « Ah, mais ma petite, on aimerait bien faire ta connaissance ! »

— Docteur Gantry, à part cet hommage tout à fait sincère que je vous rends, c'est un dessein tout à fait dénué de scrupule qui me pousse à venir vous parler. Mon nom est Hettie Dowler — *Miss*, oui, malheureusement ! J'ai fait deux ans à l'université de Wisconsin, j'ai travaillé dans le Tennessee pour une compagnie d'assurances où j'étais la secrétaire d'un certain Mr. Labenheim, mais il a été muté l'an passé à Détroit ; je suis très bonne secrétaire, et je suis méthodiste — ma paroisse est à Central, mais je voudrais venir à Wellspring. Maintenant, voici : si vous aviez besoin d'une secrétaire ces mois prochains, je suis remplaçante sténographe à l'hôtel Thornleigh.

Ils se considérèrent sans sourciller, se comprirent et, quand ils se séparèrent, se donnèrent une poignée de main plus chaleureuse.

— Miss Dowler, vous êtes ma secrétaire à partir d'aujourd'hui, fit Elmer. Il faudra environ une semaine pour tout arranger.

— Merci.

— Puis-je vous offrir ma voiture pour rentrer ?

— Vous me ferez plaisir.

4

Le soir, ils travaillaient ensemble, seuls à l'église, mais le travail était moins palpitant que les rapides et audacieux baisers qu'ils se volaient entre deux visites de paroissiens solennels. Pouvoir se précipiter à travers le bureau et lui mettre un baiser sur la tempe, qu'elle avait très douce, quand quelque veuve lugubre avait débarrassé le plancher, lui murmurer : « Chérie, vous avez été splendide avec cette affreuse mère poule ; vous êtes si gentille ! », cela, c'était vivre !

Souvent, le soir, il se réfugiait dans l'appartement de Hettie Dowler, un joli appartement blanc et bleu dans un immeuble neuf, avec une toute petite cuisine amusante équipée d'un réfrigérateur électrique. Elle se pelotonnait comme un joli léopard sur le canapé, tandis qu'il déambulait dans la chambre en répétant ses sermons, puis s'arrêtait pour cueillir un baiser en guise d'applaudissements.

Chez lui, avant d'aller se coucher, il se glissait à l'office et lui téléphonait pour lui dire bonsoir. Quand elle était retenue par une indisposition, il l'appelait de son bureau, toutes les heures, ou bien lui griffonnait quelques mots, lui envoyait un poulet tel que : « Mon chéri tit p'tit lapin, qui est si mignon, je t'adore ; et si je n'ai rien d'autre à dire je te le dis six cents millions de trillions de fois. Elmer. »

Mais il s'interdisait de l'aimer, car son ambition de devenir le grand directeur de la morale publique en Amérique l'emportait sur son caprice.

Hettie Dowler, quant à elle, faisait une merveilleuse secrétaire. Aucune dictée n'était trop rapide pour elle ; elle faisait rarement de fautes ; sa sténographie était très belle ; elle notait pour lui le numéro de téléphone des gens qui lui rendaient visite pendant ses absences, et elle avait une façon à elle, une froideur mêlée de bonté, pour se débarrasser des imbéciles qui venaient importuner le révérend Dr. Gantry par le récit sans intérêt de leurs ennuis. Elle était un vrai stimulant et une inspiration pour ses sermons. Toutes ces années-là, Cléo et Lulu ne lui avaient jamais soufflé rien qui vaille, mais Hettie, comment ! n'était-ce pas elle qui lui avait fourni le canevas de ce sermon qu'il avait intitulé « La Folie de la gloire » et qui fit sensation à Terwillinger College quand Elmer y reçut son Doctorat ès lettres et se fit photographier déposant une couronne sur la tombe du regretté président Willoughby Quarles, obtenant ainsi, pour lui et sa « chère vieille Alma Mater », une merveilleuse publicité ?

Parfois il lui semblait que Hettie était la réincarnation de Sharon.

Physiquement elles ne se ressemblaient guère ; Hettie était plus svelte, moins grande, et son visage ardent et mince ne présentait pas les traits curieusement allongés de Sharon ; moralement moins encore ; Hettie, gaie et affectueuse, n'était ni capricieuse, ni hystérique. Mais toutes deux avaient la même ardeur de vivre et la même passion pour l'homme de leur choix.

Et elle montrait la même adresse à manier les hommes.

Rien ne pouvait mieux accroître le dévouement de T.-J. Rigg pour Elmer et l'Église que la façon dont Hettie, sentant d'instinct l'importance du personnage, le flattait, le taquinait, l'encourageait à s'attarder dans le bureau, bien qu'il la dérangeât dans son travail et lui fît prolonger ses veillées.

Elle fit mieux dans un cas plus difficile : elle enjôla William Dollinger Styles, qui ne s'était pas montré aussi amical que Rigg. Elle lui fit entendre qu'il était un Napoléon de la finance. Elle alla même un peu loin dans ses attentions et déjeuna seule avec lui. Elmer, jaloux, protesta, et elle voulut bien lui promettre de ne plus voir Styles en dehors de l'Église.

5

Le plus dur et le plus vilain fut de se débarrasser de Lulu Bains que Hettie avait rendue superflue.

Le mardi soir, après sa première rencontre avec Hettie, quand Lulu arriva dans son cabinet en roucoulant, Elmer prit un air las et ne se dérangea pas pour elle. Il resta à sa table de travail, pensif et le menton dans les mains.

— Qu'y-a-t-il, cher ? demanda Lulu.

— Asseyez-vous, non, je vous prie, pas de baiser, asseyez-vous là, chère amie, j'ai à vous parler sérieusement, fit le révérend Dr. Gantry.

En dépit de sa robe neuve, elle avait l'air si petite, tellement villageoise, quand elle s'assit toute tremblante sur la chaise au dossier droit.

— Lulu, j'ai quelque chose de terrible à vous dire. Malgré notre prudence, Cléo — Mrs. Gantry — a flairé quelque chose. Cela me fend le cœur, mais il faut cesser de nous voir seul à seule. Certes…

— Oh, Elmer, mon amour, je vous en supplie !

— Il faut être calme, chérie ! Nous devons être braves et regarder la situation en face. Comme je disais, peut-être vaudrait-il mieux, en présence de ces horribles soupçons, que vous ne veniez plus à l'église.

— Mais qu'a-t-elle dit, qu'a-t-elle dit ? Je la hais ! Oh que je hais votre femme ! Non, je ne ferai pas de scène, mais que je la hais ! Qu'a-t-elle dit ?

— Eh bien, pas plus tard qu'hier soir, tranquillement, elle m'a dit… Imaginez ma surprise ! un coup de tonnerre dans un ciel serein ! Ma femme m'a dit : « Alors, demain, monsieur va encore voir cette personne qui enseigne la cuisine et monsieur rentrera aussi tard que de coutume ! » J'ai voulu gagner du temps et j'ai découvert qu'elle songeait à mettre les détectives à nos trousses !

— Oh, pauvre, pauvre chéri ! Je ne vous reverrai plus ! Ah non, je ne veux pas vous compromettre, compromettre votre merveilleuse réputation dont je suis si fière !

— Lulu chérie, ce n'est pas cela ! Fichtre non ! Je suis un homme ! Ils ne me font pas peur, tous tant qu'ils sont, et je peux les remettre à leur place ! Mais c'est vous ! En toute franchise, j'ai peur que Floyd ne vous tue s'il apprend.

— Oui, il me tuerait ! Mais qu'est-ce que ça me fait ?
ce serait toujours plus facile que de me tuer moi-même.

— Eh là, attention, jeune femme ! Ne dites pas de
bêtises ! (Il avait bondi.) La seule pensée du suicide va à
l'encontre des commandements de Dieu, qui nous a donné
l'existence pour Le servir et Le glorifier ! Je n'aurais jamais
cru que vous puissiez tenir un pareil langage !

Peu après, la pauvre petite sortait, pitoyable dans le
méchant manteau qui cachait sa jolie robe neuve. Toute seule
sous le réverbère, elle attendit le tramway en caressant le
petit sac de perles qu'elle aimait parce qu'elle le tenait de
la générosité d'Elmer. De temps à autre, elle s'essuyait les
yeux et se mouchait, tout en murmurant machinalement :
« Oh, chéri, chéri, penser que je t'ai causé tant d'ennuis,
oh, chéri, chéri ! »

L'année suivante son époux fut heureux de constater
que, par miracle, elle avait renoncé à toutes ces ambitions
qui l'avaient tant intrigué et que, tous les soirs maintenant,
elle restait à la maison pour jouer aux cartes. Mais il était
furieux et s'emportait quand, en rentrant, il l'apercevait
toute pâle et assise à ne rien faire, ne prenant même plus
soin de ses cheveux. Mais la vie étant ce qu'elle est, il finit
par s'habituer à la voir traînailler tout le jour en robe de
chambre, empestant parfois le whisky.

6

Mr. J.-E. North ne tarda pas à faire savoir à Elmer qu'il
démissionnerait dans un mois et qu'on lui choisirait comme
successeur soit Elmer, soit l'un de deux autres saints personnages. Le Dr. Wilkie Bannister écrivait que le Bureau officiel

de l'Église méthodiste de Yorkville, après avoir, au cours des quelques mois écoulés, vu Elmer à l'œuvre, était prêt à demander à l'évêque de lui confier le pastorat, à la condition que ses occupations extérieures ne l'éloigneraient pas trop souvent de son troupeau.

Il était heureux que le quartier général de la Napap fût à New York et non, comme c'était le cas de la plupart des associations de propagande, à Washington.

Elmer fit savoir au Dr. Bannister et aux trustées de l'église de Yorkville que, tout en étant le secrétaire général en titre de l'Association nationale pour la purification de l'art et de la presse — quel honneur ne serait-ce pas pour cette chère Église ! —, il lui serait facile de confier à ses assistants dûment qualifiés la plus grande partie du travail. Ainsi, sauf peut-être le dimanche et pour quelques mariages et enterrements, il pourrait consacrer toute son énergie et son temps à la direction, selon ses humbles moyens, de l'œuvre éminente de l'Association pour la purification de l'art et de la presse.

Ces deux assemblées pieuses lui répondirent que ses explications leur suffisaient et que tout n'était plus qu'une question de jours.

C'est Hettie Dowler qui rédigea les lettres, mais Elmer y changea plusieurs virgules et l'aida en l'embrassant à plusieurs reprises, tandis qu'elle les tapait.

7

A ce tournant historique de sa vie il n'y eut qu'un ennui pour Elmer. Sa mère décida de venir habiter avec eux.

Il fut heureux d'aller la chercher à la gare. Certes, il était doux d'avoir fait impression sur les grands de ce monde

— l'évêque Toomis, J.-E. North, le Dr. Wilkie Bannister — mais, d'aussi loin qu'il s'en souvint, cela avait été l'ambition de toute sa vie d'obtenir l'approbation de sa mère et de sa ville natale, Paris, Kansas. Quelle joie de la conduire chez lui, dans sa nouvelle Willis-Knight, de lui montrer l'église neuve, son logis coquet et Cléo en toilette neuve !

Mais il n'y avait pas deux jours que sa mère était chez eux, qu'elle le prit à part et lui dit carrément :

— Veux-tu bien t'asseoir, mon fils, au lieu de tourner dans la chambre ? J'ai à te parler.

— Très bien ! Mais sois brève, parce que…

— Elmer Gantry ! Veux-tu bien tenir ta langue et cesser de poser ! Elmer, mon enfant, je suis sûre que c'est sans intention mauvaise de ta part, mais je n'aime pas ta façon de traiter Cléo, elle est si douce, si intelligente, si pieuse !

— Que veux-tu dire ?

— Tu le sais très bien !

— Voyons, maman ! Bon, je m'assieds, je ne bouge plus ; je ne sais où tu veux en venir, j'ai toujours été un bon mari pour elle, j'ai supporté sa maladresse quand il s'est agi de plaire aux plus importants de mes paroissiens Et puis, elle est si froide ! Quand j'ai des gens à dîner, fût-ce Rigg, le grand manitou de l'Église, à peine souffle-t-elle mot. Quand je rentre de l'église absolument éreinté et qu'elle me voit, crois-tu qu'elle vienne m'embrasser et soit gentille ? Non ! La voilà qui grogne dès que j'entre, à propos de ce que j'ai fait, de ce que j'ai laissé, et naturellement…

— Oh, mon enfant, mon petit garçon, mon chéri, tout ce que j'ai au monde ! Tu as toujours si bien su te disculper ! Quand tu volais des tartes, pendais des chats ou rossais les autres enfants ! Mon fils, Cléo souffre, tu es sans égard pour elle, même en ma présence, et toutes tes gentillesses ne sont que de la comédie ! Elmer, quelle est donc cette secrétaire à qui tu ne cesses de téléphoner ?

Le révérend Dr. Gantry se leva tranquillement et dit d'une voix sonore :

— Chère maman, je te dois tout, mais au moment où une des plus grandes Églises méthodistes du monde et une des plus grandes associations pour la réforme demandent mon concours, je ne crois devoir rendre à personne raison de ma conduite, pas même à toi. Je monte dans ma chambre.

— Oui, et en voilà encore une idée, de faire chambre à part !

— … et je vais prier Dieu de te faire comprendre. Écoute, maman ! Un jour peut-être, c'est à la Maison Blanche que tu viendra me voir, pour déjeuner avec le président ! Je t'en supplie, maman, pas de remontrances à la Cléo, alors !

Agenouillé au chevet de son lit, le front contre la fraîche courtepointe, il pria :

— Ô mon Dieu, je m'efforce à Vous servir. Empêchez maman de croire que je ne fais pas le bien.

« Que diable ! songea-t-il en se relevant, ces femmes voudraient que je sois un chien de garde ! Le diable les emporte ! Non, pas ma mère ! Ah, zut, elle comprendra bien quand je serai pasteur de Yorkville ! Bon Dieu, si Cléo pouvait claquer pour que je puisse épouser Hettie ! »

Deux minutes plus tard, il chuchotait à Hettie Dowler, au téléphone installé dans l'office, tandis que la cuisinière bougonnait en cherchant des pommes de terre à la cave :

— Chérie, n'avez-vous pas quelque chose de gentil à me dire, n'importe quoi, n'importe quoi ?

XXVII

1

Deux jours s'étaient écoulés depuis cette querelle qui avait failli détacher le fils de sa mère. Elmer s'était installé dans son cabinet pour préparer trois ou quatre sermons en espérant aller se coucher vers onze heures. Il fut furieux quand la bonne, une Lithuanienne, vint lui dire :

— Il y a quelqu'un au téléphone, docteur.

Mais il se radoucit en entendant la voix de Hettie :

— Elmer ? C'est Hettie.

— Oui, oui, c'est le docteur Gantry.

— Oh, qu'il est gentil, qu'il est drôle et tellement digne ! Est-ce que la souillon lithuanienne est aux écoutes ?

— Oui !

— Écoutez, mon chéri. Voulez-vous me rendre un service ?

— Comment donc !

— Je me sens bien seule, ce soir. Avez-vous beaucoup à faire ?

— Oh, quelques sermons.

— Écoutez ! Apportez votre petit dictionnaire biblique et venez travailler ici ; je fumerai une cigarette en vous regardant faire. N'est-ce pas, cher Elmer, mon adoré.

— Oui, oui, je viens.

Il expliqua à Cléo et à sa mère qu'il allait porter des consolations à une vieille dame qui se trouvait à l'article de la mort, reçut des éloges pour son dévouement et sortit.

2

Elmer était près de Hettie, sur le canapé de damas, sous la lampe, lui tapotant la main, lui racontant les injustices de sa mère, quand la porte de l'appartement s'ouvrit gravement et livra passage à un homme mince aux traits tirés et au regard perçant.

Effarée, Hettie bondit en portant la main à sa poitrine.

— Que venez-vous faire ici ? rugit Elmer en se levant lui aussi.

— Chut ! supplia Hettie. C'est mon mari !

— Votre quoi ? hurla Elmer en bêlant comme un mouton à l'abattoir, votre quoi ? Mais vous n'êtes pas mariée !

— Ah, zut, que si ! Oscar, filez ! Comment osez-vous vous introduire ici ?

Lentement, et d'un air finaud, Oscar alla se mettre dans le rayon de la lumière.

— Ah, ah ! Je vous prends la main dans le sac ! ricana-t-il.

— Que voulez-vous dire ? fit Hettie furieuse. Ce monsieur est mon patron et il est venu discuter du travail.

— Bien sûr, bien sûr… Cet après-midi, je suis venu prendre toutes les lettres qu'il vous a écrites.

— Ce n'est pas vrai !

Hettie se précipita vers son secrétaire et resta terrifiée en voyant le tiroir vide.

Elmer marcha sur Oscar :

— Suffit ! Donnez-moi ces lettres et filez, ou je vous jette dehors !

Négligemment, Oscar tira un revolver :

— Ferme ça, fit-il presque amicalement. Maintenant, Gantry, tout ça pourrait bien te coûter cinquante mille dollars, mais je ne crois pas que tu puisses te les procurer. Si je te poursuis pour adultère, c'est à peu près ce que je demanderai. Si tu veux régler l'affaire sans aller devant les tribunaux, gentiment, en gentleman et sans esclandre, je te tiens quitte pour dix mille, et il n'y aura pas de publicité, car si publicité il y a, ça n'aiderait guère Votre Révérence dans ses petites affaires !

— Si vous croyez me faire chanter…

— Croyez ? Diable ! Pour sûr ! J'irai te voir à ton église demain à midi.

— Je n'y serai pas.

— Mieux vaudrait y être ! Si on s'arrange pour dix mille, parfait, pas de mal. Sinon, je demanderai à mon avocat — Mannie Silverhorn, le plus grand finaud de la ville — de déposer une plainte pour adultère demain après-midi, et je ferai en sorte qu'il y ait des manchettes dans les journaux du soir là-dessus. Adieu, Hettie. Adieu, mon Elmer adoré ! Fi, Elmer ! Le méchant ! Un geste, et je te brûle ! Au revoir !

Elmer regarda bouche bée partir Oscar. Il se retourna vivement et vit Hettie ricaner.

Elle se reprit rapidement.

— Ah, grand Dieu, je crois bien que vous êtes de mèche ! s'exclama-t-il.

— Et puis, alors, grand imbécile ! Nous te tenons. Tes lettres seront charmantes à l'audience ! Ne va pas croire que des finauds comme Oscar et moi perdions notre temps avec un blanc-bec de prêcheur qui possède dix thunes en banque !

Nous voulions *nous faire* William Dollinger Styles. Mais ce n'est pas un serin comme toi ; il m'a laissée tomber quand je suis allée déjeuner avec lui pour essayer de le rouler. Alors, après avoir engagé l'affaire, nous avons pensé qu'autant valait rentrer dans nos frais et réaliser un petit bénéfice à tes dépens, imbécile, et c'est ce que nous comptons faire ! Et maintenant, ouste ! J'en ai soupé de t'entendre bêler ! Non, bas les pattes ! Oscar est dehors qui attend. Je regrette de ne pouvoir être à l'église demain, et ne t'en fais pas pour mon salaire et mes bagages, je les ai pris cet après-midi !

3

A minuit, pantois, Elmer sonnait chez T.-J. Rigg. Il sonnait, sonnait avec désespoir. Pas de réponse. Il sortit dans la rue et hurla :

— T.-J. Rigg ! T.-J. Rigg !

Une fenêtre s'ouvrit et une voix courroucée et lourde de sommeil fit :

— Qu'est-ce que vous voulez ?

— Descendez vite ! C'est moi, Elmer Gantry. J'ai besoin de vous de toute urgence !

— C'est bon. Je descends.

Grotesque, chétif, en chemise de nuit démodée et tirant sur un cigare, Rigg fit entrer Elmer et le mena dans la bibliothèque

— Mon vieux, je suis pris !

— Hou ! Des *bootleggers* ?

— Non, Hettie. Vous savez, ma secrétaire.

— Ah, tiens ! Je vois. Vous avez été trop familier avec elle ?

Elmer raconta tout.

— Très bien, fit Rigg. Je serai là à midi pour recevoir
Oscar. Nous ferons traîner l'affaire et j'arrangerai ça. Ne
vous tourmentez pas, Elmer. Et attention ! Elmer, ne trouvez-
vous pas qu'un prêcheur devrait tâcher de marcher droit ?

— Ah, oui ! J'ai reçu une leçon ! Je jure que c'est la
dernière fois que je faute et que je regarde une femme. Ah
vous avez été un bon ami pour moi, vieux !

— Oui, mais il faut que mes amis marchent droit. Pur
égoïsme. Allons, il faut prendre quelque chose. Vous en
avez besoin !

— Non ! ce vœu-là, du moins, je ne le violerai pas. C'est
tout ce qui me reste. Et moi qui, rien que ce soir, me croyais
si grand, si grand que personne ne pouvait m'atteindre !

— Ça fera toujours un sermon, hein ! et vous allez le
faire, j'en suis sûr !

4

Les pieux desseins et la conversion véritablement,
absolument définitive d'Elmer durèrent quelques jours.
Il ne souffla mot à l'entrevue qui eut lieu dans le bureau
de l'église, l'après-midi suivante, avec Oscar Dowler,
son avocat, Mannie Silverhorn, et T.-J. Rigg. Ce furent
Rigg et Silverhorn qui parlèrent ; Elmer n'en revenait
pas de voir Rigg et Silverhorn plaisanter comme deux
copains, ce Silverhorn dont il avait parlé en termes si
peu méthodistes.

— Heu, vous tenez le docteur, fit Rigg. Admis. Ça vaut
bien dix mille dollars. Mais il nous faut huit jours pour
trouver l'argent.

— Très bien, T.-J. Rigg. Rendez-vous ici même sous huitaine, fit Mannie Silverhorn.

— Non, plutôt à votre étude. Trop de sœurs pourraient nous espionner par ici.

— Très bien.

On se serra la main avec effusion, à l'exception d'Elmer, qui refusa de serrer celle d'Oscar Dowler, lequel ricana :

— Oh, Elmer, nous sommes liés si intimement !

Quand ils furent partis, Elmer, à bout de forces, gémit :

— Mais mon vieux, je ne pourrai jamais dénicher dix mille dollars ! Je n'en ai pas mille !

— Mille diables, Elmer ! Vous ne pensez pas que nous allons débourser dix mille dollars ? Il vous en coûtera bien quinze cents, que je veux bien vous prêter, cinq cents pour amadouer Hettie et peut-être mille pour les détectives.

— Fichtre !

— Ce matin, à deux heures moins le quart, j'ai eu une conversation avec Pete Reese de l'agence Reese, pour lui dire de se grouiller. Nous en saurons long sur les Dowler d'ici quelques jours. Inutile de s'en faire.

5

Elmer, réconforté, cessa de se tourmenter cette semaine-là, mais ce réconfort n'était pas tel qu'il l'empêchât de revenir à des sentiments d'humilité et de tendresse chrétiennes. Au grand étonnement de ses enfants, il joua avec eux tous les soirs. Envers Cléo, il se montra presque un vrai mari.

— Ma chérie, lui dit-il, je sais que j'ai… oh, ce n'est pas entièrement ma faute. J'ai été si absorbé par la Cause ! Mais le fait est que j'ai manqué de prévenance envers vous, et demain soir je veux que vous veniez m'accompagner au concert.

— Oh, Elmer ! fit-elle avec joie.

Il s'empressa de lui faire livrer des fleurs.

— Tu vois ! fit sa mère transportée. Je savais que Cléo et toi seriez plus heureux si je te faisais quelques observations. Après tout, ta maman peut bien être une sotte et une provinciale, mais il n'y a rien de tel qu'une mère pour comprendre son petit garçon. Je savais qu'il suffisait de t'en toucher un mot, tout docteur en théologie que tu sois, pour que les choses changent !

— Oui, et c'est grâce à toi que je suis devenu un chrétien et un pasteur. Ah, un homme doit tant à une mère pieuse ! fit Elmer.

6

Mannie Silverhorn était un des meilleurs avocats de Zenith. Cent fois, il avait contraint la Compagnie des tramways à payer des dommages et intérêts à des gens à qui elle n'avait fait aucun mal, cent fois il avait fait casquer des automobilistes pour des accidents dont ils étaient innocents. Mais, avec tous ses talents, Mannie avait un vice : il était alcoolique.

En général, quand il était saoul, Mannie s'arrangeait pour ne pas parler affaires, mais cette fois-là il avait pour témoin de son ivresse Bill Kingdom, le reporter du *Times Advocate*, et Mr. Kingdom, comme juge d'instruction, pouvait en remontrer à Mr. Silverhorn lui-même.

Bill venait de parler du docteur Gantry sans aménité quand Mannie ricana :

— Ah, dis donc, Bill, ton Doc Gantry, ce qu'il va prendre ! Ah, je le tiens, cette fois ! Et ça pourrait bien lui en coûter de se montrer trop empressé auprès des dames !

Bill fit l'innocent :

— Oh ! où voulez-vous donc en venir, Mannie ! Faites pas l'imbécile ! Vous n'avez rien contre Elmer et n'aurez jamais rien. Il est trop fin pour vous ! Vous n'êtes pas assez fort pour vous le faire, celui-là !

— Moi ? Pas assez fort ? Tiens, écoute !

Oui, Mannie était saoul. Cependant il ne fallut pas moins d'une heure à Bill, une heure passée à affirmer qu'Elmer était plus fort que lui, une heure de flatterie aigre-douce, avec les consommations à payer, chose inouïe pour lui, pour qu'enfin Mannie, curieux, s'exclamât :

— Eh bien, fais venir un sténographe qui soit aussi notaire, et je vais dicter !

Et, à deux heures du matin, Mannie Silverhorn dictait à un reporter irrité, mais alerte, une déclaration qu'il signa, dans laquelle il était dit que, à moins que le révérend Dr. Gantry ne voulût conclure l'affaire à l'amiable, il serait poursuivi par Emmanuel Silverhorn, qui exigerait dudit Gantry des dommages et intérêts s'élevant à cinquante mille dollars parce qu'il avait, par ses familiarités inexcusables avec elle, aliéné à son époux l'affection de Hettie Dowler.

XXVIII

1

Quand Mannie se réveilla sur les dix heures et retrouva ses esprits, il se rappela qu'il avait bavardé et, affolé, ouvrit le *Times Advocate* du matin. Il se réjouit en voyant qu'il ne s'y trouvait aucune trace d'indiscrétion.

Mais, le lendemain, Mr. Silverhorn et le révérend docteur Gantry faisaient en même temps la découverte en pleine première page de *l'Advocate* du fac-similé d'un document dans lequel Emmanuel Silverhorn, avoué, déclarait que, à moins d'un arrangement à l'amiable, le docteur Gantry se verrait poursuivi pour adultère par l'avocat de Mr. Oscar Dowler, de la femme duquel, à ce que Dowler affirmait, le docteur Gantry avait abusé criminellement.

2

A la seconde entrevue avec Mannie Silverhorn et Oscar Dowler, Hettie était présente ainsi qu'Elmer et T.J. Rigg, lequel se montra tout particulièrement aimable.

Ils étaient installés dans le bureau de Mannie et écoutaient Oscar exprimer son opinion sur l'indiscrétion de Mannie.

— Voyons, arrangeons-nous, fit Rigg en parlant du nez. Sommes-nous prêts à parler affaires ?

— Ça va, ricana Oscar. Eh bien quoi ? Vous aboulez les dix mille ?

Alors, dans l'office de Mannie parut un homme de haute taille, qui repoussa le petit clerc en émoi.

— Hello, Pete, fit Rigg affectueusement.

— Hello, Pete, fit avec crainte Mannie.

— Qui diable êtes-vous ? fit Oscar Dowler.

— Oh... Oscar ! fit Hettie.

— On est prêt ? fit T.-J. Rigg. A propos, mes amis, voici Mr. Peter Reese, de l'Agence Reese. Voyez-vous, Hettie, je me suis mis dans la tête que, pour monter un coup comme le vôtre, il fallait avoir des antécédents pas banals. Est-ce le cas, Pete ?

— Oh, rien de particulier, antécédents ordinaires, fit Mr. Peter Reese. Maintenant, Hettie, pourquoi avez-vous quitté Seattle le 12 janvier 1920 à minuit ?

— Ça ne vous regarde pas ! hurla Hettie.

— Tiens, tiens ! En tout cas, ça regarde Arthur L.-F. Morrissey là-bas. Il voudrait bien avoir de vos nouvelles, fit Mr. Reese, et savoir votre adresse et votre nom actuels. Et, Hettie, la peine de prison que vous avez purgée à New York pour vol à l'étalage ?

— Allez au diable !

— Oh, Hettie, quels gros mots ! Rappelez-vous qu'il y a un prêcheur ici présent, ricana Mr. Rigg. Ça suffit ?

— Peut-être, fit Hettie, qui était à bout.

A ce moment, Elmer l'aima de nouveau et désira pouvoir la réconforter.

— On met les bouts, Oscar ?

— Ah non ! pas avant d'avoir signé ça, fit Rigg. Si vous signez, on vous donne deux cents dollars pour quitter la ville avant demain, sans quoi, gare à vous, on vous renvoie à Seattle pour vous faire coffrer !

— Très bien, fit Hettie.

Mr. Rigg lut la déclaration :

« Par la présente, je prête serment de mon plein gré que toutes les accusations portées contre le révérend Dr. Elmer Gantry, directement ou indirectement, par moi et mon mari sont fausses, impies et sans fondement. J'ai été employée comme secrétaire par le docteur Gantry, et ses relations avec moi ont toujours été celles d'un gentleman et d'un pasteur chrétien. Je lui ai criminellement caché le fait que j'étais mariée à un homme nanti d'un casier judiciaire abondant.

Ce sont des bootleggers, en particulier certains distillateurs qui, voulant nuire au docteur Gantry comme à un des plus grands ennemis du trafic de boissons spiritueuses, sont venus à moi et m'ont payée pour jeter la suspicion sur le caractère du Dr. Gantry, et, dans un moment que je ne cesserai de regretter, j'ai consenti et me suis fait aider par mon mari à fabriquer des lettres supposées m'avoir été envoyées par le docteur Gantry.

La raison pour laquelle je fais cet aveu est la suivante : Je suis allée trouver le docteur Gantry, je lui ai dit ce que j'allais faire, je lui ai demandé de l'argent dans l'intention de trahir ceux qui m'employaient, les bootleggers. Le docteur Gantry m'a dit : "Ma sœur, je regrette de vous voir commettre une telle faute, non point pour moi, car la vie chrétienne consiste à porter sa croix, mais pour le salut de votre âme. Faites ce qui vous semble le meilleur, mais avant de poursuivre, agenouillez-vous et priez avec moi."

Quand j'ai entendu prier le docteur Gantry, j'ai été prise d'un repentir subit, je suis rentrée chez moi et j'ai tapé de mes propres mains cette déclaration que je jure être l'absolue vérité. »

Quand Hettie eut signé et son mari contresigné, Mannie Silverhorn fit remarquer :

— Je crois que vous charriez un peu, Rigg, vous en avez peut-être un peu rajouté sur ces prétendus aveux.

— C'est bien ça, Mannie.

— Peut-être avez-vous eu raison. Maintenant, si vous me donnez les deux cents dollars, je me charge de faire filer ces deux oiseaux avant la nuit, et peut-être leur remettrai-je une partie de cet argent.

— Peut-être ! fit Mr. Rigg.

— Peut-être ! fit Mr. Silverhorn.

— Ah ! mon Dieu ! cria Elmer Gantry.

Et tout à coup, oubliant toute dignité, il fondit en larmes.

Cela se passait un samedi matin.

3

Les journaux de l'après-midi reproduisirent en première page la confession de Hettie. Ils proclamèrent en termes enthousiastes l'innocence d'Elmer, racontèrent ses luttes en faveur de la vertu et s'en prirent aux trafiquants d'alcool qui avaient soudoyé à prix d'or cette pauvre et stupide Hettie pour la faire attaquer Elmer.

Le dimanche matin, dès avant huit heures, des télégrammes étaient arrivés de l'Église méthodiste de Yorkville et de la Napap félicitant Elmer et lui déclarant qu'on n'avait jamais douté de son innocence. On lui offrait le pastorat de Yorkville et le poste de secrétaire exécutif de la Napap.

4

Aux premières accusations contre Elmer parues dans les journaux, Cléo, furieuse, avait dit : « L'affreux mensonge ! Chéri, vous savez que je suis avec vous ! », mais sa mère avait murmuré entre les dents : « Qu'y a-t-il de vrai là-dedans, Elmer ? Tes flirts commencent à me dégoûter ! »

Ce dimanche à dîner, quand il leur montra les télégrammes, les deux femmes se rapprochèrent coude à coude pour les lire.

— Oh, mon chéri, je suis si heureuse, si fière ! s'écria Cléo.

Vieille et courbée, la mère d'Elmer balbutia d'un air penaud :

— Pardonne-moi, mon enfant ! J'ai été aussi méchante envers toi que cette Dowler !

5

Mais ce n'était pas tout... Est-ce que ses paroissiens allaient le croire ?

S'ils ricanaient quand il comparaîtrait devant eux, il était perdu, et alors adieu le pastorat de Yorkville et la Napap. Un quart d'heure avant le service du matin, il était tout agité ; il arpentait son cabinet et remarquait par la fenêtre — cette fois sans grand plaisir — que des centaines de personnes se hâtaient vers l'auditorium déjà plein.

Comme son cabinet était tranquille ! Et comme Hettie lui manquait !

Il se mit à genoux et murmura en soupirant abondamment : « J'ai reçu une leçon. Jamais plus je ne porterai les yeux sur une femme. Je vais être à la tête de toutes les agences morales du pays, rien ne peut m'arrêter maintenant que j'ai la Napap, mais je serai moi-même tout ce que je vais demander aux autres d'être ! C'est fini ! »

Par la porte de son bureau, il vit le chœur qui entrait dans l'auditorium en chantant. Il sentait qu'il aimait tout ce qu'il y avait dans l'Église et que, si son troupeau le trahissait, tout cela allait beaucoup lui manquer : le chœur, la chaire, les chants, les figures tournées vers lui avec adoration.

Le moment était venu. Impossible de remettre. Il fallait paraître devant eux.

Timidement, le révérend Dr. Gantry franchit la porte qui menait à l'auditorium, s'exposant ainsi à deux mille cinq cents points d'interrogation braqués sur lui.

Tous se levèrent et l'acclamèrent ; les visages étaient ceux d'amis.

Spontanément, Elmer se mit à genoux, tendit les bras vers eux en sanglotant, et tous s'agenouillèrent, prièrent en pleurant, tandis que là-bas, derrière les portes vitrées de l'église, voyant s'agenouiller la foule qui était à l'intérieur, des centaines de gens l'imitaient à leur tour, sur les marches, sur le trottoir, sur la chaussée.

— Oh, mes amis ! s'écria Elmer, croyez-vous à mon innocence et à la perfidie de mes accusateurs ? Rassurez-moi par un alléluia !

Un alléluia de triomphe ébranla les voûtes du sanctuaire, et la prière d'Elmer monta dans un silence sacré :

— Seigneur, Vous êtes descendu de Votre trône puissant pour arracher Votre serviteur aux attaques des suppôts de Satan ! Si nous Vous rendons grâces, c'est qu'ainsi nous allons pouvoir poursuivre Votre œuvre, rien que Votre œuvre ! Avec plus de zèle que jamais nous ne chercherons que la pureté, la prière, et nous nous réjouirons d'être délivrés de toutes les tentations !

Il se retourna pour embrasser le chœur d'un vaste mouvement du bras et, pour la première fois, il remarqua qu'il y avait une nouvelle chanteuse, une fille aux chevilles fines, aux yeux pleins de vie, avec laquelle il aimerait faire connaissance. Mais cette pensée fut si rapide qu'elle n'interrompit en rien l'essor de sa prière :

— Laissez-moi compter ce jour, Seigneur, pour le début d'une vie nouvelle et plus active, pour le début d'une croisade afin d'assurer à jamais le règne de la morale et de Votre Église dans tout le pays. Seigneur, Votre œuvre ne fait que commencer ! Oui, nous ferons des États-Unis une nation morale !

L'IMPRESARIO DE DIEU

POSTACE
par Francis Lacassin

A l'aube du deuxième millénaire et des voyages dans la galaxie, les Rebelles de Dieu semblent appartenir au temps des dinosaures et n'avoir pas plus d'avenir qu'eux dans la prochaine civilisation atomique.

Ce n'est pourtant pas le cas en Amérique où prospèrent les propagateurs d'hérésies et fondateurs de sectes qui commencent d'ailleurs à infiltrer l'Europe. On peut s'étonner que le pays le plus avancé du monde soit devenu un bouillon de culture, le chaudron magique des doctrines religieuses aberrantes que le pragmatisme, le modernisme, le scientisme auraient dû reléguer dans les débarras encombrés de la Connaissance.

Pour un habitant de la vieille Europe — à la pensée modelée et remodelée par les Conciles, l'Inquisition, l'infaillibilité pontificale, la Congrégation de l'Index ou l'œcuménisme — le charlatanisme des religions qui fleurissent en Amérique paraît relever d'artifices grossiers. Il paraît incroyable que des prophètes de la

« loi cosmique » ou du « souffle de l'âme » puissent aussi facilement persuader des pénitentes que leurs besoins sexuels pontificaux (et illicites) sont indispensables à leur action sacerdotale.

Avant de s'en étonner, il faut se replacer à l'échelle américaine. Dans le pays de la libre initiative où tout cultivateur de cacahuètes a vocation d'être Président des États-Unis, on ne s'étonne pas qu'un vendeur de hot-dogs ou un barbier se transforment le dimanche en prophète. Dans un pays où aucune autorité spirituelle ne s'arroge le droit d'entraver la libre pensée, chacun peut interpréter les textes sacrés comme il lui plaît, découvrir qu'il est une réincarnation de Jésus ou son frère cadet, et fonder une Église pour en persuader les autres.

Depuis le début du XIXe siècle, l'histoire de la religion en Amérique déborde d'incidents provoqués par des fondateurs de sectes ou d'églises qui confondaient les extases de la chair et celles de l'âme[1]. Et leur jargon, leur phraséologie, était autrement plus incrédible que les envolées métaphysiques de l'imaginaire révérend Gantry, le héros du roman de Sinclair Lewis.

On vit, en 1842, John Humphrey Noyes proclamer, au nom de l'Église du Perfectionnisme, que le Christ était revenu sur terre soixante-dix ans après l'avoir quittée une première fois, que la monogamie était contre nature et qu'il fallait promouvoir le « complex marriage ». Vers 1860, Henry Ward Beecher préconisait, pour remédier aux violations du 7e commandement et à l'adultère, de vendre les femmes aux enchères. Plus près de nous, en 1958, Krishna Venta, aussitôt après s'être fait crucifier,

---

1. Voir l'ouvrage de Roger Delorme : *Jésus H. Christ !* (Albin Michel, 1971).

une fois par an dans la vallée de San Fernando, se retirait en compagnie de saintes pécheresses. L'étude des sectes américaines d'hier et d'aujourd'hui révèle combien la folie mystique s'accompagne souvent de l'aberration sexuelle.

Quant à leurs révélations « cosmiques », elles nous ramènent à la fois aux terreurs de l'an Mille et aux conceptions géographiques des contemporains des voyages d'Ulysse ou des travaux d'Hercule.

Par exemple, le « koreshanisme », doctrine fondée en 1870 par Cyrus Teed, affirmait que la Terre est une boule creuse au centre de laquelle se trouve le Soleil. Au contraire, de 1905 à 1935, l'Église Catholique Chrétienne de Zion City (près de Chicago) professait que la Terre était plate et son prophète Wilbur Voliva prédit la fin du monde pour 1923. Il récidiva, sans se décourager à trois reprises en 1927, 1930, 1935. Albert Reedt, « prophète du Jugement Dernier », proclama (en 1925) que, lorsque celui-ci interviendrait, seules 144.000 personnes seraient sauvées et transportées sur la planète Jupiter après un voyage spatial de sept jours.

Parmi les « grands initiés », l'Amérique connut encore le prophète Josuah II en 1891, le frère cadet de Jésus-Christ en 1895, le prophète Élie en 1890.

L'histoire des sectes récentes, Moon ou Move, est bien connue de tous. La différence entre les sectes américaines d'hier et celles d'aujourd'hui est que les premières proliféraient dans les ombres de la Bible, alors que les secondes ont découvert l'immense marché des doctrines orientales.

Bien des ouvrages savants ont été consacrés aux déviations de la pensée religieuse américaine et à leur commercialisation aussi rigoureusement organisée que s'il s'agissait de promouvoir le lancement d'un remède-miracle ou d'un grand spectacle. C'est peut-être dans un ouvrage de fiction,

Elmer Gantry de Sinclair Lewis, que se trouve l'analyse la plus vivante des phénomènes de la religion-spectacle.

J'en ai eu la révélation un soir où j'errais dans un Los Angeles désert, dont les habitants s'étaient sans doute transportés sur la planète Jupiter à l'appel du révérend Reedt, « prophète du Jugement dernier ». Dans cette grande métropole, le « centre » est une fiction administrative impossible à maintenir après cinq heures du soir.

Soudain, au détour d'une boutique de marchand de beignets (fermée), un éclair a illuminé la ville absente. Du sommet d'un haut immeuble, une enseigne au néon m'annonçait : « Jesus saves » (Jésus le sauveur).

Cette publicité de marque, qui ne privilégiait aucun produit ecclésiastique particulier, m'a pourtant fait penser aussitôt à une église précise. Celle, errante et portative, qui, sous un chapiteau de toile, célébrait de ville en ville le spectacle religieux interprété et mis en scène par le « révérend docteur » Gantry et « sœur » Sharon Falconer.

Cette enseigne de spectacle me projetait tout naturellement au cœur du spectacle, « dans la sciure du cirque et parmi les convertis en sueur ». Toutes les trois secondes, la lueur de « Jesus saves » emplissait peu à peu la nuit avec les personnages du roman de Sinclair Lewis. Le raffiné révérend Aylston, ex-marchand de cravates et ex-tenancier d'un tir. L'ex-gamine qui, en changeant sa jupe de flanelle rouge et ses bas déchirés pour une tunique grecque blanche — et l'état-civil plébéien de Katie Jones pour le nom de chaire de Sharon Falconer — se sublima en prophétesse. Et, bien sûr, dominant de la voix et du geste, le hurlement des convertis et le vacarme de l'orchestre, « Frère Elmer »… Ce footballeur athlétique et athée qu'un malentendu (dû à un accès d'ébriété) transforma en impresario de Dieu.

Un personnage que Burt Lancaster interpréta en 1960 à l'écran de façon inoubliable. Il est tout à l'honneur des États-Unis que Richard Brooks ait pu y produire un film, qui, dans sa finalité, bafouait les deux fondements majeurs de la société américaine : la religion et l'argent. Il est vrai qu'en Amérique, on ne boude jamais le succès — même engendré par le scandale — pourvu qu'il en résulte de beaux dividendes.

Elmer Gantry en rapporta dès sa parution : le 10 mars 1927. Il s'en vendit dans les semaines suivantes 175.000 exemplaires, le tirage atteignant pour la seule édition cartonnée plus de 600.000 exemplaires[1]. Mais, plus qu'un succès de vente, la véritable consécration fut, en 1930, l'attribution du Prix Nobel de littérature à l'auteur, Sinclair Lewis (1885-1951).

Avec *Elmer Gantry*, les jurés suédois couronnaient deux romans qui l'avaient précédé : *Grand-rue* (1920) et *Babbitt* (1922). Trois œuvres qui composaient une satire féroce de la société conservatrice du Middle-West : la région d'origine de Sinclair (Harry) Lewis, fils d'un médecin de Sauk Center, Minnesota.

Elmer Gantry — dont Richard Brooks a tiré le film *Elmer Gantry le charlatan* — est le onzième des vingt-trois romans écrits par S. Lewis, de 1912 (*Hike and the Aeroplane*) à 1951 (*World so wide*).

Dans *Babbitt*, S. Lewis avait moqué l'ambition motrice de la société américaine. A travers l'ascension d'un petit agent immobilier, il avait tourné en dérision la raison de vivre de l'Américain moyen : la réussite mesurée à l'agrandissement du porte-monnaie. Après l'épanouissement financier, il

---

1. D'après Mark Schorer : *Sinclair Lewis, an American Life* (Mc Graw Hill, 1961).

devait logiquement penser à l'épanouissement spirituel. Car dans cette société bigote où l'on évoque à tout propos, jusque dans les discours politiques, le nom d'un Dieu qui haïssait les riches, on prodigue de la considération à un homme en fonction du nombre de zéros qu'il peut inscrire sur un carnet de chèques.

Cette idée d'un livre étudiant cette fois la réussite d'une ambition appuyée sur la puissance de la religion combinée avec la magie du spectacle se fit insensiblement jour dans l'esprit de Sinclair Lewis.

Le processus créatif d'*Elmer Gantry* trouve sans doute son point de départ à Terre Haute (Indiana) en août 1922. De passage dans cette ville, S. Lewis avait reçu à son hôtel la visite d'un pasteur de l'Église Méthodiste Épiscopale : William Stidger. Très critique envers le portrait du révérend Drew dans *Babbitt*, le visiteur pressa l'écrivain d'écrire tout un roman sur le clergé. Il s'offrit même à l'héberger chez lui, à Detroit, pour lui permettre de rencontrer d'autres ecclésiastiques, et de réunir avec son aide toute la documentation nécessaire.

La suggestion mit trois ans à mûrir dans l'esprit de Lewis. Entre-temps, il écrivit un neuvième et un dixième romans : *Arrowsmith* et le *Lac qui rêve (Man-trap)* — tout en s'intéressant à l'activité des vedettes de la religion-spectacle qui réveillaient la foi assoupie des fidèles à grands renforts d'orchestre : tels Billy Sunday ou John Roach Straton. Une lettre d'octobre 1925 révèle qu'il vient de suivre, à New York, les sermons de ce dernier.

En décembre, enfin décidé à réaliser la suggestion de William Stidger, il se mit en quête de lui. Le révérend avait quitté Detroit pour s'installer au cœur du Middle-West, à Kansas City, ville particulièrement riche en chapelles, religions et sectes sur mesure : voilà qui comblait Lewis.

A la mi-janvier 1926, Lewis rejoignit Stidger et demeura chez lui jusqu'au 28 janvier. Sa correspondance le montre enchanté d'un séjour pendant lequel il rencontra une douzaine de prédicateurs. Celui avec lequel il sympathisa le plus, Birkhead, était tout bonnement agnostique. C'est à lui que Lewis fait allusion dans une lettre à son éditeur, envoyée de Kansas City le 4 avril.

« … Dès demain, je me consacre au plan détaillé du roman. Je vais travailler pendant quelque temps avec un prédicateur Unitarien tout à fait désillusionné, qui a été pendant dix ans prédicateur Méthodiste. Je me servirai de lui comme encyclopédie pour tous les détails concernant l'organisation de l'église… »[1].

Après un voyage en Californie et une visite à Carmel (où il avait vécu auprès de George Sterling, Jack London et Upton Sinclair, de 1908 à 1910), Lewis était en effet de retour à Kansas City, au début d'avril. Sa femme Grâce, avant de regagner New York, l'aida à s'installer dans un appartement de deux pièces, à l'Hôtel Ambassador.

Il avait déjà une idée précise de l'intrigue. Ce qu'il venait recueillir sur place, c'étaient les éléments de l'atmosphère, les détails de cérémonie, des anecdotes et incidents. Il avait surtout besoin de se familiariser avec un certain style de discours et avec la terminologie ecclésiastique. A tous ces points de vue, ce nouveau séjour prolongé jusqu'au 17 mai fut particulièrement fructueux.

Il assistait à deux ou trois services religieux par dimanche. Il recevait régulièrement dans son salon-bureau, par petits groupes, une dizaine d'ecclésiastiques divers que lui avaient

1. *From Main Street to Stockholm, Letters of Sinclair Lewis 1919-1930* (Harcourt, Brace & C°, 1952).

présentés les révérends Stidger et Birkhead. S'ajoutèrent à ce cercle le meilleur rabbin de la ville, l'animateur de l'Union Rationaliste et un prêtre catholique. Baptisé par le romancier « l'école du dimanche de Sinclair Lewis », ce groupe se réunissait au complet, chaque mercredi à midi, pour discuter d'un thème choisi lors du déjeuner précédent. Dans son roman, Lewis s'est amusé à transposer ce cénacle autour de l'ancien camarade de séminaire d'Elmer. « Autour de lui, se réunissaient un ministre Unitarien placidement athée, un Presbytérien orthodoxe le dimanche et révolutionnaire le lundi, un Congrégationaliste vacillant et un Épiscopalien anglo-catholique, qu'enthousiasmaient les beautés du rituel dont il recherchait l'origine dans le culte de Mithra. »

La conversation de ces ministres du culte et l'évocation de leurs souvenirs de carrière permirent à Lewis de composer avant son départ de Kansas City la biographie détaillée de vingt-quatre des soixante-dix personnages qui apparaissent dans le roman.

Pour se « mettre dans la peau » des prédicateurs et pénétrer leur système de pensée, Lewis n'hésita pas à monter lui-même en chaire au moins trois fois. Dans l'église de Stidger — et le 11 avril : dans celle de Birkhead, — il s'était limité avec prudence à évoquer les « Rebelles » qu'il avait connus. Mais le 18 avril, dans le temple Campbelliste du révérend Jenkins, il tira sa montre et donna à Dieu quinze minutes pour le frapper à mort… et prouver ainsi son existence.

Lewis ne ménageait pas plus Dieu que ses ministres. Il disait avec provocation à ses visiteurs : « Pourquoi continuez-vous à rabâcher dans vos chaires des credo que vous niez en privé ? » Ou encore : « Qui accepterait d'abandonner femme, enfants, compte en banque, pour imiter Jésus dans sa solitude, son ridicule, sa mort ? »

C'est donc parfaitement documenté par ses contacts et par la lecture de plus de deux cents livres ou brochures amassés dans sa chambre, que Lewis quitta Kansas City pour s'atteler à la rédaction du roman sur le titre duquel il a longtemps hésité. La correspondance avec ses éditeurs new-yorkais montre que, du 5 avril au 9 juin, il a envisagé successivement d'appeler son roman : *The Reverend*, *Reverend Bloor*, *The Salesman of Salvation*, *The Reverend Doctor*, *The Preacher*, *Elmer Mellish*, *The Reverend Dr Mellish*, *Myron Mellish*. Enfin le 12 juin, il annonce le titre définitif : *Elmer Gantry* par une lettre expédiée d'un coin perdu du Minnesota, Pequot, où il s'est mis à la tâche depuis le 3 juin.

Il l'interrompra le 24 août pour prendre quelques vacances sur la frontière canadienne. Mais la mort de son père, le Dr E.J. Lewis, le rappelle au Minnesota. Il ne reprendra pas la rédaction avant le 10 septembre, date de son installation à l'Hôtel Shelton à New York, jusqu'au début octobre. Il rejoint ensuite sa femme qui, rentrée d'un voyage en Europe, a loué une maison à Washington. Pendant la journée, Lewis travaille dans une chambre de l'Hôtel Lafayette.

La crise qui couvait au sein du ménage Lewis s'achève par une rupture. Le 22 novembre, le romancier se réfugie à l'Hôtel Shelton à New York. Il a quitté Washington avec pour tout bagage le manuscrit sur lequel il travaillait. Charles Breasted, qui le visite le jour même de son arrivée, note qu'en dehors du manuscrit, il n'y avait dans la chambre pas d'autres effets personnels que trois flacons de brandy, dont deux déjà vides.

Ému par cette solitude, Breasted invita Lewis à partager son appartement à l'Hôtel Grosvenor, sur la 5ᵉ Avenue. C'est là que viendra le trouver l'annonce du suicide de George Sterling, le poète qui lui avait fait connaître Jack London. Ni les deuils, ni les chagrins n'auront été épargnés à Lewis pendant son travail. Il l'achèvera pourtant et le livrera, comme promis, à son éditeur, le 24 décembre 1926. Sa parution, le 10 février suivant, soulèvera — surtout à Kansas City et à Boston — de violentes protestations.

La critique s'est évertuée à chercher des clés qui, selon Lewis, n'avaient jamais existé. On a cru voir un modèle de Sharon Falconer dans l'évangéliste Aimée Sample Mc Pherson, très portée elle aussi sur les travestissements de style gréco-antique. Mais Lewis, qui avait vainement sollicité d'elle une interview, ne l'a jamais rencontrée et ne l'a jamais entendue prêcher.

Le rapprochement entre le personnage et son prétendu modèle devait être favorisé par un curieux incident. En juin 1926, Aimée Sample disparut pendant plusieurs jours, laissant croire qu'elle s'était noyée — avant de réapparaître miraculeusement au Mexique. Lewis, qui avait prévu la mort de Sharon par noyade, modifia alors son manuscrit pour la faire périr par le feu…

Le révérend William Stidger égara un certain temps la critique en se prétendant le modèle d'Elmer Gantry, ce qui était faux et contribua à le brouiller avec Lewis. Il est probable que Stidger a prêté à Elmer son physique de boxeur, son style oratoire de commis-voyageur et le mauvais goût avec lequel il décorait son église. L'agnosticisme d'Elmer provient, de toute évidence, du révérend Birkhead. Quant au reste du personnage d'Elmer, c'est une mosaïque de détails empruntés — arrivisme, tartuferie exceptés — aux quatorze membres de la « classe du dimanche » dont Lewis a brièvement commenté la personnalité dans une lettre envoyée de Kansas City à son éditeur le 11 mai 1926.

Quant à l'aspect bateleur de Gantry, son goût du cirque, son côté « vendeur d'élixir-qui-guérit-tout », son recours à des cliques et fanfares tapageuses, sa thérapeutique du péché (consistant à transformer les pécheurs en épileptiques hurleurs), Lewis n'avait que l'embarras du choix pour observer tout cela dans la réalité.

Les puritains choqués par le livre ne le furent pas par le burlesque d'une technique expressionniste à laquelle les avaient habitués des générations de mystiques trembleurs, sauteurs, rouleurs qui exprimaient leur foi en se trémoussant debout, assis ou couchés. Dans un pays où tout est spectacle, même la mort, on ne pouvait reprocher à Lewis de dire, à l'évidence, que la religion en était un.

Contrairement au public européen, le public américain ne pouvait être choqué non plus par le sens du spectacle déployé par Gantry, ni par l'habileté commerciale avec laquelle il l'appliquait. Il ne faisait que manifester un honnête professionnalisme, très apprécié par une société attachée à la notion du *right man in the right place*. L'essentiel étant d'accroître les bénéfices — ou, en termes spirituels : les conversions — libre à Gantry d'utiliser les moyens propices, fussent-ils bassement profanes. Le pragmatisme américain agréerait sans peine cette prétention d'un ancien barbier promu dans l'orchestre de Sharon Falconer :

« … Je me charge de faire pleurer plus de pécheurs avec un cornet en mi bémol que neuf artistes de l'évangile gueulant ensemble ». Et de ce point de vue, tout Américain soucieux d'efficacité trouverait nos églises catholiques artisanales, pour ne pas dire dérisoires, avec leur chœur d'Enfants de Marie accompagnés par le modeste harmonium paroissial.

Le sens de la stratégie, l'aptitude à maîtriser les rapports sociaux, à saisir les possibilités de la vie associative, ne pouvaient que servir de modèle à tout Américain épris du respectable désir de réussir. Où Gantry, par contre, devenait impardonnable, c'était de ne pas croire à ce qu'il faisait, de ne pas avoir une pensée conforme à son ambition, de se poser en chef d'Église alors qu'il n'avait pas la foi. D'un point de vue américain, cela n'était pas *fair play*. L'ambition : oui, le blasphème : non.

Quant à Sinclair Lewis, il se montrait coupable de blasphème en distinguant chez les célébrants du culte l'attitude de représentation et l'attitude de relâche. Autant les montrer comme des incroyants jouant parfois le rôle de croyants ! « Ils avaient l'air de comédiens ambulants tombant de sommeil, assis sur leurs valises, en attendant le train, et, comme chez les acteurs en tournée, leur peu de ressemblance avec leur rôle était déconcertant. »

Pourrait-on être plus blasphématoire ? — Oh ! oui ! Par exemple lorsqu'on écrit à propos d'un ministre du culte :

« En admettant que cette curieuse profession de ministre, d'homme de bien par métier en fût une, en admettant que le prétendu Bien s'apprenne comme on apprend l'art du dentiste ou du plombier, même tout cela admis, qu'est-ce qui les qualifiait lui, ses condisciples ou ses professeurs […] pour ce commerce de vertu professionnelle ?

« Il était censé guérir certaine maladie nommée vice, mais le vice, il ne l'avait jamais vu. Quelles étaient toutes ces choses intéressantes auxquelles les gens se livraient quand ils étaient vicieux ? […]

« Entendu : il apportait la paix aux hommes. Mais que savait-il des forces qui causent les guerres entre les individus, les classes ou les nations ? Que savait-il des drogues, des passions, des désirs criminels, du capitalisme, des banques, du travail, du salariat, des rivalités commerciales entre nations, des trusts de munitions, des militaires ambitieux ?

« Consoler les malades ? Soit ! Mais que savait-il de la maladie ? Comment savoir quand il fallait prier ou quand il fallait des cachets ? » (Chapitre XVII)

Au regard des provocations incendiaires de l'auteur, le mysticisme de foire, le prophétisme d'arrière-boutique déployés par son personnage sont anodins ; tout juste propres à émouvoir un lecteur européen.

Comparé aux réelles sectes d'hier et d'aujourd'hui, l'évangélisme du révérend Gantry est gentillet et ses manquements sexuels se révèlent purement hygiéniques.

Magnifique étude de l'imposture qui se prend à son propre piège, le roman de Sinclair Lewis ne méritait certes pas les flammes auxquelles les Puritains d'Amérique l'ont voué ! Car en Amérique, dans bien des domaines, à commencer par celui de la religion, la réalité dépasse la fiction.

Extrait de *Le Cimetière des éléphants*,
Encrage, 1996

TABLE DES MATIÈRES

Ce volume,
le dix-huitième
de la collection « Domaine étranger »,
publié aux Éditions Les Belles Lettres,
a été achevé d'imprimer
en décembre 2014
sur les presses
de l'imprimerie SEPEC
01960 Péronnas

Impression & brochage SEPEC - France
Dépôt légal : janvier 2015
N° d'édition : 8012 - N° d'impression : 05425151219